KB014180

속삭임 우묵한 정원

속삭임 우묵한 정원

배수아
장편소설

whisper

sunken garden

은행나무

차례

1

여행의 시작에 우체부가 왔다.

이것은 최초의 여행에 관한 글이다. 여행은 편지와 함께 시작되었다. 그런데 편지는 무엇으로부터 왔는가? 편지가 도착하던 바로 그 순간 나는 어떤 것과 우연히 마주친 직후였는데, 그것은 내가 잘 안다고 말할 수 없는 장소인 숲이었다. 심지어나는 그것을 한 번도 본 적이 없노라고 고백해야 한다. 아침. 정물. 손에 잡히는 대로 책장에서 아무 책이나 한 권 꺼내든 나는, 소파에 편하게 자리 잡고 책을 무릎 위에 놓고는 나이프를 이용해 자연스럽게 아무 페이지나 펼쳐지도록 만들었다. 나는 집중해서 독서를 할 생각이 없었고 책을 처음부터 읽어보려는 의도도 없었으며, 심지어 그 책이 무슨 책인지조차 몰랐고 제목이나 저자 따위는 중요하지도 않았다. 그날 아침 나는 저절로 나타나는 어떤 글의 파편과 우연히 마주치기를 바랐을 뿐이다. 늘 그랬듯이, 그것을 원했다. 아무런 의도도 계획도 없이 조우한 페이지를, 전체로부터 독립된 소리 혹은 운명으로서, 짧은 순간 동안 지극히 무심히 읽고, 상처도 사랑도 없이, 그 대로 지나쳐가기를 원했다는 의미이다. 마치 나이프로 성서를 가르듯이. 그렇게 우연히 펼쳐진 페이지를 나는 무심히 읽기 시작했다. *지난밤, 당신이 떠난 뒤, 비바람이 휘몰아치고 번개가 쳤습니다. 집 안으로 불어닥친 바람이 책상 위에 있던 편지들을 온 방 안에 휘날려 흩어버렸습니다. 그제야 나는 내가 창문 닫는 것을 잊었음을 알았습니다. 편지들이 회오리치며 공중을 떠다녔습니다. 나는 그것들을 잡으려 했으나 소용이 없었습니다. 이제 나는 편지의 시작도 끝도 알 수가 없게 되었습니다. 그리고 잠시 뒤 창을 닫자, 나는 갑자기 숲에 있었습니다. 당신이 말했습니다, 이제 나를 가게 내버려둬, 이곳에서부터 나는 혼자야……* 그리고 벨이 울리자, 나는 마치 번개에 맞은 듯 반사적으로 자리에서 벌떡 일어났는데, 그 바람에 책은 당연히 내 무릎에서 굴러떨어졌다.

우체부가 왔고, 나는 편지를 건네받았다.

나중에 우체부가 돌아가고 한참이나 지난 다음에야 내가 무언가를 읽고 있었다는 자각이 뒤늦게 찾아왔고, 그것이 어떤 장소일지도 모른다는 것을 어렴풋이 기억했으며 그 장소에 대해서 더 알고 싶었기 때문에 바닥에 떨어진 책을 집어들고 조금 전의 그 페이지를 찾아보려고 오랫동안 애를 썼으나 헛수

고였다. 나는 내가 숲과 관련한 어느 구절을 읽다가 중단한 것을 알았으나, 책의 어디에도 숲에 관한 글은 보이지 않았다. 그러므로 내가 집어든 책이 과연 방금 전에 내가 읽고 있던 책이 맞는지 확신이 없었고, 그리고 깨달았는데, 바닥에 흩어져 있는 여러 권의 책들. 내가 읽고 있던 것은 분명 내가 모르는 책이었다. 읽지 않았을 뿐 아니라 지금껏 그런 책을 갖고 있다는 사실조차 몰랐으며, 더욱 신기하게도 분명 내 책장에서 빼낸 것이지만 어느 여자 시인의 일기와 편지, 짧은 메모와 대화, 독백으로 이루어진 일종의 자전적―시―픽션인 그 책의 제목이나 작가 모두 내가 한 번도 들어보지 못한 낯선 이름이었다. 그래서 시간이 흐른 뒤 회상해보면, 마치 내가 읽은 그것이, (아직 읽지 않은) 편지의 서문인 듯 생각되기도 한다. (그런데 편지에도 서문이 있을까?)

하지만 곧 나는 기억하기를 멈추었고, 책을 잊었고, 책장에 손을 뻗기 전에 하고 있던 일, 편지 쓰기를 계속했다. 마치 그 사이―순간에 아무 일도 일어나지 않았던 것처럼. 그러나 곧 다시 멈추었다. 나는 숲으로 들어가는 두 사람의 뒷모습을 본 것 같았다. 그들의 목소리를 들은 것 같았다. 그들의 눈앞에 주황색 X자 벌목 표시가 된 너도밤나무와, 이름을 알지 못하는 산림감독관(그는 우체부와 비슷한 모양의 제복을 입고 있다)이 나타난다. 어렴풋이 기억이 되살아난다, 그들 중 한 사람은 분명 홀로 가기를 원했다…… 그리고 오두막 앞에 홀로 있는 사냥꾼의 개. 나는 검은 털로 덮인 개의 얼굴을, 검은 웅덩이처럼 물이 고인 그늘진 눈동자를 눈앞에서 본 것만 같았다. 내게 저절로 나타나는 것들을, 나는 본다. 한동안 나는 무엇을 해야 할지 모르는 채로 있었다.

무슨 일인가 일어났다. 그것이 나를 본다.

편지는 MJ로부터 온 것이었다. 나는 그 편지를 받았고, 편지를 책상 어딘가에 무심히 올려두었고, 그리고 얼마 후에는 이미 그것을 마음에서 지워버리기로 결심한 다음이었다. 그것이 전부다. 처음 우체부에게서 편지를 받아들었을 때부터 그렇게 될 것임을 나는 미리 알고 있었다.

초인종이 울렸고, 나는 문을 열었다. 우체부는 문 밖에 서 있었고 나는 그를 향해 손을 내밀었다. 편지가 건네졌다. 봉투에는 내 어린 시절의 이름이 적혀 있었다. 그 이름을 아는 사람은 많지 않았다. 심지어 나 자신에게서조차 어느 정도 멀고 모호해진 이름이었다. 나는 단 한 번도 나를 특정한 하나의 이름으로 생각해보지 않았다. 어린 시절은 마치 잠과 같았다.

우체부의 등 뒤로, 맞은편 여자중학교 지붕에 수리를 위해서 임시로 덮어놓은 푸른 방수천이 바람에 크게 펄럭이는 것이 보였다. 중학교를 둘러싼 고층 아파트들 사이로 색채가 거의 없는 하늘이 수직의 띠를 이루며 점점 흐릿해지는 농도로 흘러내리고 있었다. 갈기갈기 찢긴 구름, 하루의 불특정한 때를 지나는 태양, 푸르스름한 연기에 싸인 투명한 낮의 천체들.

그런데 나는 왜 곧바로 편지를 읽지 않았을까? 그로부터 몇 시간이 흐른 뒤, 나는 그날 아침만 하더라도 전혀 계획에 없었던 일을 시작했다. 벽장에서 커다란 여행가방을 꺼낸 것이다. 낡은 가방 내부의 먼지를 마른 천으로 닦고, 한 장의 속옷, 한 쌍의 양말, 한 권의 책과 한 권의 스케치북을 고르기 시작했다. 오늘의 사건 : 우체부가 왔다. 편지를 받아든 나는 살짝 현기증을 느꼈다. 그날 내가 받은 우편물은 MJ의 편지 한 통이 전부였다. 청구서나 영수증, 관공서의 안내문, 흔하게 오는 광고물도 없었다. 물론 나는 우편으로든 온라인으로든 매일 여러 통의 편지를 받는 그런 사람이 아니다. 도리어 정반대의, (극히 드문 몇몇 예외적인 사건을 제외한다면) 고독한 부류에 가깝다. 그것도 매우 극심한 정도로. 그 사실을 나는 특별히 자랑스러워하지는 않지만 부정하거나 숨길 필요도 느끼지 못한다. 나는 심지어 교류의 종말을, 특히 오직 편지를 통해서만이 가능한 교류의 종말을 진지하게 생각해본 적이 있다. 내가 고독하기 때문이 아니라, 무언가의 종말에 대해서 생각하는 일이 내 마음을 끌기 때문이다. 그건 항상 나 자신이 무언가의 종말이라는 느낌을 갖고 있는 탓이다. 나는 종말을 주시한다. 종말에 매달린다. 그럼으로써 종말에 참여한다. 종말에 기꺼이 참여하는 사람이 있다. 아마도 그들이야말로 진정한 비밀의 혁명가일 것이다. 아무도 모르게 어떤 것이 종말을 맞는다. 예를 들자면 오래된 양말의 문양이라든지 특정한 인사말 같은 것이 아무도 눈치채지 못하는 사이 사라졌음을 깨닫는다. 혹은 어떤 상황에서 눈물을 흘리는 행위와 같은 더 이상 사랑받지 못하는 관습, 또는 능력이나 성향에서 지배적이지 않았던 소규모의 종 species도 사라짐의 대열에 동참한다. 하지만 당장은 그들의 허름한 부재가 눈에 띄지는 않는 것이, 그렇게 사라지는 것보다 매일매일 새로이 출현하여 무서운 속도로 주변과 유기적 덩어리로 얽히며 증식과 확장을 거듭하는 개념과 사물이 훨씬 더 많아 보이기 때문이다. 또한 대부분 소멸은 그 누구의 주의도 끌지 못한 채 일어나는 사건이기에—보이지 않게 되는 과정이 보이지 않는 것은 자연스럽다—그것이 시대의 흐름과 자연법칙에 따른 현상인지 아니면 비밀의 혁명가들이 오직 그것을 주시함으로써 결과적으로 종말에 공헌한 탓인지는 알려지지 않은 채로 남는다. 그렇다면 나는 나 자신도 모르는 혁명가인 것일까? 하지만 종말은 내 과녁이 아니다. 나는 그 무엇을 향해서도 방아쇠를 당기지 않는다. 종말을 앞당기거나 반대로 저지하고 싶은 마음은 없다. 오직 그것에 끌릴 뿐이다. 나는 열정 없이 끌린다. 행동 없이 사로잡힌다. 나는 종말의 기미에 민감하고, 그것을 본다. 나는 얼마간의 거리를 유지한 채, 기꺼이 종말의 뒤를 따라 도시와 길 그리고 숲 언저리를 가로지른다. 그것이 내 여행이다. 그리고 언젠가 가능하다면, 나는 그것을 만지기를 원한다…… 아마도 그런 이유로 여전히 계속해서, 비록 자주는 아니더라도 여전히 열정적으로 편지를 쓰거나 혹은 읽는 사람 중의 하나일 것이다.

입을 벌린 여행가방을 소파 위에 놓은 채, 간단한 늦은 점심으로 요구르트와 삶은 감자를 먹었다. 감자는 껍질을 벗기지 않았고 진한 사워크림을 얹었다. 나는 감자 껍질 벗기기를 귀찮아하는데다가, 감자 껍질의 맛이 좋기 때문이다. 하지만 다시 원래 생각으로 돌아와서, 내가 과연 MJ로부터 편지를, 단 한 번이라도 받은 적이 있었던가? 편지가 아니라면 손으로 쓴 생일축하 카드나, 여행지에서 보내는 엽서라도? 아마 한 번도 없는 것 같다. 아니 나는 기억이 나지 않는다. 나는 MJ와 함께 살았던 기간을 생각해보았다. 아마도 내 기억이 맞다면, 10여 년 정도가 아니었을까? 내가 일생 동안 다른 누군가와 그처럼 오래 함께 살았던 적은 없는 것 같다. 아마도 분명 없을 것이다. 그러나 MJ는, 이유는 지금도 명확히 알 수 없지만 집을 자주 비웠기 때문에, 실제로 꽤 오랜 기간을 한집에서 살았으면서도 나는 MJ를 마치 먼 친척이나 하숙인, 혹은 기이하게도 밤새 내내 우리와 함께 머무는 단골 방문객이나 심지어는 책 외판원으로 생각하는 데 익숙해져 있었다. 그러는 편이 더 자연스러우면서 납득이 가고—그런데 무엇을 위한 납득인지?—이유는 알 수 없지만 더 안심이 되기 때문일 것이다. MJ를 하숙인으로 느낀 것은 우리가 살던 집이 정말로 하숙집이었기 때문이다. 집에는 인근 직장에 다니는 하숙인들이 적게는 서너 명, 많게는 열 명까지도 늘 함께 거주했다. 은행원 교사 도

서관사서 백화점점원 법률사무소직원 그 밖의 정체를 알 수 없는, 늘 분주하고 살짝 불안해 보이던 사람들. 하루에 한 번 우체부가 왔고, 도착한 편지는 현관의 바구니 속에 한꺼번에 넣어두고 각자가 찾아가도록 했지만, 글을 깨우치자마자 나는 겉봉에 적힌 이름을 읽고 하숙인들의 편지를 방까지 배달해주는 일을 기꺼이 떠맡았다. 나는 닫힌 방문 아래로 편지를 밀어넣는다. 우체부가 오는 한낮, 대개의 하숙인들은 집을 비우기 때문이다. 하지만 방에 사람이 있는 경우라고 해도 나는 문 아래로 편지를 밀어넣는 행위 자체를 좋아했으므로 굳이 노크를 하지는 않았다. 그렇게 내가 밀어넣은 편지 중에는 MJ에게 보내진 편지도 있었을까. 모두가 잠든 한밤중, 외마디 비명이 집안의 고요를 찢어발긴다. 비명은 짧지만 집요하고 거칠고 사납다. 이불 속에서 잠이 깬 우리는, 상상을 초월한 고통 속에서 나뒹구는 한 마리 개가 사람처럼 비명을 지르는 꿈을 꾸었다고 생각한다. 하지만 곧, 그 소리는 MJ의 방에서 들려왔으며, 밤늦은 시각 문지방 틈새에 숨겨진 편지를 발견한 MJ가 그것을 읽었다는 사실을 알아차리고는 다시 잠의 파도에 휩쓸려간다. 편지는 그날 우체부가 가져온 것일까. 아니면 이미 한참 전에 도착하여 문지방 아래로 밀어넣어진 지 오래인 편지가 그날에서야 발견된 것일지도 모른다. 그래서 MJ는, 예를 들자면 오랫동안 소식을 모른 채 살았으나 원래는 아주 가까운 여자 친척의 죽음 소식을 몇 넌이나 지난 후 뒤늦게 알게 되었을 것이다. 다시 잠들기 직전 나는 이불 속에서, 짙은 붉은 잉크로 쓴 굵직하고 큰 부고의 글자들이 투명할 만큼 엷고 섬세한 봉투 아래로 비쳐 보이는 것을 상상한다. 그리고 그것을 쓰는 나를 상상한다.

한번 집을 떠난 MJ가 집에 언제 돌아오는지 아무도 몰랐다. 짧게는 며칠 혹은 몇 주, 어느 때는 한 달 이상이나 연락도 없이 집을 비우는 일이 잦았던 MJ는 어느 날 인사도 없이 불쑥 집 안으로 들어섰고, 밤에 전등불이 켜진 방을 보고 나서야 MJ의 귀가를 알게 되는 일이 보통이었다. 깊은 밤, 화장실에 가는 길에 목격한, 여행가방을 들고 복도를 걸어가는 MJ의 뒷모습. 나는 다시 잠이 든다. 식모는 MJ가 병든 자신의 어머니를 돌보러 가는 것 같다고 말했지만, 그게 사실인지는 식모 자신도 확신이 없었고 우리도 믿지 않았다. 그보다는 MJ가 직접 말했듯이 일 때문에 여행을 떠난 거라고 생각했다. 전등불이 켜진 밤, 집에 돌아온 MJ는 텔레비전이 있는 좁다란 식당에 옹기종기 모여 앉아 있는 우리에게 한 번의 눈길도 주지 않은 채, 계절에 상관없이 거의 항상 걸치고 다니던 짙은 색 트렌치코트 차림으로, 벽에 길고 커다란 그림자를 만들며 거울이 걸린 복도 가장 끝에 있는 자신의 방 앞으로 가서는, 정말로 하숙인처럼, 주머니에서 열쇠를 꺼내 방문을 열고, 말도 없이 안으로 들어가버리곤 했다.

방문 아래에 쌓여 있는 오래된 편지들.

MJ는 우리에게 말을 걸거나 먼저 인사를 하는 법이 없었다. 어쩌다가 입을 열어도 대개 퉁명스럽고 불친절한 짧은 어투였지만, 몇 년 동안 하숙집에서 함께 살던 자신의 젊은 친구들과 대화할 때는 마치 다른 사람처럼 활기차고 심지어 상냥하기까지 했다. 어느 날 그 친구들이 한꺼번에 다 사라져버린 이후에는, 간혹 이유 없이 격한 감정에 사로잡혀, 딱히 특정한 대상을 정하지 않은 채로 이상스럽게 장황한 말을 길게 늘어놓을 때가 있었다. 그 말은 우리가 이해할 수 없는 것이 대부분이었다. 그럴 때면 심지어 대상 없는 묘한 미소를 짓기도 했다. 지금 생각해보니 아마도 그건 연극의 대사였을 것 같다. 나중에 알게된 사실이지만 MJ는 연극배우이기도 했다. MJ의 친구라며 집에 장기간 머물던 젊은이들은 아마도 MJ가 이끌던 극단 단원들이었을 것이다. 오후가 되면 그들은 MJ의 방 옆에 딸린 커다란 연습실에서 소리를 지르며 발성 연습을 하곤 했다. MJ는 항상 식모에게 돈이 없다고 불평했는데, 무리하여 극단을 이끌던 것도 한 이유였던 것 같다. 식모는 MJ가 병든 어머니를 만나러 갔다고 말했지만, 나는 단지 막연한 느낌으로 MJ가 외판원일 거라고 생각했다. 두툼한 책과 편지, 팸플릿 등을 가득넣은 커다란 가방을 늘 들고 다녔던 탓이다. 당시 외판원은 흔한 직업이었고 하숙집에서는 더더욱 흔했다. MJ는 고개를 위로 치켜들고 한 손을 허리에 댄 자세로 담배를 피웠다. 그리고 연기와 함께 온 집 안에 울리는 커다란 소리로 높은 옥타브의

음을 아주 길게 내뿜기도 했다. 아직 어린아이들은 MJ의 이런 면을 두려워했지만, 나는 겁먹지 않고 MJ를 똑바로 쳐다볼 수 있었던 유일한 사람이었다. 비록 내가 MJ를 똑바로 마주칠 기회란 거의 없긴 했지만. 나는 처음부터 두려움이란 감정에 초연해지는 법을 알았다. 안다고 믿었다. 식모가 언젠가 말해준, 내가 갓난아기일 때 사나운 개에게 물릴 뻔한 적이 있는데 코앞까지 다가온 개를 조금도 겁내지 않고 똑바로 쳐다보더라는 이야기 때문에 그런 믿음이 생겼을지도 모른다. 개의 주둥이에서는 거품 섞인 침이 뚝뚝 떨어졌다고 했다. 하지만 나보다 나이가 겨우 대여섯 살 많던 식모가 그 광경을 직접 목격했을 리는 없고, 자신도 이전에 일하던 식모에게서 들은 것이라고 했다. 그런데 두려움은 아니지만 감당할 수 없을 만큼 커다란 당혹감을 느낀 적이 있다. MJ가 느닷없이 내 손을 잡고 오랫동안 흐느꼈기 때문이다. 흐느끼면서 많은 이야기를 했는데, 그 대부분은 나는 얼굴도 모르는 자신의 할머니 혹은 증조할머니나 고모할머니에 관해서, 정확하게 기억나지는 않지만 아무튼 나이가 굉장히 많은, 지금은 죽었을 것이 분명한 여자 친척에 관한 것이었다. 그리고 MJ는 비명을 지르듯이 소리쳤다. "너는 내 모든 것, 너는 내 모든 것이야!" 하지만 그때 나는 이불 속에서 잠에 깊이 빠져 있다가 잠시 깨어난 참이어서 그 기억이 정확한지는 자신이 없다. 아니 나는 기억이 나지 않는다. 내가 기억하지 못하는 그것은 모종의 종말에 관해서였을까?

나는 이 세상을 알고 싶지 않은 만큼이나 나를 알고 싶지 않다. 대신 심각한 이유 없이 누군가의 뺨을 산만하고도 고요하게 때리고 싶다. 내 뺨이라도 상관없다. 문제는 내가 폭력적이지 않다는 것이다. 나는 대상 없는 미소와 온화함을 가졌고 그것은 내 비밀스러운 자랑이다. 그러므로 눈에 띄지 않게 침을 뱉는 편이 더 어울릴지도 모른다. 하지만 그건 구역질 나므로 나는 망설인다. 나는 구역질 나는 인간인가? 어쩌면 그럴지도 모른다. 어쨌든 속속들이 우아한 인간이 아닌 건 분명하다. 종종 나는 극단적일 만큼 야만적이고 조야하고 거칠지만 그것을 남에게 들키지 않으려고 조심한다. 그러나 항상 성공하는 건 아니다. 그러므로 나는 부끄러워한다. 하지만 그러는 대신 나는 늦은 점심으로 요구르트와 삶은 감자를 먹었다. 감자는 껍질을 벗기지 않고. 꿀과 파슬리를 뿌린 크림과 함께. 약간의 소금과 샐비어 차.

아아, 우체부가 왔다.

나는 집에서 늘 입는 티셔츠에 낡은 로브 차림이었고 우체부의 어깨 너머로 보이는 여자중학교의 지붕 위에는 검은 장화를 신은 남자들이 방수 작업을 하고 있었다.

나는 MJ의 편지를, 영원히 읽지 않으려고 작정한 것처럼, 그리고 실제로 그렇게 작정했기 때문에, 책상 위에 함부로 던져놓고 몇 시간 동안 건드리지 않았다. 책상 위에는 상당히 많은 물건들이 무질서하게 무더기를 이루고 있었으므로, 평범한 흰색 봉투에 담긴 한 통의 편지는 높다랗게 쌓인 수백 권의 책들과 수백 자루의 연필, 당장 쓰레기통에 들어가도 전혀 문제될 것이 없는 수십 장의 중요하지 않은 서류들과 산더미 같은 미완성 그림들, 프린트한 자료들, 정체를 알 수 없는 열쇠 꾸러미와 사용한 손수건과 사용했거나 사용 중인 몇 개의 컵과 스푼, 새것인지 아닌지 불명확한 건전지, 엽서와 각종 지도, 사진들, 빈 담배 케이스, 이미 몇 년이나 전에 무의미하게 구입한 후 포장도 뜯지 않은 여행용 베드버그 스프레이와 말라리아 예방약 사이로 휩쓸려들어가 사라져버릴 수도 있는 상황이었다. 그리고 나는 그러기를 바랐다. 실제로 내가 몇 시간 뒤 다시 책상으로 돌아왔을 때, 기대대로 편지는 보이지 않았다. 하지만 불행히도 공기 속으로 증발해버린 건 아니고, 여행용 스케치북과 말린 카네이션 다발 사이 틈새로 떨어져 있었다. 나는 편지에 손을 대지 않은 채, 그것을 가만히 지켜보고 있었다. 편지는 움직이지 않았다. 아무리 오래 바라보고 있어도 저절로 창밖으로 날아가거나 증발해버리는 일은 일어나지 않았다. 과연 그런가? 나는 과학적이지 않은 소망으로 크게 부풀었다. 쓰레기 컨테이너를 비우는 차가 굉음을 울리며 한낮의 거리를 지나갔다. 매일 새벽이면 들리는 소음이다. 하지만 오늘은 무슨 이유인지 한낮에 작업을 하고 있다. 나는 방해가 없는 조용한 환경을 원하는가? 아마도 그럴 것이다. 하지만 온갖 악취로 들끓는 쓰레기 컨테이너가 최소한 정기적으로 비워진다는 믿음 역시, 지붕 수리나 영혼의 고요 못지않게 중요하다. 그런데 나는 왜 곧바로 편지를 읽지 않았을까?

그날 오전과 마찬가지로, 오후에도 여전히 나는 여행가방을 싸고 있었다. 그 일은 한 시간 안에 끝날 수도 있고 마음먹기에 따라서는 일주일 혹은 열흘 이상도 걸릴 수 있었다. 평범해 보이지만 사실은 마법 같은 일들이 있는데, 여행가방 싸기는 그 중 하나이다. 반시간 만에 해치우건 아니면 열흘 내내 고심에 고심을 거듭하건, 완성된 여행가방의 내용물은 거의 반드시라고 해도 좋을 만큼 차이가 거의 없기 때문이다. 종종 여행의 흥분은 나를 의도적인 초조와 불안으로 몰아넣는다. 나를 둘러싼 신경증의 에너지가 상승한다. 나는 열흘 동안이나 한 장의 속옷, 한 쌍의 양말, 한 권의 책과 한 권의 스케치북을 고르고 또 고르면서 그것들을 수십 번씩 가방에 넣었다 꺼냈다를 되풀이한다. 과연 이것을 반드시 가져가야 할지 아니면 저것을 가져가야 할지 영원한 궁리에 빠진다. 혹은 종종 여행의 상상은 나를 일종의 명상 상태로 돌입하게 만든다. 그러면 나는, 내가 가방 안에 넣어가는 거의 모든 물건은 사실상 내게 필수적이지 않으며, 설사 필요하다고 해도 여행지 숙소의 모퉁이 상점에서 그것도 생각보다 비싸지 않은 가격으로 구입할 수 있다는 사실을 스스로 납득하게 된다. 얼굴에 바르는 바셀린 크림이나 스케치북 혹은 갈아입을 속옷은 언제든지 대체물을 발견할 수 있다. 혹은 원래 대체물이 필요 없다. 나는 놀라울 만큼 특별한 상표에 집착하지 않는다. 악취 나는 싸구려 비누는 나를 움츠러들게 하지 않는다. 또한 특정 물건이 필요하다는 것은 존재의 환상이다. 나는 가방 없이, 갈아입을 속옷이나 선글라스 없이, 심지어 단 한 개의 칫솔조차 없이, 마치 빈손으로 사막으로 걸어들어가는 사람처럼 여행하는 상상에 빠진다. 상상이 나를 진실로 여행하게 만든다. 나는 동굴 그림과 진흙의 오아시스를 볼 것이다. 나는 마른 돌무덤과 강바닥의 전갈을 볼 것이다. 나는 전갈과 동굴 속 벽화를 그리는 늙은 여자를 볼 것이다. 그리고 전갈과 늙은 여자를 보는 어떤 다른 존재를 볼 것이다. 모든 가능한 것과 가능하지 않은 것을 볼 것이다. 나는 ……이 된다. 그게 무엇이든, 내가 보는 그것이 바로 나이다. 나는 가방을 싸면서 현기증을 느낄 때까지 흥분과 명상의 상태를 반복한다. 그러나 결국 한 장의 속옷, 한 쌍의 양말, 한 권의 책과 한 권의 스케치북은 가방에 담기게 된다는 것을 나는 알고 있다. 그래서 나는 아무것에도 저항하지 않는다. 동시에 그것들이 없어도 내 여행이 가능하다는 것을 나는 알고 있다. 그래서 나는 고집스럽게 모든 것에 저항한다. 그렇게 나는 여행함으로써 지연된다. 나는 생각의 표면과 마찰을 일으키고 나는 점점 느려진다. 그러다 마침내 역 하나 없는 황야 한가운데 멈추어 선 기차처럼.

  내가 정말로 가져가고 싶은 물건은 모기장이 달린, 노숙을 위한 침낭이지만 그런 물건들을 가방에 넣고 떠난 적은 한 번도 없다. 애초에 나는 여행을 간 일도 없지만, 그보다는 모기장과 마찬가지로 침낭 또한 갖고 있지 않기 때문이다. 나는 중앙역 앞에서 노숙하며 동전을 넣고 출입하는 공공 화장실을 사용하는 대신, 쾌적하고 위생적인 호텔에 묵는 상상을 한다. 아니 호텔은 쾌적하고 위생적이지 않다. 그런 척할 뿐이다. 호텔이 아니라 내가. 호텔 방 안으로 들어선 나는 태연하게 가방을 열고, 조금도 흔들리지 않는 태도로 방구석 작은 탁자에 앉아서 편지를 쓰기 시작한다.

마치 그것이 내 여행의 진짜 목적인 것처럼.

"나는 마치, 생애 최초로 여행을 떠나는 사람과 같았습니다." 이것은 내 편지의 첫 문장이다. "여행, 당신과 마찬가지로 그것은 불가능입니다. 인간은 원래 한 그루의 나무였기 때문입니다. 그러나 여행의 본질은 선취하는 불가능이죠. 인간은 낙원에서 추방되면서 최초의 여행을 시작했다고, 어느 책에서나는 읽었습니다……" 곧 내 귀를 격렬하게 파고드는 속삭임이 들린다. 얼굴 없는 교사자의 귓속말처럼 내 내면을 향해서울린다. *너는 내 모든 것, 너는 내 모든 것이야!* 자신도 모르게, 속삭임을 따라서 나는 쓴다. "당신은 내 모든 것, 당신은 내 모든 것입니다."

왼손을 뻗은 나는, 엄지와 집게손가락으로 마침내 편지를집어들었다.

우체국에서 파는, 광택 없는 흰색의 평범한 규격 봉투. 군대나 병원, 감옥이나 수용소에서 보내온 편지와 같은 느낌을 준다. 하지만 나는 감옥 혹은 수용소와 같은 장소로부터 편지를 받아본 적이 없으므로(정말일까?) 그 안에 들어 있을 내용을 상상하기란 어려웠다. 봉투는 살짝 두툼해 보이는데, 편지의 분량이 많아서인지 아니면 두꺼운 편지지를 사용해서인지는 판단이 불가능했다. 봉투에 적힌 주소의 필체를 보고 있으니 서서히 혼란스러워졌다. 그것이 정말로 MJ의 필체인지 확신할 수 없음을 깨달았기 때문이다. 과연 나는 MJ의 필체를 알고 있는지, 한 번이라도 그것을 본 적이 있는지 전혀 기억나지 않았다. 도대체 MJ는 나뿐 아니라 그 누구에게라도 편지를 쓴 적이 있었을까. 어떤 사람은 끊임없이 편지를 쓰고, 반면에 어떤 사람은 일생 동안 한 번도 편지를 쓰지 않기 때문이다. 그 중간이란 참으로 드문 경우이다. 봉투의 글자는 대체로 반듯하고 둥그스름하면서 일관성이 있는, 하지만 묘하게 중성적인 필체였다.

내가 사랑하는 필체가 있다. 나는 무수히 많은 필체들 속에서 언제라도 그 필체를 가려낼 수 있다. 그러나 편지에 적힌 그것은, 한없이 무해해 보이지만 낯선 필체였다. 그것은 가슴을 떨리게 만들거나, 숨 막힐 듯 벅차게, 환희에 휩싸이게 만들거나, 기대감을 불러일으키는 필체가 아니었다. 보는 순간 가슴을 떨리게 만들거나, 숨 막힐 듯 벅차게, 환희에 휩싸이게 만들거나, 기대감을 불러일으키는 필체를 나는 알고 있다. 그런 필체는 내용에 앞선다. 아니면 손가락 끝까지 싸늘하게 식거나 온몸의 피를 얼어붙게 만드는 그런 필체도 있다. 하지만 MJ라고 주장하는 그 필체는 어디에도 속하지 않았다. 필체를 아는 것은 나체를 아는 것보다 더욱 은밀하다. *(속삭임: 내가 아는 필체가 있습니다)* 그래서 편지 작성자가 고귀한 신분일 경우 그들은 반드시 서기를 고용했다. 하지만 세월이 흘렀고, 사람들은 필체를 노출하는 일이 종종 수치를 동반한다는 사실을 잊은 채 수치를 느꼈다. 그래서 그들은 더욱 서둘러 필체의 종말을 앞당기고 있다. 필체는 목소리만큼이나 지극히 개인적이지만, 목소리와는 달리 일생 동안 은폐된다. 혹은 극히 제한적으로만 알려진다. 필체는 나체가 사랑인 것과 같은 방식으로 사랑이다. 은폐된 것을 사적으로 선언한다는 의미이다. 하지만 필체는 나체가 그런 것처럼 적나라하고 외설적이기도 하다. 달아날 곳을 남겨놓지 않는다는 의미이다. 필체의 사적 선언은 항상 보호받지 못한다.

MJ는 왜 나에게 편지를 쓴 것일까.

나는 상당히 오랜 세월 동안 MJ와 아무런 연락 없이 살았고, 지금은 길에서 우연히 마주친다고 해도 MJ를 알아보지 못하고 지나칠 가능성이 높았다. 아마 MJ도 마찬가지일 것이다. 사람은 외형뿐 아니라 냄새나 체온, 기척과 숨소리로 특정인을 알아보기도 하는가. 그러나 우리가 지하철이나 버스의 바로 옆자리에 나란히 앉게 되는 우연이 일어난다고 해도, 적어도 나는 MJ를 결코 알아보지 못한다. 고개를 돌려 옆자리를 쳐다봐야겠다는 생각도 들지 않을 것이다. 그래야 할 이유가 뭐가 있겠는가. 게다가 우리 사이에는, 공동의 친구라고 할 만한 사람도 더 이상은 남아 있지 않다. 문득, 어쩌면 이것은 우연히도 MJ와 이름이 같은 누군가가 나와 이름이 같은 다른 누군가에게 보낸 편지인데, 우연히도 주소를 착각하여 잘못 쓰는 바람에 내게로 잘못 배달된 우편물이 아닐까, 하는 생각이 들었다. 여러 겹의 우연이 거짓말처럼 신기하게도 동시에 맞아떨어져야만 발생할 수 있는 사건. 내 이름 혹은 MJ의 이름은 아주 흔하지도 않지만, 그런 상상이 불가능할 정도로 엄청나게 희귀한 이름도 아니다. 그러자 봉투에 적힌 내 어린 시절의 이름과 주소가 놀랍게도 마치 타인의 것처럼 보였다. 지금 기억하는 사람은 거의 없지만, 어린 시절 나는 밀이라고 불렸다. (속삭임: 밀 어디 있어?) 보낸 사람인 MJ의 주소는 적혀 있지 않았다. 그리고 무엇보다도 가장 이상한 일은, 이 사건 자체를 최대의 비현실로 만드는 가장 이해할 수 없는 일은, 도대체 MJ는 왜 나에게 편지를 쓴 걸까? 우리가 마지막으로 만난 지 아주 오랜 시간이 지나기도 했지만, 사실 이제 서로에 대해서 아는 것도 거의 없고, 서로 나눌 만한 공통의 화제도 없는데다가, 지하철이나 버스의 바로 옆자리에 나란히 앉게 되는 우연이 일어난다고 해도 서로 알아보지조차 못할 텐데. 처음에는 분명 완전한 남은 아니었지만, 결국에는 이름도 생사도 모르며 굳이 알 필요도 없게 된 아주 먼 외국의 친척처럼, 실질적인 남이 되어버린. 그러자 갑자기 어떤 장면이 검은 기억의 수면 위로 다시 떠올랐다. MJ의 흐느낌 소리에 나는 잠에서 깨었다. 어둠 속 아주 가까이 있는 흐릿한 형체는 놀랍게도 MJ였다. MJ는 뭔가를 웅얼거리듯 말하면서 흐느끼고 있었다. 흐느끼면서 내 손을 잡았고, 흐느낌이 끝날 때까지 결코 놓으려 하지 않았다. MJ는 자신의 어머니, 혹은 어머니의 어머니에 대해서 말하고 있었다. 어머니 혹은 어머니의 어머니 무덤을 찾아다녔다는 이야기를 하는 것 같았다. 어머니 혹은 어머니의 어머니가 어디에 묻혔는지 모르지만, 만약 지금이라도 알게 되면 일 년에 한 번은 반드시 찾아가고 싶다고 말한 것 같기도 하다. 거기다 믿을 수 없지만 "너와 함께"라고 말한 것도 같은데, 아마도 그건 내 충격이 너무 큰 탓에 뇌가 잘못 인지한 감각일 것이다. 나를 놀라게 한 것은 그뿐만이 아니었다. MJ의 손이 소스라칠 만큼 차가웠다. 얼음보다 더한 냉기가 내 입속까지 스며들었으므로 꿈속에서 나도 모르게 이빨이 떨렸다. *(속삭임: 너는 내 모든 것, 너는 내 모든 것이야)* 하지만 깊은 밤이었고, 나는 잠에서 빠져나올 수 없는데다가, MJ의 흐느낌이, MJ의 눈물이 죽을 만큼 당황스러웠기 때문에 잠든 척하기를 멈추지 않았다.

어느새 해가 기울었고 나는 여행가방 싸기를 마쳐야만 했다. 여행가방 싸기란 얼마나 이상한 일인지, 여행의 목적에 상관없이, 여행의 기간에 상관없이, 그리고 가방 안에 무엇을 넣는지도 상관없이, 설사 텅 빈 가방만 들고 길을 떠나게 될지라도, 가방 싸는 일은 자신에게 담보된 시간을 반드시 채우고야만다. 설사 지금처럼 전혀 계획에 없던 여행, 단 몇 분 만에 즉흥적으로 결정한 여행을 위해 먼지투성이 가방을 벽장에서 꺼내온 것이라 해도, 그 일은 이미 오래전부터 시작되고 있었던 어떤 사건의 연속이기 때문에 비로소 일어날 수 있는 것이다. 나는 느리게 움직였고 하루는 화살처럼 빨랐다. 내가 탈 기차는 다음날 이른 새벽에 떠날 것이다. 나는 여행을 떠난다. 갑자기, 그러는 편이 나으리라는 생각이 들었기 때문이다. 분명 하루 종일 여행가방 싸기 말고는 다른 아무 일도 하지 않았는데 내 가방은 아직도 거의 텅 비어 있는 상태나 마찬가지였다. 좀 서두르는 마음이 된 나는 일단 손에 잡히는 대로 색연필 두 박스와 파스텔 한 박스, 수채화 물감, 스케치북, 고무장화, 야외용 방수재킷을 가방에 넣었다. 그리고 사각형 비누 세 덩이, 약간의 세면도구, 스웨터와 티셔츠, 모직 내의, 챙이 큰 여름 모자, 잠시 생각한 뒤에 책상 위에 있던 말라리아 예방약과 베드버그 스프레이도. 가방은 아직도 공간이 많이 남았지만 더 이상은 떠오르는 물건이 없었다.

　나는 여행을 떠난다. 이것은 인생의 어떤 사건이라고 부를 만한 그런 여행은 분명 아니고, 따라서 그만큼 즉흥적으로 선택할 수 있는 여행이며, 혹시 내일 출발이 어떤 사정에 의해서 미루어지거나 좌절된다고 해도 그것이 내게 엄청나게 큰 문제를 일으키지는 않는다고, 반대로 설사 여행이 정말로 이루어진다고 해도 마찬가지이며, 그러므로 어떤 경우라도 일이 더 나빠질 가능성은 없는 거라고 스스로를 안심시키려 했다.

그러다 밤이 되었고 나는 잠시 소파에 기댄 채 잠이 들었으나 한 시간도 지나지 않아 다시 깼다. 반쯤 마신 샐비어 찻잔이 내 앞에 놓였고 내 몸에는 얇은 담요가 덮여 있었다. 밤의 벽 너머에서 흐릿한 웅얼거림이 계속되었다. 내 잠 속에서 흔히 들려오는 그것은 두 개의 벽 뒤편에서 내가 모르는 외국어로 책 읽는 소리와 같은, 모서리가 와해된 불분명한 음성이었다. 마치 옆방에서 누군가 라디오를 끄는 것을 잊은 듯한 그 소리는 내 귀가 아닌 입속을 향해서 속삭인다. 내 혀는 그 목소리를 듣고 달콤하게 이해한 것 같은 느낌이 든다. 입속의 속삭임. 나는 불안의 멜론 껍질을 씹는다. 그리하여 마침내, 예를 들자면, 내가 유대인 여자로 여행을 앞두고 있다는 꿈―상상에 잠겼다. 적대적인 정권이 지배하는 나라에서 나는 운이 좋게도 통행허가서를 얻을 수가 있었다. 게다가 큰돈을 주고 국경을 넘을 기차표를 구했고 외국의 친척이 보낸 초대장도 있다. 말하자면 나는 암울한 절망 가운데에서 선택받았다. 그리고 여행 가방도 싸놓았다. 이제 날이 밝으면 나는 역으로 떠난다. 이것은 분명 인생의 어떤 사건이라고 부를 만한 여행이 될 것이다. 왜냐하면 이 여행은 삶과 죽음을 가를 수도 있기 때문이다. 긴장과 흥분 속에서 나는 좀처럼 잠이 들지 못하고, 밤의 웅얼거림을 들으면서 어둠 속에 앉아 있다. 벽의 모든 틈새에서 벌레들이 밤을 향해 울고, 끈적이는 밤공기 속에는 텅 빈 쓰레기 컨테이너의 흐릿한 악취에 섞여 아니스 풀 향기가 풍긴다. 이제 몇 시간만 지나면, 나는 간다. 최대의 불확실성, 그러나 유일한 희망 속으로. 그런데 벨이 울린다. 우체부가 온다. 여자중학교 뒤로 펼쳐진 푸르고 묘하게 환한 밤하늘. 지붕 위를 지나가는 장화 신은 사람의 그림자와 그 뒤로 펄럭이는 거대한 깃발. 그리고 그 너머에서 가물거리며 사라지는, 작고 머나먼 유성 혹은 비행기. 나는 MJ의 편지를 받아들게 된다. 알 수 없는 불안한 예감이 나를 머리부터 발끝까지 차갑게 사로잡는다. 과연 이것은 내 여행에 대한 불가능의 상징인가. 봉투에 적힌 이름을 보는 순간 나는 돌처럼 굳어버리고 MJ의 편지를 뜯어볼 엄두를 내지 못한다. MJ의 편지가 내 여행을 가로막게 되리라는 예감. 나는 가야 한다, 그런데 MJ의 편지가 왔고, 나는 공포에 질리고 (그런데 무엇 때문에?) 한없이 수치스러워하며, 바닥 없는 필체의 암시에 말려들도록 나를 방치한다. 혹은, 예를 들자면, 나는 막 미국으로 이민을 떠나려는 가난한 젊은이이다. 나는 단 한 번도 배불리 먹어보지 못한 위장이며 내 팔다리는 싸구려 장작처럼 가늘고 허약하다. 그러나 이제 바뀔 것이다. 필요한 서류와 수속은 모두 마쳤고, 다음날 새벽 비행기를 타게된다. 미국에 가면 나를 도와줄 삼촌이나 아주머니가 있다. 미국으로 가서 몇 년 동안 열심히 일해 돈을 벌 것이다. 그리하여 가난하고 고독한 혈통에 종말을 고한 다음, 가방 가득히 돈을 담아서 고향으로 돌아와 나를 사랑해주며 나를 기다리고 있을—그게 누구인지는 아직 모르지만—붉은 치마를 입은 애인과 결혼할 것이다. 춤추는 애인의 맨발은 흰 설탕과 같다. 바싹 마른 풀처럼 뜨겁고 달콤한 애인의 숨결, 애인의 냄새. 깊은 밤, 애인의 맨발을 상상하는 나는 흥분과 불안으로 잠을 이루지 못한다. 그런데 벨이 울린다. 우체부가 온다. 나는 MJ의 편지를 받아들게 된다. MJ는 편지에 썼다. 자신은 지금 산 위에 있으며, 일식이 일어난 듯 천지를 뒤덮은 검붉은 핏빛 어둠이 자신의 머리 위로 쏟아지는 중이라고. 그 순간 문득 나는 번개처럼 깨닫는다. 설탕처럼 흰 맨발을 가진, 나를 사랑하며 긴 시간 나를 기다려줄 고향의 춤추는 애인이 바로 MJ라는 것을. 나는 어둠 속에서 혼자다, 그러나 두 개의 벽 뒤에서 울리는 흐릿한 MJ의 목소리를 듣는다. MJ는 학대당하고 있으며, MJ는 불행에 시달린다, MJ의 맨발은 피에 젖고, MJ는 비명을 지른다. MJ의 고통, MJ의 고통! MJ는 내 도움을 간청하고 있다. 나는 모든 계획을 버리고, 오랫동안 기다려온 인생의 유일한 기회를 버리고, 미국의 삼촌도 아주머니도 잊고, 내가 일하게 될 세탁소와 잡화점을 잊고, 이미 지불한 육 개월 치의 방세도 잊고, 미국에서의 내 미래도 잊고, MJ에게 가기로 한다…….

그런데 잠깐만, 나는 MJ를 사랑하는가? 모든 것을 버리고,

기꺼이 말 그대로 가난과 고독의 일생을 받아들일 만큼 MJ를 사랑하는가? 신기하게도 나는 그것을 한 번도 생각해보지 않았다. 앞으로도 생각할 일은 없을 것 같았다. 그렇지만 나는 손을 내민다. 이름을 묻는 우체부의 질문에 고개를 끄덕였고, 우체부에게 손을 내밀어 편지를 받아들였으며, 그 편지는 지금 내 집 안, 놀랍게도 소파 곁 탁자에 놓여 있다. 마치 여행을 떠나기 전날 밤, 우연히 잠에서 깨어난 내가 이제 곧 편지를 읽을 생각이었다는 듯이. 깊은 밤, 나는 흥분과 불안으로 잠을 이루지 못한다. 아무런 준비도 계획도 없이, 나는 봉투의 귀퉁이를 찢어서 편지를 꺼냈다. 편지가 적힌 종이는 살짝 놀라웠는데, 아주 옛날식의 질 낮은 검은 잉크로 줄이 굵게 인쇄된, 누렇게 색 바랜 낡은 편지지였기 때문이다. 아마도 MJ가 오래전부터 갖고 있던 편지지인 것 같았다. 그것은 생각보다 긴 편지였다. 나는 편지를 읽게 되리라는 그 어떤 의도도 예감도 없이, 편지를 읽기 시작했다. 나는 스스로를 침착하게 여겼다. 왜냐하면 그 어떤 경우라도 이 편지가 내 여행을 가로막지는 못할 거라고 믿었기 때문이다. 설사 MJ가 편지의 첫 줄에, 자신이 지금 정말로 산 위에 매달려 있으며, 일식이 일어난 듯 천지를 뒤덮은 검붉은 핏빛 어둠이 막 머리 위로 쏟아져내리는 중이라고, 그리고 오직 나만이, 오직 나만이 자신을 그 암흑에서 구원해줄 수 있다고 적었다 해도.

나는 내 여행을, 내 작별을 멈추지 않는다.

편지의 첫 부분을 읽는 순간 나는 당황하고 말았다. 편지는 그 어떤 의례적인 인사말도 없이, 심지어 내 이름을 호명하는 단계조차 생략해버린 채 곧장 어느 하루에 대한 기나긴 묘사로 시작하고 있었는데, MJ의 설명에 따르면 그날은 바로 내가 태어난 날이었기 때문이다. 그러니까 MJ는 내 생일을 기억한다는 의미로 편지를 보낸 것일까. 게다가 이 편지가, 가능하다면 내 생일 전날 도착하게 되기를 바란다고 썼다. 왜냐하면, 어쩌면 나는 생일날 아침 일찍 여행을 떠날지도 모르니까.

MJ의 담담한 말은 나를 놀라게 했으므로 나는 잠시 편지 읽기를 중단했다. 내가 갑작스러운 여행을 떠날 예정인 내일은, 생각해보니 정말로 내 생일이었기 때문이다. 어떤 사람에게는 삶이 곧 의례의 과정이기도 하겠지만 나는 거기에 해당하지 않는다. 나는 생일을 기념하기 위해서 여행을 떠나지 않는다. 심지어 나는 내일이 생일임을 의식하지도 못했으며, 내가 여행을 결심한 것은 생일과는 완전히 무관한 사건이다. 나는 일생 동안 생일과 무관한 사람으로 살아왔다. 내일의 내 여행은 오늘 도착한 MJ의 편지와 마찬가지로 우연이다. 나는 여행을 떠나기로 했다. 그런데 나는 여행을 떠나게 되는가? 나는 왜,라고 묻지 않는다. 나는 여행을 떠나지만 그건 내가 여행을 떠나지 않는 것과 마찬가지로 우연이다. 그런데 MJ는 그것을 어떻게 알고 있는가? 내 생일을 알고 있다는 것도 신기하지만, 당연히 더 놀라운 건 오늘 아침까지 나 자신조차도 모르고 있던 내 여행을 어떻게 미리 알 수가 있었을까. 나는 MJ가 나에 대해서 아무것도 모른다고 확신할 수 있다. 과거에도 그랬지만 지금은 더더욱 당연히 아무것도 모른다. 심지어 내 필체조차도 모른다! 누군가에 대해서 아무것도 모를수록 그를 전부 안다고 착각하기 쉽다. 혹은 어떤 한 가지 사실을 안다는 이유로 그 사람의 모든 면을 알고 있다고 착각하기도 한다. 그런 이들은 이 세계와 시간이 수천 개의 팔을 가진 하나의 여신이라고 믿는다. 아무리 멀리 떨어진 곳에서 홀로 춤추는 팔이라고 해도 그것이 살아 있는 한 결국은 하나의 유일한 몸통을 대변하는 몸짓에 지나지 않듯이, 이 세상의 모든 일은 궁극적으로 하나의 유일한 정신세계 내부에서 일어난다고 믿는다. MJ가 바로 그런 경우일지도 몰랐다. 예를 들자면, 내 생일을 알고 있다는 그 이유로 나의 대부분을, 내 여행까지도 당연히 포함하여, 알고 있다고 착각해버리는 식이다.

　발이 없다. 종종 나는 삶을 그렇게 느낀다. 다르게 표현할 길이 없는 감정이다. 그 안에서 나는 한 그루 나무나 마찬가지였다. 적어도 내가 태어났을 때, 나는 나무였다. 그렇게 믿는다. 또한 나는 사과가 담긴 접시, 갓 사냥당한 흰 자고새, 얇은 껍질을 가진 황색 포도와 쓰러진 뢰머 유리잔, 이제 막 꺼내어져 아직도 따끈한 사슴의 회백색 내장, 그리고 펼쳐진 은자의 비망록과 해골이었다. 나는 그렇게 고요한 정물들 중 하나인데, 그중에서 정확히 무엇인지는 알지 못한다. 화가의 탁자 위. 누군가 나를 거기에 놓았다. 측면에서 비쳐오는 빛과 함께. 그런데 그것이 내가 생일에 여행을 떠나는 이유일까? 생각해보니여행을 떠나기로 결정은 했지만 왜 떠나는지 이유에 대해서는나 자신도 정확히는 모르고 있는 상태이다. 하지만 나는 그것에 대해서 깊이 생각하지 않기로 한다.

만약 내 여행이 그림이라면, 그것은 겨울의 풍경화일 것이다. 그림을 그려야 한다면, 지금 그럴 계획은 없지만, 겨울은 썩좋은 시기가 아니다. 어쩌면 가장 나쁠지도 모른다. 물감이 얼어붙기 때문이다. 흰 서리가 색채를 둘러싼다. 그림뿐만이 아니다. 만약 내가 아이를 낳는다면, 그럴 계획은 전혀 없지만, 겨울은 썩 좋은 시기가 아니다. 솔직하게 말하자면, 가장 나쁠지도모른다. 그 아이의 생일이 겨울일 것이기 때문이며, 그 아이가겨울에 갑작스러운 여행을 떠나게 될 수도 있기 때문이다. 어쩐지, 태어나지도 않을 아이를 모욕하고 싶지는 않지만, 그 아이는 겨울의 풍경을 가질 것이기 때문이다. 그런데 필체나 목소리처럼, 색채나 풍경도 아이에게 유전되는 것일까? 그러므로내 말은, 겨울에는 아이를 낳기보다는, 예를 들자면 편지를 쓰는 편이 더 낫다는 것이다. 나는 편지를 쓴다. 오해하지 말아야하는데, 내가 편지를 남들보다 자주, 더 길게 쓰는 건 아니다. 단지 내 일생의 몇몇 중요한 사건들이 편지를 통해 이루어졌을뿐이다. 그렇게 믿는다. 내가 편지를 쓰는 이유는 내 언어가 매개체를 필요로 하는 종류이기 때문이다. 편지는 그런 나의 간접 언어이다. 편지 안에서 나는 수천의 팔 중 하나의 팔이다.

MJ가 내 생일을 알고 있을 뿐 아니라, 이미 떠나버린 나를 이처럼 오랜 시간이 지난 다음에도 여전히 기억하고 있다는 사실이 나를 당황시킨다. 단지 내가 알아차리지 못했을 뿐, 원래 MJ는 마음속에 모든 걸 담아두는, 보기보다 치밀한 인간이었던 걸까? 게다가 MJ는 내가 태어난 날에 대해서, 내가 그럴 수 있는 것보다 훨씬 더 많이, 자세하게 기억하고 있었다. 물론 MJ가 편지에 쓴 묘사가 맞는지 나로서는 확인할 길은 없지만 말이다. 그건 겨울이었다. 나는 아직 없지만, 이제 곧, 있으려고 하는 참이었다. 하지만 이제야 깨달았는데 나는, 혹은 특별한 경우에 나로 일컬어지는 어떤 존재의 상태는, 설사 뚜렷한 의식은 없을지라도 원래부터 늘 있어왔던 어떤 연속적 질료의 일부라는 것이다. MJ는 바로 그것을 알려주기 위해서 내가 태어난 날에 대해서 이처럼 긴 묘사를 하고 있는 걸지도 모른다. 하지만 다시 그날로, 아니 편지로 돌아가서, 목요일이고(달력으로 확인이 가능하다), 모래 알갱이가 섞인 바람이 심하게 불었다. 강에서 퍼온 모래를 공사장으로 실어나르던 트럭이 근처를 지나던 중에 방수천이 벗겨진 탓이다. 나는 아직 형체가 없다. 편지 속에서 나는 이름도 얼굴도 아닌 오직 알려지지 않은 전조로만 존재한다. 그러나 그날 따갑게 부딪쳐오던 건조하고 차가운 모래의 감각은 지금도 내 피부에 남아 있다. 심지어 아직까지도 간혹 피부 표면에서 반짝이는 그날의 모래알이 발견되기도 한다. 풍경과 기후로 이루어진 나는 이미 돌의 일부이다. 침묵하는 목구멍, 바싹 마른 풀 같은 입술, 회색빛으로 변한 건조한 혓바닥이 그 증거일 것이다. 구름으로 절반쯤 가려진 하늘은 색채가 거의 없이 흐릿했다. 바람이 너무도 심해서 전차에서 막 내린 젊은 여자의 머리와 얼굴을 감싼 흰 모직 스카프가 통째로 벗겨져 날아가버릴 정도였고 심지어 여자 자신도 거의 쓰러질 듯이 비틀거렸다. 분수대 앞 골목길 입구 전신주 아래에는 짐을 실은 자전거가 바람에 쓰러졌고 스카프를 움켜쥔 여자는 손바닥을 찌르는 정전기를 느꼈다. 여자는 바람을 두려워했다. 얼굴을 가린 스카프가 벗겨지거나 머리카락이 엉망이 되거나 외투 자락이 휘날려 모양이 우스워지기 때문에, 하지만 그보다는 사방에서 바람과 먼지가 휘몰아치는 가운데 그 어떤 보호도 없이 마치 벼랑 끝에 홀로 선 나무처럼 기후의 위력 앞에 맨몸으로 덩그러니 놓여 있다는 불안 때문이었다. 그러나 정말 거대한 두려움은 말해지지 않는 것 속에 있다. 여자가 불안을 안다는 것, 그것이 바로 문제였다. 불안의 느낌을 안다는 것, 그리하여 조금이라도 달라붙을 만한 것이 있으면 손톱을 세우고 미친 듯이 매달리고 싶기 때문이다. 여자는 잠시 눈을 감고, 미끄러지듯 불안에서 빠져나가는 자신을 상상했다. 분수대 광장에는 소방서 건물이 있었고 여자는 소방서를 돌아 뒷길로 들어섰다. 골목의 모퉁이를 돌자마자 여자의 바로 눈앞에서 한 집의 대문이 벌컥 열리더니, 늙어서 몸집이 강아지만큼 쪼그라든 노파가 야트막한 대문 밖으로 허리를 구부린 채 대야에 가득 담긴 재를 길에 쏟아버렸다. 너무도 순식간이라 여자는 걸음을 멈출 틈도 없었다. 재가 바람에 날리며 여자의 얼굴을 덮쳤다. 여자는 반사적으로 한 팔을 들어 얼굴을 가렸다. 하지만 멈칫거린 것도 잠시, 여자는 개의치 않으며 아직도 따끈한 재를 온몸으로 밟고 지나갔다. 재를 뒤집어쓸 것이다, 하는 예언의 말을 이미 들은 사람처럼 태연하게. 혹은 재에 대해서 전혀 인식하지 못하는 것처럼 태연하게. 연극의 한 장면처럼 여자는 지나갔다. 여자의 배역은 재이다. 여자의 폐는 재를 깊이 호흡했다. 재 가루가 눈을 덮쳤으므로 한순간 여자는 앞이 보이지 않았다. 여자는 눈을 감았다가 떴고, 잠시 동안 원인 없는 눈물을 뚝뚝 흘렸고, 계속해서 골목길을 걸어갔다. *(속삭임: 재와 눈물은 내 존재의 전조였다)* 여자의 뒷모습이 길 안쪽으로 사라졌다. 담벼락과 전신주에는 조야하게 인쇄된 연극 포스터가 붙어 있다. 이날의 정오는 기억되는가? 알려지지 않은 제3의 시선이 전차 정류장과 분수대와 자전거와 여전히 허공에 떠다니는 따끈한 재와 나른하게 잠든 듯한 소방서와 무질서한 전선이 커다란 뭉치로 엉킨 전신주들과 지붕 위의 까치들과 잎이 다 떨어진 몇 그루의 앙상한 가로수들과 마치 우체부처럼 커다란 가방을 든, 마른 몸매의 행인들을 지켜본다. 모두가 필사적으로 삶에 매달려 있다. 정오의 사이렌이 울린다. 이날의 정오는 기억되는가?

MJ는 썼다, 그날 자신은 마치 일생 처음으로 홀로 여행을 떠나는 사람 같았다고. 우연일 수도 있는 그 표현이 나를 흔들었다. 내가 알기로 MJ는 일생 동안 홀로 여행을 다녔던 사람이 아니었던가. 책 외판원이나 입주 개인 요양 간호사, 아니면 연극배우, 혹은 또 다른 무엇인지는 몰라도 어쨌든 MJ의 직업 때문에. 그런데 MJ는, 내 생일은 물론 내가 생일에 여행을 떠나게 될 것을 어떻게 알 수 있었을까?

내 생일을 아는 사람들은 많지 않다. 아니 거의 없다고 해도 좋았다. 내 생일과 관련된 사람들도 마찬가지다. 그들 대부분은 이미 죽었거나 죽었을 가능성이 높았고, 그렇지 않더라도 내 삶에서 완전히 사라진 지 오래였다. 어쩌면 내 비사교적 언어가 그들의 죽음을 촉발했을지도 모른다는 생각이 든다. 내가 그들에게 충분한 편지를 보내지 않았기 때문에, 그들의 편지에 답장을 쓰는 것을 잊었기 때문에, 혹은 그들의 편지를 수신 거부했기 때문에. 그렇게 그들은 죽은 것이다. 전화번호부의 이름이 하나씩 삭제되는 방식으로. 나는 내가 행한 일들을, 그리고 행하지 않은 일들을 의심의 시선으로 응시한다. 나는 생각이 너무 많은 것일지도 모른다. 하지만 나는 생각을 그대로 표현하지 않는 데 익숙하다. 아니 그런데 생각을 그대로 표현하다니, 마치 그게 가능하기라도 한 것처럼. 나는 내 말이 단어 그 자체로 이해되기를 원하지 않는다. 나는 여전히 말을 배우듯이 편지를 쓴다. 내 최초의 말은 편지였거나 혹은 편지가 최초의 말이었다. 내 말은 춤추고 의심한다, 나는 세계 자체일까? 나는 신화에 매혹된 매개체이다. 나는 하나의 정신에서 나온 수천의 팔 중 하나이며, 강한 현실도피적 본질을 지녔다. 나는 비사교적이지만 모험을 좋아한다. 그래서 종종 내 비사교성을 숨기는 모험을 즐기곤 했다. 나는 바람 속에, 모래 속에, 노파와 재 속에, 그리고 식모 속에 숨어 있는 자신을 상상하곤 했다. 나는 그날 분수대 광장 거리를 걸어가던, 빨치산 복장의 행인이다. 배달부의 자전거에 실린 유리에, 엄격하고 수줍은 표정의 내가 지나가는 것이 비친다. 자신이 아닌 다른 사람이 되는 것은 커다란 모험이다.

MJ를 연상시키는 것들은 이미 오래전에 사라졌다. 나는 MJ를 더 이상 떠올리지 않았다. 나를 연상시키는 것들도 마찬가지로 모두 잊었다. 그런데 무엇이 MJ로 하여금 나를 떠올리게 만들었을지 도무지 짐작이 가지 않는다.

장기 하숙인 중에는 인근 여자중학교의 음악교사가 있었다. 당시 그는 내 눈에 아마도 최소한 오십 살은 넘어 보였지만 실제로는 더 젊었을지도 모른다. 물론 그 반대일 수도 있다. 그는 독신으로 알려졌고 큰 키에 몸집도 건장하며 피부가 거무스름했다. 의사를 전달하는 방식이 말이 아니라 일부러 칠한 듯한 짙은 눈썹을 꿈틀거리며 표정을 바꾸는 것이 전부였던 사람. 그런데 그를 특징짓는 몇몇 인상들이 뚜렷이 떠오르긴 하지만 놀랍게도 눈썹 아래 그의 얼굴은 전혀 기억나지 않는다. 그는 내가 알기로 하숙집의 최장기 거주자이며 가장 연장자이기도 했다. 그래서 그런지 이상할 정도로 특별대우를 받는 편이었다. 저녁이면 그에게 성악 교습을 받으러 여학생들이 찾아오곤 했다. 음악교사는 별채의 큰 방에 살면서 피아노를 갖춰놓고 교습을 했지만 교습시간이 끝나면 학생들과 함께 건너와서 다 같이 저녁을 먹었다. 말이 없고 비사교적이며 매우 무뚝뚝한 인상이지만 가르치는 실력은 나쁘지 않은지 교습생들이 끊이지 않았다. 하숙인과 그들의 방문객, 하숙인을 찾아왔다가 그대로 머물며 장기간 거주하는 손님, 책과 백과사전과 러시아어 어학 테이프 등을 팔려고 수시로 드나들다가 더러는 그대로 하숙인과 친구가 되어 며칠씩 머물기도 하는 여러 명의 외판원, 그리고 음악교사의 교습생들까지, 하숙집에는 늘 이런저런 종류의 외부인들이 드나들었고 우리는 그것에 익숙했다.

몇 달 전 나는 버스에서 연한 꽃무늬가 들어간 흰색 페도라를 쓴 중년 여자의 옆자리에 앉았는데, 그녀는 나를 보자마자 놀랍게도 고개를 내 쪽으로 돌리고 내 이름을—내 어린 시절의 이름을—부르면서, *(속삭임: 밀 어디 있어?)* 혹시 오래전에 돈암동 하숙집에서, 음악 레슨을 하던 교사의 하숙집에서 살지 않았느냐고 물었다. 그리고 자신은 그때 교습을 받으러 오던 여학생 중의 하나라고 말했다. 나는 그녀의 얼굴을 보았지만 그녀가 누구인지, 항상 서너 명씩 무리를 지어 몰려다니던, 중간에 멤버가 교체되곤 하던 교습생들 중의 누구였는지 당연히도 전혀 기억나지 않았다. 중학생 여자아이들은 대개 비슷비슷해 보이기도 했지만, 무엇보다도 너무도 오랜 시간이 흘렀던 것이다. 그래도 우리는 잠시 이야기를 나누었다. 나는 심지어 그녀의 모자를 칭찬하기까지 했다. 자리에 앉아 있어서 처음에는 몰랐지만 그녀는 상당히 배가 부른 임신부였다. 성악 공부는 그만두었다고, 그녀는 내가 묻지도 않은 것을 대답했다. 그리고 매우 늦은 나이에 임신을 했다고, 조금 민망해하면서 덧붙였다. 우리의 대화는 주로 음악교사와 그의 주변에 관한 거였는데, 사실 그녀가 일방적으로 이야기를 했고 나는 거의 듣기만 했다. 하숙집을 떠난 뒤 나는 음악교사를 한 번도 만나지 못했지만 그녀는 대학을 졸업한 후에도 그와 종종 연락을 하고 지냈다고 했다. 그때까지도 음악교사는 독신이었으며 남쪽의 고향 도시로 내려가 음악학원을 차렸다고 했다. 그의 음악학원은 그 지역에서는 매우 유명했고 규모도 커서 아마 돈을 상당히 벌었을 거라고 했다. 그녀에게도 음악학원의 강사로 일해보라고 권유했지만 그녀는 (비록 결혼에 이르지는 못했으나) 당시 약혼자와의 미래를 설계하고 있었을 뿐 아니라 서울이 아닌 지방에서의 삶은 한 번도 생각해보지 못한 일이라서 거절했다는 것이다. 그녀가 끊임없이, 아주 많은 이야기를 쏟아놓았기 때문에 나는 그저 어리둥절한 채 놀라워하고 있었다. 그녀가 하는 이야기들 속에는 내가 등장하거나 적어도 나와 관련되었다고 알려진 사람들이 등장하지만, 이상할 정도로 내게는 모두 생소했기 때문이다. 그녀는 정말로 나를 안다고 여기는가? 어떤 사람은 일생 동안 외모가 거의 변하지 않는 반면에, 어떤 사람은 몇 년 사이에도 마치 다른 사람처럼 인상이 변하기도 한다. 나는 어떤 편일까? 어떻게 그녀는 첫눈에 나를 알아차릴 수 있었는지 신기했다. 내 생각에 나는 아주, 그것도 아주 많이 변했을 것이기 때문이다. 그녀가 말하는 내용 중에는 내가 기억하는 사실들과 어렴풋이 일치하는 것들도 있고, 마치 그녀 스스로 지어낸 이야기처럼 생소하게 들리는 말들도 있었다. 예를 들자면 그녀는 내가 "병원으로 간 뒤" 하숙집 사람들은 이상하게도 하나둘씩 사라져버렸고, 마침내는 음악교사 한 사람만이 남게 되었다는 말을 했다. 그래서 자신은 나 또한 영영 돌아오지 않으리라고 생각했으나 어느 날 내가 다시 나타나서 기뻤다고 했다. 내가 병원으로 간 뒤 음악교사는 교습을 중단했을 뿐만 아니라 학교마저 그만두었다. 그가 매일 술을 마시다가 병이 들었다는 소문이 무성했고 심지어 죽었다는 말도—비록 헛소문이었지만—있었다. 그해 가을은 뒤숭숭하고 어두웠지만 중학생인 자신들은 음악교사가 학교를 떠나버린 뒤 새로 부임한 젊고 어여쁜 여자 음악교사 때문에 남몰래 즐거웠다고 했다. "우리는 모두 그녀에게 사랑에 빠지고 말았어. 물론 원래 음악교사도 좋았지만 그는 남자인데다 나이가 너무 많아서 뭐랄까 아무래도 좀 어려웠으니까" 하고 그녀는 이유는 알 수 없지만 살짝 얼굴을 붉히며 서둘러 덧붙였다. 결혼을 하고 아기를 갖게 되니 이상하게도 어린 시절 모호하게만 경험했던 정체불명의 감각들이 기억 속에서 더욱 선명해지는 것 같다고 그녀는 말했다. 더욱 파편적이고, 그래서 더욱 과도할 만큼 선명하게. 그런데 선명하다는 것은 반드시 정확하다는 의미일 수는 없을 거라고도 말했다. "마흔다섯에 첫 임신을 해서 그런지 이상하게 불안하고 자주 눈물이 나" 하고 그녀는 또 말했다. "그래도 우리는 학교를 떠난 음악교사를 아주 잊은 건 아니었어, 특별히 학생들과 친근하게 지내는 재주는 없었지만 그래도 속마음은 따뜻하고 좋은 사람이었고 무엇보다도 훌륭한 교사였으니까. 우리는 그를 정말로 좋아했단다. 정말이야" 하고 그녀는 다시 덧붙였다. 그런데 이렇게 많은 시간이 지난 다음에 우연히 나를 만나서 무척 반갑다고, 혹시 가능하다면 가까운 날에 자신의 집을 방문해달라고도 말했다. 나는 사실은 그녀의 말이 다 끝날 때까지도 그녀를 기억하지 못하겠다고 솔직히 말할 수 없었을 뿐만 아니라, 내가 알지 못하는 수많은 이야기들을 듣고 있어야 했으므로 점점 불안해졌고, 그래서인지 시선을 그녀의 얼굴이 아니라 그녀의 흰 모자에 고정한 채, 원래 의도하지 않았던 말을 해버렸다. 나는 이제 곧 긴 여행을 떠나야 하기 때문에 그녀의 집에 방문하기가 어려울 것 같다고. 어떤 여행인지 궁금해하는 그녀의 질문에 나는 매년 생일이면 여행을 떠난다는 말을 즉흥적으로 꾸며냈다. 그 말을 한 것은 나는 그녀를 두 번 다시 만날 일이 없고,

그녀는 내 생일을 모르며—우리가 만난 그날은 겨울도 아니었고 2월도 아니었다. 아마도 늦여름이나 이른 가을날이었던 것으로 기억한다—설사 내 여행이 꾸며낸 거짓말이라 해도 그게 그녀에게는 아무런 상관도 없고 피해가 될 일도 아니란 확신이 있었기 때문이다. 게다가 그녀는, 내가 일생 동안 한 번도 여행을 떠난 적이 없다는 사실을 절대 알지 못할 것이기에. 그러나 그녀는 갑자기 얼굴이 환하게 밝아지면서, 그 말을 들으니 언젠가 내 생일에 성악 교습을 받던 학생들이 돈을 모아 여우털 실내화를 선물로 사준 것이 기억난다고 말했다. 여우 머리 모양이 앞부분에 달린 실내화였다. "그래, 이제 생각난다, 그런데 이상하네, 내 기억에는 그게 분명 겨울이거나 이른 봄이었던 것 같은데 말이야" 하고 그녀는 이어서 말했다. 왜냐하면 하숙집은 겨울에도 난방을 잘 해주지 않아 무척 추웠는데 나는 항상 실내화가 없었고, 양말도 아주 얇은 여름양말뿐이거나 심지어 맨발일 때도 많았기에, 그래서 자신들이 궁리해 낸 선물이었다고 말이다. "우리 모두는 교습을 받으러 갈 때면 반드시 실내화를 챙겼어, 마룻바닥이 차가워서 털 실내화는 큰 도움이 되었거든" 하고 그녀는 말했다.

"넌 아주 좋아했잖아." 그녀는 내가 말할 틈을 주지 않고 계속했다. "그게 살아 있는 여우라면, 그래서 뾰쪽하고 날카로운 노란색 털과 주둥이를 쓰다듬을 수 있다면 얼마나 좋을까, 하고 네가 말했어. 그래서 놀란 우리가 전부 말했지, 아냐, 여우는 쓰다듬을 수 없어, 그건 코요테나 마찬가지로 야생동물이기 때문이야, 하고. 너는 코요테라는 이름을 모르면서도 조금도 낯설어하지 않았고 마치 잘 아는 것처럼 고개를 끄덕였어. 너는 강아지와 여우와 코요테를 혼동하고 있는 것이 분명했어. 너는 동물원에 한 번도 가본 적이 없는 게 분명했어. 너는 그 무엇도 쓰다듬어본 적이 없는 얼굴로 우리를 의아하게 바라보았지. 그런데 이상하네, 내 기억에는 분명 겨울이거나 이른 봄이었던 것 같은데 말이야. 그래서 네 생일이 겨울이라고 기억하고 있었어. 하지만 지금 네 말을 들으니 내 착각이었나봐, 그건 겨울이 아니었거나, 혹은 우리가 네 생일을 잘 몰랐던 것 같아."

그녀는 MJ 이야기는 한마디도 하지 않았다, 아니 그녀가 MJ의 이야기를 미처 꺼내기 전에 나는 버스에서 내렸다. 그날 나는 버스를 타고 어디로 가던 길이었을까. 그곳은 내가 사는 동네가 아니었고, 내가 잘 아는 다른 지역도 아니었다. 서울이기는 했으나 내가 한 번도 가보지 못한 곳이었다. 집 안에서 입는 가벼운 옷차림이었던 그녀는 아마도 그 근처에서 살고 있었을까. 가까운 세탁소나 상점에 가기 위해서 집을 나섰고, 임신으로 몸이 무거워 버스를 탔을 것이다. 반면에 나는 특별한 볼일 없이 기분전환을 하기 위해 무작정 버스에 올라탄 다음 창밖 거리를 구경하면서 오랫동안 내리는 것을 잊어버리고 있었음이 틀림없다. 종종 그런 일이 있기 때문이다. 내가 버스에서 내린 곳은 복잡한 도심을 벗어난 시 외곽 지역으로, 일직선으로 뻗은 널찍한 거리 가장자리에는 밤나무와 플라타너스 가로수가 그늘을 드리웠고 반듯하게 구획진 블록마다 새로 지은 주택지가 여유롭게 늘어서 있었다. 집들은 마치 유니폼을 입은 듯 비슷비슷한 모양의 이층이었고 지붕에는 푸른 기와를 이층에는 흰색 발코니를 올리고 있었다. 이른 오후의 햇빛이 환했고 어느 집 이층 발코니에는 흰 이불 빨래가 가득 널려 있었다. 세탁소와 잡화점, 꽃집과 자전거, 반바지를 입은 아이들이 나타났다가 사라졌다. 오랫동안 버스를 타고 있었던 나는 심호흡을 하며 신선한 공기를 들이마셨다. 그리고 버스가 떠난 방향으로 천천히 걸었다. 늘 그렇듯이 조금 산책을 하다가 집으로 돌아갈 방법을 궁리해볼 예정이었다. 내가 있는 곳이 어디인지 몰랐으나 나는 서두를 이유가 없었다. 잠시 뒤, 나는 신호등 앞에 멈추어 선 버스를 지나쳐갔다. 몇몇 승객들을 제외하고는 거의 비다시피 한 버스 안에서 조금 전의 그녀가 나를 바라보고 있었다. 나는 계속 걸었고, 버스를 앞질러갔다.

그러므로 생일에 떠나는 여행에 대해서, 비록 전혀 계획한 바가 아니고 그럴 생각도 전혀 없었으며 결코 진실도 아니었지만, 어쨌든 나는 누군가에게 그것을 누설했던 셈이다. 예언은 진실만큼이나 내 일이 아니다. 그밖에 또 누구를 만나서 생일 이야기를 했을까? 아주 드물게 내 생일을 묻는 사람이 있었다. 그러면 나는 겨울과 봄 사이쯤이라고, 그 정도로 대답하곤 했다. 그런데 그 말을 들은 누군가가—굳이 이름을 기억할 필요조차 없는, 그다지 가까운 사이가 아닌 사람—대뜸 "아, 그렇다면 시기가 비행기나 호텔의 비수기와 비슷하겠는데요, 음력 설날과 겹치지만 않는다면요…… 의외로 여행을 떠나기 정말로 좋은 때가 아닐까요. 마음만 먹는다면 근사한 호텔에 묵으면서 파티를 열어도 되겠군요" 하고 대꾸했던 것이 기억난다. 참고로 말하지만 나는 나무보다 더 높은 고층 건물은 올라가지 않고 특히 호텔은 더더욱 예외일 수 없다. 어린 시절에 흑백 텔레비전으로 생중계되는 서울 시내 호텔 화재의 끔찍한 현장을 보았기 때문이다. 크리스마스 날이었고, 호텔은 시커먼 연기로 뒤덮여 있었다. 연기 속에서 사람들이 살과 뼈로 이루어진 인형처럼 추락하고 있었다. 호텔 파티를 이야기한 사람은 알 길이 없겠지만, 나는 내가 시내 고층 호텔 포비아라는 사실 말고도 혹시 파티 포비아일지도 모른다고 생각한 적이 자주 있다. 그래, 어쩌면 나는 파티 포비아일지도 모른다. 하지만 그것은 시내 고층 호텔 포비아를 포함하는, 훨씬 더 광범위한 다른 증후군의 일부 증상에 불과할 가능성도 있다. 나는 분명 파티를 좋아하지 않고, 크리스마스 파티든 생일 파티든 (그둘은 결국 같은 종류가 아니던가? 그런데 지금에서야 분명하게 떠오르는 생각은, 나는 아직 실제로는 호텔에서 한 번도 묵어본 적이 없다는 사실이다. 게다가 솔직히 말하면 파티라고 부를 만한 모임에도 가본 적이 없는 것 같다) 그 좋아하지 않음의 정도가 너무 심해서 파티에 가야 한다는 상상만으로도 구역감을 느낀다. 그 감정은 막연한 공포심이라기보다는, 팔다리를 옭죄는 어떤 물리적인 기구로부터 해방되고 싶다는 필사적인 욕구에 가깝다. 나는 손목을 결박한 사슬을 몸서리치듯이, 파티를 좋아하지 않는다. 단 두 사람이 모이는 파티라고 해도, 나는 임신한 노예처럼 끝없는 구역감을 느낀다. 왜 나는 해방되기를 원하는 걸까? 혹시나 자신도 모르는 무언가의 노예인 걸까? 나는 침묵한다. 나는 나로부터 해방되고, 나는 스스로를 비인간적 시선으로 약간 잔인하게 바라본다. *(속삭임: 약간 잔인하게)* 나는 아무와도 눈을 마주치지 않고 아무와도 말을 나누지 않고, 집으로 돌아가기를 꿈꾼다. 집은 잔인하다. 집은 추상적이다. 집은 평평한 지붕과 유리창과 화단과 흰 빨래로 이루어졌다. 집은 꿈이다. 집은 여기에 있으나 여기 없는 그 무엇이다. 파티 포비아는 일종의 병일까? 그럴지도 모른다. 적어도 일종의 약점인 것만은 분명하다. 설사 그렇다 하더라도 나는 절대 나를 위해 생일 파티를 열 생각은 없고, (크리스마스를 포함하여) 다른 누군가의 생일 파티에 참석하고 싶은 생각도 없다. 세계는 내게 영영 끝나지 않는 거대한 파티처럼 보인다. 끊임없이 나타나는 사람들은 공들여 차려 입었고, 지치지도 않으며 생일을 맞고, 생명의 소음을 유발한다. 하지만 나는 괜찮다. 나는 성공적으로 빠져나오고, 나는 여행을 떠난다. 나는 고통스럽지 않다.

공통점이 없는 것은 고통을 주지 못하므로.

사실, 오래전부터 나는, 생일이란 나에 대한 우연한 은유일

뿐이라고 믿고 있었다. MJ가 쓴 내가 태어난 날의 묘사를 읽고 있으니 그 믿음이 다시 떠올랐다. MJ는 과연 그날을 진심으로 알고 있다고 생각하는 것일까? 모호한 정원과도 같은 그날을, 그 기억의 우묵한 장소를 진심으로 알고 있다고 생각하는 것일까? 혹은 그날 이후, MJ는 그 장소를 다시 방문한 일이 있었을까? 예를 들자면 어린 시절의 집이나 학교를, 혹은 특별한 사건이 일어난 장소를 다시 찾아가고 싶어지는 것처럼. 아니면 우연히 그 장소를 지나치다가 문득 그곳을 알고 있다는 느낌에 사로잡혔고—종종 일어나듯이, 환각의 기억에 엄습당하는 경험—그래서 그곳의 기억을 떠올리다가 의도하지 않게 나에 대한 생각으로까지 이어진 것일지도 모른다. 어느 날 불현듯 어린 시절에 알던 사람, 너무도 오랜 시간 동안 만나지도 연락을 주고받지도 않았던 누군가를 충동적으로 찾아가고 싶어지는 것처럼, 자신이 알고 있다고 믿는 어떤 사람이—오, 그의 생일을 알고 있어!—갑자기 생각나고, 문득 그 사람에게 편지를 쓰고 싶다는 열망에 사로잡혀, 주저도 저항도 없이, 종이와 펜을 집어드는 바로 그런 순간. 그토록 비정형적이며 처음부터 끝까지 오직 은유인 편지.

명확하게는 특정할 수 없는, 몇몇 일들이 있다. 예를 들자면 내 꿈-편지의 행방 같은 것. 내가 최초의 편지를 쓴 계기는 "병원에 있을 때" 알게 된, 아마도 의사로 추정되는 한 여자 때문이었다. 너무 오래된 일이라서 사실 나는 병원을 잘 기억하지 못하지만, 사람들이 종종 그렇게 말하기 때문에 내가 병원에 있었다고 믿는 편이다. 아이들은 누구나 이런저런 이유로 병원에 간다. 그리고 상당수는 병원에서 오랫동안 머물기도 한다. 나는 지붕 위에서 놀다가 아래로 떨어졌기 때문에 머리와 뼈를 다쳐서 병원에 오래 있었다고 들었다. 혹은 내가 갑자기 구토를 했는데, 사람들의 질문에 내가 지붕에서 떨어졌다고 대답했다는 것이다. 혹은 지붕에 올라가지 말라고 주의를 받았음에도 불구하고 몰래 지붕에 올라갔다가 떨어진 내가 그 사실을 아무에게도 말하지 않고 숨겼지만, 한참 시간이 흐른 후 몸이 다친 것을 들켰고 그런데도 불구하고 야단맞을 것을 두려워해서 끝끝내 지붕에 올라가지 않았다고 고집을 부렸다고도 했다. 혹은 지붕에 올라갔다가 떨어진 사실을 들키게 된 내가 야단맞을 일이 두려운 나머지, 사실은 지붕에 올라간 적이 한 번도 없고 올라가지도 않았는데 나는 저절로 거기에 있었으며, 지붕에서 마주친 도둑이 나를 밀치는 바람에 할 수 없이 저절로 떨어져버렸다고 변명을 지어냈다고도 했다. 도둑은 열 살 난 사내아이인데 하숙집이 빈 낮시간에 몰래 숨어들어와 식모의 동전과 방문 아래 밀어넣어진 오래된 편지들을 훔쳐간 장본인이라고. 아무도 사내아이 도둑을 본 사람은 없지만 나는 지붕에서 분명 그 아이를 보았다고 끝끝내 고집을 피웠다고 했다. 하숙집에는 편평한 형태의 지붕이 있었고 거기에 빨래를 널곤 했다. 어쨌든 사람들은 의논을 했고, 아무래도 의사에게 한번 보이는 편이 나을 거라고 판단했다고 한다. 나중에 나는 또 들었다, 같은 병실에는 사고로 팔이 잘려서 실려온 아이가 있었고 하필이면 내가 그 아이의 잘려나간 팔을 바로 코앞에서 보게 되는 바람에 충격을 받고 기절해버렸다고 (그렇다면 피비린내도 맡았을까? 바닥에 떨어진 피도). 그리고 깨어난 다음에는 그 전후 사건을 잘 기억하지 못하게 되었다고, 지붕에서 떨어진 일은 물론 도둑을 보았다는 자신의 말도 기억하지 못했다고 했으며 더욱 심각하게도 일시적으로는 아예 말까지 잊어버리는 바람에 사람들은 내가 영영 말을 못 할 거라고 믿었다는 것이다. 내가 병원에 오래 있었던 건 다친 상처보다는 잘린 팔을 보고 기절한 것이 더 큰 원인 같았다. 왜냐하면 나는 몸에 상처나 수술자국이 전혀 없었고, 심지어는 내가 기억하는 한 단 한 번도 머리나 몸에 통증을 느끼지 않았기 때문이다.

몸이 회복되어 퇴원을 앞두고 있을 무렵, 그동안 보아오던 의사와는 좀 다른 새로운 의사라고 생각되는 사람을 만났다. 새 의사의 진료실에는 신기하게도 청진기나 체온계, 입을 벌리고 목구멍 안을 들여다보는 작은 은색 주걱 같은 물건이 하나도 없었다. 뿐만 아니라 어린아이 환자를 진료하는 대개의 소아과 의사 진료실처럼 과장되게 커다란 곰인형 따위도 보이지 않았다. 대신 유리문이 달린 책장 안을 가득 채운 책과 서류함, 캐비닛, 만년필, 커다란 삼각자와 나침판과 각도기 같은 물건들이 눈에 들어왔다. 방 한구석에는 곰인형 대신 콧수염을 기른 남자의 청동 반신상 하나가 있었다. 나를 데리고 온 간호사가 나가자 나와 의사 둘만 남았다. 맞은편에 앉은 의사는 책상 위로 펜과 백지 한 장을 내밀면서, 나에게 지붕에서 떨어진 날의 일을 써보라고 했다. 의사의 목소리는 가늘고 불안정했다. 고장난 바늘이 레코드판 위에서 이리저리 튀듯이 높낮이가 균일하지 않고 흔들리는 목소리였다. 성대의 이상 때문인지 의사의 화법은 불필요한 말을 완전히 생략하는 방식이었다. 내 눈에 의사의 손목시계가 들어왔다. 장식 없는 은색 금속 줄의 손목시계. 의사의 팔목은 깜짝 놀랄 만큼 가늘었다. 내가 본 그 어떤 성인의 팔목보다도 가늘어 거의 비현실적인 인상을 주었다. 갈색 반점으로 덮인 주름진 손등 피부에는 미세한 흰 털이 듬성듬성 나 있었다. 나는 이미 여러 사람에게 여러 번이나 그 일에 대해서 말했던 것을 잘 기억하고 있었다. 하지만 내가 정확히 뭐라고 말했는지 내용은 기억나지 않았다. 단지 내 대답이 매번 약간씩 달랐고, 그래서 사람들이 내 대답을 그다지 신뢰하지 않는다는 인상을 받은 것만은 기억하고 있었다. 하지만 단 한 번도 그 일에 대해서 써본 적은 없었다. 나는 당황했고 약간 흥분했던 것 같다. 나는 쓴다는 행위에 대해서, 오직 편지라는 형식만을 알고 있었다. 하지만 단 한 번도 누군가에게 편지를 써본 적이 없었다. 편지를 쓸 만한 구체적인 대상을 가져본 적이 없었다. 내가 알고 있던 당시의 모든 글은 근본적으로 편지였다. 나는 어린 나이부터 많은 글을 읽었지만 그건 대부분 누군가가 쓴 편지였다. 나는 책을 가져본 적이 없었기 때문이다. 나는 많은 편지를 읽으며 자랐지만, 내가 직접 편지를 쓴 적도 받아본 적도 없었다. "그렇다면 편지를 쓰라는 말인가요?" 하고 내가 좀 더듬거리면서 물었다.

그러자 의사는 조금 놀란 얼굴로 나를 보았던 것 같다. 하지만 의사의 화법은 여전히 모든 불필요함을 생략하고 있었다. 의사는 단지, "그래" 하고 고개를 끄덕였을 뿐이다.

어둑하고 냉랭한 시립병원의 복도에서는 늘 그렇듯이 과도한 소독약 냄새가 났다. 플라스틱 슬리퍼를 신은 청소부가 양철 쓰레기통을 들고 복도를 지나갔다. 반투명 유리창이 달린 문의 나무틀은 모서리가 시커멓게 닳았다. 그곳은 병원이라기보다는 마치 전염병으로 오랫동안 휴교 중에 있는 낡은 학교와 같았다.

'유리창 아래에 새빨간 맨드라미가 피어 있는 학교.' 왜 그런 생각이 불쑥 떠올랐을까. 혹시 나는 빗물받이 양철 홈통이 달린 처마 아래 새빨간 맨드라미가 피어 있는 학교를 다녔던 걸까. 전염병으로 학교는 휴교 중이고, 아무런 소식을 듣지 못한 나는 평소와 다름없이 학교에 도착했으나 학교는 완전히 텅 비었다. 수위실은 닫혔고 교정에는 인적이 없으며 교실의 유리창 너머로 아이들의 그림자가 보이지 않는다. 혹은 아이들의 그림자가 전혀 움직이지 않는다. 하나의 못도 박히지 않은 벽, 삐걱거림 하나 없는 고요. 제비들의 빠른 활공이 야기하는 불안. 나는 이곳저곳을 배회하다가 문득 학교의 축대를 올려다본다. 키가 크고 늙은 여자가 흰 가운 차림으로 거기 서 있다. 학교의 교장이 여자라는 것은 알고 있었으나 그녀의 얼굴을 본 일은 한 번도 없었던 나는, 즉시 그녀를 내가 한 번도 만난 일이 없는 교장선생이라고 믿는다. 갑자기 어디선가 두 대의 전화기가 동시에 울린다. 나는 깜짝 놀랐으나 의사는 무시한 채 다른 서류를 들여다보고 있었다. 내가 손에 펜을 쥔 채 아무것도 쓰지 않는 걸 알아차린 의사는 기묘하게 마름모꼴인 작은 머리를 들어 나를 빤히 바라보았다. 눈꺼풀이 처져 조그만 세모꼴 구멍처럼 보이는 눈으로. 두려움이라기보다는 어떤 비밀스러운 위엄에 눌린 나는 무의식중에 머리에 떠오른 장면을, 기억과는 전혀 무관한 문장으로 종이에 적었다. 셀 수 없이 많은 장면이 떠올랐지만 그것들이 모두 정확한 기억인지 아니면 상상인지는 확신할 수 없었다. 시간이 많이 흐르기도 했지만, 애초에 나는 무엇을 기억해야 하는지 몰랐기 때문이다. 그러다 보니 즉흥적으로 그때그때 떠오르는 대로 사람들에게 매번 조금씩 다르게 설명하는 과정을 여러 번 거치면서 기억과 상상의 경계가 흐릿해져버린 것을 나 자신도 느낄 수 있을 정도였다. 그래서 의사에게, 그날의 일이 잘 기억나지 않는다고 말했다. 왜냐하면 너무 많은 일이 일어난 것 같으니까. 그 말의 의미는, 사실은 여러 가지 모순되는 기억들이 동시에 떠오르는데 그중의 어떤 기억을 선택해서 써야 하는지 잘 모르겠다는 뜻이었다. "그러니까 내가 쓰고 싶은 것을 마음대로 써도 되나요?" 나는 이렇게 물었다. 의사는 거의 두께를 느낄 수 없이 가느다란 입술을 전혀 움직이지 않고 고개만 천천히 끄덕였다. 그건 다 알고 있다는 의미였다. 왜냐하면 사실 아닌 것은 사실에서 나오는 법이므로. 그러니 쓰는 자는 걱정할 필요가 없다는 의미이기도 했다. 나는 설명 한마디 없이도 이 모두를 이해했고, 의사는 이마로 흘러내린 윤기 없는 백발의 머리를 쓸어넘겼다. 아직은 전등을 켤 만큼 늦은 시각은 아니었다. 창으로 들어온 진하고 노란 저녁 빛 속에서 거미줄이 흔들리듯 의사의 머리카락이 느리게 흔들렸다. 나는 안심하며 최초의 편지를 쓰기 시작했다. "유리창 아래 맨드라미가 있습니다." 그것은 나 자신에게 던지는 질문이기도 한 문장이었다. 나는 정말로 그것을 보았을까? "우체부가 왔고, 식모는 편지를 받아듭니다. 대문에는 누군가 꽃다발을 걸어놓았고 화단은 파헤쳐져 있습니다. 유리창 너머로 연극 연습 장면이 보입니다. 포대기에 싸인 흰색 갈매기 인형이 배우의 발아래로 내동댕이쳐집니다." 나는 마치 아무것도 쓰지 않는 것처럼 썼다. 나는 마치 아무 일도 일어나지 않은 나와 같았다. 스르르 움직이는 빛이 내가 써놓은 문장 위를 지나갔다. 나는 의사가 손전등 불빛을 종이 위로 비췄다고 생각했으나 의사는 아무것도 들고 있지 않았다. 그리고 나는 보지 않으면서 보았다. 청소부가 양철 쓰레기통의 뚜껑을 탕탕 소리나게 치는 것을. 병원 담장 밖 거리,

유리를 실은 배달부의 자전거가 지나가고 술렁이며 불어오는 바람. 의사가 갑자기 일어서서 창가로 다가갔다. 그제야 나는 의사가 무서울 만큼 여위고 키가 크며, 비정상적으로 붉은 얼굴에, 지금 당장 쓰러져 죽어도 이상하지 않을 만큼 나이가 들었고 걸음걸이가 눈에 띄게 휘청인다는 것을 알아차렸다. 만약 의사 가운을 입고 있지 않았다면, (아니 그것은 단지 흰색의 긴 겉옷이었을 뿐인가?) 시립병원에 입원 중인 늙은 결핵 환자들과 조금의 차이도 없어 보였다. 의사는 창밖을 내다보았다. 의사의 긴 그림자가 내 편지 위로 드리웠다. '나도 언젠가는 저 의사처럼 나이를 먹게 될까?' 비현실적인 질문이 내 안에서 고개를 들었다. 돌연한 질문은 다시 다음 질문을 발생시켰다. '나는 어떤 일생을 살게 되는가?' 나는 의사의 뒷모습을 쳐다보고 있었고, 어느 순간 의사가 고개를 뒤로 돌리고 나를 보았다. 고개를 숙인 나는 편지의 마지막 문장을 완성했다. "……나는 당신의 숭배자입니다, 하고 말하는 소리가 들립니다. 당신의 숭배자로부터." 의사는 창가에 선 채 한 손을 내밀었다. 편지를 달라는 몸짓이었다. 불그스름한 빛 속에서 절반쯤 드러난 의사의 얼굴은 활활 타오르는 늙은 맨드라미 같았다. 이런 얼굴은 한 번도 본 일이 없다는 생각이 들었다. 이처럼 늙고, 설명이 없고, 천장에 닿을 만큼 키가 크고, 마치 피를 토하듯 붉은, 앙상하게 여읜 여자 의사는 이전에도 이후에도 한 번도 본 일이 없었다. 주저하며 종이를 내미는 나를 향해 의사는 입술의 단정한 배열을 살짝 일그러뜨리는, 마치 애매한 미소처럼 보이는 표정을 지어 보였다. 편지를 적은 종이를 건네주면서 나는 자신도 알지 못하는, 그러나 분명 내 안에서 불처럼 뜨거운 목소리로 살아나는 무언가를 말하고 싶은 강렬한 충동을 억누르기 위해 입술을 깨물었다. 그리고 장면은 순식간에 바뀌어, 의사는 사라진다. 나는 집에 있다. 집은 거의 비었고, 점점 더 비어가는 중이다. 나는 커다란 빈 방 한가운데에 홀로 앉아 있다. 사람들이 차를 타고 떠났고 여행가방과 이삿짐이 방과 복도에 놓였다. 이미 집 앞에는 화단을 파헤치기 위해 포클레인이 기다리고 있다. 나는 이 모든 것을 유리창을 통해서 본다.

그 후 종종 그 의사가 떠오르곤 했다. 불특정한 대상을 향한 최초의 편지를 쓰게 만들어준 사람. 늙기, 아무것도 설명하지 않기, 휘청이면서 걷기, 백발을 쓸어넘기기, 고개를 끄덕이며, 가느다란 손목으로 이마를 짚은 채 오래오래 걸려, 겨우 몇 줄에 불과한 최초의 편지를 읽는 법을 보여준 사람. 나는 배웠다, 모든 것은 사실이 아닌 맨드라미로부터 나왔음을. 내가 쓴 편지는 유리처럼 산산이 조각났다. 노란 전조등을 단 화물용 자전거가 창밖의 포석 깔린 길을 지나간다. 퇴근을 서두르는 청소부는 건성으로 비질을 하며 쓰레기통 뚜껑을 쾅 닫는다. 자전거가 모퉁이를 돈다. 나는 의사에게 묻는다. 의사에게 애원한다. 내 편지를 돌려줘요. 바람이 분다. 문들이 저절로 소리를 낸다. 금방이라도 눈이 내릴 것 같은 저녁 시립병원의 유리창들이 나를 지켜본다.

여전히 나는 노트나 메모장에, 혹은 스케치북에 편지를 쓴다. 대부분은 아주 짧고, 특정한 대상이 없다. 그러므로 그것들은 누군가에게 부치기 위한 편지는 아니다. 혹은 우연히 그 누구에게 부쳐지더라도 상관이 없는 그런 글이다. 그런 직후 나는 곧 노트나 메모장, 혹은 스케치북을 어디에 두었는지 잊었고, 두 번 다시 발견하지 못한 적도 많았다. 읽다가 중단한 책갈피 사이에서, 벽장 뒤에서, 서가 구석에서, 옷궤짝으로 사용하는 오래된 여행가방 안에서 옛날에 쓴 편지를 발견하더라도, 이미 그 내용은 너무도 오래되어 나 스스로도 그것이 사실인지 아닌지 기억해내지 못했다. 심지어 그것을 내가 썼다고 확신하지도 못했다. 나는 진심으로, 사실이 무엇인지 모르는 사람에 속한다. 나는 잠재적인 현실을 실제로 산다. 나는 상상의 여행지에서 쓴 편지를 나 자신에게 부치고, 그러면 다음날 우체부가 그 편지를 가지고 나에게 온다.

하나의 얼굴이란 없다. 오직 어떤 장소에서 우연히 포착된 하나의 표상이 있을 뿐이다. 얼굴이란 수많은 계보의 축적이기 때문이다. 내 얼굴은 나를 낯설어한다. 그것은 나를 좋아하지 않는다. 할 수만 있다면 얼굴은 나를 떠나고 싶을 것이다. 우리는 거리를 유지하며 산다. 아마도 내 꿈-편지를 내다버린 것도 내 얼굴일 것이다. 나는 몇 달 전부터 꿈-편지를 찾아 헤매고 있었다. 거의 일 년쯤 전 어느 날 아침 잠에서 깨어난 나는 노트에 꿈을 기록하기 시작했는데, 그것은 단순한 꿈의 기록이 아니라 누군가에게로 보내는 편지이기도 했다. 단지 나는 편지의 수신인이 누구인지 결정하는 일을, 편지를 완성한 다음으로 미루어두었을 뿐이다. 하지만 그날의 꿈은 아주 길고 복잡할 뿐 아니라 미묘하고 끈질긴 감정들이 몇 겹으로 얽힌 내용이었으므로, 하나하나의 사정들을 전부 끝까지 기록하기에는 너무 시간이 많이 걸려 도중에 그만두고 말았다. 꿈의 기억은 여전히 생생하게 살아 있었기에 시간이 지난 뒤에, 아니 어쩌면 하루 정도 쉰 다음에, 다시 기록하려고 한 것이다. 하지만 늘 그렇듯이 나는 그것을 잊었고 그대로 몇 달이나 흘러갔다. 그러다 어느 날 나는 그날의 꿈과 거의 흡사한 꿈을 다시 꾸었다. 심지어 처음의 꿈보다 더욱 생생했고, 처음 꿈에서는 분명히 기억나지 않던 디테일들 간의 은밀한 관계까지도 베일이 걷히듯이 선명해졌다. 하지만 거기에는 미묘한 균열이 있었다. 적어도 내가 기억하는 바로는 첫 번째 꿈과 두 번째 꿈의 컨텍스트가 살짝 일그러지듯 달랐던 것이다. 그렇지만 그건 꿈의 문법이므로 나는 의아해하지 않았다. 그제야 쓰다가 중단한 꿈-편지가 생각났고, 그걸 계속해서 써야겠다는 마음으로 편지를 찾았으나 보이지 않았다. 크지 않은 집 전체를 샅샅이 뒤졌으나 끝내 나타나지 않았다. 그사이 꿈은 뇌 속의 혓바닥처럼 새빨갛게 부풀어오르며 활짝 피어났다. 반면에 내가 쓴 편지는, 그것을 썼다는 내 기억을 점점 의심스러운 것으로 만들며 모호한 파도 너머로 흘러갔다. 어쩌면 나는 꿈-편지를 쓰지 않았을지도 모른다. 꿈-편지는, 어린 시절 의사에게 건넸던 편지와 마찬가지로 사실상 내가 쓴 편지가 아니었을 것이다. 그러므로 나는 썼으나, 나는 내가 쓰는 것을 몰랐다. 아니 내가 쓰지 않는다는 것을 모르는 채, 나는 썼다.

그 꿈은 내가 생일 여행을 떠나기 위해 가방을 싸는 것에서 시작되었다. 꿈속에서 나는 내 생일에 대해서, 생일에 여행을 떠나는 개인적이고 은밀한 행사의 이유에 대해서 아주 많이 생각하고 있었는데, 그건 꿈 바깥의 세계에서는 한 번도 해보지 않은 일이었다. 그래서 꿈속에서는 담담했지만 잠에서 깬 후 나는 스스로에게 살짝 놀라움을 느끼기도 했다. 꿈속에서 여행가방을 싸는 나는, 마치 다른 누군가가, 하지만 구체적인 누군가가 아니라 내가 알지 못하는 어떤 불특정한 타인이 지켜보고 묘사하는 나였다. 심지어 그 타인이 나인 척하며 나를 대신하여 생각하고 있었고, 나는 그것을 내 생각이라고 여겼다. 나는 그의 내면의 거울이었는데, 꿈에서는 그것을 몰랐다. 가방을 싸던 나는 뭔가 중요한 일을 잊은 것이 기억났고, 그래서 반쯤 채워진 여행가방 위에 걸터앉은 채 그 중요한 일의 유예와 관련한 긴 편지를 쓰기 시작했다. 그 중요한 일이 무엇인지는 꿈속에서 언급되지 않았으나 나는 내가 그것을 안다는 사실을 알았다. 나는 마치 외부에서 들려오는 목소리를 받아적듯이 편지를 써나갔다.

꿈속에서 내가 쓰는 편지는 내가 읽는 편지와 구별되지 않았다. 쓰는 행위와 읽는 행위는 동시적이었고, 심지어 읽기가 쓰기를 앞서 가기도 했다. 나는 어떤 문장을 읽은 다음에야, 그것을 쓰고 있는 자신을 발견한다. 나는 내가 쓰는 편지를 읽으며 기쁨과 놀라움, 그리고 눈물과 슬픔을 느꼈다. 그 기쁨과 놀라움, 그리고 눈물과 슬픔으로 나는 그것을 썼다. 내가 쓰는 것이 내 안에서 감정을 만들어냈고, 그 감정이 곧 내 편지가 쓰이게 된 원천임을 나는 깨달았다. 내가 가지고 있는 내가 모르는 일, 그로 인해 내 가슴은 바위에 짓눌리는 듯했다. 가슴에서 스며나온 피가 내 팔을 따라 흘러내리며 편지지를 붉게 적셨다.

나는 편지에 썼다, 나는 어떤 비밀을 가졌다고. 그것을 동굴 속에서 단단하게 지켜내다가, 사소하고 우연한 마주침이나 부주의로 인해, 예를 들자면 황금 양털을 찾아 배를 타고 바다 멀리에서 온 낯설고 아름답고 강한 이에게 누설하게 되었고, 그리하여 모든 것이 바뀌었다고. 나는 황금 양털처럼 내 비밀을 훔쳐 달아난 이방인을 찾으려 했다. 그것이 내 여행이었다. 꿈속에서 나는 오직 여행을 떠난다는 그 사실만으로 스스로를 상실의 여사제처럼 느꼈다. 해변에서. 긴 해변에서. 짐승의 머리를 가진 누군가가 내 앞에 무릎을 꿇었다. 나는 그에게 말하듯 편지에 썼다, 생일에 떠나는 여행을 멈출 수가 없다고, 그러니 당신의 고통을 외면하는 나를 용서해달라고. 모래 언덕의 풀들이 거센 바람에 술렁이며 믿을 수 없이 긴 팔을 흔들었다.

세계는 그들의 춤에 사로잡혔다. 나는 그들의 춤 사이를 걸어 갔다. 그렇게 나는 편지를 봉투에 넣어, 우체통이 아니라 어느 집 앞으로 가서 우편함에 편지를 직접 넣었다. 아마도 편지의 수신인이 사는 집일 것이다. 우편함 뒤의 작은 구멍을 통해서 집 안의 계단과 한 마리 말과 하얀색 의자, 그 의자에 앉은 사람의 등이 보였다. 여행지에서 나는 아무도 모르는 들판을 가졌다. 풀이 무성한 들판 한가운데에 버려진 학교—사원이 있었다. 나는 그곳을 향해 걸어갔다.

꿈-편지를 찾기 위해 집 안을 뒤지던 나는 오래전 첫 부분만을 쓰다가 중단한 (다른 사람을 향한, 하지만 수신인 이름이 없으므로 원래 누구를 향해서 쓴 것인지는 더 이상 기억나지 않는) 편지를 두 통이나 새로 발견하기도 했다. 책장의 깊숙한 곳 그리고 욕실의 타월 바구니 뒤편에서. 하지만 그것들은 내가 찾는 편지가 아니었다. 어쩌면 나는 꿈-편지를 집이 아닌 다른 곳에서 썼을 수도 있다. 기차나 극장, 박물관 내의 카페, 혹은 가능성은 극히 희박하지만, 내 상상의 여행지에서. 그리고 쓰다 만 꿈-편지를 그곳 여행지에 두고 온 것이다. 나는 물건을 종종 잊는 편인데다가 대개는 물건을 잊었다는 사실 자체도 잘 알아차리지 못하기 때문에 그럴 가능성은 충분히 있다. 내 꿈-편지를 발견한 호텔의 누군가가—그런데 이상하게도 나는 일생 동안 단 한 번도 호텔에 묵은 일이 없지 않은가—그것을 내게 우편으로 보내주려고 했을 수도 있다. 아마 그랬을 것이다. 그런데 공교롭게도 그날의 숙박객 명부에 촘촘하게 적힌 이름과 주소들을 혼동해버려, 실수로 내 바로 다음에 혹은 바로 이전에 투숙한 사람의 주소로 편지를 보내버렸을 것이다. 그래서 누군가는 간혹 정체를 알 수 없는 우편물의 수신자가 되는 것이다. 아니 어쩌면 나는 편지를 마치 정말로 부쳐버리려는 것처럼 아예 봉투에 담아서 보관했을 수도 있다. 그래서 그 편지를 발견한 사람이, 친절을 베풀려는 마음으로 봉투를 아예 우체통에 넣어버렸을지도 모른다. 기억나지는 않지만 그 봉투에는 분명 잘못된 주소가 적혀 있었을 것이다. 혹은, 다른 우편물과 혼동하는 바람에 편지를 잘못된 주소가 적힌 봉투에 담아 우체통에 넣은 것은 바로 나 자신이 아닐까? 그리하여, 우연히 꿈―편지를 받아 읽게 된 누군가가, 그것이 꿈의 내용임을 모른 채, 내가 생일날마다 정말로 여행을 떠난다고 믿어버릴 수도 있다. 아마 그랬을 것이다. 하지만 과연 내 꿈―편지의 우연한 수신자가, 정말로 MJ였을까.

내가 태어난 날에 대한 MJ의 편지는, MJ 자신이 나의 증인이라고 말하고 있는 듯했다. 나는 누구인가,라는 고전적인 질문에 대한 대답으로. MJ의 편지는 내가 어느 날 말을 잊은 채 해변으로 떠내려온 익명의 표류자인데, 다른 누구도 아닌 바로 자신이 나를 발견했노라고 주장하는 것 같았다. 왜냐하면 MJ 자신이 내게 말을 가르쳐주었으므로! 사이렌이 울린다. 이날의 정오는 기억되는가. (속삭임: 너는 내 모든 것, 내 모든 것이야!)

2

MJ의 주장으로 인해, 내가 태어났다는 사실은 부정할 수 없게 되었다. 그것은 정녕 사실일까? 나는 내가 누구인지 궁금해하지 않는다. 나는 MJ를 불공정하고 신뢰할 수 없는 증인으로 여긴다. MJ의 증언은 오직 자기 자신에 의해서만 검증되기 때문이다. 정오. 우리가 잘 아는 한 도시. 나무와 붉은 벽돌로 지어진 집들. 바람이 심하게 부는 목요일, 분수대 광장 근처 전차 정류장에서 한 여자가 내린다. 메마르고 차가운 바람이 무섭게 휘몰아쳐서, 전차에서 막 내린 여자의 머리에서 모직 스카프가 통째로 벗겨져 날아가버릴 정도이다. 마침 근처를 지나가던 한 행인이 날아가는 스카프를 잡아서 여자에게 건네준다. 거센 바람 때문일까, 여자는 조금 비틀거린다. 흰 양말을 신은 구두 속 발이 통통하게 부어 있다. 건조한 2월의 바람 속에는 강물의 쇠 맛이 나는 모래 먼지가 한가득이다. 물 한 방울 없는 분수. 물 한 방울 없는 혀. 그 행인은 이 장면 속에서 여자의 얼굴을 잠깐이라도 가까이서 보았던 유일한 목격자이다. 그 밖의 나머지는 전부, 2월과, 그리고 여자의 뒷모습뿐이다. 둘 다 얼굴이 없다. 혹은 짐승의 머리를 가졌다. 여자는 분수대 광장을 가로질러 소방서 앞을 지나 목욕탕과 초록색 우체통을 지나 근처의 골목 안쪽으로 걸어간다. 골목은 구불구불 길고 좁으며, 울퉁불퉁한 벽돌이 깔렸고 특유의 습기와 흐릿한 수채 냄새가 고여 있다. 약간 떨어진 모퉁이 안쪽의 잡화점으로 막 들어가려던 한 아이의 눈에 여자가 들어온다. 정확히는 재를 온몸에 뒤집어쓰기 바로 직전의 여자이다. 여자는 머리를 감싼 흰 스카프를 턱 아래서 야무지게 매듭지었고 한 손에는 무거워 보이는 가방을 들고 있었으며 어두운 색 천으로 만든 마치 텐트처럼 커다란 외투를 입었는데, 걸음을 옮길 때마다 진짜 텐트인 양 버석거리는 소리가 난다. 아이의 눈에 여자는 마치, 절반쯤 펼쳐진 검고 큰 우산이, 끄트머리 부분에 흰색 헝겊 장식을 달고 걸어오는 것처럼 보인다. 아이는 손을 잡화점 문 손잡이에 댄 채로 잠시 여자를 바라본다. 기름에 튀긴 설탕 과자와 풍선껌, 비누와 성냥, 인쇄 상태가 조야한 싸구려 편지지와 편지봉투 등을 파는, 간판조차 없는 작은 잡화점이다. 종이봉투에 든 튀긴 도넛의 냄새. 그 순간 여자가 재를 뒤집어쓴다. 나중에 아이는 말한다, 여자가 따뜻한 재를 밟으며 갔다고. 여자는 살짝 몸을 옆으로 기울이듯이 하고 한 팔로 얼굴을 막는 자세를 취했지만 소리를 지르지는 않았다. 여자의 움직임은 이상할 정도로 느리고 둔하다. 순간적으로 조금 비틀거리기는 했지만 여자는 넘어지지 않았다. 아이는 여자가 아무런 동요 없이, 마치 아무 일도 일어나지 않은 듯 태연하게 계속 걷는 것을 보았다. 하지만 거리가 멀어서 여자의 얼굴을 자세히 알아볼 정도는 아니었다. 그리고 나중에 아이는, 잡화점에서 나와 골목을 빠져나갈 때 조금 전 여자가 있던 그 자리 두터운 재 위에 선명하게 남은 발자국을 보았노라고 말한다. 여기서 아이의 진술은 끝난다. 아이는 더 이상의 상세한 진술을 할 능력이 없다. 아이는 심부름으로 편지지를 사기 위해서 잡화점으로 갔다. 낱장으로 뜯어서 파는 편지지는 도넛 상자가 놓인 선반 위 칸에 있다. 유리 가게 어린 점원의 얼굴을 아는 잡화점 주인은 상자에서 도넛 하나를 꺼내 신문지에 싸 아이에게 건넨다. 도넛과 편지지를 양손에 쥔 아이는 감사 인사를 하는 것도 잊고 그대로 골목을 뛰어 달아나버린다. 사라진 아이는 여자의 뒷모습으로 대치된다. 골목의 가장 끝에는 극장이 있다. 허름한 건물의 지하에 위치한 극장은 간판조차 달려 있지 않고 공연이 있을 때마다 나무판자로 된 임시 간판을 골목길 입구에 내놓는다. 오늘 여자는 공연 준비를 위해 극장으로 가는 길이다. 여자의 가방 속에는 인쇄소에서 막 찾아온, 아직 잉크 냄새가 가시지 않은 연극 팸플릿이 들어 있다. 여자는 무대미술을 맡고 있지만, 동시에 배우이자 연출가

일 뿐 아니라 무대의 잡일을 도맡아 하는 청소부이며 극작가 지망생이기도 하다. 언젠가 여자는 자신의 첫 작품으로 무대에 설 것이지만, 아직은 아니다. 지금 여자가 맡은 역할은 만삭의 임신부인 것 같다. 그렇기 때문에 여자는 연습이 이루어지는 지난 몇 달간, 하루 종일 임신부 분장을 한 채로 살았을 것이다. 무대에서의 자연스러운 연기를 위해서라면 그 정도는 여자에게 힘든 일이 아니다. 여자의 뒷모습이 극장으로 통하는 지하계단으로 사라진다. 태양이 정오의 자오선을 막 지나가는 중이다. 조금 전 여자가 전차에서 내린 큰길에는 흰 셔츠를 입은 마른 몸매의 행인들이 지나간다. 남자들의 얼굴은 검고 광대뼈가 두드러졌으며 거친 천으로 감싼 여자들의 얼굴은 붉은색으로 편평하고 전부 약속이나 한 듯이 어딘지 모르게 비장하고 단호한 표정이다. 그들 모두를 관통하는 모종의 긴장감. 그러나 순간 아무도 예상하지 못하게 약국의 유리문 틈새로 장뇌 냄새가 거리로 풍겨나온다. 초록 우체통 안으로 "반송"이라고 붉은 글자가 찍힌 한 통의 편지가 떨어진다. 그러자 딱딱한 긴장으로 굳어 있던 얼굴들은 갑자기 생의 환희를 억누르는, 비밀스러운 행복을 부인하기 위해 애쓰는 인상으로 일제히 변환된다. 혹은 임신한 사실을 감추거나 부인하기 위해 애쓰는 표정이 된다. 행인들의 얼굴이 계속해서 지나간다. 엄격하고 수줍은, 환희를 주저하는 복잡한 심정들. 하지만 어쩌면 그들이 정말로 은폐하려는 것은, 사복 차림의 스파이거나 혹은 빨치산인 자신들의 정체일지도 모른다. 자신들의 정체가 스스로에게 불러일으킬 공포일지도 모른다. 그해 2월, 바닥 없이 깊게 가라앉은 심연의 눈들이 보이지 않는 나를 둘러싼다. 나를 주시한다. 나는 MJ의 묘사를 반복해서 읽고 또 읽었다. 나와 깊이 연관되었을지도 모르는 어떤 하루의 그림이 머릿속에 떠오를 때까지. 흰 양말과 검은 구두를 신은 내가 임신부 분장을 한 채 그 그림 속으로 직접 걸어들어간다는 느낌이 생생해질 때까지. 생일이란 임신부와 떼려야 뗄 수 없는 관계가 아니던가. 내 움직임은 느리고 둔하다. 한 손에 가방을 든 나는 갑작스런 재의 세례를 맞고 균형을 잡기 위해 비틀거린다. 오, 머리 가죽이 서늘해지는, 이 태초의 느낌. 느낌은 계속된다. 조금 전 여자의 스카프를 잡아준 행인이 소방서 앞을 지나가면서 하늘을 올려다본다. 멀리 시내 방향에서 얼마 전부터 검은 연기가 뭉클뭉클 피어오르고 있다. 화재다. 그는 걸음을 멈추고, 골똘히 생각에 잠긴다. 그는 무엇을 떠올린 것일까? 그는 무엇을 만난 것일까? 골목길을 뛰어간 아이는 모두의 시야에서 사라진다. 아이는 아직 어리지만 학교를 마친 오후에 친척의 유리 가게에서 심부름을 하면서 약간의 용돈을 번다. 친척이 말한다, "바닥의 유리 파편을 조심하도록 해. 파편은 보이지 않고 어디에나 있으니까." 하지만 아이는 유리창 너머의 일을 응시하는 법을 먼저 배운다. 몇 년 뒤 아이는 작문 숙제로 "유리창"이라는 시를 쓰게 되고 매우 놀랍게도 그리 길지 않은 학창 시절을 통틀어 아마도 거의 유일하게 교사의 칭찬과 주목을 얻지만, 그 일은 아이의 일생에 유의미한 사건으로 남지는 않는다. 선이 희미하고 피부가 창백하고 속눈썹이 아래로 향한 아이의 얼굴은 유리창에 언뜻언뜻 반사되는 한 점의 정물 같다. 2월의 빛은 희박하므로. 탁자에 놓인 너의 이름은.

결핍된 것이 너무 많아, 하고 사람들은 내 그림을 보고 말했다. 중심, 균형, 질서, 원근, 조화, 맥락, 구도, 연관성, 힘, 이해, 직선, 지구력, 주제, 기술, 목적, 추진력, 그리고 통일성이 없다고 했다. 너의 그림은 마치 문법 없는 글과도 같아 하고 그들은 일제히 결론을 내렸다. 아니면 그것은 초문법적인 언어인 걸까? 하지만 그것이 공인되지 못한 언어라면. 오직 주관적인 경험으로 구축된, 문자 없는 언어라면. 정확히는 알 수 없지만 이 하루의 풍경 속에는 전체를 관통하는 통일성이 결핍되어 있어, 하고 생각하는 순간, (그런데 누구의 생각일까) 사람들이 일제히 고개를 쳐들고 시내 어딘가 화재 현장의 검은 연기를 바라보는 사이, 전차가 멈췄다가 다시 출발하고, 검은색 지프가 급작스럽게 속도를 낸다. 시커먼 배기가스가 순간 시야를 가린다. 그때 그들의 머리 위로 정오를 알리는 사이렌이 울리고. (정오의 사이렌을 듣는 것은 누구인가)

하지만 나는 잘 알고 있다. 설사 일어나기 힘든 아주 희귀하게 우연한 착각이 정말로 있었다고 해도, 내가 혹시나 꿈-편지를 실수로 MJ에게 보냈을 가능성은 거의 전무했다. 맹세해도 좋았다. 나는 MJ의 주소를, 실수로라도, 모르기 때문이다. 그리고 나와 MJ가 우연히 같은 호텔에 거의 동시에 투숙했고 그래서 분실된 내 편지가 호텔 측의 실수로 하필이면 MJ에게 보내졌다는 가정은, 내가 실제로는 호텔에 묵은 경험이 없다는 사실을 고려하지 않는다 해도 가능성이 너무 희박하다는 것을 나는 잘 안다. 그러므로 MJ는 우연히 손에 넣은 꿈-편지를 통해서 내 상상의 생일 여행을 알게 된 것이 아니라, 혹은 그걸 읽은 누군가로부터 전해들었다고 보기도 어렵고, 그냥 아무것도 모르는 채 지나가는 가벼운 말투로, 막 머리에 떠오른 우연한 가능성을 그대로 툭 던지듯 적었다고 보는 편이 더 타당할 것이다. *(속삭임: 이 편지가, 가능하다면 당신의 생일 전날 도착했으면 좋겠습니다. 왜냐하면, 어쩌면 당신은 생일에 여행을 떠날지도 모르니까요)*

그런데 내가 모르는 것은 MJ의 주소뿐만은 아니다. 예를 들자면 나는 MJ의 얼굴을 기억하는가? 만약 거리에서 MJ와 마주친다면, 우리는 서로를 알아볼 수 있을까? 한때 잘 알고 있던, 혹은 잘 알고 있다고 믿었던 사람을 오랜 시간이 흐른 뒤에 다시 만나게 되면 우리는 가장 먼저 무엇으로 그 사람을 다시 알아보았다고 인식하는가? 얼굴? 하지만 얼굴은 변하며, 변했다가 다시 과거의 모습으로 돌아오기도 하지만 종종 멀리 반경을 그리며 수많은 파편으로 흩날리다가 어느 우연한 지점에서 엉뚱한 성분으로 돌연하게 응축되고, 경우에 따라서는 그렇게 굳어져버린 채 완전히 다른 방향의 궤도를 따라 나이 들어가기도 한다. 게다가 상상 이상으로 비슷한 얼굴들이 무수할 뿐 아니라, 이미 내가 알고 있듯이, 하나의 얼굴이란 존재하지 않는다. 그렇다면 우리가 한 사람을 알아본다는 것은 걸음걸이, 몸짓, 목소리, 말, 표정과 스타일, 어투, 인상, 냄새의 고유성 때문인 걸까? 기억의 서랍을 열자마자 사라지는 향기처럼 대부분의 본질들은 휘발된다. 그러나 어떤 숨겨진 형식은, 예를 들자면 고유한 필체와 같은 것은 남는다. 나는 다시 한 번 더 봉투를 보았고, 봉투에 적힌 주소의 필체와 편지의 필체가 같은 것임을 확인할 수 있었다. 그러나 이것이 정말로 MJ의 필체인지, 아니 내가 과연 MJ의 필체를 한 번이라도 본 적이 있는지는 여전히 불분명했다. 만약 MJ가 내게 편지를 쓴 것이 아니라 전화를 걸어왔다면? 그랬다면 나는 MJ의 목소리를 알아차릴 수 있었을까? 마찬가지로 MJ는, 전화를 받은 사람이 나라는 것을 확신할 수 있었을까?

내가 단 한 번에 알아차릴 수 있는 목소리 혹은 필체는 많지 않다. 그 어떤 사전 암시도 없이, 단번에 그 사람의 정체성 속으로 진입하게 만드는 목소리와 필체. 봉투 위에 적힌, 수천수만의 활자들 속에 뒤섞여 있더라도 단번에 알아차릴 수 있는 단 하나의 필체. 마치 제3자인 것처럼 가장하고 배반과 밀고의 편지를 보내온다고 해도, 단번에 알아볼 수 있는 필체.

마찬가지로 빛 하나 없는 공간에서 마주친다 해도 즉시 알아차릴 수 있는 목소리가 있다. 마치 제3자인 것처럼 가장하고 배반과 밀고의 전화를 걸어온다고 해도, 단번에 알 수 있는 목소리. 도저히 이해하기 힘든 일이기는 하지만, 하숙집 음악교사도 그중 하나였다. 내가 대학에 다니고 있을 때 단 한 번 음악교사의 전화를 받았고, 나는 그의 목소리를 단번에 알아차릴 수 있었다. MJ의 하숙집에서 살 때 나는 그와 거의 대화를 나누지 않았다. 그는 나뿐만 아니라 하숙집의 거주자들 중 누구와도 특별히 친하게 지내지 않았고 사람들과 함께 저녁을 먹는 식탁에서도 입을 여는 일이 거의 없었다. 지금 생각해보면 그는 정말이지 정체를 파악하기 힘든 이상한 사람이었다. 무엇보다도 그의 외모와 인상은 음악의 섬세함과는 전혀 어울리지 않았다. 그는 마치 기계장치에 의해 움직이는 동상 같았고, 그가 어떤 감정을 표현하는 걸 본 적이 거의 없다. 그런데도 그의 전화를 받자마자, 나는 그가 오래전의 그 음악교사라는 것을 알았다. 바리톤 성악가인 그의 음량은 깊고 풍부한 편이긴 했지만 그렇다고 그의 목소리가 특별히 인상적인 건 아니었다. 게다가 하숙집에 살 때 그가 목소리를 내어 뭔가를 말하는 것을 들은 기억도 거의 없었다. 하지만 정말 이해할 수 없게도, 나는 그가 자기소개를 하기도 전에 이미 그의 목소리를 알아차렸다. 당황하고 어리둥절한 나는 착각했기를 바랐지만 그건 아니었다. 그는 단지 내 안부가 궁금하다고, 대학은 잘 다니고 있는지 물었다. 나는 잘 지낸다고 말했고, 아직 졸업하려면 한 학기가 남았다고 했다. 여름방학 때는 일본으로 단체 졸업여행을 가게 될 것 같다고. 우리의 통화는 그대로 짧게 끝났다. 어쩌면 그는, 버스에서 만난 그의 옛 제자에게 했던 것처럼, 내게도 음악학원의 강사 일자리를 권유하려 했던 것일지도 모른다. 버스에서 만난 여자의 말에 의하면 학원의 규모가 점점 커지는 바람에 강사들이 더 필요했고, 서울에서 대학을 다닌 젊은 강사를 구하기가 특히 어려웠다고 하니까. 학생들은 서울에서 대학을 갓 졸업한 젊은 강사를 선호했지만 젊은 이들은 지루한 지방 도시에서 살 생각이 없기 때문이다. 단지 이상한 점이 있다면, 버스에서 만난 여자와는 달리 나는 음악대학 학생이 아니었다. 나는 악기라고는 하나도 다룰 줄 몰랐고 노래는 더더욱 할 줄 몰랐다. 그런데 음악교사는 그것에 대해서 묻지도 않았고, 음악학원의 일자리 이야기도 꺼내지 않았다. 아마도 그는 전화를 건 다음에야 자신의 착각을, 내가 음악을 전공하지 않는다는 것을 알아차렸을지도 모른다. 그는 이후로 두 번 다시 내게 전화하지 않았다.

석 장 반 정도 이어지던 내가 태어난 날의 묘사 이후, MJ의 편지는 불현듯 중단되었다. "그리고 그때 정오를 알리는 사이렌이 울리고"이 불완전한 문장이 마지막이었다. 이후로 페이지의 절반 정도가 그대로 비어 있었다. 이것이 편지의 종말일까? 작별의 인사도 없고, 마무리하는 멘트도 없다. 그냥 그것으로 끝. 마치 쓰다 만 편지가 누군가의 착각 때문에 잘못 부쳐진 듯하다. 그런데 편지는 그게 전부가 아니었다. 다음 페이지가 또 있었다. 거기 나타난 것은 글자가 아니었다. 수채화 물감과 펜으로 그린 한 여자의 초상화였다. 어깨 아래까지 내려오는 머리를 느슨하게 뒤로 묶고 고개를 비스듬하게 왼쪽으로 기울인 채 오른손을 머리에 댄 자세로 시선은 정면으로 고정한 모습. 끝이 살짝 뭉툭해 보이는 손가락에는 손톱이 그려져 있지 않다. 여자의 초상화와 마주치는 순간 나는 큰 충격을 받았는데, 여자의 얼굴을 자세히 보기도 전에, 게다가 거기 그려진 얼굴이 사실적인 그림체와는 거리가 있었음에도 불구하고. 그것이 내 얼굴과 흡사하다고 느꼈기 때문이다. 바라보면 볼수록 그 느낌은 점점 강해졌고, 마침내는 내 얼굴이 분명하다는 확신으로 굳어졌다. 내 얼굴인 것은 맞지만 내가 모르는 얼굴, 정확히는 내가 한 번도 본 일이 없는 얼굴이었다. 그것은 내가 한 번도 갖지 않았던 표정과 한 번도 경험해보지 못한 감정에 사로잡혀 있는 것이 분명했다. 얼굴은 뭔가를 보고 있었다. 나 또한 얼굴이 되어 그 얼굴이 보는 것을 보고 있었다. 소리도 없는 밤이었다. 내 이마를 강타한 충격은 차가운 식은땀이 되어 천천히 목덜미를 타고 등으로 흘러내렸다. 그림 속 여자의 나이는 짐작하기 어려웠다. 어린 소녀처럼 보이기도 하지만 지금 내 나이보다 훨씬 더 연상일 수도 있었다. 초상화는 여자의 나이를 짐작하게 만드는 요소들을 크게 강조해놓지 않았다. 나는 심호흡을 하며 충격에서 벗어나보려고 했다. 나는 착각한 걸지도 몰랐다. 초상화의 얼굴은 내가 아닐 것이다. MJ의 편지에 내 초상화가 들어 있어야 할 이유는 없었다. 그 초상화는 사진이나 실물을 보고 사실 그대로 그렸다기보다는 화가가 머릿속으로 상상한 이미지를 표현해놓은 듯한 인상을 주었으나, 그래도 그것은 내 얼굴이었다. 나는 외면하면서 얼굴을 본다. 그림 속 얼굴은 한쪽 측면이 살짝 일그러진 형태이고, 반대쪽 뺨에는 커다랗게 황갈색 얼룩이 있었다. 그리고 오른쪽 눈보다 훨씬 크게 그려진 왼쪽 눈은 크게 부릅뜬 모습인데 회색과 노란색으로 이루어진 눈동자 속에는 아마도 여자를 바라보고 있는 혹은 여자가 바라보고 있는 어떤 대상이 비치고 있는 것 같았으나 자세히 그려져 있지는 않아서 정체를 파악할 수는 없었다. 여자의 시선은 아래에서 살짝 위를 향하고 있는 듯했다. 왼쪽 눈 바로 아래 뺨에는 커다란 파편 모양의 조각이 피부 속으로 박혀 있었고 거기서 눈물인지 피인지 알 수 없는 누르스름한 갈색 얼룩이 흘러내리고 있었다. 그것이 처음 내가 황갈색 얼룩이라고 생각했던 것의 정체였다. 여자의 머리는 붉은 타원형 띠로 둘러싸였다. 띠는 두터운 실타래를 슬쩍 풀어헤쳐놓은 듯한 형태이고 여자는 머리를 창문 밖으로 내민 사람처럼 그 띠에 고개를 걸친 모양이었다. 타원은 바퀴처럼 빙글빙글 돌고 있는 핏빛의 강물이었다. 그 안에는 계곡과 웅덩이 벼랑과 급류가 있었다. 하지만 자세히 보면 같은 방향으로 지속해 움직이고 있는 수백 마리 붉은 뱀들의 덩어리 같기도 했다. 꿈틀거리는 뱀과 뱀의 몸통 사이에서 정체를 알 수 없는 희끄무레한 빛이 뿜어져나오고 물살처럼 요동치는 근육은 검게 표현되었다. 가만히 쳐다보고 있으니 붉은 뱀들의 타래가 실제로 씰룩거리며 움직인다는 느낌이 들었다. 여자의 머리로 점점 가까이 다가가면서 마침내는 여자의 목을 조일 것처럼 보인다. 위협받는 여자의 입술과 턱이 경련으로 씰룩댄다. 뺨에 맺힌 갈색 핏방울이 툭툭 떨어진다. 손톱이 없는 여자의 오른손이, 보이지 않는 여자의 왼손이 뱀들에게 저항할 수 있는가? 하지만 잠깐, 손과 얼굴이 여자의 전부는 아니다. 붉은 띠 아래쪽으로 여자의 몸이 있는데, 그것은 곧게 뻗은 연한 복숭앗빛의 나무였다. 아니 여자의 몸뚱이가 통째로 나무 속에 들어가 있는 것인지도 모른다. 묘하게도 바로 그 지점에서 그림은 평면이 아닌 입체로 바뀌는 듯하고, 그래서 여자의 머리와 붉은 띠는 공중에 떠 있는 반면 몸인 나무는 지상을 향해서 수직으로 멀리 낙하하는 듯한 효과를 만들어낸다. 불타는 바퀴에 묶여 공중에 매달린 여자의 머리가 나를 향하고 있다. 여자는 속이 빈 나무에 갇혔으며, 그림에서 보이지 않는 여자의 발은 나무의 뿌리가 되어 돌과 흙 속으로 파고들었다. 나무줄기는 여자의 온몸이 들어가기에는 너무 좁아 보인다. 여자는 얼마나 오랫동안 나무 속에 있었을까? 얼마나 오랫동안 불타는 바퀴 혹은 뱀의 소용돌이는 여자의 목 주변에 감겨 있었을까? 여자가 나이 들고 몸이 커질수록 여자의 고통은 따라서 함께 자라난다. 여자의 머리를 감싼 핏빛 후광은 그러므로 여자의 몸에서 뿜어져나온 진짜 피일지도 모른다. 하지만 여자의 얼굴! 나는 불가피한 그것을 정면으로 응시하고 싶지 않다. 그림은 여자의 초상화라고 해도 좋을 만큼 여자의 얼굴이 중심이지만, 그밖에도 일종의 배경 역할을 하는 무언가가 있었다. 우선은 너도밤나무 숲과 같은 밝은 초록빛이다. 부드러운 흰 곰팡이 모양의 빛이 흩어져내리는 숲. 한여름의 환하고 무성한 너도밤나무 잎을 연상시키는 초록 물감은 붓질의 형태에 따라 수많은 겹의 농도와 무늬를 형성하면서, 여자의 뒤편으로 어떤 불명확한 배경을 만들어내고 있었다. 한참 동안 쳐다보고 있으니 그 배경은 서서히 꿈틀대는 어떤 무리의 모습으로 변해갔다. 초록빛 옷을 입고 은폐용 나뭇잎으로 몸을 가린 숲의 추적자들이 몰려오고 있다. 숲의 천장을 이루는 저 높은 곳에서 가지와 잎들이 불길하게 술렁이는 소리가 바람에 실려 들려온다. 항상 어떤 징후처럼 들리는 허공의 파도 소리. 발아래에서 달팽이의 껍질이 바스러진다. 그들은 살금살금 움직인다. 초록 도끼를 손에 든 그들은 커다란 초록 새의 머리를 가졌다. 그들은 새로 분장한 사냥꾼 혹은 새로 분장한 사냥꾼으로 분장한 무당 같았다. 흰색과 녹색으로 일렁이는 빛 속에서 보랏빛 그늘이 길게 움직인다. 방금 들린 새의 지저귐, 그건 새의 목을 베는 암살자의 휘파람 소리였을까? 조용하지만 날렵하게, 그들의 맨발은 시시각각 다가오는 중이다. 숲에는 소리 없는 무언가가 다가오는 소리가 있다. 나는 그것을 듣는다. 그들은 여자를 추적하고 있는 걸까. 그들이 누구든, 여자에게 점점 가까이 다가오고 있다는 느낌만은 분명하다. 여자는 그것을 아는가.

그림 속 여자를 처음 본 순간 내 얼굴이라는 생각이 들었고 그것을 그대로 믿어버렸지만, 어떤 구체적인 근거가 있는 확신은 아니었다. 게다가 당연하게도 그림 속 얼굴은 나와 닮지 않았다. MJ는 그냥 마음 내키는 대로 자유롭게 어떤 불특정한 얼굴을 그렸을지도 몰랐다. 만약 다른 상황에서 만났더라면, 나는 이 그림을 비정형의 얼굴을 모티프로 한 표현주의 추상화라고 생각했을 수도 있다.

하지만 나는 나를 속이고 있었다. 이것이 내 얼굴이 아니라면, 무엇 때문에 MJ가 이것을 내게 보냈겠는가? 갑자기 이상한 생각이 떠올랐다. 이것이 모종의 협박 편지일지도 모른다는 생각이었다. 어떤 종류의 협박인지는 알지 못한다. 경찰에 전화를 걸어 도움을 요청하는 편이 옳을까? 나는 편지를 받았는데 그 안에는 아마도 내 것일지도 모르는 초상화가 들어 있다. 편지의 내용은 내가 태어난 날의 풍경 묘사가 전부이다. 그런데 묘사란 모종의 수동적인 추적이다. 전혀 닮지 않은 초상화라고 해도 그것이 묘사인 것은 마찬가지이다. 그날, 나를 수동적으로 지켜보는 눈동자가 있었던가.

갑자기 나는 집 안에 나 이외의 다른 누군가가 있다는 느낌이 들었다.

어쩌면 그건 단순한 유령이었을지도 모른다. 나는 유령에 대해서 잘 알지 못한다. 나는 유령을 크게 두려워하는 것 같지는 않지만 신뢰하지도 않는다. 유령과 정말로 마주치는 일이 생기면 어떤 태도를 취해야 할지 아직 잘 모르고 있다는 뜻이다. 하지만 나는 어차피 유령을 알아보지 못할 것이다. 오래전부터 만약 내가 짐승과 함께 살게 된다면 그것은 티벳개일 거라고 막연하게 생각하고 있었다. 이유는 단 하나, 티벳개는 유령을 볼 수 있다고 들었기 때문이다. 내가 반복해서 꾸는 꿈 중에는, 내가 아는 어떤 사람이 티벳개로 변하는 장면이 나온다. 나는 그를 간절히 집으로 초대했고, 우리는 함께 식사를 하는 중이다. 나는 미칠 듯이 고동치다 못해 가슴 밖으로 튀어나올 것 같은 심장을 그에게 들키지 않으려 애쓰느라 음식 맛을 거의 느끼지도 못한다. 나는 그에게 소금 병을 건네주다가, 그만 실수로 한 손을 꿀 항아리 속에 그대로 풍덩 담그고 만다. 나는 꿀이 범벅이 된 끈적이는 손으로 뒤에서 그의 머리를 살짝 쓰다듬는데, 고개를 돌리는 그의 얼굴은 이미 한 마리 티벳개이다. 나는 그제야 안도의 한숨을 내쉰다. 마당의 맨드라미가 안도의 한숨을 내쉰다. 그가 돌아왔어! 맨드라미가 입술을 떤다. 맨드라미의 목소리가 속삭인다. *그가 돌아왔어.* 아마도 그런 이유로 나는, 어차피 둘 다 현실에서는 잘 모르는 존재이기는 하지만, 그래도 유령보다는 유령 개를 더 친근하게 느낀다. 나는 그 어디를 가더라도 항상 티벳개와 동행할 것이다. 그것을 꿈꾼다. 아니 그것은 꿈이 아니라, 내가 모르는 채로 이미 항상 그래왔던 것일지도 모른다.

  나는 집 안을 둘러보았다. 밖에서 스며들어온 가로등 불빛이 손바닥만 한 거실과 복도를 흐릿하게 밝히고 있었고, 짐 싸기를 마치지 못하고 열려 있는 여행가방과 주변에 널려진 물건들의 어수선함뿐 특별한 움직임은 눈에 띄지 않았다. 내가 사는 집은 오래전 있던 건물이 조각조각 나뉘어 팔리고 그중 가장 작은 마지막 조각이 집으로 남은 형태였다. 원래 집의 대부분은 인근 아파트 부지와 도로로 흡수되어 철거되었으며 나머지는 낡고 무너진 상태로 방치되었다가 어느 해 홍수에 그나마도 상당 부분 쓸려내려가버린 다음 그 자리에 남은 원래의 집 잔해와 토대를 이용해 다시 적당히 벽과 지붕을 추가로 지어 올려둔 상황이었다. 그래서 좁은 면적에 비해 기묘하고 복잡한 구조로, 침대 하나가 들어가면 몸을 움직일 공간도 남지 않을 만큼 작은 방이 네 개나 되고 긴 복도가 두 번이나 꺾어지는 형태라 실내가 한눈에 보이지 않으므로 침입자가 마음만 먹는다면 몸을 숨기기가 용이할 것이다. 나는 시험 삼아 복도 끝의 커다란 장롱 문을 열고 그 안에 든 담요와 이불 커버, 침대 시트와 흰 모직 스카프 등을 헤쳐보았지만 거기에는 아무것도 숨어 있지 않았다. 다른 방들과 욕실, 주방, 청소

도구를 넣어두는 창고, 찬장, 세탁실까지 모두 확인한 뒤에야 나는 안심할 수 있었다. 그런데 잠깐만, 침실 창문이 열려 있었다. 반쯤 열린 창으로 들어온 바람에 커튼이 날리고 있었다. 나는 담요를 덮고 있으면서도 잠든 내내 한기를 느꼈던 이유를 알았다. 게다가 침실의 라디오까지 켜진 상태였다. 나는 라디오를 끄고 창문을 닫았다. 그런데 나는 티벳개가 등장하는 짧고 강렬한 꿈을 꾸었던가? 2월의 밤, 유리창에 닿을 듯이 가까이 몇 그루의 앙상한 나무들이 엷은 서리를 뒤집어쓴 채 서 있었다. 그중 나무 한 그루의 가지가 바람 탓이겠지만 유난히 크게 떨리는 것이 눈에 띄었다. 겨울 까마귀가 까욱거렸다. 도시의 나무들은 설사 크고 잎이 무성할지라도, 초록으로 칠한 콘크리트 벽이나 공원 시설물, 인조잔디, 우레탄으로 포장된 학교 교정, 벽에 걸린 숲속 풍경화 등과 마찬가지로 인공적인 도시의 부속물로 보인다. 오토바이 한 대가 신호를 무시한 채 굉음을 내며 텅 빈 사거리를 쏜살같이 지나가는 소리가 들렸다. 나뭇가지가 유리창을 두드렸다. 뼈처럼 가볍게. 누군가 나를 두드리는가? 까마귀. 밤, 정물 그리고 뼈. 아니, 나는 아무것도 알아보지 않는다. 나는 인식 없이 말한다. 나는 싸고 있던 여행가방 안을 뒤져보지 않는다. 나는 침대의 이불을 들추어보지 않는다. 나는 고개를 들어 천장을 올려다보지 않는다. 나는 재가 든 양동이를 파헤쳐보지 않는다. 나는 바닥에 떨어진 책을 주워들고 임의의 페이지를 펼쳐보지 않는다. 나는 항구적으로 편재하는 눈을 발견하기를 원하지 않는다. 대신 그것이 나를 지켜보도록 내버려둔 채, 아주 간혹, 분명 나와 함께 살고 있으나 한 번도 목격하지 못한 티벳개를 느끼듯이, 그것을 간접적으로 느끼기만을 원한다. 나는 그것이 생각날 때마다 바위처럼 커다란 티벳 유령 개의 머리를 쓰다듬는다. 사랑. 내가 한 번도 가져보지 못한 나의 개에게 나는 설명할 수 없는 사랑을 느낀다. 내 혀와 손바닥에는 황금빛 꿀이 넘쳐흐른다.

매순간 다른 사람으로 존재하기. 다른 사람이었던 다른 사람이 되기. 그렇게 함으로써 나는 나를 지켜보는 눈을 속인다. 심리학자의 책상에 마주앉아서, 2월처럼 흐릿한 미소를 지으며 말한다. 이 모든 건 헛짓거리에 불과해요. 당신이 뭐라고 말하건 상관없이, 난 여행을 떠날 테니까요.

지금 내가 경찰에게 전화를 건다면, 말할 수 있는 것은 두 가지이다. 나는 지난 30년 동안 단 한 번도 만난 적이 없는 사람으로부터 편지를 받았으며, 편지에는 내 개인적인 사건들을, 예를 들자면 아무도 모르는 내 생일이나 즉흥적으로 결정된 나만의 여행에 대해서 잘 아는 듯한 암시가 적혀 있노라고. 그것은 자신이 나를 몰래 지켜보아왔다는, 혹은 추적해왔다는 공공연한 자백이 아닐까. 하지만 이런 이유만으로 내가 협박을 당한다고 주장하기에는 불충분해 보였다. 나는 편지와 초상화를 경찰에게 보여주어야 할 것이다. 하지만 그들은 이 초상화가 나를 그린 것이라고 믿지 못한다. 이 그림 속 여자가 어째서 분명히 나인지, 나는 경찰에게 설명할 수 없을 테니까. 나는 한 번도 그림 속 여자처럼 머리를 길게 기르지도, 그런 모양으로 머리를 묶지도 않았다. 내가 그림 속 여자처럼 무언가를 바라본 적이 한 번이라도 있는가? 그렇게 사로잡힌 표정으로 화가에게 영감을 주었던 적이 있는가? 내용이야 어쨌든, 초상화 자체가 위협의 증거는 되지 못할 것이다. 또한 편지 어디에도 직접적인 협박의 내용이나 위협적인 표현은 없다. 붉은 실타래가 여자의 목을 조여들고 있다고? 이건 하와이식 환영의 꽃다발이라고 그들은 말할 것이다. 나는 하와이에 가본 적이 없고, 아마도 그래서 아무것도 이해하지 못하는 것이리라. 몸통이 나무 속에 들어 있다고? 그게 뭐 어떻다는 건가. 제임스 쿡 선장은 죽음 뒤에 먹혔다고, 나는 덧붙여 말할 수 있으리라. 그들이 쿡 선장을 통나무 속에 집어넣어 구웠을지 누가 알겠는가. 하지만 하와이에 도착한 제임스 쿡과 내가 받은 편지는 아무런 상관이 없고, 하와이는 우연히 등장한 예에 불과하므로, 게다가 만에 하나 상관이 있다고 한들 나 자신도 모르는 그 무엇을 증명할 능력이 내게는 없다. 결정적으로, 도대체 왜 MJ가 나를 협박하는지 나는 조금도 설명할 수 없다. MJ에게는 나를 협박할 만한 이유가 있는가? 나를 협박해서 MJ가 무엇을 얻을 수 있는가? 내가 여행을 떠나지 못하게 막으려는 걸까? 하지만 왜 그래야만 하는지에 대해서 나는 아무것도 설명할 수 없다. 그리고 집 안에서 분명 누군가 나를 지켜보는 듯한 느낌을 받았지만 실제로는 아무런 수상한 흔적도 발견하지 못했다고 한다면, 경찰은 나를 망상증 환자로 치부할 것이다. 게다가 그 지켜보는 시선이란 것이 결코 몰아붙이지 않고, 사납게 굴지 않고, 겁주지 않고, 자신을 드러내지 않고, 닿지 않고, 심지어 한마디의 말도 없이, 소리도 기척도 없이 그렇게, 마치 죽은 개의 머리가 우리를 지켜보듯이, 마치 이 모든 내용이 그려진 그림을 지켜보듯이, 이 모든 내용이 들어 있는 편지를 읽듯이, 조용하고 무심하며 수동적이라면. 즉 아무것도 행하지 않음으로써 행하는 행위라면. 그런 것도 일종의 협박이 될 수 있을까? 경찰은 분명 나를 망상증 환자로 치부할 것이다. 그러므로 나는 경찰에게 전화하지 않는다.

그런데 협박은 친밀함의 일종이라는 것을 그들은 알까?

공통점이 없는 것은 위협이 되지 못하므로.

나는 친밀한 침입자의 존재를 안다. 심지어 나는 그것을 편지에 써서 보내기도 했다. (누구에게 보낸 편지인가 하는 점은 중요하지 않다) 편지를 쓸 때마다 나는 이해할 수 없게도 편지의 모든 묘사가 마치 오래전 하숙집에 대해서 저절로 말하고 있는 듯한 느낌에 사로잡히곤 했다. 내 의도와 상관없이, 그것은 내 모든 편지의 희고 평평하고 고요한 배경을 이루었다. 그것은 희고 평평하고 고요하게 반복되는 에코—언어가 되었다. 내가 그곳을 떠난 이후로 너무도 오랜 세월이 흘렀고, 또 이제는 하숙집이 기억의 표면에 떠오르는 일조차 거의 없는데도 말이다. 오직 편지를 쓰는 동안에만 나는 또다시 집에 있었다. *(속삭임: 누구에게 보낸 편지인가 하는 점은 중요하지 않다)* 집. 그것에 대해서 말하기를 나는 주저한다. 텅 비었지만 사람들의 자취가 너무 많고, 끊임없이 속삭임이 들려오지만 그럼에도 궁극적으로는 아무도 살지 않는 집. 집은 징후의 사유지이다. 집은 우리가 아주 멀리 여행할 때 기차나 비행기의 창밖으로 언뜻 스쳐지나간 후 다시는 되돌아오지 않는 소름끼치는 어떤 풍경이다. 집은 그늘지고 벽은 이끼로 덮였으며, 바깥 담장은 낮으면서 초록이고 축축하다. 바람은 모든 문틈으로 새어들어오며 어둡고 삐걱거리는 마룻바닥 복도가 있다. 벽장과 다락, 창고에는 소유자가 불명확한 오래된 물건들이 쌓여 있으며 표상들의 전시장과 사적 공간이라는 두 가지 성질이 동시에 지배한다. 집은 익명의 밀도로 가득하다. 집은 속삭임으로 가득하다. 지금도 여전히 내 귀에 들려오는 바람 같은 속삭임들. 나는 집을 크고 복잡한 구조로 기억하고 있지만 그건 아마도 어린 시절의 상대적 감각이 고정되어버린 탓일 것이다. 편지에서 나는 마치 꿈을 묘사하듯이 집을 묘사하곤 한다. 하지만 그건 꾸며낸 거짓말은 아니다. 하숙집은 옛 모습 그대로 내 꿈에 종종 등장했으므로 그곳은 실제이면서 동시에 꿈의 장소이기도 했다. 세월이 흐를수록 집은 점점 더 꿈의 영역으로 건너가버렸다.

집은 주인이 바뀔 때마다 여러 번에 걸쳐 증축과 개조를 반복했고 그 결과 불필요하게 복잡하고 이해할 수 없이 불균형한 구조를 갖게 되었다. 원래부터 있던 본채는 놀랍게도 애초에 어느 소규모 사립학교의 교실로 쓰였다고 들었다. 학교가 사라지고 난 후 교실은 단 하나를 제외하고는 조각조각 쪼개져 방들과 부엌 창고 등으로 바뀌었다. 본채는 천장이 비스듬하게 기울어질 정도로 낡았으며 어둡고 축축하게 그늘진 좁은 방과 숨겨진 공간으로 이루어진 반면, 가장 나중에 지어진 별채는 깨끗하고 쾌적하고 넓었다. 별채로 이어지는 뒷마당에는 벽돌로 사방을 두르고 흙을 쌓아올려 만든 화단이 있었다. 뒷마당을 면한 커다란 방은 유일하게 교실 형태를 유지하는 곳인데 위로 들어올려 여는 유리창이 기차의 차창처럼 이어졌다. 낡은 격자 나무 창틀의 유리창들이 햇빛을 반사하며 번득였다. 간혹 헐거워진 걸쇠 때문에 유리창이 떨어지는 소리가 정오의 정적을 깨곤 했다. *(속삭임: 마치 꿈이 그렇듯이 집은 저절로 묘사되곤 한다)* 유리창 아래 화단에는 기형적으로 커다란 맨드라미가 저절로 피었다가 시들어갔다. 또 부엌 옆에는 엉뚱하게도 부엌의 두 배쯤 되는 넓은 유리 온실도 있었지만 그곳은 원래의 용도와는 상관없이 잡동사니 물건을 쌓아두는 창고로만 쓰였다. 집 안에는 식물을 가꾸고 돌볼 만한 사람이 없었던 탓이다. 당연히 아이들은 낡은 본채의 다락과 비어 있는 방, 혹은 하숙인이 잠그는 것을 잊은 방—그 시절 대개의 하숙인들은 방을 잠그지 않았다 ─ 온실 창고 등에 숨어 있기를 좋아했다. 그리고 우연히 숨어들게 된 방구석 가구 뒤편이나 책상 밑, 혹은 옷장 속에서 그대로 잠들어버릴 때도 많았다. 식사 시간에 누군가 모습을 보이지 않는다면, 그건 십중팔구 아무의 눈에도 뜨이지 않는 옷장 깊숙한 곳에서 세상 모르고 깊이 잠들어버렸다는 의미였다.

나는 식모가 부르는 소리를 듣는다. "밀!" 식모의 목소리는 여러 개의 벽과 문에 걸쳐진 두터운 천, 부러진 의자, 쌓아놓은 이불과 옷가지 너머에서 희미하게 들린다. "밀, 점심 먹어야지!" 식모의 발소리가 방문 앞을 지나 멀어져간다. 나는 어두컴컴한 옷장 속에 웅크리고 앉아 살짝 열린 옷장 문틈으로 들어오는 빛에 의지해서 편지를 읽는다. 편지의 수신인이나 발신인은 내가 모르는 이름이며 편지의 내용이 내 흥미를 끄는 것도 아니다. 흘려 쓴 필체는 해독하기 어렵고, 종종 한문이 섞여 있다. 몇 줄을 읽고 편지를 던져버린 나는, 다른 봉투를 집어 들고 그 안의 편지를 새로이 꺼내서 읽기 시작한다.

옷장에는 오래되어 아무도 입지 못할 것이 분명한 낡은 옷가지들이 가득하다. 누렇게 변색한 흰 블라우스와 셔츠, 이상한 모양의 레이스가 달린 양말, 중학교 교복처럼 보이는 초록색 치마, 고약한 냄새가 나는 뻣뻣한 천으로 지어진 검은 방수코트, 심지어 여성용 가발 한 개도 발견된다. 이것들이 모두 누구의 물건인지는 불분명하다. 하숙집의 거주자들은 집을 떠날 때 종종 가방과 같은 짐들을 "잠시" 맡겨두는데, 그들 중 단 한 명도 자신의 물건을 다시 찾아가는 일이 없었기 때문이다. 일정한 시간이 지나면 주인이 남기고 간 물건은 커다란 궤짝 등에 몽땅 모아져서 창고나 다락, 벽장 구석 어딘가로 처박혔고, 그렇게 시간이 흐르면서 그 물건들의 원래 주인이 누구인지 기억하는 사람도, 신경쓰는 사람도 없게 되었다.

그런 창고나 다락에 쌓인 상자 속을 뒤져 신기한 옷이나 물건을 찾아내는 것은 당시 우리가 가장 사랑하던 놀이였다. 간혹 책이 담긴 가방도 있었고 한번은 외국어 책으로 가득 찬 상자를 발견하기도 했지만, 그림이 전혀 없는 책들은 우리의 흥미를 끌지는 못했다. 상자의 물건들을 모두 끄집어내고 바닥까지 뒤져서 흑백 사진집이나 만화책, 여배우의 얼굴이 들어 있는 잡지를 발견하는 것이 우리의 기쁨이었다. 우리는 산더미처럼 널브러진 물건들 위에 엎드린 채로 이 책 저 책 번갈아 페이지를 뒤적이곤 했다. 그러다 자연스럽게 지독한 좀약 냄새가 풍기는 외투를 끌어당겨 덮고 스르르 잠에 빠져들었다. 온실 창고 안에는 망가진 가구와 여행가방, 너무 낡아서 사용하지 않는 접시와 찻잔 등이 마구잡이로 쌓여 있는 그릇장 사이로 미로와 같은 좁은 통로가 형성되었고 조각조각 찢어진 햇빛이 무늬를 이루는 곳마다 연기처럼 뽀얗게 피어오르는 먼지가 보였다.

여닫이문의 반투명한 젖빛 유리창 뒤로 식모의 모습이 지나간다. "밀, 점심 먹어야지!" 식모의 발소리가 멀어져가는 어린 시절의 정오. 잠들기 직전 나는 창고 한구석에 세워진 거무스름하게 얼룩진 낡은 거울 속의 나를 발견한다. 온실 창으로 스며들어온 빛 속에서 새빨간 외투를 뒤집어쓰고 이해할 수 없는 언어로 적힌 잡지를 손에 든 내가 거울 속을 지나가고 있다. "밀, 어디 있어?" *(속삭임: 나는 잠에 있습니다)* 전화벨이 울린다. 식모는 종종거리며 방으로 뛰어간다. 나는 잠에 있다. 그러나 식모의 목소리는 고장 난 레코드판처럼 헛돌며 내 꿈을 향해 반복해 메아리치며 울린다. 밀, 어디 있어.

책과 옷가지, 잡동사니 물건들 사이에는 편지나 엽서 흑백 사진 앨범이나 일기와 같은 개인적인 기록들이 드물지 않게 발견되기도 했다. 집은 익명의 사적 공간이었다. 나는 온실 창고 옷장 속 궤짝에서 누군가의 편지 뭉치를 처음 발견했을 때를 기억한다. 편지는 모두 우체국 스탬프가 찍힌 원래의 흰 봉투에 그대로 들어 있었다. 수신인이나 발신인 이름은 기억나지 않는다. 유심히 살피지도 않았고, 또 어쩌면 처음부터 없었을지도 모른다. 부엌 뒤편의 온실 창고는 하숙집의 모든 잡동사니의 무덤이었다. 일단 뭔가 부피가 크고 버리기 귀찮은 물건이 생기면 다들 잠시 넣어둘 거라며 그곳으로 가져왔지만, 한번 들어온 물건이 다시 나가는 일은 거의 없었다. 결정적으로 바람이 통하지 않아 답답했고 특히나 여름이면 숨이 막혀 죽을 듯이 뜨거웠다. 그 방에 기꺼이 들어가려는 사람은 아무도 없었다. 문에서 가까운 벽에 세워둔 책장에는 여러 주인들이 놓고 간 책들이 무질서하게 꽂혔고 책장 위에는 커다란 여행가방들이 자리잡았다. 책장 앞에는 다리가 부러진 책상과 의자가, 그 위에는 먼지투성이 장난감과 지구본 등이 가득한 상자가 있었으며 책상 서랍을 하나씩 열 때마다 잉크가 굳어버린 잉크병과 반쯤 쓰다 만 노트, 드라이브용 지도책, 오래되어 시멘트처럼 딱딱해진 피부연고와 치약, 누렇게 바랜 손수건 등의 잡동사니들이 튀어나왔다. 책상과 이어서 그릇장이 있었고 그릇장을 끼고 뒤편으로 돌아가면 거기 구석에 옷장이 있었다. 나는 최대한 틈새를 비집고 들어가 옷장에 당도하는 데 성공했다. 하지만 옷장 안으로 들어가기는 좀 더 어려웠는데 바닥에 쌓인 바구니와 상자 등에 가로막혀 문이 완전히 열리지 않았기 때문이다.

"밀, 어디 있어, 점심 먹어야지!" 식모의 발소리가 마루를 콩콩 디디며 지나간다.

몸을 최대한 움츠리면 옷장 문틈으로 비집고 들어가는 것이 가능했다. 나는 종종 그곳을 방문했다. 내가 거기 있으면 아무도 나를 찾지 못했다. 나는 새로운 편지를 봉투에서 꺼내 들고 읽기 시작한다. 편지의 내용에 흥미를 느껴서가 아니라 아무도 찾지 못하는 어두운 옷장 구석에 처박혀 지루한 글자를 읽다가 잠드는 일을 좋아하기 때문이다. 내가 읽는다는 것을 아무도 모를 때부터, 나는 그런 식으로 읽고 있었다. 나는 책이라고는 한 권도 가져보지 못했으나, 편지는 이미 처음부터 가까이 있었다. 예를 들자면 온실 창고의 옷장 속 나무 궤짝 안에 편지가 들어 있는 것을, 나는 읽기를 배우기 전부터 알고 있었다.

나는 읽다 만 편지를 잘못된 봉투에 쑤셔넣는다. 여러 장으로 된 편지들이 이 봉투 저 봉투로 흩어져 담긴다. 편지들은 뒤섞이며, 이 봉투의 편지가 저 봉투의 편지에 이어지고, 연결되지 않는 페이지들, 시간의 역순으로 진행되는 사건과 감정, 서로 다른 수신자를 향한 서로 다른 발신인의 문장들이 한데 엉키고, 이윽고 편평한 고원 위에 내려앉는 한 마리 커다란 새의 날개처럼 이 사람과 저 사람의 모든 편지가 원근 없는 꿈의 평면에 하나로 펼쳐진다. "내일 당신의 집 앞으로 가겠습니다. 이 편지를 직접 당신의 집 우편함에 넣을 겁니다. 그리고 대문에 꽃을 걸어두겠어요"라는 문장과 마주친다. 언어 앞에서 나는 두려워하며 서둘러 잠에 빠져든다. 두려워하며. 잠 속에서 나는 계속해서 글자를 읽는다. "왜 더 이상 나에게 편지하지 않는 건가요?" "당신은 내 모든 것, 내 모든 것입니다." 그리고 편지의 마지막에는 이름 대신, '당신의 숭배자로부터'. 글이란 해독되는 그 순간부터 내게는 낯섦의 기호였다. 나 자신 또한 마찬가지였다. 나는 단 한 번도 나를 특정한 하나의 이름으로 생각해보지 않았다. 집 안의 모든 사람들은 나를 저마다 다른 이름으로 부르거나, 혹은 단 한 번도 부르지 않았다.

나는 침입자에 대해서 말하려 했다.

중앙 복도에는 오른편에 세 개 왼편에 두 개의 방이 있었고 문들은 모두 닫혀 있었다. 복도를 디디는 침입자의 발자국 소리를 들었다고 나는 생각했다. 방문이 살짝 열렸다가 다시 닫히는 소리. 침입자는 부엌으로 향하는 중이었다. 복도 마룻바닥은 군데군데 살짝 꺼져 있었고, 어느 특정 지점을 디딜 때면 마치 못에 긁히듯이 유난히 날카롭게 삐걱거리는 소리를 피할 수가 없다는 걸 나는 잘 알고 있었다. 부엌에는 쓰레기를 버리는 용도로 집 앞 골목으로 곧장 통하는 작은 문이 있었고, 그 문은 낮에는 거의 대부분 잠겨 있지 않았다. 그런데 나는 어떻게 그 발소리가 침입자의 것이라고 단정했을까? 하숙집은 하숙인들 이외에도 그들의 친구나 방문자들이 비교적 자유롭게 드나들었으므로, 낯선 얼굴이라고 해서 침입자라고 단정할 수는 없었다. 게다가 나는 침입자의 모습을 보지도 못했다. 하지만 그건 항상 들어서 익숙한 식모의 발자국 소리가 아니었다. 식모가 시장에 가버린 평일 한낮의 하숙집은 고요했고, 도둑이 찾아들기 가장 적당한 시간이기도 했다. 사실 그 침입자는 하숙집 방을 털기 위해 부엌문으로 숨어들어온 흔한 좀도둑으로, 잠기지 않은 방들을 뒤진 후에 다시 부엌문을 통해 골목으로 빠져나가버릴 것이다. 하숙집에 도둑이 들어온 건 처음 있는 일도 아니었다. 나는 집 안에 홀로 있었다. 오직 홀로 있었다. 나는 도둑이 내 물건을 훔쳐갔을 거라고 단정하고, 큰 두려움도 어려움도 없이 옷장을 재빨리 빠져나와 도둑의 뒤를 쫓기 시작했다. 내 몸은 들어올 때와는 반대로 스스로도 놀랄 만큼 가볍고 매끄럽게 가구들 사이를 빠져나왔다. 내가 도둑을 두려워하지 않는 건 첫 번째 도둑이 들었을 때 신고한 후 30분도 지나지 않아 경찰이 도둑의 귀를 잡고 하숙집으로 직접 끌고 왔기 때문이다. 도둑은 열 살 난 동네 아이였고, 이미 여러 번이나 빈집털이 경험이 있다고 했다. 아이가 훔친 것은 식모가 찬장 서랍에 넣어둔 동전, 청소년용 만화잡지 두 권, 반쯤 남은 담뱃갑, 그리고 문을 잠그지 않은 하숙인의 방에서 꺼내온 스위스 나이프였다. 나는 그 아이를 잘 알았다. 거의 학교에 나오지는 않았지만 그 아이는 어쨌든 나와 같은 학교에 다니고 있었고, 심지어는 반도 같았던 것이다. 도둑 아이는 거친 천의 싸구려 반바지 차림에 마치 어린 승려나 죄수처럼 머리를 삭발에 가깝게 밀고 있었다. 또한 항상 가면을 쓴 듯 무표정하거나 아니면 모자란 듯 히죽히죽 웃는 얼굴이었는데, 아직 그 둘 중 어떤 것을 미래의 정체성으로 선택할지 결정을 내리지 못한 자의 태도였다. (내가 읽은 만화책에서 "미래의 아이"라는 말을 처음 접했고 나는 그 명칭이 마음에 들었다) 나는 이번에도 역시 그 아이가 소소한 물건을 훔치러 왔을 거라고 믿었다. 훔치는 일은 사실 기회만 있다면 누구나 할 수 있다. 머리가 좋다면 들키지 않을 수도 있고, 반면에 들키는 일에 개의치 않는다면 좀 더 대담해질 수도 있다. 나는 그 아이에게 다가가 말을 걸고, 하숙집에서 훔쳐간 것을 돌려달라고 해볼 작정이었다. 어쩌면 미래의 아이는 그냥 미래를 위해 연습 삼아 훔치는 걸 수도 있으니 물건을 돌려줄 가능성도 있다고 생각했다. 나는 작은 영웅처럼 흥분했던 것 같다. 당시는 이미 하숙집 입주자들이 줄어들기 시작한 시점으로 몇몇 방은 비어 있었다. 벽에 빗물이 얼룩지고 지붕이 내려앉은 지저분하고 낡은 하숙집으로 굳이 방을 구해 들어오는 새로운 하숙인들은 거의 없었다. 마당에는 잡초와 쥐구멍이 늘어났다. MJ 하숙집의 초라하고도 기나긴 황혼과도 같은 시절이었다. 늘 그렇듯이 하숙집의 저녁식사는 침울했고, 아이들조차도—그렇다 하숙집에는 이런저런 이유로 아버지 혹은 어머니와 함께, 심지어는 아버지도 어머니도 없이 장기 투숙하는 아이들이 있었다—소란을 피우지 않고 밥을 먹는 데 익숙했다. 저녁이면 여전히 별채 음악교사의 방에서 불빛과 피아노 소리, 그리고 중학생 여자아이들의 발성 연습 소리가 흘러나왔고, 오직 그 순간에만 하숙집의 어둑하고 침침한 복도에는 잠시나마 거짓말같이 추상적인 아름다움이 감돌았다.

나는 홀로 있었지만 조금도 두렵지 않았다. 도둑 아이는 내게 경찰의 손에 귀가 잡아당겨진 채 울상을 짓는 꼬마 그 이상은 아니었다. 나는 곧장 불이 꺼진 어둑한 부엌으로 갔다. 텅 빈 부엌에는 옅은 수채 냄새가 고여 있었고 거기에 섞여 차가운 그을음과 석유 냄새가 났다. 하지만 예상과는 달리 바깥으로 향하는 문에는 자물쇠가 잠겨 있었다. 침입자의 발자국 소리는 부엌이 아니라 별채로 이어지는 마당을 지나 뒷문으로 향하고 있었다. 나는 달리기 시작했다. 희미한 발자국 소리 역시 뒷마당의 흙을 밟으며 빠른 속도로 서둘러 멀어지고 있었기 때문이다. 뒷마당 디딤돌을 디디는, 비눗방울처럼 가볍고 놀리듯이 차갑게 바스락거리는 도둑의 언어. 순식간에 나는 뒷마당 한가운데 있었고, 나는 신발을 신지 않은 맨발이었다. 맨드라미가 피어 있는 뒷마당에는 놀랍게도 도둑의 흔적이 없었다. 그런데 왜 집 안에는 아무도 없는 것일까? 마치 집 안에 아무도 없는 날을 세상에 태어나 처음 맞은 아이처럼 나는 깜짝 놀랐다.

나는 세계의 굉음을 들었다. 내 맨발 아래서 구르고 부스러지는 흙과 유리 알갱이, 깨어진 구슬, 달팽이의 눈과 껍질, 지붕 위 빨랫줄에서 펄럭이는 홑이불, 빨래통의 물이 출렁이며 비눗방울이 터지는 소리, 모든 것이 어마어마한 규모로 동시에 증폭하며 폭발했다. 절반쯤 열려 있던 유리창 하나가 저절로 쾅 소리를 내며 떨어졌다. 그 충격으로 주변의 모든 유리창들이 낡아서 헐거워진 나무 창틀에서 오래오래 덜컹거리며 진동했다. 지붕에서 풀썩 떨어지는 젖은 흙덩이, 몸을 떨며 우는 풀벌레, 멀리서 들리는 잡음 섞인 라디오 뉴스, 갑작스러운 전화벨, 수화기 너머로 짧게 소곤거리는 비밀의 대화, 유리를 배달하는 자전거, 담 너머의 골목길에서 뛰어가는 아이들, 멀리서 들리는 여자의 비명, 모든 것이 은은하게 하지만 동시에 선명하게……. 갑자기 젖은 솜을 귀에 틀어막은 듯이, 이 모든 소리가 흐릿하고 불분명하게 멀어졌다. 나는 입을 벌리고 쓰러져 있었다. 가슴에 돌을 맞았기 때문이다. 그것도 구석기인의 도끼처럼 크고 뾰족한 돌을. 비명은 나오지 않았다. 도둑 아이가 달아나면서 내게 돌을 던질 거라고는 전혀 예상하지 못했으므로 아픔보다도 놀라움이 더 컸다. 하지만 나는 도둑도 돌도 보지 못했다. 만약 도둑이 없었다면, 도둑은 바로 나였던 걸까? 나는 아주 잠시 암흑을 보았을 뿐이다. 하지만 불투명한 광채를 가진 하얀 암흑이었다. 그 속에서 세상의 형체들이 소리의 파도로 변해 내게 덮쳐왔다. 도둑. 당신의 숭배자로부터. 편지. 나는 눈을 뜬 채로, 아무것도 보이지 않는 백색의 어둠 속에서 의식 없는 느낌의 상태로 있었다. 나는 뒷머리를 디딤돌 위에 둔 자세로 하늘을 향하고 똑바로 누워, 눈꺼풀조차도 꼼짝하지 않았다. 나는 나로부터 빠르게 빠져나가는 나를 느꼈다. *(속삭임: 너는 내 모든 것, 너는 내 모든 것이야)* 내 것이 아닌 어떤 의지로 나는 회귀했다. 긴 다리를 가진 거미가 내 몸을 디디며 지나갔고 나는 공포심 없이 소스라쳤다. 그것이 최초의 감각이었다. 잠시 뒤 내 눈은 다시 보기 시작했다. 비행기의 그림자가 내 몸 위로 드리워 있었고, 모르는 개가 짖고 있었다. 개 짖는 소리는 마치 비행기 안에서 들려오는 듯했다. 멀고도 먼 그 무엇을 향해서 짖어대기. 그 순간 나는 무엇이었을까. 그 순간 나는 무엇이었던 존재였을까. 순간적으로 의식을 잃기 전 들었던 생각이 여전히 충격으로 남아 있었다. 만약 세계가 없었다면, 세계는 바로 나였던 걸까? 나는 껍질처럼 약하고 무의미했으므로, 이 세계의 그 무엇도 나를 밟아서 바스라뜨릴 수 있었다. 조용한 뒷마당에서 내 가슴을 향해 날아온 돌멩이 하나, 이빨이 세 개뿐인 늙은 털거미, 그리고 먼 하늘의 비행기 안에서 짖는 티벳개조차도 나를 해치고 나를 불태우고 나를 찢어발길 수 있었다. 살점 하나 남김없이 나를 잡아먹을 수 있었다. 그런데 그들은 그렇게 하지 않을 것임을 나는 알았다. 그들은 *아직* 그렇게 하지 않을 것이다. 내 외부에 있는 운명의 의지를 나는 읽은 것 같았다. 그것은 숲이다……. 돌멩이 하나가 상상의 시간을 가로지르며 날았고, 그 순간부터 나무들은 더이상 나무들이 않고 숲이라 불리게 되었다. 도둑은 막 깨어지기 시작한 유리 조각을 밟으며 달아났다. 그들은 아직 그렇게 하지 않을 것이다! 그 대가로 나는 그들의 시선이 나를 쫓도록 허용했다. 나는 관찰당하고 있었다. 나는 절반의 눈이었다. 나머지 절반은 외부에 있다. *(속삭임: 나는 숲에 있다)*

나는 이미 오래전부터 무엇인가가 나를 지켜보고 있음을 알았다. 지붕 위에서 검은 옷을 입은 남자가 난간에 걸터앉아 나를 내려다보고 있었다. 남자는 상체를 반쯤 앞으로 숙인 자세였고, 이마 위로는 오후의 햇살이 비스듬히 내리꽂히고 있었다. 남자의 등 뒤로는 마치 커다란 무대의 커튼처럼 흰 이불 빨

97

래가 널려 있었다. 남자는 꼼짝도 없이 정물처럼 고요한 태도였다. 고개를 살짝 아래로 숙이고, 양팔을 무릎 언저리에 댄채, 마치 책을 읽는 듯한 표정으로, 그렇게 나를 지켜보고 있었다. 남자의 뒤편에서 흰 빨래가 바람에 펄럭이지 않았다면 나는 그가 그림 속에 있다고 믿었을 것이다. 그의 모습을 발견한 순간, 어쩌면 그날 하숙집에 침입한 도둑은 내가 알고 있는 열살 난 소년이 아니라 지붕 위의 그 남자일지도 모른다는 생각이 머릿속을 스치고 지나갔다. 항상 빨래가 널려 있는 지붕은 나지막한 난간으로 둘러진 편평한 구조였고, 식모 이외에는 아무도 올라가지 않았다. 그래서 도둑은 지붕으로 달아났고 거기서 나에게 돌을 던졌을 것이다. 아니, 지붕으로 쫓아간 나를 등 뒤에서 밀어 떨어뜨렸을지도 모른다. 하지만 이런 느낌은 그야말로 착각일 수도 있고, 그 남자는 정말로 책을 읽고 있던 중에, 물론 그늘 하나 없는 뜨거운 지붕은 그러기에는 상당히 의외의 장소이긴 했으나, 문득 고개를 들고 마당에 쓰러진 나를 막 발견한 상황일지도 몰랐다. 남자의 머리 위로는 흰 구름이 떠 있는 하늘이 있었고, 흰색이 칠해진 지붕 난간은 오후의 햇살 속에서 초록빛 광채가 섞인 황금색으로 번쩍였다. 구름. 그것을 나는 이전에 그처럼 유심히 바라본 적이 있었던가. 구름은 불안하리만큼 빠르게 움직이고 있었으므로 그 모양이 어떠한지 전혀 종잡을 수가 없었다. 남자는 여윈 얼굴형에 머리는 짧았고 검은 셔츠와 바지 차림이었다. 나는 그의 얼굴을 정면에서 보았지만, 만약 측면에서 보았더라면 거의 흡사했을 것 같은 모습을 그림에서 마주친 적이 있다.

그것은 에드워드 호퍼의 〈햇빛 속의 사람들People in the Sun〉이다. 황금색 밀밭과 뒤편의 검은 산맥이 보이는 풍경. 검푸른 비늘로 덮인 듯 그려진 산들은 누워 있는 거대한 짐승의 등을 연상시킨다. 단순한 흰색 건물의 측면. 일층과 이층에 난 커다란 사각형 창들의 모서리가 보인다. 건물과 마찬가지로 기묘하리만큼 아무 장식이 없고 심지어 창틀조차 보이지 않는, 두터운 흰 벽에 뚫린 사각형 구멍과도 같은 창인데 환한 낮인데도 불구하고 모두 노란색 커튼으로 가려져 있어서 실내의 모습은 짐작할 수 없다. 건물 바로 곁 흰색으로 포장된 시멘트 바닥처럼 보이는 곳에 햇빛이 약 45도 각도로 환하게 쏟아지고 있다. 그것은 사람들의 그림자로 추측할 뿐, 실제로 태양의 모습이 그림에 나타난 건 아니다. 그곳에 놓인 의자에 앉아 마치 신을 영접하듯이 태양을 향해 고개를 쳐든 사람들. 첫 줄에는 네 명이 앉아 있다. (마지막 여자는 얼굴이 가려져 있긴 하지만) 중년의 남녀 두 쌍인 그들의 옷차림은, 태양을 찾아 휴가나 피서를 온 편한 복장이 아니라 회의나 행사에 참석하러 왔다가 휴식 시간에 잠시 외부 공간에서 햇빛을 쬐고 있는 사무직 노동자, 예를 들자면 경매장이나 시립 박물관의 직원들 같다. 반듯한 정장 차림에 구두, 하이힐, 의자의 등받이 뒤로 걸쳐진 붉은 스카프. 한 여자만이 챙이 넓은 모자를 쓰고 있다. 그들의 입매에는 이상스럽게 긴장한 기색이 엿보인다. 그들은 서로 한 마디도 대화를 나누지 않는다. 손에 음료수 잔이나 담배를 들고 있는 사람도 없다. 태양 아래서 느긋하게 여유를 즐기는 표정도 아니다. 그들은 뭔가를 결심하고 있으며, 그것은 비장하고 단호하고 엄숙하기까지 하다. 하지만 그들은 그것을 숨긴다. 공동의 비밀이 그들 스스로를 경직시키고 있다. 마치 합심하여 오랫동안 작전을 세우고 치밀하게 준비한 살인 계획을 수행하면서, 가장 마지막 단계로 알리바이를 만들 목적으로 테라스에 나와 앉아 있는 일련의 공범자들처럼. 환한 햇빛에도 불구하고 아무도 선글라스를 쓰지 않았다. 만약 정말로 그들 앞에 태양이 정면으로 빛나고 있다면, 어째서 아무도 눈부셔하지 않는 것일까? 왜 아무도 눈을 찡그리거나 가느다랗게 실눈을 뜨지 않는 것일까? 아니 어쩌면 그들은 이미 눈먼 자들이다. 진짜 사건을 은폐하기 위한 장치인 속임수의 오브제들이다. 그들이 연출하는 알리바이의 무대 저편에, 노란 커튼으로 가려진 실내 어딘가에서 지금 막 진짜 살인사건이 일어나고 있는 것일지도 모른다. 노란 밀밭과 의자의 노란색. 노란 커튼. 햇빛을 받아 노르스름해진 그들의 피부와 눈동자. 그들의 표정이 어떤 결정적인 순간을 누설하고 있다. 잠시 뒤 모든 것이 끝나면, 그들은 모두 한꺼번에 일어서서, 서로 손에 손을 잡고 한 줄로 이어서, 가장 앞 사람의 인도에 따라 그림 밖으로 사라져버릴 것 같다. 시체는 건물 안에 남겨진다. 밀밭이 있는 교외. 차가 거의 지나다니지 않는 지방 도로. 희고 깨끗하며 몰개성한 콘크리트 건물. 아마도 지역 도서관 직원들의 정기 컨퍼런스. 몇 시간 뒤면 해가 질 것이다. 그런데 그런 그들과 조금 동떨어진 자세로, 뒷줄에 홀로 앉아 책을 읽는 젊은 남자의 모습이 있다. 남자는 그들과 같은 목적을 가진 공모자가 아니라, 우연히 그 자리에 함께 있을 뿐인 아무것도 모르는 결백한 제3자처럼 보인다. 책을 읽는 남자는 원래는 그 자리에 없었어야 할 돌연한 끼어듦이다. 그런데 잠깐, 그가 결백한 것처럼 보인다는 것, 그것이야말로 이 그림에서 반드시 필요한 어떤 요소가 아닐까. 햇빛을 정면으로 향하지 않는 그의 시선은 유일하게 눈멀지 않은 자의 그것이다. 예를 들자면 그는, 지금 아무도 모르게 방금 막 건물 밖으로 빠져나온 자일지도 모른다. 제례를 올리는 태양 신자들의 뒤에 슬쩍 자리를 잡고 앉아, 의자에 올려두었던 책을 펼쳐 들고는, 방금 전에 일어난 일에 대해서, 방금 전 건물 안에서 자신이 본 일에 대해, 자신이 한 일에 대해 생각에 잠겨 있는 것인지도 모른다. 아무도 그를 보지 못했다. 아무도 그를 알지 못한다. 그는 모든 제례의 외부자이다. 심지어 이 음모의 (만약 우리가 아는 모든 그림이, 모든 정물화와 초상화가 사실은 음모의 은폐를 위한 위장화라면) 기획자조차도 그를 모른다. 그의 역할이란, 외면하면서 보기. 오직 속삭임만으로 말하기. 분명 자연에 가까운 풍경이지만 단 한 그루의 나무도 없다. 바람이 불고 있는가? 하늘에는 아주 옅은 투명한 구름층이 살짝 흩어져 있는 듯하지만 구름들은 그 어떤 형태도 만들지 않는다. 뭉쳤다가 아주 빠르게 흩어져버리는 유령 구름들. 단 한 개의 돌, 단 한 마리의 티벳개도 보이지 않는다. 어떤 소리도 들리지 않는다. 무언가가 소거되었다. 알리바이. 언젠가 우리는 모두 소거되어버린 상태일 것이다. 우리가, 우리의 말이. 아마도 건물 안에서, 커튼 뒤편에서, 무언가가 일어나고 있었다. 알려지지 않은 그 일에 대한, 두 개의 평행한 알리바이. 많은 세월이 흐른 후 그 그림을 처음 보게 되었을 때, 나는 다른 이들처럼 태양 숭배를 행하는 대신 고개를 살짝 숙인 자세로 책을 읽고 있는 청년의 얼굴과 표정에서 곧바로 도둑이 들던 날 지붕에서 나를 지켜보던 남자를 발견했다고 믿었다.

왜인지는 알 수 없지만 나는 숭배의 감정에 대해서 막연하게 끌린다. 무신론자이지만 종교에 호기심을 느끼는 것도 같은 이유이다. 나는 그러한 감정이나 행위의 외부자이지만, 종종 숭배하는 일에 대해서, 숭배자를 갖는 일에 대해서 거리를 두고 생각해본다. 언젠가 유리창이 많은 커다란 빈 방에 나는 홀로 있었다. 유리창들은 옛날식으로 위로 올려서 열리는 형태였다. 나는 스스로를 의아하게 여겼다. 그 방으로 들어가는 일은 원래 금지되었기 때문이다. 그런데 금지와 숭배는 이상하게 닮아 있다. 그때 어떤 미지의 언어가 바람처럼 불어왔고, 나는 그것을 들었다. *(속삭임: 너는 속삭임, 단지 속삭임이야)* 그런데 편지를 쓴 사람은, 예를 들자면 *당신의 흠모자로부터,*라고 써도 될 텐데 왜 굳이 *당신의 숭배자로부터*,라고 했을까?

한때 내가 알았던 사람은 무대 배우였다. 하지만 내가 그를 다시 만난 건 무대가 아니라 퍼포먼스 낭독 공연의 객석 옆자리에서였다. 정확히 말하면 바로 옆자리가 아니라 한 자리 건너이기는 했지만 우리 사이의 그 자리는 비어 있었다. 나는 그를 보는 즉시 그가 오래전에 MJ의 하숙집에 드나들던, 아니 드나드는 것을 넘어서 한동안 하숙집에서 실제로 살았던 사람임을 알아차렸다. 아마도 그는 MJ가 이끌던 극단의 신입 멤버인 아주 젊은 배우였을 것이다. 그는 키가 컸고 몸매가 아주 곧고 아름다워서 처음 본 사람은 그를 발레리노로 여길 정도였다. 당연히 그는 나를 알아보지 못했다. 공연 사이 인터미션에 누군가가 그에게 말을 걸었고, 그와 한참 대화를 나누다가 그 사람이 사라진 뒤에는 또 다른 사람이 와서 그에게 인사를 하고 몇 마디 대화를 하려고 했다. 두 번째로 온 사람은 우연히도 내가 아는 사람이었으므로, 우리는 자연스럽게 함께 말을 나누게 되었고 그것은 공연이 끝난 이후에도 이어졌다. 그러다 나는 용기를 내어 "나는 사실 당신을 이미 알고 있답니다"라고 말했지만, 배우는 약간 당황한 듯, 하지만 별다른 대꾸 없이 희미하게 미소를 지어 보일 뿐이었다. 그는 내 말의 의미를 '나는 사실 당신을 신문에서, 라디오에서, 혹은 어느 공연 무대에서 이미 보았답니다'로 해석했을 것이다. 나중에 밝혀진 사실이긴 하지만 나로서는 조금 놀랍게도, 공연장에서 그에게 말을 걸어왔던 사람들은 나처럼 그를 과거의 배우로서 알아보고 인사를 건네려 한 것이 아니라, 첫 번째 사람은 지나가다가 우연히 통로에 놓인 커다란 가방에 발이 걸렸고 그래서 가방 주인인 배우에게 정중하게, 가방을 좀 치워달라고 부탁했을 뿐이며, 두 번째 사람은 그를 알지만 그가 배우였다는 사실은 전혀 몰랐다고 한다. 계기야 무엇이든 그날 배우와의 대화는 공연이 끝난 이후로도, 그리고 다시 다음날, 다음주, 다음 계절까지 연장되었고, 마침내 그에게 저녁식사에 초대하고 싶다는 말까지 꺼낼 수 있었다. 참고로 말하자면 내 요리는 재앙에 가까울 만큼 형편없는데, 당시는 내 요리가 그처럼 최악이라는 것조차 모르고 있었다. 당연히 나는 그 누구도 식사에 초대해본 적이 없었기 때문이다. 바위처럼 딱딱하게 얼어붙은 커다란 고깃덩이를 프라이팬에 올리고 익을 때까지 그 앞을 떠나지 않으면서 지켜보기, 그것이 내가 생각할 수 있는 최선의 요리방식이었을 만큼 나는 경험이 없고 젊었다. 찬장의 양념 병들을 모조리 꺼낸다. 소금과 후추, 식초, 레몬즙을 식탁 위에 놓는다. 접시와 포크, 나이프도 새로 산 냅킨과 함께 가지런히 놓는다. 나는 초조하게 기다린다. 벨이 울리기를, 그리고 동시에 벨이 울리지 않기를. 무슨 일이 일어났던가. 여름과 가을이, 그리고 겨울이 멀어져갔고, 이윽고 봄조차 사라졌다. 9월이 영영 자취를 감추었다. 나중에 생각해보니 그는 내가 일생 동안 알던 사람 중에서 숭배라는 개념에 어쩌면 가장 익숙할 사람일지도 몰랐다. 유명 배우라는 위치 때문에 숭배받는 일에 익숙해서 자신도 모르게 그걸 당연시한다는 의미가 아니라, 내적인 세계의 한 요소로서 숭배를 아는 사람, 어떤 식으로든 숭배의 영역에, 마침내 상징이 되는 영역에 어쩔 수 없이 발을 들여놓은 적이 있다는 뜻이다.

종종 하숙집의 대문 앞에는 꽃바구니가 걸려 있었다. 그 또한 숭배의 징후였을까. 지금이나 그때나 나는 숭배의 감정에 대해서 잘 알지 못하는 편이다. 그것은 경건하고 절대적인, 거의 종교적인 애정의 느낌일까. 아니면 단지 하나의 알리바이일까. 언젠가 한번 나는 늘 그렇듯 하숙집의 어두운 구석에서 구석으로 옮겨 다니다가, 음악교사가 MJ의 앞에 무릎을 꿇고 있는 장면을 목격하기도 했다. 그들은 집 안에서 가장 넓은 공간인 MJ의 연습실에 있었다. 원래 교실이었던 연습실은 평소에 오직 MJ의 허락이 있어야만 출입할 수 있는, 우리 대부분에게는 금지된 장소였다. 심지어 우리가 연습실 앞을 무심코 지나가기만 해도 MJ는 그것을 의도적인 방해로 여겼다. 팔걸이의자에 앉은 MJ는 고개를 옆으로 비스듬하게 문 쪽으로 돌린 자세였고 얼굴은 좀 화난 표정이었다. 음악교사에게 화가 난 것인지 아니면 연습실 앞을 지나던 내가 문틈으로 우연히 그 광경을 보았기 때문에 화가 난 것인지는 불분명했다. 그 당시 내게 떠오른 생각은, 아마도 음악교사는 MJ의 발아래 떨어진 연필을 줍고 있거나, 아니면 MJ의 연극 연습을 도와주려는 것이구나. MJ가 보이는 모든 과장된 행동들의 끝에는 늘 연극배우라는 당시로서는 분명하지 않았던 가상의 직업이 알리바이처럼 놓여 있었고 우리는 그렇게 생각하는 일에 익숙했다. 실제로 하숙집의 누군가가 MJ의 상대역으로 연습을 도와주는 일이 드물게 있기도 했다. 하숙인이나 식모, 혹은 하숙집에 들른 방문객이 우연히 마주친 MJ로부터 연습을 도와달라는 부탁을 받게 되면, 저마다 예외 없이 기뻐하며 선택받은 자의 우쭐한 태도를 숨기지 못했다. 그럴 때면 MJ는 선택된 상대편을 자신의 연습실로 이끌었기 때문이다. 하지만 좀 특별하리만큼 과묵하고 둔감해 보이며 그 누구와도 친하게 지내지 않았던 음악교사마저 MJ의 연극 연습을 도와주리라고는 한 번도 상상하지 못했다. 연습실에는 반들반들하게 닳아버린 나무 창틀 유리창들이 뒷마당을 향해 나 있었다. 유리창은 창틀을 위로 밀어서 여는 형태였다. 밀어올린 창을 양옆의 걸쇠에 잘 고정하지 않으면 어느 순간 갑작스럽게 유리창이 저절로 쿵 하고 떨어지는 경우가 종종 있었다. 정오의 정적을 깨며 갑자기 들려오던, 유리창 떨어지는 소리. 연습실은 한때 집안을 점령했던 MJ 극단의 젊은이들이 주로 머물던 장소였다. 하지만 극단이 파산하자 그들은 모두 썰물처럼 사라져버리고, 연습실 한가운데, 쿠션의 더러운 솜이 빠져나온 팔걸이의자에 앉은 MJ만이, 식모의 표현에 따르면, 산더미 같은 빚과 함께 남았다.

그것은 숭배였을까.

하지만 어떤 사람들에게 숭배란 그저 편지의 말미에 적는 의례적인 인사법처럼 단지 수식적인 표현에 불과하다. 예를 들어서 심지어 나조차도, 당신의 숭배자로부터,라고 서명이 된 편지를 받은 일이 있다. (왜 그는 당신의 *흠모자*라고 서명할 수도 있었을 텐데 굳이 *숭배자*라고 했을까?)

하지만 어떤 사람들에게 숭배란 그저 존경하고 좋아한다는 평범한 의미를 과장되게 표현하는 것에 불과하다. 하지만 또 한 대다수의 사람들에게 그것은 흠모와 마찬가지로 어느 정도 죽은 단어이다. 개천에 둥둥 떠 있는 덩어리처럼 부피만 큰 부담스럽고 흉측한 무의미. 그것은 값싸게 무릎 꿇는 행위처럼 폄하된다. 성모상 앞이나 여자 앞이나 불 앞이나 배우 앞이나 등등 상관없이. 그것은 종말의 일종일까? (숭배란 무엇일까요? 그날 나는 용기를 내어 배우에게 물어보았을 것이다. 우리는 식탁에 앉아 막 식사를 시작하려던 참이었으리라. 당시 나는 양부모의 집 지하실에서 살았다. 지하실에 딸린 부엌은 한 사람이 앉기에도 좁았으므로 나는 차마 그를 집 안으로 들이지 못하고 식탁과 의자를 뒷마당 버드나무 아래나 혹은 좀 더 대담하게도, 위층 양부모의 공간인 테라스로 옮겨다 놓았을 것이다. 여름의 절정이 시작되기 직전이었고 이른 저녁 햇살 속에는 연두색과 황금색 눈동자 모양의 씨방들이 떠다녔지만 그늘진 뒷마당 흙은 아직 차가울 것이다. 그러나 어떤 순간, 안개가 걷히듯이 갑자기 환한 빛이 비치며 ― 그것은 담장 너머를 지나가던 배달부의 자전거에 실린 유리판이 반사한 햇빛이었을까 — 노란 방수천이 덮인 식탁 위로 버드나무의 이파리가 무수한 격자무늬 그림자를 만들며 일렁였고…… 나는 손가락을 꿀항아리에 담근다. 유리창 떨어지는 소리가 정오의 정적을 깨며, 붉은 코요테처럼 날뛰는 심장의 고동, 이웃집에서 들려오는 잡음 섞인 라디오 뉴스, 갑작스러운 전화벨, 짧게 소곤거리는 비밀의 대화, 골목길에서 뛰어가는 아이들의 소리, 모든 것이 은은하게 하지만 동시에…… 그는 숭배란 오래 바라보는 것이죠,라고 나를 오래 바라보며 대답했을 것이다. 오래, 우리가 생각하는 오래보다 훨씬 더 오래 지속되는 오래, 하고 그는 덧붙였을 것이다. 우리가 식사를 시작하기 직전에)

하지만 어떤 사람들에게 숭배란 간단하게 말해서, 긴 시간 지켜보는 추상적인 눈동자에 지나지 않는다. 결코 몰아붙이지 않고, 사납게 굴지 않고, 겁주지 않고, 자신을 드러내지 않고, 닿지 않고, 심지어 한마디의 말도 없이, 소리도 기척도 없이 그렇게, 마치 죽은 티벳개의 머리가 우리를 지켜보는 아침처럼, 마치 살인이 일어나는 햇빛 아래서 책을 읽듯이, 조용하고 무심한 방관자로서 행하는, 교사(敎唆)의 속삭임. 그리고 몇몇 특수한 경우의 사람들에게 숭배란 그림 속의 태양 숭배자들처럼 자신과 관찰자의 눈을 속이고 비밀을 감추기 위해 벌이는 제례일 것이다. 그들은 보이지 않는 눈을 들어, 오래도록 태양을 바라본다.

설사 내가 받은 것이 협박의 편지라 할지라도 경찰에 전화하지 않는 건, 예전에 이미 비슷한 일로 전화한 적이 있지만 실질적인 도움을 받지 못했기 때문이다. 경찰이 무능하다고 말하려는 게 아니라, 내가 느끼는 위협이 너무도 추상적이라 그들의 이해력을 넘어설 것이기에. 솔직히 고백하자면 나는 그것이 무엇이든 그것을 두려워하지 않았고, 애써서 피할 필요를 느끼지도 못했다. 단지 그것의 정체가 조금 궁금했을 뿐이다. 집으로 찾아온 경찰은 한 명의 젊은 경찰과 한 명의 중년 경찰이었다. 신참으로 보이는 젊은 경찰은 집 안으로 들어서면서부터 이미 꺼내들고 있던 수첩에 깨알 같은 글자로 집 안의 모든 상황을 빠짐없이 메모하기 시작했다. 그사이 중년 경찰은 나와 함께 집 안을 둘러보며 내게 이런저런 질문을 하는 사이사이 인근 아파트의 관리인과 전화통화도 했는데, 젊은 경찰은 우리의 대화와 사소한 행동은 물론 중년 경찰관의 전화통화 내용까지 한마디도 놓치지 않으려는 기세로, 거의 속기록을 쓰듯이 열심히 받아 적었다. 그의 메모는 이랬다.:

식당 바닥에는 커다란 유리 화병이 떨어져 산산조각 나 있다. 하지만 집 안에서 그 밖의 별다른 특이점은 보이지 않는다. 유리 화병은 신고자의 손에서 미끄러져 떨어진 것이라고 했다. 저녁식사를 마친 접시에는 빵 부스러기와 멜론 껍질이 남아 있다. 거실 겸 식당은 문이 달린 작은 방인데 조명으로는 식탁 곁에 스탠드가 서 있을 뿐 천장 전등은 켜져 있지 않았다. 최신 유행하는 디자인으로 일부러 전체 조명을 없앤 것이 아니라 집이 너무 오래되어 천장의 전기선이 고장 났다고 했다. 실제로 천장은 빗물에 눅눅해진 상태로 판자가 내려앉아 살짝 기울어 있기까지 했다. (화재의 위험은 없는 걸까? 게다가 신고자의 집은 좀 혼돈스러운 구조였고, 방들은 그야말로 손바닥만 하여 두 사람이 들어가기 힘들 정도로 숨 막히게 비좁았다. 오랜 세월에 걸쳐 낡은 집을 보수하면서 그때그때 즉흥적으로 구조를 바꾸거나 허물고 증축하기를 반복해왔다는 인상을 주는데, 마지막으로 보수가 이루어진 지 적어도 이십 년은 넘어 보였다. 구조뿐 아니라 위치도 매우 이상했는데, 밀집한 고층 아파트와 높은 축대 사이 움푹하게 경사진 땅에 한 조각의 지하 동굴처럼 자리하고 있어서 분명 우리의 담당 구역임에도 불구하고 처음에는 그곳에 집이 있다는 사실을 몰랐을 뿐 아니라 신고를 받고 찾아온 다음에도 그 집의 존재가 믿기지 않을 정도였다) 신고자의 말에 따르면, 저녁식사를 한 후 화병의 물을 갈아주려고 일어서서 몸을 돌린 순간에, 열린 식당 문 밖의 복도를 지나 막 현관 쪽으로 가는 누군가의 옆모습이 보였다고 한다. 식당에서 현관문이 바로 보이지는 않으므로 신고자가 곧장 (1, 2초 정도 뒤라고 함) 식당에서 나와 살펴보았을 때 침입자는 이미 현관문을 열고 밖으로 사라진 다음이었다. 신고자는 이 집에서 혼자 살고 있으며 낮에 외출할 때는 집 안에 분명 아무도 없었고, 집에 돌아왔을 때 문은 잠겨 있었다고 한다. 외출에서 돌아와서 빈 방을 모두 둘러보는 일은, 당연히 하지 않았다. 그러므로 추측건대 침입자는 모종의 의도를 갖고 빈 집에 몰래 들어왔다가 예상보다 일찍 신고자가 돌아오자 어딘가에 몸을 숨기고 있었고, 신고자가 한눈을 파는 사이 살짝 집 밖으로 나가려고 했던 것 같다. 식당의 스탠드 조명만이 켜져 있던 상태였으므로 복도는 어두웠다. 신고자는 30분 전쯤 외출에서 돌아와 (현기증이 날 정도로 배가 고팠다고 한다) 곧장 냉장고의 음식을 꺼내 식탁에서 식사를 했고, 식사 시간은 길게 잡아 약 15분을 넘기지 않았다고 한다. 신고자의 표현에 의하면 침입자는 당황하거나 심지어는 서두르는 기색도 없었다. 믿을 수 없을 만큼 가볍게, 빠르지만 여유 있는 태도로 지나갔다는 것이다. 집 안에는 처음부터 수상한 기척은 전혀 없었고 발자국 소리도 들리지 않았으므로 신고자는 그 사람이 나가는 모습을 발견하고서야 집 안에 침입자가 있었다는 사실을 알았다고 한다. 여기서 이상한 점은, 우리가 살펴본 대로라면 신고자의 집 복도는 바닥이 기우뚱하게 꺼져 있는데다 마루의 판자가 형편없이 낡아서 단 한 발자국도 소리를 내지 않고 움직이기가 불가능하다는 것이다. 실제로 우리가 집 안으로 들어와 마루를 디디자 비명처럼 요란한 소리가 났다. 게다가 신고자가 말하기를 침입자는 나갈 때도 현관문 여닫는 소리조차 거의 내지 않았다고 한다. 그러므로 신고자가 화병의 물을 갈다가 무심코 몸을 돌리지 않았다면 아마도 침입자를 영영 발견하지 못하고 말았을 가능성도 크다고. 신고자가 목격한 모습만으로 추측하건대, 아마도 침입자는 키가 큰 편에 마른 몸매의 남자이다. 너무 빠른 순간에 지나가버려 얼굴을 자세히 보지 못해 나이를 추정하기는 어려우나, 곧은 자세나 가벼운 움직임으로 미루어 아마도 이십대의 젊은이일 것이다. 하지만 적어도 신고자가 모르는 사람인 것만은 확실하다. (여기서 신고자의 진술은 좀 혼돈스러운데, "얼굴을 자세히 보지는 못했으나 분명 모르는 사람"임을 강조했다는 점이다. 그리고 이를 해명하기 위해 신고자가 덧붙인 표현은 더욱 이해할 수 없었다. 신고자는 침입자를 "분명 모르는 얼굴이었지만 완전히 모르는 사람은 아닌 것 같다, 아마도 언젠가 그림에서 본 어떤 인물을 연상시키는 얼굴이었다……"라고 묘사하면서 자신이 없는 듯 말을 흐렸는데, 아마도 이건 극도로 흥분하고 겁을 먹은 상태에서 내뱉은 무의미한 말로 추정된다. 이뿐 아니라 신고자의 진술 중 신빙성이 떨어지는 몇몇 부분도 마찬가지의 이유 때문이라고 추정해볼 수 있다) 특이한 점이라면, 침입자는 신발을 신고 있지 않았던 것 같다고 한다. 왜냐하면 우리는 신고자의 집 안 어디에서도 신발 자국을 발견하지 못했고, 신고자의 기억에 의하면 현관에는 애초에 침입자의 신발이 분명 없었으며 또 신고자가 거의 곧장 뒤따라가 현관을 내다보았을 때 침입자는 이미 사라진 다음이므로 추측건대 침입자가 신발을 따로 신을 만한 여유는 없었을 것이기 때문이다. 마치 자전거를 탄 사람이 저녁에 안개가 낮게 깔린 어둑한 공원을 지나가듯이, 그렇게 스윽 하고 침입자의 모습이 미끄러지듯 곧장 현관으로 이동했으며, 그대로 순식간에 문밖으로 사라졌다는 것이다. (동료 경찰

의 농담: 뭐라고, 그렇다면 그 사람이 춤이라도 추면서 나갔다는 말인가요? 발레리노라도 된단 말인가? 이 부분은 삭제할 것) 그 말을 뒷받침하는 것이, 현관 바닥에도 신고자의 것 이외에 다른 신발자국은 전혀 보이지 않았다. 식당은 현관에서 가장 가까운 방이며 복도의 가장 끝 방에 해당하므로 침입자가 식당 앞을 지나 현관이 아닌 다른 곳으로 사라졌을 가능성은 없다. 현관 옆 복도 끝에는 창문이 있지만 그 창은 사람이 순식간에 빠져나가기에는 너무 위치가 높고 작기도 할뿐더러, 분명히 닫혀 있었다. 그렇다고 침입자가 신발을 손에 든 자세는 아니었으며 다른 물건도 들고 있지 않았다고 한다. 침입자가 너무도 순식간에 사라져서, 신고자는 비명을 지르거나 놀랄 틈조차 없었다고 한다. 계속해서 신고자의 말에 따르면, 침입자는 단지 눈에 띄지 않고 밖으로 나가는 것이 목적이었을 뿐 직접적으로 위협이 되는 그 어떤 언행도 하지 않았으며 심지어는 신고자를 쳐다보거나 의식하는 것 같지도 않았다. 집 안에서 사라진 물건이나 귀중품은 없는 것 같다. 그런데 어차피 신고자는 귀중품이라고 할 만한 물건을 갖고 있지 않으며, 현금이나 보석도 없다고 진술했다. 그러므로 침입자가 정말로 빈손으로 나갔다고 해도, 뭔가를 훔칠 목적이 처음부터 아예 없었다고 단정하기란 어렵다. 좀도둑질을 하러 들어왔는데 아무것도 발견하지 못했을 수도 있다. 하지만 만약 그렇다면 뭔가를 뒤진 흔적이 아예 없는 것은 좀 이상하다. 침입자는 아마도 신고자가

귀가하는 소리를 듣고 집 안 어딘가에 숨어 있었을 것이다. 식당 바로 옆인 서재가 유력하지만 창고나 침실, 세탁실, 옷을 넣어두는 작은 방, 혹은 식당에서 보이지 않는 반대편 복도 모퉁이에 숨어 있었을 수도 있다. 이 집은 넓은 편은 아니지만 복도가 두 번이나 꺾이며 이어지고 식당 방을 포함하여 창고 사이즈의 작은 방이 네 개나 되므로 마음만 먹는다면 숨어 있을 곳이 많아 보인다. 우리는 집 안을 샅샅이 둘러보았으나 수상한 흔적은 발견하지 못했고, 신고자도 그렇다고 했다. 신고자는 약간의 식은땀을 흘렸을 뿐, 매우 침착하며 크게 충격받은 기색도 없다는 점이 우리를 놀라게 했다. 진술 방식도 매우 차분하고 몇몇 예외를 제외하면 대체로 일관성이 있었다. 신고자는 자신의 집에 침입할 만한 사람을 알지 못하며, 그럴 만한 의심이 가는 인물도 전혀 없다(고 한다). 최근 신고자의 주변에서 특별히 수상한 일은 일어난 적은 없다. 열흘쯤 전 누군가 문에 꽃다발을 걸어놓은 적은 있지만, 그것은 이번 일과 관련이 없을 거라고 신고자는 덧붙였다. 침입자는 몸에서 특별한 냄새가 나거나 하지 않았으며 만약 그랬다면 신고자는 침입자를 발견하기 전에 먼저 수상한 낌새를 눈치챌 수 있었을 거라고 했다. 신고자는 집 안의 낯선 냄새에 민감하므로. 노숙자나 부랑자라는 인상은 받지 못했다. 옷차림은 평범한 어두운 색 셔츠와 바지에 아마도 검은 야구 모자를 쓰고 있었다. 그런데 잠시 뒤 신고자는 말을 바꾸어서, 다시 생각해보니 자신이 아침에 나갈 때 실수로 문을 잠그지 않았을 가능성을 완전히 배제할 수는 없다고 했다. 돌아와서는 열쇠로 문을 연 것 같지만, 그건 자신의 착각일 수도 있다는 것이다. 간혹 문을 잠그는 것을 잊은 채 그냥 외출한 적도 있기 때문이다. (누구나 저지를 수 있는 건망증에 의한 실수?) 그러므로 침입자는 우연히 문을 열어보았다가 잠겨 있지 않은 것을 확인하고 들어온 좀도둑이거나, 아니면 신고자가 외출하는 것을 지켜보고 있다가 침입했거나, 혹은 신고자가 종종 문을 잠그는 것을 잊는다는 사실을 알고 있는 주변인일 것이다. 물론 신고자는 이런 사실을 주변 누구에게도 말한 적이 없다고 주장했다. 신고자는 동물을 기르지 않는다. 집의 열쇠를 맡겨놓은 친구나 이웃도 없고 신고자를 방문할 만한 사람도 없다. 신고자의 집은 특이하게도 고층 아파트와 아파트 사이 조각난 작은 땅에 남아 있는 유일한 낡은 단층 주택으로, 마치 누군가 철거하는 것을 잊어버리는 바람에 우연히 남아 있게 된 형국이라 정확히 '이웃'이라고 부를 만한 집이 없기도 하다. 주변의 아파트들과는 직접 연결되는 통로가 전혀 없기 때문이다. 집은 주방에서 이어지는 손바닥만 한 뒷마당이 딸려 있지만 뒷마당은 인근 아파트 담장으로 바로 막혀 있어서 그곳으로 침입하는 것은 불가능해 보인다. 뒷마당에는 아무것도 없이 파헤쳐진 화단이 흔적만 남아 있을 뿐이다. 신고자는 종교가 없으며 소속된 단체나 모임도 없다. 별다른 취미 활동을 하지 않고 방문 판매원에게서 물건을 사거나 음식을 배달시키지도 않는다. 가까운 식료품점에서 야채와 과일을 구입할 뿐이다. (하지만 무작위로 가가호호 벨을 누르는 판매원이나 여호와의 증인 등 종교단체 사람, 혹은 우체부가 신고자의 집이 잠겨 있지 않은 것을 우연히 발견했을 가능성은 없는 걸까? 신고자의 집 현관 바닥에는 그날 도착한 편지가 한 통 놓여 있었다. 신고자의 말에 의하면 우체부는 신고자의 부재 시 편지를 문 아래로 밀어넣는다고 한다) 신고자는 자신이 중학교 교사라고 했다. 하지만 지금은 건강상의 문제로 2년째 휴직 중이라는 것이다. 구체적으로 어떤 건강 문제인지는 묻지 않기로 했다. 해당 사건과 무관할 것이기 때문이다. 인근 아파트의 관리인은 아파트 사이에 섬처럼 박혀 있는 이 집에 "중학교 음악교사 혹은 그 딸이 산다고 들었다"라고 말했다. 낡고 허름한 동네였던 이 지역에 아파트가 들어서면서 오래된 주택들이 모두 철거되었지만 이해할 수 없는 어떤 이유로 이 집만은 아파트 건설 부지에 포함되지 않았다는 것이다. 대신 삼면이 고층아파트 건물로 완전히 둘러싸이면서 마당의 대부분이 사라지고 집은 그야말로 으슥하고 그늘진 구석으로 변했다. 거기다 진입로도 벽과 벽사이 한 사람이 간신히 드나들 정도로 좁은 통로만 남겨놓은 상황이라 접근이 어렵다. 그래서 아파트 주민들은 이 집을 아예 모르거나 아니면 아파트 관리 회사 소속인 창고 정도로 생각한다고 했다. 하지만 우리가 통화한 잡화점 주인은 "그 집에 사는 여자에 대해서라고? 그건 내가 모를 수가 없다, 왜냐하면 그 여자는 주말에 종종 와서 초콜릿과 편지지나 뜨개질 실 등을 사는데, 가끔 중학교 여자애들에게 개인교습을 해준다 고 들었다. 아마도 미술교사이거나 적어도 한때 미술교사였던 것 같다. 그림에 취미가 있는 내 딸을 가르쳐달라고 부탁할까 생각한 적도 있었다, 실행에 옮기지는 않았지만" 하고 말했다. 왜 실행에 옮기지 않았는지 이유는 밝히지 않았다. 실제로 신 고자의 집 곳곳은 미술 도구와 미완성인 그림들이 가득했지만 신고자가 관리인의 추측대로 음악교사이면서 취미로 그림을 그리는 사람일 가능성도 있다. 반면에 신고자가 주로 음식물 을 구입한다는 식료품점 주인은, 신고자에 대해서 전혀 모른 다는 답변을 했다. 신고자는 생김새나 옷차림이 수수한 편으 로 기억에 남을 만큼 강한 인상이 아니다. 성격도 사교적이 아 니라서 이웃들과 친분을 쌓고 지내지 않기 때문에 아무도 신 고자를 개인적으로 알지 못하므로 따라서 이런 착각이나 혼동 이 가능하다고 본다. 우리가 탐문해본 결과 이웃들이 신고자 에 대해서 안다는 몇몇 내용은 다들 판이하게 달랐으며, 대다 수는 식료품점 주인과 마찬가지로 가까이에 사는 신고자나 신 고자의 집에 대해서 존재조차 모르고 있는 실정이었다. 심지 어 이 동네의 토박이라는 한 아파트 주민은, 그 집에는 적어도 30년 전부터 아무도 살지 않는다고 자신 있게 확언하기도 했 다. 반면 이 집에서 얼마나 오래 살았느냐는 우리의 질문에 신 고자는 "일생 동안"이라고 대답했다. 우리가 오늘 외출의 이유에 대해서 물었을 때…….

중년의 경찰은 서두르지 않았다. 그는 태도가 느긋했고, 불법 가택 침입보다는 이 사건을 둘러싼 다른 외적인 문제에 관심이 쏠려 있는 것같이 보였다. 그는 신고자가 어느 만큼이나 패닉 상태에 빠져 있는지를 (신고자가 눈치채지 못하게) 살피기 위해서 미리 준비된 몇몇 형식적인 질문을 던지는 것이 자신의 역할이라고 믿는 사람 같았다. 그래서 그의 질문들은 대개 바보스러울 만큼 단순하고 엉뚱했고(문을 잠그지 않고 나갔다면 그건 건망증 때문이겠죠? 건망증은 얼마나 오래전부터 있었나요? 라디오를 평소에 늘 켜두는 편인가요? 외출에서 돌아온 다음 라디오를 켠 거겠죠? 아니면 아예 하루 종일, 집에 있는 시간이건 외출한 시간이건 상관없이 하루 종일 틀어두는 건가요? 그렇다면 혹시 자신이 라디오를 켜둔 사실을 의식하지 못하고 누군가 다른 사람이 집 안의 다른 방에서 말을 한다고 순간적으로 착각하는 일도 있지 않았나요? 나는 종종 그러거든요. 그리고 집에서 주로 요리를 한다면 식료품은 얼마나 자주 구입하는지요?) 내 대답에는 정작 별 관심을 두지 않은 채, 비유하자면 산 두 개만큼 멀리 떨어진 거리에서 자신의 질문과는 다른 많은 것을 궁리하는 표정을 짓고 서 있었다. 그의 말대로 옆방에는 라디오가 켜져 있었으며, 〈파사칼리아 passacaglia〉가 흘러나오는 중이었다. 나는 라디오를 끄기 위해서 옆방으로 갔다. 아마도 외출하기 전에 켜두고 잊은 것 같다고 나는 대답했다. 그때까지 단 한 톨의 수상한 먼지도 놓치지

118

않겠다는 표정으로 눈썹을 치켜세우고 여기저기 예리한 눈초리로 살피고 있던 젊은 경찰은 신기하게도 라디오 소리를 전혀 알아차리지 못하고 있었다. 아마도 라디오 소리가 아주 작아서, 집 밖에서 들려오는 목소리나 소음으로 착각했을지도 몰랐다. 하지만 중년의 경찰이 정말 신경쓰는 문제는 라디오가 아니라 다른 것임이 확실했다. 예를 들자면: 신고자는 겉보기에 그다지 충격을 받은 것 같지는 않으나 그럼에도 적극 진정시켜야 할지 아니면 그냥 놓아두는 편이 나을지, 신고자에게 말할 때 실제로 일어난 침입에 집중해야 할지 아니면 절도 혹은 가능한 다른 범죄의 의도 여부에 초점을 맞추어야 할지, 신고자가 커피를 권하면 마셔야 할지 아니면 거절하는 편이 공무수행자의 역할에 더 적합할지, 그리고 신고자를 비롯한 모든 관련된 사람에게(그런데 그들이 누구란 말인가?) 이 사건은 소름끼치게 끔찍할 것인지 아니면 단순한 해프닝일 것인지, 이 사건은 (실제로는 일어나지는 않았으나 가능했을지도 모를 다른 사건들을 포괄하는 것으로 간주하여) 끔찍하게 다루어져야 할지 아니면 단순한 해프닝으로 가볍게 다루어져야 할지. 그의 견해에 따르면 이런 사건에서 신고자인 피해자가 남자인 경우와 여자, 특히 젊은 여자인 경우 다른 방식의 접근이 요구된다. 피해자가 부유하고 유력한 인사일 경우와 그 반대일 경우, 또한 피해자에게 적 혹은 숭배자가 많은 경우와 그럴 가능성이 희박한 경우도 각각 다르다. 유사한 사건에서 피해자의 주변을 탐문하다 보면 망상 혹은 다른 이유로 인한 허위 신고의 가능성이 드물지 않게 발견되기도 한다. 하지만 그럴수록 피해자의 진술을 더 철저하고 진지하게 접수해야 한다. 피해자의 모든 어휘는 일정하게 의미의 반대를 가리키고 있기 때문이다. 반면에 현실이 혼재된 부분 망상의 경우는 좀 어렵다. 그래도 노련하고 경험 많은 경찰이라면 그런 경우에 대비해 준비해둔 나름의 해법이 있을 것이다. 하지만 가장 알아차리기 힘든 것은 현실 그 자체인 망상이다.

나는 그들에게 권할 커피를 만들었다. 그리고 집 근처 식료품점에서 사온 멜론을 잘라 함께 권했다. 중년의 경찰은 집 안을 둘러보고 바닥을 유심히 관찰하고 문과 창문의 잠금장치를 전부 점검했으며 나에게 양해를 구하고는 침대의 침구와 매트리스까지 손으로 만지며 살펴본 뒤에, 침입자는 현관문으로 들어왔고 그 문으로 다시 나간 거라는 결론을 내렸다. 그 추리에는 그다지 놀라운 내용이 없었지만 나는 깊이 수긍하며 고개를 끄덕였다. 현관문을 제외한 창들이 모두 잠겨 있고 강제로 침입한 흔적이 없음을 실제로 확인한 다음이므로 다른 결론은 현실적으로 불가능했기 때문이다. 하지만 그가 한 수사의 대부분은 전화통화였다. 그는 커피를 마시며 인근 아파트의 관리인과 다른 경찰, 순찰대원들, 아파트의 거주자와 상인들을 비롯한 몇몇 사람들과 긴 통화를 마친 후에, 내 얼굴을 똑바로 바라보며, 아마도 침입자는 옆 아파트에 사는 노인일 가능성이 높다고 말했는데, 그 태도는 신고를 받았으니 법에 따른 형식상 조사절차를 밟기는 했으나 이미 처음부터 자신은 범인이 누구일지 짐작하고 있었다는 투였다. 그의 말에 의하면 옆 아파트의 노인은 인근 주민들뿐 아니라 경찰서와 관리인에게 잘 알려진 인물인데, 불법 침입으로 여러 번이나 신고를 당한 상태이기 때문이다. 중년 경찰의 말은 이랬다: 노인은 알츠하이머로 인한 반복적 단기 기억상실 환자이며, 기회만 있으면 집을 빠져나가 이리저리 돌아다니다가 문이 열린 남의 집에 불쑥 들어가기 일쑤이다. 다른 행동은 정상적으로 보이지만 단 하나, 아무 집이나 들어가고 별다른 제재가 없으면 그 집을 자신의 집으로 여기고 계속해서 한동안 머무는 증상이 있다. 침대에서 잠을 자거나 식탁이나 냉장고에서 음식을 꺼내 먹기도 하며 자신이 직접 조리를 하기도 한다. 심지어는 자신의 물건이나 음식을 가져가 그 집에 보관하기도 한다. 벨을 누른 우체부에게 마치 자신이 주인인 척하며 문을 열어주고 편지를 받기도 했다. 그 때문에 경찰이 출동한 적도 여러 번인데 대개는 신고자가 노인의 상태를 이해하며 원만하게 끝났지만 한번은 이웃집의 주방에 들어가 삶은 고기를 찌르는 용도의 커다란 삼지창 포크를 집어든 상태에서 집주인에게 들키는 바람에 큰 소란이 일어나기도 했다. 집주인은 포크를 든 노인이 늙은 강도라고 오인한 것이다. 일부 주민들은 그 노인의 상태를 알지만, 모르는 사람들도 많다. 그런데 그 노인이 오늘 오후에도 집을 나가 몇 시간 동안이나 행방불명이 되었다가 방금 전에 이 근처 놀이터에서 발견되었다고 한다. 아, 참고로 신발은 신고 있었다. 이건 어디까지나 내 추측인데, 아마도 신고자는 그 순간 너무도 놀라고 당황해서 노인이 신발을 신는 것을 알아차리지 못했을 것이다. 혹은 신고자 자신의 생각보다 더 오랜 시간이 흐른 뒤에야 현관을 내다보는 바람에 그사이 노인은 이미 신발을 신고 나가버린 것이다. 침입자가 그런 노인이니 아무것도 훔쳐가지 않은 사정이 설명된다. 사실 노인은 키가 150센티미터 정도이고 등이 굽었으며 몸집이 작은 여든 살의 여자 노인으로 한쪽 다리를 살짝 절뚝거리는데다가 거동도 느리고 불편하지만, 게다가 옷차림도 신고자의 목격담과는 큰 차이가 있지만, 놀라고 공포에 질린 상태에서 집 안 조명도 어두웠으므로 신고자는 순간적으로 침입자가 키 크고 동작이 빠른 젊은 남자라고 착각해버렸을 것이다. 실제로 그런 일은 빈번하게 일어난다. 뇌가 상상에 기반한 과도한 위협을 만들어내고 그것을 스스로 믿어버리는 것이다. 다시 말하지만 노인은 남의 집에 들어가기는 하지만 실제로 위험한 일을 일으킨 적은 한 번도 없으므로, 지금까지 경찰에 여러 번 신고되기는 했으나 거기서 더 이상 문제가 커진 적은 없다. 사실 문제가 전혀 없었던 것은 아니고, 노인은 지극히 무해하지만 단 한 가지가 문제인데, 침대를 소변으로 더럽혀놓은 경우가 한 번 있었다는 것이다. 그런데 다행히 조금 전 살펴본 바로는 신고자의 집에서는 그런 일이 발생하지 않은 듯하다. 신고자는 앞으로 외출할 때 문을 잘 잠그고 다니기만 하면 된다. 그런데 지금 관리인의 말로는, 노인은 신고자의 집에 침입한 사실을 기억하지 못한다고 한다. 하지만 우리는 노인이 알츠하이머성 기억상실 환자임을 고려해야 한다. 신고자가 놀란 것은 이해하지만, 알츠하이머 환자를 비난할 수는 없지 않은가. 그러므로 노인에게서 자백을 받아낸다든가 할 방법이 없고, 발자국 등 신고자의 집 안에 어떤 흔적이 증거로 남은 것도 아니고 구체적인 피해가 발생한 것도 아니므로, 이 사건에 대한 조사는 여기서 종결할 수밖에 없을 듯하다. 노인과 함께 사는 남편은 집 안에서 휠체어에 앉아 생활하는 아흔 살의 파킨슨 환자이고―그가 오늘 오후 경찰에 직접 노인의 실종을 알렸다―또 결혼한 아들과 딸이 있지만 그들은 전화를 잘 받지 않는데다가 연락이 되더라도 아들은 딸에게(그게 뭐든, 내게는 아무것도 설명할 필요가 없다, 나보다 누이가 더 나으니까, 그게 뭐든, 누이가 더 잘한다, 왜냐하면 그게 뭐든, 전부 다 항상 누이가 해왔으므로……), 딸은 아들에게(아아 지겨워, 왜 항상 다들 나에게만 전화하는 거야, 나는 정말이지 그들 모두를 증오해!) 책임을 미루며……(한숨) 노인의 가족 사정에 대해서 굳이 자세하게 밝히고 싶지는 않다. 경찰의 입장을 떠나 어디까지나 개인적인 의견이지만, 우리는 좀 더 관대해져야 된다는 생각이다. 농부가 흙과 지렁이에게 관대하듯이, 유목민이 말의 배설물에 관대하듯이,

우리는 질병이나 고독에 관대해져야 한다. 그것으로 인한 불편에 관대해져야 된다. 우리, 도시에서 홀로, 그것도 오래 살아남게 될 이들을 위해서.

"생각하기에 따라, 그 노인은 우리 모두의 미래일 수도 있으니까요……" 하고 중년의 경찰은 내 얼굴을 똑바로 바라보면서 덧붙였다.

나는 경찰의 말을 그대로 믿지는 않았지만 두 경찰의 태도는 내게 깊은 인상을 남겼다. 무리해서 육 개월간 휴직을 하고 홀로 인도와 네팔을 여행하고 왔다는 중년의 경찰, 꺼내진 모든 말 한마디 한마디를, 심지어 말해지지 않은 말까지도, 커튼의 주름과 바닥에 떨어진 유리 조각 하나, 멜론 껍질의 무늬까지도 전부 기록하려고 애쓰던, 그러나 옆방에서 들려오던 라디오 소리는 듣지 못한 젊은 경찰. 그들은 처음부터 끝까지 성실하고 진지하게 틀렸지만, 도리어 그렇기 때문에 이상하리만큼 감동적인 여운을 남기고 떠나갔다. 그들이 남긴 상세한 기록은 경찰서의 사건일지라는 이름으로 주 단위로 묶여 캐비닛 속에 잠들어 있다가, 몇 개월 뒤 캐비닛의 빈자리가 더 이상 남지 않게 된 시점에 엄청난 두께의 문서철에 합쳐져서 경찰서 지하의 문서보관실로 내려가 종이와 서류가 빽빽하게 들어찬 서랍 속으로 쑤셔넣어졌을 것이다. 그리고 아마도, 단 한 번도 꺼내거나 펼쳐 보는 일 없이, 그다지 중요하지 않은 소소한 사건기록의 법적 보존 기간이 끝나는 2년 혹은 3년 뒤에는 마침내 공문서 폐기업자의 손에 넘어갔을 것이다. 그 이전이나 그 이후나 나는 옆 아파트에 산다는 알츠하이머 기억상실 환자인 여든 살 여자 노인에 대해서는 아는 것이 없다. 나는 거의 외출하지 않는다. 현관문은 항상 잠겨 있고, 간혹 우체부가 벨을 누를 때만 현관문을 연다. 그 일을 통해서 나는 내가 이미 오래전부터 모종의 추상적인 시선 안에 있었으며, 종종 그것은 내 뒤를 따라오거나 어떨 때는 반대로 나를 앞서 가서 내가 그것의 뒷모습을 우연히 목격하기도 한다는 것, 아주 드물게 나는 그것을 보기는 하지만, 그것을 영영 알아보지는 못함을 확신하게 되었다.

아직 창밖은 깜깜한 어둠이었지만 나는 이제 곧 집을 떠나야 했다. 편지에 열중하느라 여행가방을 잊으면 안 된다! 나는 여행가방을 싸는 최후의 단계, 가장 마지막에 가장 짧은 시간 동안 이루어지며 가방 속 내용물의 대부분을 사실상 결정하는 단계에 돌입했다. 그것은 곧, 아무것이나 손에 잡히는 대로 미친 듯이 가방 속으로 던져넣는 단계이다. 나는 책상 위에 있던 연필통을 송두리째 뒤집어 백여 개나 되는 연필과 색연필, 펜, 목탄과 붓 등을 한꺼번에 가방 속으로 쏟아부은 다음, 잠시 생각하다가 연필통도 함께 가방에 던져넣었다. 서랍을 열고 티셔츠 원피스 수영복 털양말과 모직 파자마를 꺼내 가방에 옮겨 담았다. 그것들은 사실상 내가 가진 옷 전부나 마찬가지였다. 묵직한 사진집과 화집을 제목도 보지 않고 몇 권이나 가방에 넣었다가 꺼내고, 그리고 다시 집어넣기를 반복했다. 책상 위에 쌓인 책 중에서 가장 위에 있는 책을 집어 가방에 넣었다. 아몬드와 건포도 상자, 목이 아플 때 먹는 캔디, 물 없이 양치할 수 있는 치약, 작은 병에 든 올리브 오일, 여행용 세탁세제, 상처에 바르는 연고, 뜨거운 물을 담아 침대 속에 넣어두는 물주머니, 털모자와 밀짚모자, 화구상자, 가장 좋아하는 에나멜컵 몇 개, 헤어밴드, 두통약과 항히스타민제와 소독제를 가방에 더 이상의 빈 공간이 조금도 남지 않을 때까지 쑤셔넣었다. 그리고 여행가방의 내용물을 다시 들여다보며 고민을 되풀이하지 않도록, 물건들이 엉망으로 뒤엉킨 그대로 서둘러 가방을 닫고 그 위에 주저앉았다.

그것은 여행의 목적지에 대한 아무런 고려 없이, 여행의 기간과도 상관없이, 자신이 가진 거의 모든 물건들을 막무가내로 쑤셔넣는 가방 싸기였다. 여행을 가본 적이 없는, 여행에 대해서 아무런 준비가 되어 있지 않은, 이미 그런 식의 가방 싸기에 대한 경험은 수차례나 있지만 실제로 그 가방을 들고 여행을 떠나본 적은 없는, 그런 자들에게나 가능한 가방 싸기. 그런데 손에는 아직 MJ의 편지가 있다. 이것을 가져가야 할까? 그러자 문득 방금 가방을 쌌던 방식과 다름없는 즉흥적인 생각이 떠올랐는데, 편지를 우체국으로 가져가 반송시켜버리자는 것이다. 그렇다면 나는 더 이상 편지에 대해서는 그 어떤 생각도 할 필요가 없다. 이처럼 간단한 방법을 왜 좀 더 일찍 생각하지 못했을까. 혹은, 우체국이 문을 열기에는 시간이 너무 일 렀으므로, 새 우표를 붙이고 "반송"이라고 쓴 다음에 우체통에 넣으면 자연스럽게 처음 보내진 곳으로 되돌아갈 것 같았다. 나는 그 생각이 마음에 들었다.

2월 마지막 주의 엷은 검은빛 새벽, 얼굴을 할퀴는 바람이 불었다. 나는 거리에 있었다. 머리카락을 감싼 흰 모직 스카프 가 바람에 날아가버리지 않도록 한 손으로 스카프 자락을 붙 잡았고, 다른 손으로는 편지를 움켜쥐고 있었다. 외투 주머 니 속에 온전히 들어가기에는 봉투가 너무 컸기 때문이다. 편 지를 손에 들고 나는 걸었다. 이른 시각이라 거리에는 인기척 이 없었다. 문득 멈추어 서서 나는 뒤돌아보았다. 아파트의 구 획을 가르는 담장과 담장 사이 나이프로 가른 듯이 좁다란 그 늘 속에 날카롭게 숨겨진 집이 있었다. 내 오래된 집. 유리창 이 박힌 거무스름한 벽과 이끼 덮인 시멘트와 낡은 벽돌 덩어 리에 불과한. 기우뚱하게 내려앉은 오른쪽 지붕을 가진 폐허 의 집. 지붕으로 올라가는 계단도 이미 오래전에 허물어졌지 만 더 이상 지붕에서 빨래를 말리지 않는 지금은 계단을 이용 할 일이 없다. 고장 난 신호등의 불은 꺼져 있었고 멀리 보이는 가로등 불빛들이 얼어붙은 우유처럼 천천히 흘러내렸다. 아주 간혹 자동차가 한 대씩 질주해갔다. 이날 내 발은 얼음의 구덩 이를 디뎠다. 그리고 쓰러졌다. 갑자기 어디선가 밤의 맹수처 럼 나타난 검은색 지프 한 대가 내 몸에 거의 스치듯이 가깝게 무서운 속도로 지나갔기 때문이다. 이상하게도 전조등을 켜지도 않은 그 지프가 어디서 왔는지 나는 몰랐다. 또 어디로 사라졌는지도 보지 못했다. 단지 아주 순간적인 인식이기는 했지만 지프가 양쪽 문이 없는 형태인 것을 알아차렸고, 그 안에 군복을 입은 두 명의 사람이 타고 있는 것을 보았을 뿐이다. 얼음 위로 쓰러지는 순간 나는 그들의 웃음소리를 들은 것만 같았다. (아마도 지갑이나 돈으로 착각하는 바람에) 내 편지를 빼앗아간 그들은 군복을 입은 새벽 강도인 걸까. 그들이 내게 돌을 던졌을까. 콘크리트 바닥에 얼굴을 댄 나는 고통스러울 만큼 차가웠고, 모든 것을 한꺼번에 의아하게 여겼다. 그리고 비로소 떠오른 생각은, 내가 반송시키려 했던 MJ의 편지는, 어쩌면 긴 시차를 두고 마찬가지로 내게로 반송된 편지였을지도 모른다. 옆 고층 아파트의 높은 층 어딘가에서 창 하나에 불이 켜졌다. 사람의 그림자가 어른거리는 것 같았다. 누군가 지프 소리에 잠이 깨었고, 그래서 지금 창밖으로 나를 내려다보고 있을지도 몰랐다. 내 귀에서 누군가 속삭이는 소리, 그들은 *아직* 그렇게 하지 않을 것이다. 오늘의 여행은 인생의 어떤 사건이라고 부를 만큼 중대한 일은 아니고, 따라서 혹시 어떤 사정에 의해서 출발이 미루어지거나 좌절된다고 해도 엄청나게 큰 문제가 될 일은 없다는 생각이 들었다. 그런데 최초의 여행은 이미 시작된 것일까. 나는 잔인하게 작별할 것이다. 나는 이미 오래전에 떠났다.

3

(속삭임: 집 정원은 황야풀로 덮여 있다고 했다)

집은 황야풀로 덮여 있었다고, 악숨이 보내온 편지에 적혀 있었다. 악숨이 어린 시절을 보낸 집을 말하는 것이다. 어떤 의미에서 악숨은 그 집을 본 적이 없으며 심지어 그 땅에 발을 디딘 적도 없다. 그는 오래전 자기 자신을 태워서 그 재를 강에 버렸기 때문이다. 그때 자신의 기억도 함께 강물에 떠내려갔다고 악숨은 썼다. 기억은 기억 아닌 것과 함께 어우러지며 물살에 섞여 흘러갔다. 그러므로 그가 지금 보는 모든 것은, 나중에 먼 친척과 공무원으로부터 들은 내용의 시각적 메아리에 불과하다. 그가 보는 것은 멀리 있다. 그는 멀리 본다. 그렇게 본 것을 그는 편지에 썼다. 오직 자신에게 보여지는 것들을 통해서 그는 그 자신으로 있었다. 공무원은 그가 학교에 가야 한다는 사실을 알려주기 위해 먼 길을 걸어서 왔다고 했다. 악숨의 부모 혹은 양육인은 학교에 보낼 만한 돈이 없다고 말했고, 공무원은 학교는 무료라고 대답했다. 당신들은 모르고 있었겠지만 이미 오래전부터 무료라고. 하지만 여기서 학교를 어떻게 다닌단 말인가, 학교는 너무도 멀리 있고, 버스도 없고 심지어 길도 없는데. 공무원은 자신의 친척이 도시에서 큰 상점을 하고 있고 일손이 필요하니 그 집에서 일하면 먹고 자는 문제는 해결된다고 말했다. 당연히 학교에도 다닐 수 있고. 할 수 있든 없든, 학교는 무조건 다녀야 한다, 그건 법이 정해놓은 의무이다. 그러나 악슘의 눈은 일생 동안 황야풀 정원을 본다. 정원은 우묵한 꿈이다. 악슘이 보았다고 믿는 것은 정확히는 그의 꿈속에서 반복해서 등장하는 어린 시절 집의 모습이다. 꿈에서 악슘은 늘 어린 시절의 집 정원에 홀로 있다. 꿈에서 악슘은 그곳을 너무도 잘 알고 있다. 정원은 크고 넓적한 분화구 모양의 우묵한 땅이고 11월의 달빛 같은 황야풀이 무성하다. 말라버린 커다랗고 얕은 호수처럼 완만한 분지는 울타리 없는 정원 뒤편 너머 저 멀리 나지막한 구릉까지 이어진다. 구릉은 여름부터 가을까지 보라색 꽃으로 뒤덮인다. 꽃들은 지표면에 닿을 듯이 키가 작아서 바위에 피어난 이끼와 구별되지 않는다. 집 주변에는 무너진 벽과 담장들이 흩어져 있다. 오래전 사람들이 살다가 떠나버린 폐허이다. 저녁이 되면 검게 그을린 벽돌 사이에서 박쥐들이 나타나 황야풀 위를 퍼덕거리며 날아다닌다고 했다. 악슘은 가슴에 양손을 교차시킨 자세로 황야풀 사이에 가만히 서서, 마치 밤의 제비들처럼 활공하는 박쥐들을 바라본다고 했다. 나는 그것을 악숨의 편지에서 읽으며 동시에 박쥐들의 소리를 깊이 들이마셨다. 악숨도 나도 더 이상은 알지 못한다. 이미 오래전에 악숨은 어린 시절의 집을 떠났고, 도시로 와서 유리 가게에서 소년 점원으로 일했으며, 당연하게도 나 또한 그 집을 한 번도 본 적이 없으니, 친척은 집이 사라져버렸다고 말했고, 집은 사진조차 한 장 남아 있지 않은 기억의 오지이며, 도시에서 살게 되어 기쁘지 않으냐고 공무원이 웃으며 물었고, 도시에는 없는 게 없으니 천국이나 마찬가지야, 공무원은 다시 입을 크게 벌리고 웃었고, 집은 더 이상 없으니, 황야풀 정원도 마찬가지이기 때문이다.

소년 점원으로 일하던 시절 이후로 악숨은 일생 동안 여기저기 떠도는 사람이었다. 그는 단 한 번도 집을 가져보지 못했다고 썼다. 잠시 동안 중학교 미술 보조교사로 일하던 시절에조차 악숨은 자주 거주지를 옮기면서 살고 있었다. 심지어 어느 일정 시기 동안은 근무하던 학교의 뒷산에 텐트를 치고 살기도 했다는 것이다. 아마도 그래서 악숨은 한 학기를 채우자마자 바로 해고되었을지도 모른다. 하지만 그건 오래전 일이고, 더 이상 중요하지도 않다. 그러나 잊을 수 없는 것은, *(속삭임: 집 정원은 황야풀로 덮여 있다고 했다)* 어떤 의미에서 악숨조차 그 집을 실제로는 본 적이 없으나, 나는 종종 그것을 눈앞에서 보듯이 느낀다. 눈앞에서 그것을 보듯이 듣는다. 편지를 읽다가 고개를 들면, 거기 유리창 너머 황야풀이 무성한 저지대가 있다. 나는 하염없이 그것을 본다. 내 바라봄은 영원히 멈추지 않는다. 마침내 내가 실제로 그곳에 있게 될 때까지. 나는 깊고 우묵한 모래땅을 느낀다. 걸음을 옮길 때마다 부드러운 모래흙 속으로 발이 움푹 가라앉는다. 나는 악숨의 편지를 읽으며 계속해서 간다. 그을린 폐허의 구멍 뚫린 담장에 손을 올린다. 손바닥 아래로 뜨끈한 햇빛과 젖은 안개를 머금은 돌과 흙을 느낀다. 내 몸에서는 살짝 부패한 버섯과 이끼와 연기 냄새가 난다. 박쥐 한 마리가 내 얼굴에 내려앉아 땀과 재를 빨아먹는다. 하지만 정확히 말하면 악숨의 집 정원은 아무도 돌보지 않는, 버려진 황무지에 가깝다. 긴 백발의 머리를 풀어헤치고 무성하게 자란 황야풀을 제외한다면, 초라하게 키 작은 야생 사과나무와 말라 죽은 자작나무 몇 그루가 악숨의 집 정원의 거의 전부이다. 사과나무에는 돌멩이처럼 작고 거무스름한 열매가 열린다. 나는 사과를 손에 쥐고 단단한 과육을 한입 깨문다. 단맛이 거의 없는 미지근하고 쏩쏠한 즙이 이빨 사이에 고인다.

나는 악숨을 생각할 때마다 그의 얼굴이 아니라 내가 실제로는 한 번도 보지 못한 황야풀 정원이 떠오르곤 한다. (그런데 그의 얼굴 역시 내가 한 번도 본 일이 없기는 마찬가지이다) 악숨의 편지를 받을 때마다 나는 한 마리 티벳개의 냄새를 맡는다. 악숨의 편지를 받은 날, 나는 편지를 주머니에 넣고 집을 나선다. 나는 오래오래 걸었고, 정류장에 서 있는 버스를 발견하자 행선지도 확인하지 않은 채 올라탄다. 버스는 한참을 달려 내가 한 번도 가보지 못한 시 경계구역 가까이, 쾌적하게 정돈된 신흥 주택지로 나를 싣고 간다. 초록 가로수들이 늘어선 널찍하고 반듯한 도로에는 햇빛이 넘실대고 사람들은 유모차나 개들을 데리고 산책에 나섰다. 모퉁이에는 카페나 식당, 모자가게와 꽃집이 있으며 학교를 마친 아이들이 아이스크림을 손에 들고 간다. 아이들은 남자아이 여자아이 할 것 없이 머리를 둥그스름하게 짧게 잘랐고 무릎까지 내려오는 반바지를 입었다. 이층 테라스에는 흰 빨래가 펄럭이고 연한 푸른빛으로 반짝이는 하늘은 유리창처럼 매끈하고 평평하다. 아이를 낳는다면, 이런 동네에서 살고 싶어, 무엇보다 도심처럼 복잡하지도 않고 모든 것이 새것이고 넓고 쾌적하고 안전하니까, 하고 버스 옆자리에서 내 자매가 나를 향해 고개를 돌리며 말한다. 그러나 내가 버스 유리창 밖으로 보는 것은 황야풀이 넘실대는 저지대이다. 모래흙 위로 뱀이 기어간 자국이 남아 있는, 마치 구덩이와도 같이 우묵하고 마른 바닥이다. 악슘은 단 한 번도 집을 가져보지 못했다고 썼다. 어딘가의 공간에 거주한다는 의미의 집이 아니라, 표상으로서의 집 말이다. 그런 의미로 악슘은 언젠가 동물원에서 본 코요테가 자신의 집이 되었노라고 편지에 쓴 적이 있다. 코요테의 몸이 곧 자신의 궁극의 공간이라고. 그래도 그 말은 절반 정도는 진심이었을 것이다. 악슘은 다른 사물과 마찬가지로 동물을 지켜보는 것도 좋아했기 때문이다. 그중에서도 특히 가만히 있는 동물을. 그중에서도 특히 오래오래 가만히 있는 동물을. 어떤 동물은 오랫동안 자신을 가만히 지켜보는 자보다 더 오래 가만히 있을 줄 안다고 악숨은 편지에 썼다. 악숨은 지켜보는 일을 좋아했다. 그는 애정이 깃든 모든 행위를 오직 지켜본다고 표현했다. 악숨은 물끄러미 쳐다보지 않았다. 똑바로 응시하지도 않았으며 집중해서 관찰하지도 않았다. 악숨의 시선은 아무것도 겨냥하거나 목표하지 않았다. 악숨은 지켜보지 않으면서 지켜보는 법을 알았다. 아무것도 하지 않고, 심지어 대상을 바라보지도 않으면서, 외면하면서 오직 간접적인 시선으로 유예하는 지켜보기, 결코 몰아붙이지 않고, 사납게 굴지 않고, 겁주지 않고, 자신을 드러내지 않고, 닿지 않고, 심지어 한마디의 말도 없이, 소리도 기척도 없이 그렇게, 마치 죽은 티벳개의 머리가 우리를 지켜보듯이, 마치 햇빛 아래서 책 읽는 사람의 시선과 책 이외의 사물과의 관계처럼, 조용하면서도 산만한 무의지, 너를 – 생각하지않음이란 방식의 집중, 오직 가만히 비켜 서 있는 시선의 머나먼 공존. 그것이 악숨의 지켜보기였다. 아마도 악숨은 나 역시 그런 방식으로 지켜보았을 것이다. 악숨은 실제로 자신이 나를 아주 오랫동안 오직 지켜보게 된다고 편지에 쓰기도 했다.

악숨은 한 권의 책을 들고 동물원으로 가서, 코요테 우리 앞 벤치에 앉아 있었다고 했다. 우리 안은 황야풀이 자라고 있었고 그래서 그곳이 자신의 집일 수도 있다고 느꼈기 때문이라고, 악숨은 편지에 썼다. 하루 종일 단 한 명의 관람객도 그 앞에서 걸음을 멈추는 일이 없는, 코요테가 보이지 않는 코요테 우리. 울타리 안은 황야풀이 무성한 드넓은 초원이고, 우리 앞 안내판에 따르면 그 안에서 사육되는 코요테는 한 마리인데, 우리가 지나치게 넓은 탓도 있겠지만 황야풀 사이에서 굴을 파고 쥐를 잡아먹고 사는 코요테는 모습을 드러내는 일이 거의 없으므로, 정말로 그 안에 코요테가 살고 있는지 의심스럽기조차 한 코요테 우리 앞 벤치에 앉아, 코요테가 나타나건 말건 개의치 않고, 코요테를 의식하지도 않고 기다리지도 않고, 심지어는 코요테에 대해서 생각하지도 않으면서, 즉 코요테를 지켜보지 않는 방식으로 지켜보기, 코요테를 외면하면서, 오직 그럼으로써만 가능한 방식으로 코요테를 꿈꾸며, 코요테의 멀리서, 코요테를 몽상하며, 그것은 숭배였을까? 한 권의 책을 읽은 다음, 해가 기울고 동물원이 문을 닫는 시간이 되면, 미련도 없이 그 자리를 떠나곤 했다는 것이다. 심지어 어느 날은 동물원의 코요테 우리 안에서 잠들기도 했다고 악숨은 편지에 썼다. 그는 창살 울타리를 기어올라갔다. 어떻게 그것이 가능했는지는 자세히 설명하지 않았다. 해자를 뛰어넘는 일은 어렵지 않았는데, 해자의 폭이 팔 하나의 길이보다 더 좁았기 때문이다. 악숨은 짧은 학창 시절 육상 단거리 선수였기에 그 정도는 식은 죽 먹기였다고 했다. 마침내 우리 속 황야풀 초원으로 들어갈 수 있었고, 커다란 포기를 이루며 자라난 황야풀 사이 어느 우묵한 땅을 발견해 웅크리고 앉으니 아무도 악숨이 거기 있는 걸 알아차리지 못했다고. 마침내 나는 황야풀 사이에 웅크린 한 마리 모래빛 코요테가 되었습니다, 하고 악숨은 썼다. *(속삭임: 나는 황야풀 사이에 웅크린 한 마리 모래빛 코요테가 되었습니다)* 늘 그렇듯이 나는 그 이야기에 감동받았고, 비록 악숨의 말을 단어 그대로 믿지는 않았다 할지라도, 악숨이 있는 동물원으로 가보고 싶다는 생각이 들기까지 했다. 나 또한 악숨과 마찬가지로 집 아닌 곳에서 살았으며 불안정한 거주지를 전전한 경험도 있지만, 중앙역 광장에서 잠드는 것이 두렵지 않지만, 그러나 실제로는 단 한 번도 중앙역 광장에서 잠든 적은 없고, 동물원에서 잠든 적은 더더욱 없었다. 밤에 잠이 들기 전에 나는 집을 생각했고, 그러면 꿈에서 나는 집에 있었다. 그 집은 한때 나에게 친숙했던 공간이기도 하고, 어느 꿈속에서는 내가 실제로는 전혀 모르는 장소이기도 했다. 또 나는 꿈속에서 자주 악숨의 집으로 찾아갔다. 나는 악숨의 편지를 읽으며 간다. 손바닥 아래서 그을린 담장의 감촉을 생생하게 느낀다. 그을음과 재와 연기와 흐릿한 햇빛의 감촉. 그러나 지금 내가 악숨이 있었던 동물원으로 간다고 해도—그곳은 멀리 있었다 비행기를 타고 가야 하리라, 그렇다면 그것은 내 최초의 여행이 될 것인가—악숨을 만날 수는 없을 것이다. 악숨이 집에 있고 내가 악숨의 집에 있다고 해도, 그 말이 곧 우리가 한 장소에 동시에 있음을 의미하지는 않는다. 나는 악숨을 만나기 위해서가 아니라, 단지 악숨의 집으로 갈 뿐이다. 그곳에서 악숨이 했던 그대로, 코요테 우리 앞 벤치에 앉아 하루 종일 책을 읽다가 해가 기울고 동물원이 문을 닫는 시간이 다가오면 울타리를 기어올라가 그리 넓지 않은 해자를 뛰어넘는다. 나는 육상선수였던 적도 없고 그 방면에 재능이 있지도 않지만 초현실적인 힘에 들어올려지고 순식간에 코요테 우리 속 황야풀 초원에 있게 된다. 아무도 내가 거기 있는 걸 알아차리지 못한다. 나는 황야풀 사이에 웅크린 한 마리 모래빛 코요테가 된다. 그리고 코요테의 일을 한다. 그것은 코요테를 지켜보는 일이다. 바꾸어 말하면, 부재하는 악숨을 지켜보는 일이다.

　만약 내가 여행 중이라면, 그래서 어딘가 먼 도시의 역에서 기차에서 내린다면, 내가 혼자라면―그런데 이건 당연하지 않은가, 여행 중에 혼자가 아니라는 가능성은 단 한 번도 생각해본 일이 없다―나는 가장 먼저 중앙역 회랑에서 열리는 특별 전시회를 방문할 것이다. 혹은 그 도시 박물관의 지하층에서 열리는 인터내셔널 미술전을 보기 위해 표를 살 것이다. 인터내셔널 미술전이란 외국의 젊은 무명작가들을 위한 초대전이다. 나는 그림들 사이로 걸어간다. 한 편의 정물화 앞에서 멈춘다. 악숨의 그림이다. 금속성의 광채를 만들어내는 색이다. 은밀한 빛이 사로잡는다. 고요하게 번득이는 그늘진 흰빛의 정물화, (그림에서는 보이지 않는 반투명한 유리창으로 흘러들어와)

흰 항아리의 측면을 비추는 단단하지만 희박한 빛, 개의 이빨, 사슴의 몸통에서 갓 꺼낸 덥고 끈적한 밝은색 내장, 그릇에서 흘러내린 우유, 주머니에서 막 꺼낸 한 통의 구겨진 편지, 그리고 그림의 왼쪽에는 흰 시트가 깔린 침대에 누워 죽어 있는 남자의 창백한 시신이 있다. 시트에 떨어진 신선한 핏방울. 신선하든 부패했든, 색으로 이루어진 우리는 모두 광채를 뿜는 사물이다. 정물화의 부제는 '살인자'이다. 나는 악숨의 또 다른 그림을 본다. 나는 그 그림을 잘 알고 있다. 악숨이 나를 상상하며 그린 것이기 때문이다.

악숨은 오직 내 편지로만 유발된 내 그림을 그리고자 했다. 그러기 위해서 내 이야기를 써 보내달라고 부탁했다. 내 이야기란, 꿈 상상 편지 그림 기억 망각 작별 세계 속삭임 필체 정원 나이프로─갈라진─성서 집 유리창 티벳개 여행가방 등등을 전부 포함한다. 하지만 나를 직접적으로 묘사하거나 나에 대해서 설명할 필요는 없다고 덧붙였다. 그리고 마찬가지로 그림을 완성한 다음, 그림을 보여주는 대신 그 그림에 대한 상세한 편지를 보내왔다. 그래서 비록 그림을 직접 본 적은 없지만 악숨의 편지 덕분에 나는 전시회의 그림을 보자마자 그것이 바로 내 그림임을, 즉시 알아차린다. 그림을 그리는 내내 나는 당신이 바로 내 뒤에 서 있다는 느낌을 단 한 번도 벗어나 본 적이 없습니다, 하고 악숨은 썼다. (하지만 제발, 내게 당신에 *대해서* 설명하지는 말아주세요!) 그림 속의 여자는 둘이다. 긴 옷을 입은 두 여자는 숲속 혹은 숲 가장자리의 물이 보이는 장소에 있다. 한 여자는 등을 돌린 자세로 숲을 향해 서 있고 다른 여자는 물가 바위에 앉아 있다. 바위에는 검은 이끼가 자란다. 수면에는 흰 달빛이 반사되어 거대한 수직의 빛기둥을 이룬다. 나는 그림 속의 여자들을 응시한다. 서 있는 여자는 촛대처럼 꼿꼿하고 경직된 자세로 양손을 등 뒤로 모아 쥐고 있다. 그녀는 이제 홀로 숲으로 가려는 걸까. 물가에 앉은 여자는 눈을 감고 있다. 거무스름하게 그늘진 움푹한 눈두덩에 내려앉은 묘한 피곤과 평화. 그림의 제목은 '속삭임'이다. 혹은 *여름밤*이다. 혹은 *속삭임 여름밤*이다. 혹은 *속삭임 여름밤의 숲*이다.

나는 악숨의 집을 찾아서 여행하는 상상을 계속한다. 악숨의 집은 곧 악숨의 집들이다. 나는 그의 모든 집들에 머물며, 옆방에서 들려오는 라디오의 음악 소리. 한 잔의 흰 우유와 한 조각의 빵으로 저녁식사를 대신한다. 그것이 내 여행이다. 그러나 사실상, 한 번도 고정된 거주지를 가져본 적이 없는 악숨은—어딘가의 공간에 거주한다는 의미의 집이 아니라, 표상으로서의 집 말이다—오직 황야풀 정원에서 왔다.

악숨은 성인이 된 후에 아주 먼 친척들을 만났고, 그들로부터 집이 이미 사라져버렸다는 말을 들었다고 했다. 이유는 항상 달랐다. 어느 해 큰 홍수가 나서 강물이 범람하는 바람에, 혹은 태풍과 산사태로, 혹은 번개가 인근의 숲을 모조리 태워버리는 바람에, 혹은 습지를 메우고 그 자리에 고속도로가 생기는 바람에 등등, 그는 언젠가부터 어쩌면 그 모두가 사실이 아닐지도 모른다는 의심을 품은 채, 점점 북쪽으로 갔다. 나는 그것을 악숨의 편지에서 읽었다.

　어느 날 악숨은 편지에 썼다, 그 집을 꿈에서 보았다고. 악숨이 어린 시절을 보낸 황야풀 집을 말하는 것이다. 사람들의 말과 달리 집은 사라지거나 수몰되거나 철거되지 않았다. 불에 타버린 것도 아니고 지진 때문에 흙더미 속에 파묻혀버리지도 않았다. 집은 그대로 그 자리에 있었고, 놀랍게도 악숨은 그 집에서 살고 있었다고 했다. 악숨은 계속해서 썼다. 황야풀이 자라는 우묵한 정원 너머로는 야트막한 언덕이 북쪽으로 펼쳐졌다. 정원의 모래흙은 북쪽으로 갈수록 점차 갈색 진창과도 같은 축축한 땅으로 변했고, 봄에는 뱀이 여름에는 모기가 가을에는 진드기가 기승을 부렸다. 게다가 북쪽 구릉지 전체가 억센 가시풀로 덮여 아무도 살지 않는 불모지라고 했다. 악숨의 집 주변에는 이웃이라고 할 만한 다른 집이 없었다. 악숨은 화전민 은둔자 가족의 마지막 후손이었다. 학교에 다녀야 하는 나이가 되자 공무원이 풀로 뒤덮인 산길을 걸어 직접 악숨 가족을 찾아왔다고 했다. 악숨의 집에는 전화가 없었고 우체부조차 오지 않았기 때문이다. 진창 위에 깔린 판자 보행로를 따라 계속 북쪽으로 걸어가면 지면은 나직한 오르막으로 변하며, 죽은 동식물의 기관들이 두텁게 엉키고 쌓여 형성된, 지표수를 머금은 갈색 습지층으로 이어진다고 했다. 낮은 언덕처럼 보이는 그곳은 오래전 지각변동이 일어나는 바람에 융기된 거대한 수렁이었다. 수백 년 동안 썩지 않고 물속에서 푹 젖어 있는 나무와 풀줄기와 부드러운 이탄층, 수분을 함유한 재와 미끄러운 물이끼로 형성된 그곳을 실수로 디디면 금세 허벅지까지 잠기고 만다. 습지의 죽은 나무뿌리들은 팔을 뻗어 점점 더 많은 물을 자신의 몸 안으로 간직한다고 악숨은 썼다. 키 작은 늪지 자작나무, 버드나무, 솜덩이 모양의 황새풀, 논병아리의 둥지, 연두색과 붉은색 이끼 사이로 검은 거울 조각 같은 어두운 물이 숨죽이며 고여 있다. 이미 죽었지만 원래의 형태 그대로 보존된 식물의 줄기와 뿌리들이 촘촘하게 망을 형성한 바닥 없는 땅.

그리고 어느 날 내가 커다란 여행가방을 들고 악숨의 집으로 찾아올 것을, 그는 꿈속에서 이미 알고 있었다고 했다. 그리고 나는 정말로 그렇게 했다. 악숨의 꿈속에서. 그 질퍽하고 부드럽고 미끈거리는 차가운 초록 늪지를 지나 악숨의 황야풀 정원으로 내가 찾아왔다고 했다. 나는 커다란 여행가방을 들고 있었고 신발을 신지 않은 맨발이었다고 했다. 그리고 악숨에게 이것은 내 최초의 여행이라고 말했다고 한다. 그것이 내 최초의 말이었다고 악숨은 썼다. 악숨의 꿈속에서. 밤이었고, 황야의 구릉 위로 커다란 붉은 달이 둥실 떠올랐다. 옆방에 틀어놓은 라디오에서 파사칼리아 음악이 희미하게 들려왔고, 얼음처럼 차가운 바닥에 앉은 악숨의 등 뒤에서 내가 은색 가위

로 악숨의 긴 머리카락을 프란치스코회 수도사처럼 잘라주었
노라고 했다. 악숨의 꿈속에서. 그는 내 얼굴을 보지는 못했으
나, 가위를 든 내 손에서 풍기는 꿀처럼 달콤한 냄새를 느꼈으
며, 유리창 밖으로 영원의 거미줄 같은 황야풀이 춤추듯 넘실
대는 우묵한 정원을 내다보았다고 했다. 동그랗게 오므린 손
바닥, 말라버린 계곡, 배꼽, 뱀이 지나간 부드러운 모래땅, 아
침에 사람이 막 빠져나온 침대의 흰 이불더미. 그가 그리움을
느끼는 우묵한 지형들. 그리고 옆방에서 들려오는 라디오 소
리. 파사칼리아. 악숨의 꿈속에서.

　대학생 시절 나는 은퇴한 경찰관의 집 지하실, 차고를 개조
한 작은 방에 세 들어 살았다. 현관으로 들어서자마자 옆에 작
은 부엌 공간과 욕실이 있는 방이었다. 한 달을 견딜 수 있는
약간의 돈이 매달 내 은행 계좌로 들어왔다. 나는 젊었고 간혹
영화나 연극을 보러 극장에 갔을 뿐 다행히 돈을 쓰는 일에는
큰 관심이 없는 편이었으므로 그럭저럭 살아가는 데는 문제가
없었다. 나는 집에서 요리를 하지 않고 주로 대학의 구내식당
을 이용했지만 한 달에 한두 번 정도 경찰관 부부는 내가 한 번
도 보지 못한 유난히 푸짐한 식탁을 차려놓고 저녁식사에 나
를 초대했다. 내가 누군가로부터 식사 초대를 받은 경험은 그
때가 처음이었다. 오래전 하숙집에서 살던 음악교사의 전화
를 받은 것은 졸업을 한 학기 앞둔 무렵이었다. 나는 덕분에 잘

지내고 있으며, 이번 여름방학에는 아마도 학과 전체가 일본으로 단체 졸업여행을 떠날 것 같다고 그에게 말했다. 그러면서도 나는 좀 당황하고 있었는데, 음악교사가 어떤 방식으로든 내 삶에 밀접하게 연관되어 있음은 알고 있었지만 내게 전화까지 걸어오리라고는 전혀 예상하지 못했기 때문이다. 그가 내 전화번호를 알고 있다는 사실 자체부터가 놀라웠다. 어린 시절 분명 같은 집에서 살았지만 나는 그를 항상 멀게 느꼈고, 내 말은, 들고 나는 다른 하숙인들보다 더 친근하다는 느낌은 없었다는 의미이다, 심지어는 그와 직접 대화를 나눈 기억도 없다. 집주인인 은퇴 경찰관 부부는 아마도 음악교사와 개인적으로 친분이 있는 사이였을 것이다. 초대받은 저녁식사 자리에서의 대화를 통해, 그들이 나를 이미 오래전부터 알고 있으며 그것은 음악교사를 통해서일지도 모른다는 막연한 느낌을 받곤 했던 것이다.

은퇴한 경찰관의 지하실 방은 집을 지을 때 원래 입주 식모를 위해 따로 마련한 공간이라고 들었지만 내가 그곳에서 지내는 동안 그들은 한 번도 식모를 둔 적이 없었고 시간제 가정부를 쓰지도 않았다. 경찰관 부부는 조용하고 사교 범위가 넓지 않은 사람들로 부부 모두가 부지런하여 집 안팎의 청소나 세탁, 요리 등을 손수 해치웠다. 하지만 나는 혹시 내가 그 집에 원래는 식모로 입주한 것인데 경찰관 부부의 호의와 배려 덕에 그 사실을 눈치채지도 못하면서 대학을 다닌 건 아닐까 상상해보곤 했다. 임대 계약을 따로 하지도 않았고 방세를 낸 기억도 전혀 없기 때문이다. 내가 그들 집에서 사는 동안 식모 일을 한 기억도 없다. 그럼에도 불구하고 만약 내가 정말로 식모였다면, 그들은 온화하고 까다롭지 않으며 개인 공간을 직접 돌보고 싶어 하는 조심스럽고 너그러운 주인이었던 셈이다. 단 한 번 경찰관 부부가 장기간 인도 여행을 떠나기 전 내게 열쇠를 맡겼고, 그동안 테라스의 화분에 물을 주고 가끔 집 안의 환기를 부탁한 것이 전부였다. 그들은 아예 처음부터 내가 원한다면 햇빛을 쬐거나 세탁물을 말리기 위해 언제든 위층의 테라스를 사용해도 좋다고 했으나 나는 굳이 그럴 필요를 느끼지는 못했다. 지하실 방은 내가 처음으로 온전히 혼자살게 된 집이었다. 비록 침실 말고는 다른 공간도 없고 빛이 잘 들지 않아 하루 종일 전등을 켜놓아야 할 정도였지만 그래도 해 지기 직전 늦은 오후 잠시 동안 창가에 짧게 어른거리며 지나가는 햇빛만으로 나는 충분했다. 나는 까다롭거나 요구 사항이 많지 않은 젊은 여자였다. 또한 경찰관 부부는 인도 여행을 떠나면서 원한다면 위층의 주방을, 거기 있는 오븐을 비롯하여 세탁기 등을 사용해도 좋다고 했다. 지하실에 딸린 주방은 가스 화구가 하나뿐이고 너무 비좁았으며 환기도 잘 되지 않았기 때문이다.

대학을 다니는 내내 경제적으로 나를 지원해주었던 음악교사는, 대학의 졸업여행에 대해 이미 어디선가 들어서 알고 있었다. 그는 일본 여행 경비를 기꺼이 내주겠다고 했다. 나는 졸업여행을 가지 않을 생각이었지만 그에게 말하지는 않았다. 이유를 설명하기 곤란했기 때문이다. 그리고 음악교사는 갑자기, 집으로 돌아가는 것이 어떠냐고 물었다. 대학을 졸업하면 집으로 돌아갔으면 좋겠다고. 그것은 너무 갑작스러웠으므로, 잠시 동안 나는 그가 무슨 집을 말하는지 이해하지 못하고 있었다. 그리고 속으로 좀 놀랐는데, 한 번도 내게 집이 있다는 생각은 해보지 않았기 때문이다. 어딘가의 공간에 거주한다는 의미의 집이 아니라, 표상으로서의 집 말이다. 설마 음악교사는 자신의 학원이 내게 집이라고 생각하는 것일까? 나는 음악교사가 너무 나이가 많아져서, 그가 정확히 몇 살인지 내가 알 길은 없었지만, 건망증이 심해진 탓에 그래서 예를 들자면 나를 내 자매로 착각하는 바람에 전화를 걸어왔을지도 모른다는 의심이 들었다. 나는 그의 음악학원과는 아무런 관련이 없을 것이지만 내 자매라면 좀 다를 수도 있기 때문이다. 하지만 나는 집에 관한 그의 제안에 별다른 대답을 하지 않았는데, 어차피 그가 나와 내 자매를 혼동하고 있다면 내 대답은 의미가 없을 것이고 뿐만 아니라 그와의 이유 없이 불편한 통화를 길게 늘이고 싶지 않았기 때문이다. 그는 어쩌면 내 무반응을 집으로 돌아가겠다는 대답으로 이해했을지도 모른다.

내 자매를 다시 만난 건 그로부터 시간이 많이 흐른 후 어느 버스 안에서였다. 우리는 버스의 옆자리에 우연히 함께 앉게 되었던 것이다. 자매는 얼굴을 돌리고, 내 이름을 불렀다. 내 어린 시절의 이름을 말하는 것이다. 나는 대학 시절에 내 자매가 결혼하게 될 거라는 소식을 들었고, 한참 뒤에야 그 결혼이 시작도 전에 없던 일로 되어버렸다는 말도 전해 들었다. 무슨 사정이 있었는지는 알지 못한다. 하숙집을 떠난 후 나는 내 자매를 다시 만나지 못했다. 내 자매는 나와 아버지만을 공유하므로 절반의 혈육인 셈이었다. 그녀는 재혼한 어머니와 함께 살았으며 일주일에 삼 일은 하숙집으로 성악 교습을 받으러 오곤 했다. 그녀는 항상 친구들과 함께 있었다. 손에 손을 맞잡은 서너 명의 소녀들이 마당을 가로질러 간다. 비슷한 키와 체격과 외모, 모두 비슷하게 상냥하고 피부가 희고 수줍고 예의 바르고 그러면서도 잘 웃던 소녀들 중 하나가 내 자매였다. 그 사이 세월이 흘렀고 자매는 음악을 그만두었고 결혼은 무산되었으며 아버지가 죽었다. 자매는 아버지의 마지막을 지킨 유일한 사람이었고, 나는 아버지의 발병과 죽음 소식을 듣기는 했으나 그를 찾아가지도 않았고 장례식에 참석하지도 않았다. *(속삭임: 나는 모든 종류의 파티로부터 멀리 떨어져 있는데, 시내 호텔에서 불길이 솟던 날……)* 그러므로 십대 시절 이후 처음으로 버스에서 우연히 다시 만난 우리가 서로를 첫눈에 알아보았을 뿐만 아니라 마치 그토록 기나긴 세월이 아무것도 아니었다는 듯이, 별다른 감정의 동요 없이 특별한 거리감이나 격앙도 없이, 담담하게 이야기를 나눌 수 있었던 것은 놀라운 일이다. 자매는 아버지의 죽음 이후 지방도시에 있던 그의 음악학원을 한동안 맡아서 운영하다가 늦은 나이에 계획에 없던 임신을 하게 되면서 학원을 동료에게 넘긴 상태라고 했다.

"그건 나를 너무도 크게 흔들었어. 나는 그것으로부터 영영 회복되지 못했어" 하고 자매는 담담히 말했다. 그것이 무엇이냐고 나는 묻지 않았다. "그날 이후 나는 어찌할 바를 모른 채 몇 시간이고 창가에 서 있곤 했어. 유리창 밖으로는 봄과 9월이, 눈보라와 햇살이 한꺼번에 지나가는데, 나는 아무것도 이해하지 못하면서 어느새 눈물을 흘리는 나 자신을 발견하곤 해. 그런데 우리가 이해한다는 건 결국 실망한다는 거야. 이해도 실망도 사라진 자리에 형체 없는 물처럼 뜨거운 그리움이 차올랐어. 이 말을 하고 싶었어. 나는 그날 이후, 이해도 실망도 없이, 오직 너무 많은 것들이 그리워졌다고" 하고 자매는 말했다. "그에 대해서 말하고 싶었어. 그는 실패자라고, 다정한 사람도 아니었다고, 우리들 중 그 누구와도 가까워지지 못했다고, 심지어는 우리를 사랑한 것 같지도 않다고, 우리의 불행이나 행복을 알지 못했고 관심도 없었다고, 우리 역시 마찬가지로, 그를 사랑하지 않았을 뿐 아니라 그의 개인적인 불행이나 행복은 우리의 알 바가 아니고 알 수도 없었다고, 그가 두 번의 결혼을 모두 황폐하게 끝내버린 건 그 자신의 폐쇄적인 자연에 기인했을 뿐 다른 누구의 잘못도 아니라고, 그러니 우리의 망각이나 냉정함 따위, 그게 아무런 문제도 아니라고, 그런 유의 말을 하려는 게 아니야. 단지, 그렇기 때문에 도리어 나는 그의 죽음으로부터 영영 회복되지 못했다고, 분명 견딜 수 없을 정도로 아프지도 않고, 분명 죽고 싶을 만큼 괴로운 것도 아니면서, 단지 천천히 차오르는 그리움으로 우리를 죽음으로 몰고 가는, 그런 기억을 불현듯 갖게 되었는데, 갑자기 거기서부터 의문이 떠올랐어, 그도 이것을 알았을까, 어느 날 우리가 자신을 미워하게 되리라는 것을, 격렬하게도 아니고 미칠 듯한 증오도 아니고, 그냥 아무래도 상관없는 무관심보다는 약간만 더 진지한 그런 종류의 미움이라서, 그래서 도리어 초라하고 볼품없어 보이는 이 감정, 그도 미리 알고 있었을까" 하고 자매는 계속 말했다. "그런데 놀라운 게 뭔지 알아? 정작 중요한 것은 죽음 이후에, 원망과 미움 저 너머에서, 심지어 자연스러운 망각 다음에 일어나기 시작했다는 거야. 한 사람이 사라진 이후에야 비로소, 한 사람이 보이기 시작한다는 것. 생명 있는 것들은 어느 날 필연적으로 죽지만, 아니 죽은 것처럼 보이지만, 사실은 그 무엇도 정말로 죽지는 않는데, 우리는 그것을 오직 죽음이라는 사건을 통해서만 깨닫게 된다는 생각이 들었어. 죽음 이후에야 비로소 죽음은 불가능해진다는 것. 아아, 내가 무슨 소리를 하고 있는 건지, 어느 날 나는 학원 사무실에서 그의 실내화 한 짝을 발견했고, 그의 모든 물건을 갖다버린 걸로 아는데 아마도 실내화가 책상 아래 깊숙이 들어가 있어서 발견하지 못한 거겠지, 그리고 오래된 서류에 남아 있는 그의 필체, 놀랍게도 옷장 속에서 나온 오래된 편지, 누가 보낸 편지인지는 굳이 말하지 않겠어, 그것들을 발견한 순간 나를 엄습한 감정들, 그건 바로 생생하게 불타오르는 그리움이었어, 나는, 너무도 그리웠어. 그리워서 나도 모르게 손을 뻗고, 그리운 그것을 만지고 싶었어. 눈물을 흘리고 싶었어. 한 사람의 즐거움, 한 사람의 행복, 한 사람의 고통과 의미, 한 사람이 가졌던 그리움, 우리가 영원히 알지 못할 그것, 바로 그것이 그리웠어, 내 말은 그 그리움은 너를 포함한다는 거야, 너도 그로부터 나온 것 중의 하나니까. 그가 죽어가는 순간 너는 없었고 너는 오지 않았지만 우리는 그것을 말없이 이해했어. 차라리 그 순간 더 많이 고통스러웠다면, 분명 지금 덜 고통스러울 거야." 나는 대답 없이 그녀 모자의 꽃무늬를 바라보고 있었다. 그녀의 머리 뒤로 잘 가꾸어진 신흥 주택가의 풍경이 흘러가고 있었다. 가지런히 놓인 화분들과 흰 빨래가 너울거리는 풍경. "아이를 낳는다면, 이런 동네에서 살고 싶어, 무엇보다 도심처럼 복잡하지도 않고 모든 것이 새것이고 넓고 쾌적하고 안전하니까." 버스 옆자리에서 내 자매가 문득 다른 생각에 빠져들며 말했다. 집에 한번 찾아가도 좋으냐고 자매가 물었다. 그녀는 내가 어디에 사는지 이미 알고 있다고 했다. "네가 집으로 돌아갔다는 말을 들었어" 하고 자매는 말했다. 나는 속으로 좀 놀랐는데, 거주하는 공간으로서의 집이 아니라 표상으로서의 집이란……

"우리는 곧 버스에서 내려야 할지도 몰라." 나는 그 말에 대답하는 대신 걱정스러운 표정으로 화제를 돌렸다. "아무래도 이 버스는 종점에 다가가고 있는 것 같아." 그녀가 만삭의 몸이라는 사실은 내게 약간 의외였는데, 내 생각에 그녀는, 아마도 최소한 내가 알던 음악교사만큼이나 나이가 들었을 것 같았기 때문이다. 하지만 어쩌면 그녀는 내 짐작만큼 많이 나이 들지는 않았고, 단지 내가 그녀와 음악교사를 혼동하고 있는 것일지도 몰랐다. 그런데 문득 번개처럼 엄습한 생각은, 그녀 역시 지금 나와 음악교사를 혼동하고 있는 건 아닌지. *(속삭임: 그리움. 그로부터 나온 것 중의 하나)* "너에게 편지를 써보려고 생각한 적도 있어." 자매는 내 말을 무시하고 이어서 말했다. "아니 사실은 그가 죽은 직후에 이미 너에게 편지를 한 번 보냈었어. 아직 아무런 답장을 받지는 못했지만, 그건 괜찮아, 정말이야, 어쩌면 우체국의 파업이라든지 여러 가지 이유로 인해 편지가 아직 배달되지 않았을 수도 있으니까. 우체부가 실수로 편지를 길에 흘려버렸더라도, 그걸 누가 알 수 있겠어. 언젠가 친절한 사람이 편지를 발견하면 우체통에 넣어주겠지. 그게 언제일지는 모르지만 나는 얼마든지 기다릴 수 있어. 하지만 제발, 부탁인데 내가 너를 귀찮게 하거나, 네가 생각하기 싫어하는 생각을 강요하기 위해서 편지를 썼다고는 생각하지 말아줘. 단지 너에게 말하고 싶어서, 어떤 것을, 오직 너에게만 말할 수 있는 어떤 것을, 내가 말할 수 있는 것을 넘어선 어떤 경험에 대해서.”

그의 임종의 순간 마치 커다란 동굴이 그녀의 몸 전체를 차지하며 생겨난 듯했고, 그것이 지금까지도 사라지지 않고 있으며 점점 더 크고 점점 더 텅 비어가고 있다고 자매는 눈을 크게 뜨고 말했다.

“나는 변했어” 하고 내 자매는 계속 말했다. “내 얼굴을 봐. 변했다고 생각하지 않아? 영원히 지속되는 현기증이 날 변하게 해. 내가 나라고 생각하던 그 무엇이, 내 얼굴을 가지고 내 이름과 목소리를 갖고 살아가던 그 무엇이 부피도 무게도 없는 건조한 허공이 되어버린 것만 같아. 그가 죽던 날 이후, 나는 점점 다른 무엇으로 되어가고 있어. 예를 들자면 내 얼굴 역시, 내 것이 아닌 어떤 다른 얼굴로 변해가고 있다는 생각이 들어, 하지만 신기하게도 완전히 낯선 얼굴은 아니고, 내가 아니지만 내가 알 수도 있는, 내가 만난 적은 없지만 어쩌면 앞으로 만나게 될 수도 있는 어떤 다른 얼굴로……. 아, 어쩌면 변한다는 건 옳은 표현이 아닐 수도 있어, 원래 나였으나 내가 알지 못하던 그 무엇으로 회귀하는 걸지도 모르지. 잔잔한 수면을 찢어발기면서 불쑥 솟아오르는 얼굴, 그의 죽음이 아니었다면 결코 알아차리지 못했을 내 존재의 원초적 얼굴과도 같은 것, 얼굴이라니, 나는 그의 마지막 얼굴을 기억하고 싶지 않아, 그와 마주친 마지막 눈빛을 결코 기억하고 싶지 않아, 거기서 나 자신을 발견할 것이 두려워, 그래, 사실 나는 오직 이 말이 하고 싶은 걸지도 몰라, 그라는 거울을 들여다보고 싶지 않아, 오, 마찬가지로 나는 누군가의 거울이 되고 싶지 않아, 내 안에서 자신을 발견하기를 원하지 않는 누군가의 거울 말이야, 혹시 너도 그런 느낌을 가졌는지? 그리고 무엇보다도 말, 말이 변했어. 예전에는 내가 하는 말은 당연히 내 말이라고, 조금도 의심하지 않았단다. 그런데 그가 죽은 이후로, 어느 순간부터 갑자기 나는 확신할 수가 없어, 마치 내 입에서 나오는 모든 말이 내가 하는 말이 아니라 내 안의 동굴 속에서 기나긴 시간 동안 울려퍼지고 있었던 목소리의 반향인 것만 같아" 하고 자매는 말했다. 잠시 침묵한 뒤, 자매는 차분해진 목소리로 다시 이어서 말했다. "일생 동안 나는 무의식중에 내 귀에 울려온 그 메아리를 되풀이하고 있었을지도 모른다는 생각이 들어. 내 몸은 공명하는 돌의 동굴이야, 비로소 깨어난 돌의 울음이야, 너도 그런 동굴을 가졌는지? 너도 그런 목소리를 가졌는지? 이 목소리를, 들어봐, 지금 내가 하는 말을, 숨이 멎을 만큼 놀라워라, 내 안에는 얼마나 아득한 공허가 있었던 걸까, 내 안에는 얼마나 많은 것들의 말이 묻혀 있었던 걸까, 나는 그의 무덤이었던 거야, 이 말을, 나를 통해서 말해지는 이것을, 너도 듣는지, 아주 멀고도 우묵한 곳에서 올라오는 것 같은 이 속삭임을."

졸업여행을 떠나는 대신, 나는 내가 아는 한 배우를 저녁식사에 초대했다. 우리는 극장에서 우연히 만났다. 어느 순간 고개를 돌리자 갑자기 그가 내 옆자리에 앉아 있었다. 방금 천장에서 객석으로 사뿐히 내려앉은, 커다란 날개를 가진 박쥐처럼. 집주인인 경찰관 부부는 인도로 여행을 떠났고 석 달 뒤에나 돌아올 예정이었으므로 나는 누구에게도 사정을 설명할 필요가 없었다. 누군가를 집으로 불러 식사 초대를 해본 적은 한 번도 없었다. 그런 상상조차 하지 않고 살아왔다. 게다가 요리에 대해서는 무지한 편이기도 했으며 남을 위해서는 물론이고 나 자신을 위해서도 요리를 해본 경험이 없었다. 지하실 방에 딸린 부엌은 한 사람이 서 있기도 비좁은 실정이라 본격적인 요리를 한다는 것이 거의 불가능하기도 했다. 그런 상황에서 무모하게도 식사 초대를 하면서 전혀 걱정이 되지는 않았던 건, 어차피 그가 초대를 거절하리라고 생각했기 때문이다. 하지만 내 예상과 달리 그는 초대를 받아들였고, 그 순간 나는 살짝 마비된 듯했다. 그런데 이어지는 그의 설명에 의하면, 사실 그 승낙은 약간 조건부이다. 하필이면 그날 한 여자를 만나러 지방의 병원으로 갈 예정이라고 했다. 여자는 오래전부터 병원에 있다. 병들었기 때문이다. 하지만 여자의 병원은 단순히 몸이 아파서 입원하는 그런 치료 시설이 아니라, 치료감호병원이라고 부르는 곳이다. 여자는 십 년도 훨씬 넘는 세월 동안 환자이자 수감자로 그곳에 있다. 병원은 서울에서 그리 멀지 않으므로 그는 아마도 저녁식사 시간까지는 서울에 도착할 수 있을 거라고 예상한다. 하지만 만약 부득이한 사정이 발생하여, 예를 들자면 기차의 사고나 연착 등으로 그가 오지 못한다 해도 너무 실망하지는 말아달라고. 나는 병원에 있다는 그 여자가 배우에게 매우 중요한 사람임을 짐작했고, 그래서 더 자세히 캐묻지 않았다. 혹은 배우는 그날 내 저녁식사에 어차피 오지 않을 생각이며, 너무 직접적인 거절을 피해서 우회적으로 의사를 전달한다는 인상을 받았다. 그래서 미리 가상의 핑계를 마련해놓는 것이라고. (내가 당신의 저녁식사를 *결정적*으로 거절하는 것은 아닙니다, 다만 나는 하필 그날 지방의 병원으로 연인을 면회 가기로 했는데, 물론 *내 오랜 연인*을, 만약 예상하지 못한 이유로 면회에 시간이 오래 걸리거나 문제가 생긴다면 당신과의 약속을 지키지 못할 가능성도 있습니다, 그걸 분명히 암시해두고 싶군요……)

약속한 날짜가 다가올수록 나는 마치 생애 최초의 기나긴 여행을 눈앞에 둔 느낌이 들었다. 왜 그것이 하필이면 여행이라는 느낌이 들었을까? 경찰관 부부가 여행을 떠났고, 그것도 매우 멀리, 내가 한 번도 상상해보지 못했을 만큼 멀리, 그 사실이 내게 어떤 영향을 미쳤을지도 모른다. 또한 바로 그 시기에 내가 포기한 대학의 졸업여행이 겹쳐졌기 때문일지도 모른다. 만약 그를 식사에 초대하지 않았더라면, 어쩌면 나는 바로 그날 교토로 여행을 떠나 있을지도 모르기 때문이다. 혹은 인도로 갔을지도 모른다. 그런데 나는 누군가를 식사에 초대한 적이 없는 것과 마찬가지로 여행을 떠나본 적 역시 없었다. 심지어 내 주변 사람이, 나와 가까운 누군가가 먼 여행을 떠났다는 말도 이전에는 들은 적이 없었다. 나는 서울을, 그것도 인구가 밀집하고 좁은 골목이 복잡하게 얽힌 구시가지 서민구역을 벗어나서 산 적이 없었다. 내가 다닌 학교도 대개는 그런 서민 구역의 한가운데 언덕 위에 있었다. 여름휴가를 가본 적도 없고 방학을 시골의 친척집에서 지낸 경험도 없었다. 그런 삶에 대해서 듣기는 했으나, 내 것이 아니라고 여겼다. 바닷가 여행지나 산 속의 여름 별장, 그것을 나는 책이나 연극, 영화로만 알았다. 여름 별장, 설사 그것이 귀족의 빌라가 아니라 쓰러져가는 한 칸짜리 임대 오두막에 불과하다 할지라도, 그런 이름으로 불릴 수 있는 문화 자체를 알지 못했다. 하지만 나는 여행을 그리워하지는 않았다. 아마도 여행은 내 운명의 책에 아예 한 줄도 적혀 있지 않은 일이거나, 혹은 정반대로 내 안에 이미 내재하는 어떤 무엇이라고 막연하게 느꼈기 때문이다. 단지 그게 정확히 무엇인지 아직 스스로 발견하지 못했을 뿐이라고. 앞으로 도래할, 혹은 이미 일어난 많은 일들과 마찬가지로.

가능성은 극히 희박하지만 그래도 배우가 정말로 저녁식사에 나타날 경우에 대비를 해두어야만 했다. 지하실의 내 방은 너무 비좁고 초라했기 때문에 도저히 두 사람이, 적어도 어느 정도 쾌적한 분위기에서 식사를 할 상황은 아니었고 요리다운 요리를 하기도 어려웠다. 아니 애초에 그를 식사에 초대할 때부터 나는 위층 경찰관 부부의 주방을 사용하려고 마음먹고 있었다. 작은 보조식탁을 테라스로 옮겨놓아야겠다는 생각이 가장 먼저 들었다. 식사 초대는 아직 이주일이나 남았지만 나는 도저히 참지 못하고 보조식탁과 의자를 밖으로 끌어냈다. 경찰관 부부가 여행을 떠나서 다행이었다. 밤에는 바람이 불고 비가 내렸다. 식탁과 의자에는 연두색 이파리가 흩어졌고 검은 흙 알갱이가 섞인 맑은 빗물이 고였다. 나는 마른 수건으로 식탁과 의자를 꼼꼼하게 닦았다. 무당벌레 한 마리가 내 손등 위를 기어갔다. 나는 찬장을 열고 경찰관 부부의 가장 아름다워 보이는 접시를 골랐다.

음악교사가 보내준 졸업여행 경비로 나는 최고급 스테이크용 쇠고기와 레이스가 달린 냅킨을 살 생각이었다. 시내의 백화점에 가면 그런 물건들을 살 수 있다는 것을 나는 경찰관 부인을 통해서 알게 되었다. 졸업여행 덕분에 돈이 생긴 것이 얼마나 다행인지. 내가 잘할 수 있는 유일한 요리, 노른자의 동그란 모양이 조금도 흐트러지지 않은 반숙 달걀 프라이를 만들 것이다. 그리고 옥수수와 상추와 참치 통조림으로 샐러드를 만들 것이다. 마지막으로 프라이팬에서 잘 익은 고깃덩이를 접시 위에 올리고 오븐에서 구워낸 감자와 버터를 곁들일 것이다. 스테이크는 당시 내가 생각해낼 수 있는 최상의 저녁식사 메뉴였다. 경찰관 부부에게 초대를 받았을 때 인상적으로 먹었던 기억 때문이다. 메뉴를 결정하고 나자 마음이 조금 편해지는 것 같았다. 아니 마음은 조금도 편해지지 않았다. 손이나 발이나 어깨가 아닌 마음은 단 한 번도 편한 적이 없었다. 아무도 듣지 않는 것이 확실하다면, 나는 주저앉아서 두 손으로 얼굴을 가리고 훌쩍훌쩍 울고 싶었다. 테라스의 식탁에 앉아 고기를 썰고 있는 배우에게, "우리 여행을 떠나요"라고 불쑥 말하는 나 자신을 보았고, 그런 다음 이어질 배우의 당황한 얼굴이나 차가운 반응이 상상조차도 할 수 없게 너무나 두려웠기 때문이다. 왜냐하면 그날의 저녁식사는 곧 하나의 운명적 여행이 될 것이기에, 최초의 어떤 여행을 대신하는 다른 종류의 최초의 여행일 것이기에, 그리하여 시작된 그 최초의 여행은 영원히 멈추는 법 없이 일생 동안 지속되고, 그것이 곧 내 일생이 될 것이므로, "우리 여행을 떠나요" 나는 어떤 순간에 그렇게 말하고자 하는 독립적인 의지를 절대로 억제할 수 없으리라. 나는 재앙과도 같은 그 순간의 도래를 필사적으로 막아야만 했다. 지금이라도 혀에 바늘로 상처를 내어 말을 할 수 없는 상태로 만들어버리거나, 말에 저주를 내려 단 한마디도 입 밖으로 나올 수 없게 막아야만 했다. 갑자기 말을 잊는 병에 걸렸다고 하는 편이 갑작스러운 간청과 그에 따른 거절보다는 더 나을 것이다. 그러나 아마도 배우는 오지 않을 것이고, 그가 오지 않을 것을 마음속 깊이 잘 알고 있는 나는 이유 없는 패닉에 빠져 있는 셈이었다.

그가 오기를 기다리면서 나는 시시각각 볼품없고 빈약하게 변해갔다. 하지만 그 사실을 모르는 척 놀라울 정도로 뻔뻔하고 태연한 표정을 짓고 거울 앞에 서 있는 나는, 능숙하고도 노련한 완벽한 개인, 닳고 닳은 영혼, 수치심과 흉계를 피부 아래 감춘 껍데기로 위장한 나였다. 그건 언젠가 내 것이 될 수도 있지만 아직은 도래하지 않은 얼굴이었고, 그러므로 겨우 스무 살을 갓 넘긴 나는 아직 그것을 맞아들일 준비를 마치지 않았다. 그러나 나는 안다. 내 것이 아니지만 언젠가는 내 것인 운명이 있음을. 나는 파국을 선취한다. 준비되어 있든 그렇지 않든 어차피 언젠가 되어야만 하는 것이라면, 순서가 좀 흐트러진다고 해도, 지금 봄과 9월이, 그리고 겨울의 눈보라가 한꺼번에 닥친다고 해도 무엇이 문제인가.

그사이에 알게 된 사실인데, 배우는 이미 더 이상 배우가 아니었다. 아니 그가 배우인 것은 변함이 없겠지만 무대에서 공연하지 않은 지가 십여 년이 넘었고, 과거의 명성은 연기처럼 꺼져버리고, 이제는 그를 배우로 기억하는 이도 거의 없을 지경이었다. 정직하게 말하자면, 아무도 그를 몰랐다. 한때 그는 재능 넘치는 젊은 배우였고 짧은 성공을 거두기도 했다. 잡지나 신문에 사진이 실리기도 했다. 배우가 되기 위한 정식 교육도 받지 않았고 심지어는 고등학교도 마치지 않았으며, 굳이 말하자면 고등학교 연극반에서 일 년 남짓 활동했고 이후 학교를 중퇴한 다음 한 소규모 무허가 극단에서 잠깐 동안 수업을 받은 것으로만 알려진 무명의 젊디젊은 청년이 순식간에 환호와 숭배의 대상이 되었으므로 누구나 다 당연히 그가 곧 텔레비전이나 영화에까지 모습을 보일 거라고 믿었다. 하지만 모두의 예상과 달리 그는 사람들의 시선에서 아주 빠르게 사라져버렸다. 그리고 몇 년 후, 훨씬 덜 소란스러운 새로운 역할을 찾아내어 그 역할 속에 자신을 숨기고 있었다. 그것은 극단으로부터 중고 연극용 의상과 소품을 기부받아 판매하는 코스튬 상점의 점원이었다. 그러므로 내가 첫 만남에서 그를 알고 있다고 말했을 때, 비록 겉으로 표시하지는 않았으나 그는 놀라움을 느낀 것 같았다. 그토록 오래전이고 그토록 짧았던 그의 무대 생활을 기억하는 사람이 있다니. 그를 다시 만난 순간 나는 숭배라는 단어를 떠올렸다. 단지 그가 한때 이름이 알려진 배우였으며, 그래서 숭배라는 문화에 익숙해 있으리라고 자연스럽게 짐작했기 때문은 아니다.

　어쩌면 오래전 나는 무대에서 젊은 숭배자를 연기하는 그를 직접 보았기 때문에, 단지 보는 것에서 그치지 않고, 어떤 의미로는 그와 함께 연기를 한 셈이므로, 물론 이건 나 혼자만의 생각이지만, 아, 그렇다, 그날 나는 MJ의 손에 이끌려 극장으로 갔고, 늘 그렇듯 MJ의 얼굴은 무심하면서도 동시에 사로잡힌 듯한 표정, 그게 뭐든, 지금 여기가 아닌 생각에, 불쾌한 긴장으로 뺨 근육이 팽팽하게 당겨진, 그래서 불가피하게 일그러진 입술 주변, 늘 그렇듯 똑바로 앞을 향한 다소 저돌적인 시선이지만 눈동자는 아무것도 바라보지 않는 채로, 난방이 불충분한 극장이 추웠으므로 MJ는 소품 창고에서 꺼내온 담요와 목도리로 내 몸을 둘둘 말았고, MJ는 나를 무대 바로 아래 움푹한 자리에 홀로 두고 어디론가 가버렸으며, 객석이 사람들로 채워졌고 불이 꺼졌다. 지하에 자리한 극장의 공기는 탁하고 먼지 냄새와 곰팡내가 났다. 내 손에는 마치 긴 편지와 같은 대본이 들려 있었다. 왜 하필이면 편지인가? 지금에야 알아차린 것인데, 그것은 편지 형식으로 시작하는 대본이었기 때문이다. 무대의 조명이 켜지면 책상 앞에 앉은 한 여자가 보인다. 책상의 작은 등불 이외에 사방은 불빛 하나 없이 어둡고, 여자는 편지를 쓰고 있다. 연극은 여자의 편지에서 시작된다. *(속삭임: 이것은 최초의 여행에 관한 글이다. 여행은 편지와 함께 시작되었다)* 무대 바로 앞에 위치한 내 자리는 무대의 불빛에 의지하여 대본을 읽을 수 있었다. 하지만 나는 굳이 그럴 필요가 없었는데, 대사를 모두 암기하고 있었기 때문이다. 나는 배우가 아니지만, 그리고 실제로 무대에 오르는 것도 아니며 심지어 관객들은 아무도 알아차리지 못하는 방식이긴 하지만, 이 연극에서 최초로 어떤 역할을 맡게 된다. 그것은 속삭임이다. 나에게 속삭임을 가르쳐준 사람은 MJ였다. *(속삭임: 나는 속삭임이다)*

잠시 뒤 나는 무대 위에서 MJ를 보았다고 믿는다. 연극이 진행되는 사이 흰색 포대기에 싼 갓난아기를 안은 MJ가 무대 뒤쪽 기둥과 벽 사이의 깜깜한 그늘을 따라 걸어갔고, 그 순간 이유 없이 불현듯 떠오른 생각은, 아, MJ가 마침내 아기를 낳았구나. 아마도 MJ는 임신한 상태로 공연 준비를 해왔고,

늘 그렇듯 연극 팸플릿이 가득 든 무거운 가방을 들고 극장으로 걸어갔다. 그런데 나는 잠시 혼란스러웠던 것이, 이상하게도 그동안 MJ는 연극 연습을 위해서 미리 임신부 분장을 하고 다니는 거라고 말하지 않았던가. 그리고 곧 나는 포대기에 싸여 꼼짝도 않는 아기가 MJ의 발아래 내동댕이쳐지는 것을 보았다. 포대기는 속이 텅 빈 비눗방울처럼 가볍게 바닥에서 살짝 튀어오르며 굴러갔다. 울음소리는 들리지 않았다. 그 순간 또다시 내게 떠오른 생각은, 아, MJ가 마침내 아기를 죽였구나. 아기는 미동도 없었다. 울음소리는 들리지 않았다. 그래서 또다시 떠오른 생각, 아, MJ가 마침내 아기를 죽였구나. 자꾸만 반복되는 어떤 장면, MJ는 땅에 끌릴 정도로 긴 스커트를 입고 있다. 흐릿한 광채의 희박한 빛을 머금은, 아마도 흰색인 것 같다. MJ는 생각에 잠긴 표정이다. 그래, 어느 특정한 생각이 아니라 한없이 밀려오는 생각이란 형태를 가진 어떤 파동의 상태, 조각조각 난 파편들로 이루어진 연결되지 않는 속삭임, 그 파도에 실려 이리저리 떠다니는 듯한, 어린 시절의 내게는 바닥을 모를 정도로 멀게만 느껴지던, 한 가지 문제를 집중해서 골똘히 생각하는 것이 아니라, 자신 안에서 발생하는 낯설고 분절된 목소리에 스스로를 완전히 내맡겨버린, 오직 그 속삭임에 열중하는, 그래서 목소리가 자신을 싣고 가는 바로 그곳에 자신을 온전히 내려버리고, 그 밖의 일은 다 잊었거나, 더 이상 중요하지 않다고 선언해버린 표정. 그런 MJ가 맨발로 맨드라미 줄기를 짓밟으면서 간다. 지팡이처럼 크게 자란 늙은 맨드라미의 단단한 줄기. 형체 없는 생각. 마치 맨드라미가 거기 없다는 듯이. 마치 아기가 거기 없다는 듯이. 허리를 굽히더니 삽을 들고 화단 흙을 판다. 화단을 정리하려는 걸까. 그건 단 한 번도 MJ가 해보지 않던 일이다. 마당을 쓸거나 거울을 닦거나 화단에 물을 주는 일조차 해본 적이 없다. 적어도 내가 기억하는 MJ는 자기 자신을 포함해서 아무것도 돌보거나 가꾸지 않았다. 모든 것은 어린 식모가 도맡았다. 저녁이면 와서 식사 준비를 도와주던 동네 여자가 있긴 했으나 식모 혼자서 실질적으로 하숙집의 모든 살림을 감당해야 했다. 집에 있을 때 MJ는 주로 밤에 일을 하는 듯했고 그래서 거의 한낮이 다 되어서야 일어나는 것이 보통이었다. 땅거미 지는 저녁이면 음악교사의 별채에서는 피아노 소리가 들려왔다. 그러나 아름다움은 멀리 있었다. 대신 가장 공고하게 집 안 전체를 지배하는 것은 느슨한 나태의 분위기였다. 심지어 항상 분주하고 할 일이 산더미 같은 식모조차도 그 분위기에서 자유롭지 않았다. 밥이 식탁에 올라가고 기본적인 세탁과 눈에 보이는 곳의 청소가 이루어지는 일에 만족할 뿐, 거기에 추가해서 청결과 단정함을 미덕으로 삼는다거나 커튼 세탁이나 화단 정리 따위에 신경을 쓰는 사람은 아무도 없었다. 집 안 구석구석의 두터운 묵은 먼지층, 그늘진 곳의 예외 없는 음습함, 욕실의 검은 곰팡이와 거미줄, 윤기 없는 마룻바닥, 끈적거리는 물컵, 영원히 정리되는 법 없이 여기저기 처박아둔 물건들, 식탁 위에는 식초병이 쏟아진 자국, 영영 사라지지 않는 희미하고 시큼한 악취. 그리고 그 분위기를 발생시키는 장본인은 분명 MJ였다. 그런 MJ가 화단의 작은 구덩이 속에 죽은 아기를 파묻는다. 흙을 덮어 보이지 않게 한다. 마치 아기가 거기 없다는 듯이. 전화벨이 울리고, 식모가 운다. MJ는 죽은 맨드라미를 감싸안은 채 움직이지 않는다. 제비꽃 빛의 햇살. "밀, 어디 있어?" 그러나 한참 후 어떤 계기에서인지, MJ가 안고 있던 것은 갓난아기가 아니라 소품실에서 가져온 박제된 갈매기임이 밝혀지고, MJ는 아기를 내동댕이쳐 죽이려던 게 아니라 단지 더러워진 갈매기 박제를 비눗물이 가득한 함지박에 담가 세탁하려 했을 뿐이고, 그날 무대에서는 내가 아는 남자 배우가 젊고 아름다운 모습으로 나타나, 그가 숭배를 받거나, 그것이 너무도 지나쳐 이해할 수 없는 증오로 바뀌거나, 혹은 그런 연기를 하고 있었다는 기억으로 남는다. 아니 나는 그 남자 배우를 단 한순간도 직접 보지는 못했다. 키가 작은 나는 무대 바로 아래 움푹하게 그늘진 속삭임의 자리에 파묻혀 있었고, 나는 너무도 작아서, 고개를 들어도 배우의 모습을 볼 수 없었고 배우 또한 마찬가지였기 때문이다.

단지 그가 말할 때—*숭배란 바라보는 것입니다, 본다는 것은 된다는 것이기도 합니다. 당신을 보는 나는 당신이 되고자 합니다. 숭배는 긴 시간 지켜보는 추상적인 눈동자와도 같죠.*

그런 눈동자로 나는 당신을 바라볼 것입니다. 나는 봅니다, 나를 제외한다면, 아무도 당신을 모르는 그런 방식으로 — 내 속삭임과 그의 속삭임이 뒤섞였을 뿐이다. 나를 제외한다면, 아무도 당신을 모르는 그런 방식으로.

MJ가 정말로 임신을 했는지는 알지 못한다. MJ는 계절에 상관없이 거의 항상 커다란 외투나 겉옷으로 온몸을 가리고 다니기도 했고, 또 MJ의 임신을 알아차리기에는 내가 너무 어린 나이이기도 했다. 하지만 나중에 MJ는 말했다, "왜들 수선인지, 연극을 위해서 임신부 분장을 하고 다녔을 뿐인데." MJ는 머리칼이 곱슬거렸고 자신이 파는 화장품과 그것을 사는 사람들을 경멸했다. 아마 그 밖의 많은 것도 경멸했음이 분명하다. 그날의 연극에 대하여 그 이외의 일은 아무것도 기억 속에 남아 있지 않다. 거칠고 뻣뻣한 담요에 둘둘 말린 나는 팔다리를 꼼짝할 수 없었고, 게다가 탁한 공기와 오래된 담요에 찌들어 있는 담배 냄새 때문에 토할 것 같았다. 나는 대본을 모두 외우고 있었으나 내용을 전부 이해한 건 아니었다. 하지만 실제 무대에서는 대사가 일상에서와는 달리 물결을 이루며 춤처럼 흘러간다는 것, 내 속삭임도 그 물결에 실려서 흐르거나 혹은 물결을 일으켜내야 한다는 것은 직감으로 알고 있었다. 내 속삭임은 느리게 더듬거리며 흘러갔다. 배우들의 언어는 종종 놀라울 만큼 유연하여, 물살이 거세지는 격앙의 구역에서는 대본을 읽어주는 내 속삭임을 앞서서 가버릴 때도 많았다. 그러면 무대의 말은 당황하여, 잠시 숨을 멈추고 내 속삭임이 따라오기를 기다렸다.

공연은 단 한 번으로 끝났다. 이유는 알 수 없으나 모종의 사건이 공연을 망쳐버렸다고 들었다. 그날 내가 속삭인 말들은 지금은 다 잊힌 지 오래지만, 그래도 몇몇 파편들이 기억 속 어딘가에 남아 있어서 지금까지도 의외의 순간에 갑작스러운 물결로 내 안에서 일렁이기 시작함을 느낀다. 그러면 나는, 그날 스스로는 이해하지 못했던 내 속삭임의 메아리에 귀 기울인다. 오랜 시간을 표류하다 다시 내게로 돌아온 속삭임이 말하는 것을 듣는다. 속삭임이 내 입을 통해서 속삭이는 것을 듣는다. 내 몸은 어디서 왔는지 출처를 알 수 없는 말의 파편들이 거주하는 집이다. 내가 죽으면 그 말들은 또 다른 집을 찾아서 흘러갈 것이다. 그날 무대 아래서 대본을 속삭이는 경험을 통해 나는 비로소 막연하게나마 최초로 깨닫게 되었다, 내가 알지 못하는 어떤 말이 있다는 것, 어떤 사람들은 그 말에 자신을 송두리째 바치면서, 그것을 인생이라고 부른다는 것을. *숭배란 바라보는 것입니다, 본다는 것은 된다는 것이기도 합니다. 당신을 보는 나는 당신이 되고자 합니다. 숭배는 긴 시간 지켜보는 추상적인 눈동자와도 같죠. 그런 눈동자로 나는 당신을 바라볼 것입니다. 나는 봅니다, 나를 제외한다면, 아무도 당신을 모르는 그런 방식으로. 숭배란 바라보는 것입니다,* 하고 그는 말했다. *본다는 것은 된다는 것이기도 합니다. 당신을 보는*

나는 당신이 되고자 합니다. 숭배, 긴 시간 지켜보는 추상적인 눈동자. 그런 눈동자로 나는 테라스의 저녁 식탁에 앉은 배우를 바라볼 것이다. 나는 바라본다, 나를 제외한다면, 아무도 그를 몰랐다.

내가 모르는 어떤 말이 있다. 어쩌면 나는 그 말로부터 태어난 아이일 수도 있겠으나. 나는 일생 동안 많은 편지를 썼다. 받는 이들은 몰랐겠지만 내 편지들은 완결된 내용이라기보다는 저절로 교란시키는 말에 가까웠다. 나 역시 마찬가지이다. 태초에 속삭임이 있었다. 나는 속삭임으로부터 말을 배웠다. 그리하여 내게 말이란 속삭임이며, 항상 다른 속삭임에 앞서서 속삭이고, 다른 속삭임을 따르고, 다른 속삭임을 위한 암시나 전조이며, 다른 속삭임의 변주이고 메아리이며, 다른 속삭임을 똑같이 반복하는, 하지만 전혀 다른 의미를 내포하기도 하는 또 다른 속삭임이다. 그러므로 모든 속삭임으로부터 떨어져나온 단 하나의 개별적 속삭임은 영영 해독되지 않는다. 단 하나의 얼굴도, 단 하나의 이름도 마찬가지이다. 편지를 쓸 때 나는 알아차린다, (속삭임은 파도와 같다, 속삭임은 말들을 용해시키고 표류시킨다, 해독되지 않는 속삭임이 흘러간다 밀려온다 오직 반복하여 멀어지기 위하여) 말들은 해체되기 위해서 온다. 나 역시 마찬가지이다. 그리고 나는 내가 쓴 것을 잊었다. 어느 날 나는 시력이 나빠지고 기억력도 마모되고 무엇보다도 격렬함 행복 고통 베어짐 감정 환희 불안 훼손된 자국 망각 등의 감각에 관하여 더 이상 예민하지 않다. 머리카락이 눈앞을 가리지만 손을 들어올려 그것을 치워버릴 힘이나 의지가 충분하지 않다. 머리카락과 마찬가지로 생각이나 정신에도 너무 많은 에너지를 소모하지 않는다. 다른 모든 의지와 마찬가지로, 하나의 편지를 완성하고자 하는 의지를 나는 떠났다. 나는 죽은 개의 머리나 바위가 거기 있듯이 거기 있으며, 이미 절반쯤 자연이다. 그러나 여전히 편지를 쓴다. 완성되지 않는 편지 쓰기를 멈추지 않는다. 오직 편지만으로 존재하는 것들이 내게는 있다. 마치 동굴 속 돌의 울음처럼 내 안의 무엇은 결코 멈추지 않는다. 돌이 우리의 마음을 끄는 것은 우리에게는 결핍된 기나긴 영속 때문이다.

그러한 어느 날 나는 연극용 의상인 검은 펠트 모자와 커다란 외투와 마찬가지로 낡고 낡은 물건들이 가득 들어찬 장롱을 갖고 있다. 장롱 속에는 가방이, 가방 속에는 상자가, 상자 속에서 봉투가, 봉투 속에는 편지가 들어 있다. 편지의 발신인이 누구인지 나는 모른다. 손으로 흘려 쓴 필체는 여전히 해독 불가이며 세월이 흘러 푸른 잉크도 너무 희미해졌기 때문이다. 어쩌면 내가 쓴 편지일 수도 있는 그것. 나로 인해 쓰였으며 나에게로 보내진 편지, 나의 편지이며, 한때의 내가 읽었던 편지일 수도 있지만, 이미 오래전부터 창가에 서 있는 나는 그것에 대해서 모르며 그 모름은 나를 방해하지 않고 도리어 해방시킨다.

나는 스테이크 식당은 한 번도 가본 경험이 없지만 집주인인 경찰관 부부의 집에 초대받아 먹은 기억에 의지해 스테이크를 만들어보려고 했다. 경찰관 부부가 요리해준 고기는 연하고 촉촉했으며 갈색으로 구워진 가장자리는 살짝 캐러멜 맛이 났고 중심부는 어린 동물의 혓바닥과 같은 분홍빛인데 과일처럼 향긋한 즙이 가득했다. 그때 경찰관 부인은 고기를 맛있게 굽는 법을 설명하면서, 일단 가장 먼저 질 좋은 쇠고기를 사야 한다고 했다. 도축된 지 최소한 한 달 이상 지나서 연하게 숙성된 고기가 좋다. 그런 고기는 색이 살짝 어둡게 변하고 손가락으로 눌렀을 때 부드럽게 눌리며 손가락을 떼어낸 다음에도 누른 자리가 그대로 움푹하게 패어 있다. 나는 그날 경찰관 부부가 말했던 바로 그 백화점으로 가서 고기를 샀고 기억을 최대한 더듬어 비슷한 모양으로 고기를 구워보려고 했다. 하지만 약속한 시간이 도래할 즈음 완성한 음식은 전혀 비슷하지 않았다. 그동안 나는 경찰관 부부에게 편지로 고기 굽는 법을 물어볼까도 생각해보았다. 그러면서 자연스럽게, 손님을 초대하려는데 부엌과 테라스를 사용해도 좋을까요? 하는 질문도 해볼 수 있을 것이다. 여행을 떠나기 전 경찰관 부부는 대략적인 여정과 델리, 아그라, 자이푸르 등 주요 정착지의 숙소 이름을 남겨두고 갔다. 하지만 그들의 일정은 정확한 게 아니라 대강의 계획에 가까웠고 또 여행 중에 즉흥적으로 계획을 변경할 가능성도 충분하기에 내가 그 주소로 편지를 보낸다고 해도 그들이 편지를 받는다는 보장이 없었다. 게다가 편지가 인도에 도착하기까지 얼마나 오래 걸릴지, 그건 아무도 모르는 일이었다. "고기를 올리브 오일과 허브 양념에 담가 냉장고에 이틀 정도 보관해두면 좋지만, 질 좋은 최상급 고기라면 이 과정은 생략해도 되지. 하지만 적어도 한두 시간 전에 고기를 냉장고에서 꺼내 실온에 적응시키는 걸 잊으면 안 돼. 그다음에 프라이팬에 굽는 거야" 하고 경찰관 부인이 말했었다. "스테인리스 팬이나 주물 팬이 가장 좋아. 고열로 굽는 거라서 테프론 코팅 팬은 사용하면 안 된단다. 중요한 건, 프라이팬과 기름이 충분히 뜨거워진 다음에 고기를 올려야 한다는 거야. 그래야 고기에서 육즙이 흘러나와버리는 걸 막을 수 있어. 이때 버터나 올리브 오일은 피해야 해. 그런 기름은 고열로 처리하면 쓴맛이 나거든. 버터는 고기가 다 구워진 다음에 마늘과 로즈마리와 함께 넣어야 향도 살고 좋아." 나는 로즈마리를 구할 수가 없었고, 경찰관 부인의 충고를 잊는 바람에 처음부터 버터를 팬에 흥건할 정도로 녹이고 고기를 굽는 실수를 범했다. "잠깐, 그리고 고기가 익었는지 살피느라 포크로 고기를 찔러서는 절대로 안 돼! 그러면 그 부위가 질기고 딱딱해져버려." 먹지 못할 상태로 겉이 검게 타버린 고기를 포크로 찌르면서 그제야 나는 경찰관 부인의 말을 기억해냈다.

내가 배우를 저녁식사에 초대한 것은 그의 코스튬 상점을 방문했던 날이었다. 그의 상점에 대해서는 이미 극장을 중심으로 소문이 꽤 퍼져 있었다. 그래서 정기적으로 극장을 방문하는 내 귀에도 들려왔다. 상점이 자리 잡은 곳은 제대로 된 공간이라기보다는 벽과 벽 사이에 우연히 생긴 갈라진 틈새에 가까웠다. 심지어 간판도 없었다. 입구는 아주 좁았고 마치 동굴과 같은 내부는 안으로 깊이 들어갈수록 조금씩 넓어지는 구조였다. 창도 없는 실내는 전등을 끄면 완전히 깜깜해서 눈앞에 손을 갖다대도 보이지 않을 정도였다. 폐쇄된 공간 특유의 곰팡내가 살짝 났지만 견디기 힘들게 심하지는 않았다. 천장과 벽 안쪽에서 희미한 휘파람과 같은 소리가 들려오는 것으로 봐서 자연적인 환기가 이루어지는 건지도 몰랐다. 벽을 따라 설치된 선반 위에는 낡은 옷과 모자, 구두, 신문지에 싸인 잡동사니들이 가득 찬 종이박스가 천장까지 쌓여 있었고 바닥에는 헌책과 대본, 악보, 사진, 화보, 너덜너덜해진 지도, 과거의 공연 포스터와 팸플릿들이 가득해서 발 디딜 틈이 없었다. 천장에는 각종 가면들이 매달려 있었다. 그곳은 상점이라기보다는 벼룩시장의 창고 같은 장소였다. 위치도 지하철역과 버스 종점에서 멀리 떨어진 한적한 변두리에 있어서 과연 사람들이 찾아올까 의심스러웠다. 상점의 가장 깊숙한 구석, 유일한 빈자리에는 맨 바닥에 단열 매트와 침낭이 펼쳐져 있었다. 그곳이 그의 침실이었다. 연필 몇 자루와 커다란 노트 몇 권을 제외하고는 개인적인 물건들은 거의 보이지 않았다. 연필과 노트는 검은 상자 위에 놓여 있었는데, 상자는 자세히 보니 옛날식으로 금속 띠가 둘러진 사각형 커다란 여행용 트렁크로, 그의 개인 물품 보관함이자 책상이며 식탁의 역할을 하고 있는 듯했다. 아마도 여기 있는 중고 코스튬과 물건들은, 판매하는 상품이면서 동시에 필요에 따라 그의 개인 용도로 쓰이고 있을 거라고 나는 짐작했다. 그는 항상 검은 펠트 모자에 커다란 검은 외투 차림으로 나타났는데, 심지어는 따뜻하게 물기 오른 온화한 6월의 날씨에도 마찬가지였다. 그의 상점에는 그가 늘 입고 다니는 것과 구별할 수 없을 정도로 비슷한 모양의 모자와 외투들이 가득했다. 그는 먼저 모자를 벗어 벽에 걸었는데, 이미 판매용 모자들이 가득 걸려 있는 벽이었다. 그리고 외투도 벗어 비슷한 모양의 판매용 외투들이 산더미처럼 쌓인 종이 박스 속으로 아무렇게나 던져두었다. 외투 아래에 드러난 얇은 녹색 셔츠는 색 바랜 에메랄드빛이 여전히 아름다웠으나 천이 너무도 낡아서 금방이라도 찢어질 것만 같았다. 외투는 얼핏 보기에는 온전했지만 벗어서 던져놓는 바람에 드러난 안감은 너덜너덜하게 해어지고 여기저기 구멍이 났으며 목 덜미 부분의 상표는 글자가 완전히 지워져 보이지 않았다. 소 맷자락과 팔꿈치는 닳아서 유리처럼 반들거렸고 가슴에는 기름이 쏟아진 듯한 흐릿한 얼룩도 있었다. 그러나 일단 배우의 몸에 걸쳐지고 나면, 외투는 자신의 낡음과 초라함을 잊고 고전적인 명성과도 같은 광휘를 얻었다. 그렇게 우리는 침낭 위에 나란히 주저앉았다.

나는 이제 한 학기만 더 다니면 대학을 졸업한다고 말했다. 그는 고등학교 1학년을 채 마치기도 전에 학교에서 도망쳤기 때문에 대학은 다녀본 적이 없다고 대답했다. 학교에서 완전히 달아나기 전에도 그는 이미 학교 밖의 아이나 마찬가지였다고 했다. 출석하는 날보다 학교를 빠지는 날이 더 많았기 때문이다. 나중에 배우가 된 이후에 통신강좌로 고등학교 과정을 마치는 방법을 알게 되었지만 굳이 원하지 않았다고 했다. 대신 통신강좌로 러시아어를 조금 배웠다고 했다. 연극 〈메데아의 아이〉에서 주인공 역을 맡아 출연한 적이 있기 때문이다. 그가 최초로 주인공 역을 맡은 연극이었지만 불행히도 공연은 단 한 번으로 끝나버렸으며 두 번 다시 무대에 올려지지 못했다고 한다. 하지만 그는 그 계기로 메데아의 언어를 배우기를 원했고 (신화에 따르면 메데아는 비극적인 사건이 있은 후 아테네로 달아나 아테네 왕 아이게우스와 결혼했으나 다시 그곳마저 떠나게 되었고, 그런 다음 아시아로 돌아갔다고도 하지만 이후의 행적에 대해서는 확실하게 전해지지 않는다) 고대 조지아어나 그리스어를 통신강좌로 배울 수가 없었으므로, 그 대안으로 러시아어를 선택했다는 것이다. 그래서 아마도, 언젠가 가능하다면, 코카서스로 여행을 떠나고 싶었기 때문이다. *(속삭임: 당신의 여행, 당신의 최초의 여행)* 그래서 코카서스 여행을 이루었느냐고 묻자 그는 아직 떠나지 않았다고 대답했다.

여행에 대해서. 나 역시 이번 달에 졸업여행이 계획되어 있지만 가지 않을 거라고 말했다. 나는 여행에 대해서 계속 이야기했다. 우연히도, 내가 세 들어 사는 집의 주인 부부도 며칠 전에 여행을 떠났다. 그들은 인도로 갔다. 앞으로 적어도 석 달 동안은 돌아오지 않을 것이고, 나중에 인도를 떠나 네팔로 가게 된다면 여행은 더 길어질 것이다. 그들은 집 안의 화분에 물을 주고 환기를 시켜달라고 부탁하면서 내게 열쇠를 맡겼다. 그들은 머무는 모든 도시에서 내게 엽서를 보내주겠다고 약속했다. 그런데 집주인 부부는 인도로 떠나기 전에 나에게 놀라운 제안을 했다. 인도 여행에 동행하자는 권유였다. 내가 졸업 여행을 가지 않을 거라고 말했기 때문이다. 그렇다면 자신들과 함께 인도로 여행할 생각은 없는지. 집주인 부부는 마치 아주 가까운 친척처럼 내게 잘해주었다. 심지어는 대학 시절 내내 그 집에 살면서 나는 집세를 한 번도 내지 않았다. 나와 함께 인도 여행을 하고 싶다고 그들은 말했다. 내가 원하기만 한다면 내 여행 비용 정도는 기꺼이 부담해주겠다고. 사실 나는 한 번도 여행을 떠난 경험이 없으므로, 내 최초의 여행이 어떤 형태로 다가올지 호기심을 느끼고 있었다. 나는 집주인 부부를 좋아하고 그들이 좋은 사람임을 잘 알기에, 만약 그들과 함께 여행하게 된다면 그건 내게 행운일 것이다. 그리고 무엇보다도, 그들의 여행 초대가 내게는 운명적인 느낌이 들었다. 나는 여행의 본질은 다른 무엇보다도 운명이라고 생각하므로 그 운명적인 느낌을 따르는 것이 맞으리라. 하지만 그들의 제안

173

을 거절했다고, 나는 말했다.

그리고 이어서, 설명이나 그 어떤 전조도 없이, 나는 배우에게 저녁식사에 초대하고 싶다고 말했다. 처음에 그는 승낙도 거절도 하지 않았다. 그는 한동안 침묵했다. 그래서 나는 그가 내 말을 듣지 못했거나 아니면 마음의 결정을 내리지 못해서, 혹은 매끄럽게 거절하는 방법을 찾느라 시간을 끌고 있다고 생각했다.

시간이 한참 지난 다음에, 나를 아는 사람들은 말하기를, 내가 과거 연극 〈메데아의 아이〉 주연 남배우와 결혼했다고 했다. 이상하게도 〈메데아의 아이〉 공연을 실제로 본 사람은 거의 없었다. 그 작품은 초연 이후 불행히도 다시는 무대에 올라가지 못했으며 극작가와 배우, 연출자, 심지어 무대 아래서 대사를 작은 소리로 읽어주던 속삭임 낭독자까지도, 관련자들이 모두 연기처럼 사라져버렸다고 그들은 말했다. 단지 〈메데아의 아이〉 희곡 원고만이 살아남아 운이 좋을 경우 중고 책방 먼지투성이 서가에서 간혹 발견된다고 했다. 그런데 그들은, 나 역시 메데아의 아이였다는 것을 모르고 있는 걸까? 나는 그 연극의 속삭임이었다. 나, 속삭임을 말하는 것이다, 나는 〈메데아의 아이〉 주연 남배우와 결혼했다고 한다. 그때 나는 대학을 채 졸업하기도 전이고 결혼식은 당시 내가 살고 있던 양부모의 집 테라스에서 치렀다고 한다. 둘 다 고아나 마찬가지인 처지였으므로 결혼식은 무척이나 간소했다. 테라스에는 빨래가 널려 있었고 아주 작은 피로연 상차림으로 식탁에는 차갑게 식은 스테이크가 차려졌다. 급작스러운 결혼인데다 마침 내 양부모는 긴 여행을 떠나 있던 참이어서, 그런데 그들은 과연 그 여행에서 돌아오긴 한 것인지, 하객은 내 어린 시절의 친구 한 명과 하필이면 그날따라 집을 살펴보러 왔다가 엉겁결에 결혼식에 참석하게 된 양부모의 외동딸, 그리고 마침 그 시간에 편지를 배달하기 위해 벨을 누른 우체부, 단 셋뿐이었다고 한다. 결혼식에서 나는 흰 원피스 위에 흰 외투를 걸친 차림이었고 줄기가 긴 붉은 맨드라미를 한 송이 들고 있었다. 원피스와 외투 모두 천이 부분적으로 살짝 누렇게 변색하여 새것이 아닌 것이 분명했다. 주연 남배우 역시 아주 낡은 것이 분명한 검고 긴 외투를 입고 있었는데 마치 무대의상처럼 보였다고 한다. 결혼식은 그 형식이나 내용 모두에서 비시민적이었다. 초대를 받은 내 어린 시절의 친구는 놀랍게도 어린아이용 베티붐 티셔츠 차림이었다고 한다. 게다가 결혼식이 열리는 것을 전혀 모르는 채로 방문했던 양부모의 딸은 집을 환기시키고 청소를 할 목적이었으므로 청소부 복장에 고무장화까지 신고 있었다. 그 대목에서 사람들은 작은 웃음을 터트렸다. 우체부의 복장은 평범한 제복 셔츠였고, 늘 그렇듯이 아무의 눈에도 띄지 않았다. 결혼식은 작고, 어느 정도는 즉흥적으로 보였으며, 당연히 비법률적이었다. 그 말은 결혼식 이외의 다른 법적 절차는 이어지지 않았다는 의미이다. 결혼식 자체도 특별한 형식이 없었다. 사람들이 모이자 나는 주방에서 스테이크를 내오고 주연배우는 하객들을 위한 자리를 준비했으며 두 사람의 결혼 선서가 끝난 후 베티붑 티셔츠를 입은 내 친구가 성혼 성언을 했다. 그러고는 다 함께 둘러앉아 차갑게 식은 질긴 스테이크와 고약한 냄새를 풍기는 참치 통조림과 옥수수 샐러드를 먹었다는 것이다. 사람들은 다시 웃음을 터트렸다. 우리는 심지어 신혼여행도 가지 않았다고 한다. *(속삭임: 당신의 여행, 당신의 최초의 여행)* 가장 큰 이유는 아마도 당장은 돈이 없었기 때문이다. 그런데 하필이면 그날 우체부가 가져온 편지는 뭐였지요? 하고 누군가가 물었다. 아무도 대답을 몰랐다. 하지만 나는 알고 있었는데, 그건 인도에서 온 열두 장의 엽서였다. 엽서는 몇 주간에 걸쳐 각기 다른 날 다른 도시에서 쓴 것인데 무슨 이유에서인지 그날 한꺼번에 도착했던 것이다. 그것은 인도로부터 온 최초의 엽서였다. 엽서가 도착한 기념으로 베티붑 티셔츠를 입은 어린 시절의 친구는 그중 한 장의 엽서를 임의로 골라 낭독함으로써 결혼식의 성혼 선언을 대신했다. 엽서는 이 도시와 저 도시에서, 도시와 도시 사이를 가로지르는 기차와 버스 안에서, 산 위의 움막과 강가에서 쓰였다. 적은 공간에 최대한 많은 글자를 담기 위해서 보낸 날짜는 적혀 있지 않았다. 그러므로 아무도 엽서의 순서를 몰랐다. 그것은 마치 최초의 여행과 같았다고, 그렇게 엽서에 적혀 있었다고 한다. 혹은 내가 그렇게 말했다고 전해진다.

그 결혼은 오래가지 못했다고 누군가가 말하는 바람에 사람들의 웃음은 즉시 멈추었다. 신혼부부는 함께 살지 않았으며, 그건 그들이 함께 살 만한 집이 없었기 때문이라는 것이다. 어딘가의 공간에 거주한다는 의미의 집이 아니라, 표상으로서의 집 말이다. 혹은 다른 누군가의 말에 의하면, 남자인 주연배우에게 문제가 있었다고 한다. 그는 어딘가에 이미 또 다른 비법률적 가족이 있었으며, 자신의 어린 딸과 그 어머니를 떠난 전력이 있다고 했다. 아니 그들 모녀가 먼저 그를 피해 달아나듯이 뉴질랜드로 이민을 가버렸다고도 했다. 이후 모녀가 어디에서 사는지 아무도 몰랐다. 그런가 하면 결혼의 파탄은 남자가 아니라 내가 원인이었다고 말하는 사람도 있다. 내가 남자에 대한 모든 것을 부인하고, 홀로 가버렸다는 것이다. 나이프로 성서를 가르듯이, 닭이 울기 전에 세 번 부인하고, 떠나버렸다고 한다. 나는 잔인하게 작별했다. 나는 이미 오래전에 떠났다. 어쨌든 내 결혼은 오래가지 못했다고, 사람들은 내게 말했다. 음악교사는 전화를 걸어와서 말했다, 집으로 돌아가라고. 나는 집이 없노라고 대답했다. 어딘가의 공간에 거주한다는 의미의 집이 아니라, 표상으로서의 집 말이다. 모든 것은 최초의 여행과도 같았다. 하지만 처음으로 돌아가서, 내가 배우에게 저녁식사 초대를 하고 싶다고 말했고 그는 한참 동안 대답이 없었다.

낡은 창이 헐거워진 나무 창틀에서 갑자기 떨어져내리는 소리가 정오의 정적을 깬다. 이날의 정오는 기억되는가. 유리창에 비치는 형상. 매일 아침이면 나는 창가로 다가가 선다. 어느 날 나는 시력이 나빠지고 기억력도 마모되고 무엇보다도 격렬함 행복 고통 베어짐 감정 환희 불안 훼손된 자국 등의 감각에 관하여 더 이상 예민하지 않다. 어느 날 나는 고통 없이 본다.

마침내 그가 입을 열었는데, 그건 저녁식사 초대가 아니라 여행에 대해서였다.

"그들은 여행을 떠났고, 당신은 여행을 포기했군요. 그런데 왜 그랬지요? 당신은 여행을 좋아하지 않나요?"

"그 대답은 불가능해요. 왜냐하면 말했다시피 나는 한 번도 여행을 떠나본 적이 없거든요. 그래서 내가 여행을 좋아하는지 아닌지 그건 아직 잘 모른답니다. 언젠가 내가 여행을 하게 될까요? 아마도 언젠가는 나도 여행을 하겠지만, 어쨌든 모든 사람들이 다 하고 있는 일이니까요, 그래도 너무 많은 여행을 할 것 같진 않아요. 나는 여행을 휴식이나 즐거움이 아니라, 피할 수 없는 운명의 한 종류로 여기기 때문일 거예요."

나는 여행을 필요 이상으로 무겁게 여기는 것이다. 그것은 곧, 여행과는 거리가 먼 성향을 타고났다는 의미이기도 하다. 어떤 사람들에게 여행은 아주 흔하고 쉬운 사건으로, 일종의 저녁 여흥과도 같지만 또 다른 사람들에게 여행은 운명과 결부된 마음의 선택, 말하자면 결혼과도 같다. 왜 내가 경찰관 부부의 제안을 거절했는지 나중에 그 이유를 곰곰이 생각해보앉는데, 아마도 나는 궁극적으로 떠나지 않음을 선택함으로써 여행을 추상화하고, 그 여행에 더 큰 의미를 부여하고 싶었을 지도 모른다. 운명적인 한 발을 내디디는 대신 한 걸음 뒤로 물러나 그것을 가만히 바라볼 기회를 원했기 때문이다. 내가 보지 못할 그 무엇을, 나는 시선에 담을 것이다. 그런 다음, 만약 그 바라봄이 충분하다면, 나는 이미 스스로 그 운명을 선택했으며 그 운명을 겪었고, 마침내 지나왔다는 느낌을 받게 될 것이다. 내 여행 또한 마찬가지이다. 나는 우선 그것을 보지 않으면서 시선에 담는 일에 익숙해져야 한다. 유리창 밖으로 시간이 흐른다. 외면하면서 바라보는 시선. 그것은 어떤 이유로든 좌절되거나 취소되거나 잊히거나 거부되거나 포기되거나, 그리고 무엇보다도, 처음부터 아예 시도조차 없을 것이다. 오직 그럼으로써만 완성되는 모종의 사건이 있다. 마치 추상적인 집과 같이. 그게 내 미래를 결정짓는 유일한 내용이 될지도 모른다는 생각이 들었다.

그는 내 얼굴을 바라보았다. 내 얼굴에서 뭔가를 발견하려는 듯한 시선이었다. 그것이 바로 당신의 여행이군요, 하고 그가 입술을 달싹거리며 속삭였다. 그게 바로 당신의⋯⋯. 그의 연인은 늘 멀리 떠나고 싶어 했다고 말했다. 그의 연인이.

여자는 늘 멀리 떠나고 싶어 했다. 여자는 항상 어딘가 절반쯤 빈 듯한 표정이었고 종종 자신이 어디 있는지를 잊곤 했다. 심지어 집중하고 있을 때조차 약간 산만하다는 인상을 주었는데, 그건 여자가 자신의 기대와는 완전히 다른 잘못된 자리에 있기 때문이었다. 하지만 여자는 실제로는 아무 데도 갈 수 없었다. 그건 불가능했다. 어머니가 파킨슨병 환자로 오랫동안 요양원에서 살고 있었고, 어머니를 돌볼 가족이라곤 여자가 유일했기 때문이다. 여자는 시간이 날 때마다 어머니의 병원으로 가서 며칠간 함께 지내곤 했고, 그것이 전부였다. 여자의 어머니는 마흔이 채 되기도 전에 파킨슨병 증상을 나타냈고 발병 이후 급속도로 상태가 나빠졌다. 그것은 여자의 고통이자 불안의 원인이기도 했다. 여자는 잘 알고 있었다, 자신 또한 매우 이른 나이에, 즉 조만간, 어머니와 똑같은 병에 걸릴 것이다. 그는 여자를 하루 24시간 내내 지켜보았다. 그는 여자를 보았다. 그 누구와도 다른 방식으로, 그는 여자를 보았다. 여자가 보이지 않을 때조차 그는 여자를 보았다. 그것이 전부였다. 그것이 그들의 증명이었다. 좀 특수한 형태이긴 하지만, 그는 여자의 집에서 함께 살았다. 여자가 이끄는 극단의 단원이었던 것이다. 극단은 가난했고 여러 불안한 사정이 겹쳐 오래가지 못하고 곧 해체되었지만 그는 끝까지 여자의 곁에 남았다. 그리고 아이. 여자의 집에는 분명 아이가, 심지어 아이들이 있었다.

그중의 한 아이, 머리를 아주 짧게 깎은 모습의, 여린 인상의 작은 사내아이가 기억난다. 항상 무릎까지 오는 보이스카우트 제복과 비슷한 반바지 차림이었던 것 같다. 갈색인지 아니면

180

거무스름한 회색인지. 하지만 아이의 얼굴은 잘 떠오르지 않는다. 너무 오랜 시간이 흘렀기 때문이기도 하지만, 원래 그 아이를 잘 안다고 할 수가 없다. 사실 그냥 스치듯이 몇 번 본 것이 전부이고 대화를 나누어본 적도, 심지어 간단한 인사도 건넨 적도 없기 때문이다. 아이의 존재는 흐릿한 거울, 낡아빠진 나무 창살의 더러운 유리창에 비치는 맨드라미, 초록빛 녹으로 뒤덮인 뒷마당 펌프가에서 들려오는 개 짖는 소리로 대체된다. 그렇게만 떠오른다. 무수한 농담의 연두색 햇살을 배경으로. 아이는 옷장 뒤에서 나타났나 싶다가도 금세 다시 의자 아래로 숨어버리거나, 열린 방문 틈 사이로 지나가는 절반쯤의 모습이 반투명한 유리창에 언뜻 비칠 뿐이다. 체중이 가벼운 아이의 발바닥이 뒷마당을 뛰어간다. 마당의 디딤돌을 경쾌하게 찰싹거리며. 비눗방울처럼 가볍게. 바닥에 떨어진 유리가 산산조각 나는 소리, 차갑게 바스락거리며. 그러나 마당에는 발자국이 없다. 그는 무척이나 젊었고, 그 자신도 성인이 되지 못한 나이였다. 게다가 다른 일에 정신이 완전히 사로잡혀버린 상태라서, 집 안 어딘가를 돌아다니는 아이가 있다는 건 알았지만 그 아이가 누구인지 관심도 없었고 또 그게 한 명의 아이인지 아니면 여러 명의 아이들이었는지도 몰랐으며 지금도 정확히는 모르는 상태이다. 그는 어린아이들을 통해서 자신의 어린 시절이 회상되기를 원하지 않았으므로, 그 어떤 경우라도, 의도적으로 아이들의 모습을 피했다. 어느 날 우연히 아이가 벌받는 것을 가까이서 지켜보게 되기 전까지는. 그런데 당신의 어린 시절은 외로웠습니까? 하고 그가 문득 물었다. 고통도 있었나요?

잘 모르겠어요, 하고 나는 대답했다. 어린 시절은 마치 잠과 같았어요. 하지만 나는 모든 것을, 모든 거울 속에서, 반투명한 유리창의 빛 속에서 보았답니다. 단지 그것이 잠과 같았을 뿐이죠.

벌받는 아이의 얼굴에는 눈물 자국과 공포가 있었지만, 그 모두를 초월하여 마치 자기 자신 위에 스스로 드리워놓은 잠과 같은 모종의 마비가 가득했다. 그 아이는 잠 속에 빠져듦으로써 자신의 몸과 영혼을 보호하고 감싸는 법을 일찍이 터득한 듯했고 그것이 그에게 일순간이나마 깊은 인상을 주었다. 못된 짓을 한 벌로 아이는 옷장 속에 갇혀야 했다. 한 시간 동안 나올 수 없다는 명령을 받았다. 옷장은 온갖 잡동사니가 쌓인 창고 방에서도 가장 깊숙한 구석에 있으며 심지어 한 번은 쥐가 나오기까지 했다. 식모가 아이의 손을 잡고 창고 방으로 갔고, 옷장 속에 아이를 가두고 옷장 문에 빗장을 거는 소리가 들렸다. 아이는 끌려가면서 얼굴이 다 젖어버릴 정도로 눈물을 흘렸지만 반항하거나 소리 내어 울지 않았고, 고집스럽게 속눈썹을 깊숙이 내리깐 채로, 용서를 빌지도 않았다. 어쩐지 벌을 받는 일에 익숙해져버린, 익숙함을 넘어서 벌과 자기 자신을 분리하는 법을 터득한 듯한 태도였다. 혹은 저항 없이 순순히 벌을 받아들이는 것이야말로, 벌이 자신을 결코 벌줄 수 없다는 최선의 증명이라는 듯이. 하지만 곧, 벌을 내린 사람의 마음이 바뀌었다. 그래서 얼마 지나지 않아 식모에게 아이를 다시 옷장 밖으로 끌어내라는 지시가 떨어졌다. 아마도 그 이유는, 쥐가 나오는 어두운 옷장 속에 아이를 가두는 것이 너무 가혹하게 느껴졌거나, 아니면 그 반대로 순진한 얼굴을 하고 있지만 속마음은 원래 소름끼칠 정도로 음험하고 뻔뻔한 성격의—이건 벌을 주는 사람의 표현이다—아이가 옷장 속에서 슬픔과 두려움으로 죄를 반성하기는커녕 혼자 있다는 사실을 즐기며 그것을 자신만의 또 다른 쾌락의 수단으로 삼으리라는 짐작 때문이었을 것이다. 잘못을 저지른 아이가 처벌을 통해 고통이 아니라 어떤 종류라도 쾌락을 느낀다면 그건 정당하지도 않고 벌의 취지에도 맞지 않을 테니까.

여기서 아이의 기쁨과 쾌락을 통제하여 벌을 주려는 사람은 물론 아이의 보호자인 여자다. 여자는, 그가 말할 수 있는 건 당시 여자는 평소보다도 더욱 극심한 불안에 처해 있었으며, 자신을 파괴하려는 욕구가 피부를 뚫고 튀어나올 듯이 팽배한 상태였다는 것이다. 그는 그것을 알았다. 오직 그만이 알았다. 그의 시선은 여자를 단 한순간도 놓치지 않고, 밤이나 낮이나, 여자와 함께 있거나 아니면 멀리 떨어져 있거나 상관없이, 오직 여자만을 담고 있었다. 그 어떤 신호도 없이 여자는 유리창으로 다가갔고, 유리창을 올려서 열었고, 오래오래 유리창 바깥을 내다보았으며, 마침내 낡아빠진 창틀이 견디지 못하고 저절로 쿵 소리를 내며 떨어질 때까지 머물다가, 천천히 유리창 앞을 떠나갔다. 그것이 전부였다. 오해할 수도 있는데, 여자는 잔인하고 차가운 사람이 아니다. 도리어 그와 정반대라서 문제라면 문제였다. 천성이 즉흥적이고, 자주 감정이 과도하고, 기분에 따라서 행동하고, 변덕스러운 편이었다. 눈물도 많고 쉽게 흥분했지만 금방 아기처럼 조용하게 차분해질 줄도 알았다. 종종 두통을 호소했다. 매우 영리한 편이지만 놀랍게도 심각한 건망증이 있었는데, 그 증상은 근래 몇 년 사이 부쩍 심해진 듯이 보였다. 그래서 계산이나 특히 돈을 다루는 일에서 문제를 일으킨 적도 있었다. 앞뒤 생각 없이 돈을 빌리고, 다른 일에 열중하느라 그 사실을 잊어버리는 것이다. 여자의 건망증은 종종 망각이라기보다는 증폭된 혼돈의 형태로 발생했다.

여자는 무대 배우였는데, 일상의 건망증이 심한데도 긴 대사를 암기하는 것에 큰 문제가 없다는 것이 신기할 정도였다. 그래도 여자는 언제고 자신이 무대 위에서 엉뚱한 대사를 말하게 될지도 모른다는 불안에 시달렸다. 여자가 생각한 해결 방법은 무대 아래에 아무도 모르게 '속삭임 배우'를 배치하는 것이다. 그건 당시만 해도 극장에서 드물지 않게 선택하는 방법이었다. 그러나 언제라도 속삭임이 예고 없이 그쳐버릴 수도 있는데다가 무대와 속삭임 배우의 호흡이 맞지 않으면 무대가 속삭임을 따라가지 못하거나 혹은 그 반대의 일도 일어날 수 있으므로 결국은 불안을 더욱 가중시키는 효과를 낳기도 했다. 사실 여자는 한 번도 대사를 잊거나 틀린 적이 없었다. 하지만 그게 다 무슨 소용인가. 미래는 선취하는 불안이다. 여자는 언젠가 자신을, 이름을 잊을 것이다. 이름은 끊임없이 불려야 한다. 그렇지 않으면 망각되고 만다. 여자의 공포와 불안은 최근 들어 점점 증폭되고 있었고, 무대가 아닌 집 안이나 길에서조차 발작처럼 갑작스럽게 여자를 덮치곤 했다. 그럴 때 여자는 유리창으로 돌진하는 새 같았다. 여자는 종종 스스로 자신의 망각된 이름을 절망적으로 불렀다. "밀 어디 있어!" 그 무엇도 여자를 위로해주지 못했다. 자기 파괴의 충동으로 여자는 활활 타올랐다. 즉 말하자면 여자는 누군가의 보호자 역할을 하거나 훈육을 담당하기에는 그리 적당한 성격이 아니었다.

물론 아이가 잘못을 저질렀고, 그것도 여러 번 반복된 잘못이었으므로 보호자는 아이를 어떤 식으로든 교육할 필요가 있는 상황이었다. 아이가 잘못을 저지를 때마다 여자는 아이의 머리카락을 짧게 잘라버리는 벌을 내리곤 했는데, 이번에 또다시 같은 잘못을 저질렀기 때문에 머리카락을 자르는 것은 아이의 반성에 아무런 도움이 되지 않음이 밝혀졌다. 게다가 이미 아이의 머리카락은 더 이상 짧아지는 것이 불가능할 만큼 짧게 깎인 상태이기도 했다. 종종 여자는 슬퍼 보였다. 그런데 여자의 슬픔은 그 이외의 다른 사람들은 잘 알아차릴 수 없었다. 여자는 슬픔을 얼굴에 쉽게 드러내지 않았기 때문이다. 슬픔에 잠긴 여자는 얼굴에서 표정이 사라졌고 불투명한 마분지 같은 광채가 눈동자와 피부에 번득이며 남았다. *(속삭임: 죽을 것이다, 머지않아)* 그때 여자는 가면을 쓴 듯 멀고 차갑게 보였으며 경우에 따라서 잔인한 인상을 줄 수도 있었다. 주변에 아무도 듣는 사람이 없으면 여자는 자주 말하곤 했다, 죽고 싶다고. 뜨거운 거머리처럼 피부에 달라붙은 늙은이 때문에, 눈동자에 박혀 있는 늙은이 때문에, 어디에나 있는 늙은이 때문에, 아이들에게, 심지어 갓난아기의 눈동자 속에도 들어 있는 늙은이, 얼마나 끔찍한지, 여자는 더 이상 거울을 볼 수 없다, 거기 늙은이와 똑같은 얼굴을 가진 누군가가 자신을 지켜보고 있을 테니까. 여자는 거울을 깨뜨려버릴 것이다. 그게 아니라면 유리창이라도. *(속삭임: 죽을 것이다, 머지않아)* 늙은이는 저항하지 않는다. 만약 늙은이가 아니라면. 텅 빈 한낮의 집 안에서 유리창이 저절로 부르르 떨렸다. 항상 위태로웠다. 만약 늙은이가 아니라면, 그것은 무엇일까? 여자에게 고통을 주는 것의 진짜 정체는 무엇일까? 여자의 불안. 여자의 떠날 수 없음. 여자의 불안. 혼자가 되는 두려움. 하지만 곧 진정을 되찾은 여자는 창백한 낯빛으로 의자에 앉아 똑바로 몸을 세운다. 무겁고 누르스름한 빛 속의 여자. 방 한가운데에 놓인 팔걸이의자는 낡아서 속이 터져나왔고 공립학교 체육관의 운동 매트보다 더 더러웠다. 여자는 의자의 더러움 따위에 신경쓰는 성격이 아니었다. 여자는 의자의 더러움을 얼굴 표정에 쉽게 드러내지 않았다. 의자는 방에 있는 유일한 가구였다. 벽에는 마치 초등학교 교실처럼 구식 나무 창살의 격자 유리창이 있었고 커튼은 아예 달려 있지 않았다. 단원도 많고 활동도 활발하던 시절 극단의 연습실로 사용하던 그 커다란 방은, 모든 것이 떠난 지금 유리창으로 사정없이 밀려든 한낮의 금속성 햇살로 가득했다. 모든 것이 과도하게 번쩍이고, 환하고, 예리한 상태였다. 햇빛이 끝까지 미치지 못하는 단 한 곳, 방구석의 손바닥만 한 그늘을 제외한다면. 늘 그렇듯이, 그 그늘 속에 그가 서 있었다. 밤이면 그는 그 자리에서 침낭 속에 들어가 잠을 잤고, 날이 밝으면 조용히 침낭을 걷어 최대한 눈에 띄지 않게 그늘 속에 자신과 함께 숨겨두곤 했다. 당시 그는 학교에서 무작정 달아난 자퇴생으로, 집을 나와 여자의 극단 연습실에서 살고 있었다. 열일곱 살이 채 되지 않았고 한 푼의 돈도 없던, 배우 수업이나 극단 경력도 전혀 없던 그를 여자가 받아주었다. 하지만 극단은 이 년을 채 버티지 못하고 해체되었다. 그가 여전히 거기 있는 걸 여자는 알고 있었을까? 그는 여자가 부르지 않는 이상 먼저 여자에게 말을 거는 일은 없었고, 여자가 혼자 연습실에 있을 때—아마도 여자는 혼자 있기 위한 장소로 연습실을 찾는 것 같았다. 연습실은 극단 배우들 이외에는 함부로 출입할 수 없는 장소였고 그건 극단이 사라진 이후에도 마찬가지였다—그는 그늘 속의 검은 나무처럼 최대한 눈에 띄지 않는 자세로 몇 시간이고 꼼짝 않고 서서 여자를 바라보기만 하는 일에 익숙했다.

그런데 아이를 데리러 갔던 식모가 당황해서 돌아왔다. 아이가 없어졌다고 했다. 분명 식모는 아이를 옷장 속에 가두고 옷장 문밖의 걸쇠를 잠갔다. 하지만 낡은 옷장의 문은 그다지 튼튼해 보이지 않는 얇은 나무판자인데다가 틈새에 구멍도 나있고, 걸쇠도 크기만 했지 어느 정도는 헐거웠으므로 안에서 교묘하게 문을 비틀면 열릴 수도 있었다. 집 안의 누구나 다 그것을 알았다. 혹은 꼼꼼한 성격이 아닌 식모가 덤벙대다가 걸쇠를 제대로 잠그지 않았을 수도 있다. 갑자기 작은 소동이 일었는데, 가장 당황한 사람은 없어졌다는 아이보다 겨우 대여섯 살 많아 보이는 식모였다. "밀, 어디 있어?" 어린 식모는 종종걸음으로 방문들을 모조리 열어보며 아이를 불렀다. "밀, 점심 먹어야지!" 아무리 불러도 대답이 없자 점점 초조해지는 식모의 목소리는 마침내 울 것처럼 들렸다. 반면에 여자는 별다른 반응을 보이지 않았고, 단지 두 손목을 서로 꽉 움켜쥐고 방 한가운데 의자에 깊이 파묻혀 앉아 있을 뿐이었다. 흘러내린 머리카락 사이로 보이는 움푹 들어간 두 눈에서는 언뜻언뜻 위험한 광채가 흘렀다. 여자는 오른손으로 왼쪽 손목을, 그리고 다시 왼손으로 오른쪽 손목을 붙잡는 동작을 취했는데, 손목이 자신의 의지에 반해서 움직이는 걸 막기 위해 스스로를 결박하려는 몸짓으로 보였다. 마루에 놓인 커다란 괘종시계가 12시를 쳤다. 갑자기 갓난아기 우는 소리가 옆방에서 들려왔다. 여자는 끔찍하게 소스라쳤다. 여자의 눈동자는 새빨갛게 달구어진 철사처럼 핏발이 섰다. 갓난아기 울음소리는 점점 더 커졌고, 식모는 더욱 어쩔 줄을 모르며 부엌과 마루와 복도와 방들을 정신없이 돌아다녔다.

"밀이 보이지 않아요, 옷장에서 나가버린 것 같아요. 이제는 더 찾아볼 곳도 없는데 어쩌죠?" 잠시 후 식모가 연습실 문 앞에 나타나 겁에 질린 목소리로 말했지만 여자는 고개를 여전히 푹 앞으로 수그린 채 대답이 없었다. 여자가 늙은이를, 자신의 어머니를 생각하고 있다는 것을, 그는 알 수 있었다. (어머니에 대하여. 더러운 먼지 빛깔의 머리카락, 짧게 자른, 그리고 관절이 모조리 구부러진 열 손가락. 나이보다 훨씬 더 늙어 보이는 흉측하고 볼품없는 몰골. 열여섯 살에 임신하는 바람에 학교에서 쫓겨났다고 했던가. 왜 하필이면 하숙집을 차리고, 아마 남자를 만나려고 했겠지, 아니 남자들을. 하필이면 하숙집을, 그래서 날 이 꼴로 만들어놓고, 그런데 잠깐, 그 아인 왜 늘 더듬거리고 틀리는 거지, 한글도 읽을 줄 모른단 말인가, 그토록 연습을 많이 했는데, 도대체 세상의 무엇이 나를 도와준단 말인가, 무엇이 나를 위로해준단 말인가) 아아, 여자의 불안. 여자의 절망. 그는 여자를 위해서 뭔가를 해야겠다는 생각이 들었지만, 그게 뭔지는 알지 못했다. 아마도 없어졌다는 아이를 찾는 일을 도와준다면 여자가 기뻐할 거라고, 적어도 지금처럼 죽어버리고(죽여버리고) 싶을 정도로 괴로운 상태에서 벗어나는 데 조금이나마 기여할 수 있을 거라고 생각했다. 그래서 그는 식모와 함께, 식모의 뒤를 따라서 아이의 이름을 부르며 아이를 찾아다녔다. 식모가 "밀, 점심 먹어야지!" 하고 외치면, 그도 똑같이 따라서 "밀, 점심 먹어야지!" 하고 메아리처럼 반복하는 식으로 말이다. 여자의 생각이 그의 마음 내부에서 되풀이하여 울리는 동안에. (속삭임: 죽을 것이다, 머지않아) 나중에 그는 아이가 무슨 잘못을 저질렀는지 듣게 된다.

고기는 분명 시간을 정확히 지켰음에도 불구하고 너무 많이 구워진 탓인지 검게 딱딱해져버렸고 감자 역시 오븐에서 꺼내는 시기를 놓쳤기 때문에 그릇 바닥에 눌어붙었으며 미리 접시에 담아놓은 옥수수와 강낭콩, 참치 통조림은 수분이 사라져 야채와 함께 초라하게 시들어갔다. 나는 음식이 기적처럼 다시 싱싱해지기를 바라며 따뜻한 우유와 물을 섞어 조금 끼얹었으나 소용이 없었고 음식의 형태만 더 참혹하게 허물어졌다.

그가 오기로 한 시간은 이미 오래전에 지났다. 나는 테라스의 식탁에 홀로 앉아 있다. 초여름 저녁은 따스하다. 온화한 물과 같은 공기 속에서 무수한 농담의 연둣빛 버드나무 이파리가 날린다. 은은한 풀색의 이른 저녁, 녹슨 듯 불그스름한 구름

사이로 해가 지기 시작한다. 어느 날 나는 우체부로부터 인도에서 온 열두 장의 엽서를 받게 된다. 그것은 마치 최초의 여행과 같다고, 첫 번째로 집어든 엽서에 적혀 있다. 정확히 무엇을 말하는 것인지 처음에 나는 알아차리지 못한다. 엽서들은 여러 여행지를 거치면서 각각 다른 날에 작성되었고, 그것도 매번 한 장이 아니라 서너 장의 엽서를 한꺼번에 이어서 썼는데 날짜도 순서도 따로 명시되지 않았기 때문이다. 종종 엽서의 마지막에 빈 공간이 모자라는 바람에 하나의 문장이 중간에서 끊어져버리고, 그리하여 나는 문장의 중간에서 시작하는 다른 엽서를 찾아 집어드는데, 그것은 끊어진 문장을 이어서 써놓은 것은 맞으나 방금 전 읽은 그 문장의 연속은 아닌 것이 곧 밝혀지곤 한다. 그러면 나는 전 문장을 잊고 곧 새로운 엽서에 적힌 문장의 정체 모를 파편에 빠져들고 만다. 나는 여행자들의 엽서를 손에 잡히는 임의의 순서대로 읽기 시작한다.

마치 최초의 여행과 같다고, 그들은 반복해서 썼다. 엽서에서 경찰관 부부는 항상 자신들을 "우리"라는 복수로 표현했고, 단 한 번도 개별 지칭을 사용하지 않았다. 엽서는 한 사람의 것이 아닌 여러 필체가 섞여 있었다. 자이푸르의 뒷골목에서 "우리"는 한 중고서점의 이층에 방을 구했고…… (다음 엽서에 이어서) 낙타 시장에서 광견병에 걸린 낙타가 우리의 가방을 실은 채 달아나는 바람에 (다음 엽서에 이어서) "우리"는 서쪽으로 향하는 기차의 이등 객실에 앉아 우유죽을 먹으며 두 시간째 이 엽서를 계속해서 쓰고 있다고. 그런데 엽서를 읽어나가면서 어느 순간부터 나는 그들이 말하는 "우리"가 두 사람이 아니라 그 이상이라는 느낌을 갖게 된다. "우리는 세 마리의 낙타를 골랐어 그중 한 마리는 목에 새빨간 자국이 있었는데……(다음 엽서에 이어서) 서점 이층의 그 방은 세 사람이 사용하기에 문제가 없을 만큼 충분히 컸지." 또한 어느 엽서에서 그들은 인도에서 우연히 알게 된 한 젊은 여행자에 대해서 언급하는데, 그들의 말투는 어느새 그들의 여행 안내자가 되어 있는 그 청년을 내가 이미 잘 알고 있고, 그것이 당연하다는 것처럼 들린다. 심지어 어떤 엽서들은, 어쩌면 내가 곧 그들의 여행에 동행하게 될 거라는 전제하에서 쓴 건 아닐까 하는 느낌마저도 불러일으킨다. "어제 우리는 무스탕으로 신혼여행을 간다는 커플을 만났어. 네가…… (다음 엽서에 이어서) 도착한 다음 우리는 넷이 함께 무스탕으로 가기 위해 관청에 허가 신청을 내야 할 거야." 더 나아가서 어느 엽서에서는 내가 그들에게나 마찬가지로 그들의 여행 안내자이자 동반자에게도 편지를 쓸 것이며, 혹은 어쩌면 이미 편지를 써 보낸 상태일지도 모른다는 암시로 가득하다. "그는 네 편지를 받고 무척 기뻐한단다. 우리의 말은, 우리가 그러했듯이 당연히 기뻐했을 거란 뜻이야." 그리고 그들은 또 썼다. "우리는 궁금하단다, 지난번에 아그라에서 쓴 엽서가 네게 도착했는지…… 그는 어제 너의 초상화를 그리고 있다고 말했는데, 아마도 넌 이미 알고 있을 거

192

야, 그렇지? 네게서 편지를 받을 때마다 조금씩 완성하는 방식으로…… (다음 엽서에 이어서)…… 이 여행은 네 편지와 더불어 완성되어가는 방식으로…… (다음 엽서에 이어서) 그림 역시 네 편지와 더불어…… 초상화이면서 정물화인 너의 그림을 그리고 있다고 했어." 아마도 꽤 긴 시간에 걸쳐 여러 도시에서 보내졌을 이 엽서들이 오늘 한꺼번에 내게 도착하게 된 이유는 알 수 없지만, 엽서들을 읽어나가는 도중 문득 이해할 수 없는 예감과도 같은 확신이 들었는데, 어쩌면 이것들이 인도에서 내게로 보내진 엽서들의 전부는 아닐지도 모른다는 것이다. 설사 몇 장의 엽서가 빠져버렸다고 해도 나는 알아차리지 못하리라. 예를 들자면 그 젊은 여행자에 대한 좀 더 자세한 설명이 미리 있었거나, 혹은 그 여행자와 관련한 뭔가 결정적인 내용을 내게 이미 써 보낸 상태일지도 모른다는 확신이었다. 또한 더 나아가서, 어쩌면, 엽서들의 필체는 아마도 셋 이상이고, 분명하지는 않으나 일부 엽서는—기차나 대합실 등에서 급하게 작성된 몇몇 엽서는 평소와는 다르게 급하게 흘려 쓴 필체들이었고 그런 필체의 정체를 파악하기란 불가능해 보였다—경찰관 부부뿐 아니라 그 여행자가 함께 쓴 것일지도 모른다는 느낌.

그리고 또 다른 엽서에서 그들은 반복해서 썼다. 그것은 마치 최초의 여행과 같다고. 잃어버린 가방 속에 내게로 보낼 엽서가 들어 있었노라고. 가방을 다시 찾지는 못했으나, 만약 어느 친절한 사람이 엽서를 발견하여 우체국으로 가져다준다면 그것은 놀라운 기적과 같을 거라고. 그리고 마치 그 말을 이미 써 보낸 것을 잊은 듯이, 그들은 또 다른 엽서에서 반복해서 썼다. 마치 기적과 같다고. 마치 최초의 여행과 같다고.

　그 젊은 여행자의 이름은 악숨이라고 했다. 그 이상에 대해서는 나는 알지 못했다.

4

아이는 부엌 찬장 서랍 속에 있던 동전을 훔쳤다. 식모가 장을 보고 남은 잔돈을 늘 넣어두던 서랍인데, 어느 날부터 동전이 사라지곤 했다. 범인을 잡는 건 그리 어렵지 않았다. 어린아이란 항상 필요한 만큼 충분히 치밀하지는 못하니까. 같은 짓을 여러 번 해서 늘 벌을 받는데도 버릇을 못 고치니 여자는 그토록 화가 났을 것이다. 식모는 집 안을 샅샅이 뒤졌지만 아이는 흔적이 없었다. 아이는 사라졌다. 아마 겁이 나서 집 밖으로 도망간 것 같다고 식모는 여자에게 다시 가서 말했다. 야단맞고 벌을 받게 되면 자주 도망치는 버릇이 좀처럼 고쳐지지 않는다고 했다. 뿐만 아니라 아이는 하숙집 다른 거주자들의 물건도 훔치는 것이 분명했다. 방에 놓아둔 물건이 없어지는 사고가 종종 있었다, 연필 깎는 칼이나 색연필, 성인용 만화책, 예식용 레이스 장갑, 닳아빠진 여우털 슬리퍼 같은 그런 물건들. 전부 별 볼 일 없는 잡동사니에 불과한데 도대체 왜 훔쳤는 지 알 수가 없다. 슬리퍼에는 여우 머리 모양이 그대로 달려 있으니 인형이라고 생각한 걸까. 말이 나왔으니 말인데, 집 안에 색연필이나 동화책은 물론 인형이나 장난감이라고 할 만한 물건이 하나도 없기는 했다. 보통의 아이가 사랑을 바칠 수 있는 그런 물건들. 그런데 나중에 들은 얘기로는, 아이는 사람들의 편지까지 훔쳤다고 한다. 우체부가 가져온 편지를 받아두는 척하면서 몰래 읽고는 집 안 여기저기, 다른 사람의 방 입구 양탄자 아래나 창고의 궤짝 속에 숨겨두었다는 것이다. 심지어는 장롱 속 깊숙이 들어 있는 오래된 편지들도 꺼내서 가져갔다. 대부분은 너무 오래되어 주인이 없는 편지들이다. 편지를 쓴 사람도 편지를 받은 사람도 모두 죽거나 이 집을 떠나버려, 아무도 그들을 알지 못하는 그런 편지들. 그렇더라도 자신의 것이 아닌 물건에 손을 댔으니 그건 도둑질이다. 하숙집 사람들은 아이가 낡은 편지지 뒷면에 그림을 그리며 놀기 위해서 편지들을 훔쳤다고 생각했지만 여자는 아이가 연애편지의 외설적인 표현에 매혹당해서 편지를 훔쳐 읽은 거라고 믿었다. 여자는 아이의 어머니였으므로, 당연하게도 여자 자신의 뱃속처럼 아이의 마음을 읽을 수 있다고 주장했다. 그래서 아이에게 스케치북이나 장난감, 색연필과 노트가 필요하다는 조언을 무시했다. 작은방에서 다시 갓난아기의 울음소리가 터져나왔고, 어딘가로 급히 달려가는 식모의 발소리가 들렸다. 아기

196

가 신경질적인 울음을 터트릴 때마다 식모는 소스라치듯 놀라곤 했다. 최근에 이 집에서 들리기 시작한 아기 울음소리는 어떤 징후와 같았다. (그런데 도대체 어디서 들려오는 아기 울음소리인지) 당신은 매일 택시를 타고 다니면서, 게다가 연극 공연을 벌인다며 돈을 뿌리고 다니면서 왜 아이에게 동화책이나 스케치북 하나 사줄 돈이 없는 거냐는 비난을 들으면 여자는 짧고 날카롭게 울부짖었다. 여자는 매일 택시를 타고 다니지도 않았고, 연극 공연에 돈을 뿌린다는 것은 애초에 돈이 없는 여자에게 완전히 불가능했기 때문이다. 여자는 항상 연극 공연 준비를 하고 있었으나 공연으로 벌어들이는 돈은 한 푼도 없었다. 극장의 임대료를 내고 배우들을 구하고 무대를 꾸미기 위해 여자는 은행에서 돈을 빌려야만 했다. 아무에게도 말하지 못했으나 여자는 이미 빚더미에 앉아 있는 형국이다. 전화벨이 울리면 여자는 소스라치듯 놀라곤 했다. 극단이 해체된 뒤 모종의 혐의로 경찰에 체포되었다가 풀려난 여자는 이유 없는 극심한 불안에 떨었다. 혹은, 갓난아기는 원래부터 없었고, 날카로운 아기 울음소리처럼 들리던 그것이 사실은 이자를 독촉하는 은행의 전화벨 소리였을지도 모른다. 하지만 여자는 그들이 은행원으로 가장한 경찰이라고 굳게 믿었다. 그러나 종종 화장품 현장 모델 일을 위해서 지방으로 갈 때 여자는 완전히 다른 사람이 되었다. 여행가방에 대본 대신 미용 잡지를 한 다스나 쑤셔넣었고 물방울무늬 스카프로 머리와 목을 완전히 감쌌으며, 기차를 타러 가기 전 거울 앞에서 립스틱을 한 번 더 발랐다. 여자는 통속적으로 보이기 위해서 노력했고, 성공했다. 단 한 점의 미소 없이도.

반면에 다른 아이들은 그림처럼 조용했다. 만약 다른 아이들이 있었다면, 그들은 마치 거기 없는 것같이 있었다. 그들은 한 손으로 어머니 혹은 아버지의 옷자락에 매달려 있었다. 만약 어머니 혹은 아버지가 거기 있었다면, 그들은 마치 거기 없는 것같이 있었다. 사라진 아이를 야단칠 때마다 여자는 아이에게 말하곤 했다, 너는 결국 감옥에 갈 거야. 그게 너에게 합당한 벌이니까. 그렇게 말하는 여자의 손과 턱이 어느 순간부터 떨리기 시작했다.

그리고 그날 오후, 집 안은 빛과 정적으로 무겁고 고요했다. 그의 연인, 여자는 갓난아기가 있는 침대로 기어들어가 잠이 들었고, 설거지를 마친 식모는 세탁물을 찾으러 세탁소로 갔을 것이다. 집 안의 다른 거주자들은 아직 학교나 직장에서 아무도 돌아오지 않은 이른 오후였다. 그는 직장도 일거리도 없는 몸이었으므로 이 시간 자유롭게 텅 빈 집 안을 슬렁슬렁 돌아다니며 빈방을 기웃거리기도 하고 그러다가 우연히 스위스 나이프나 담배 등 유용한 물건이 보이면 슬쩍 주머니에 집어넣기도 했다. 그 정도의 사소한 물건은 잃어버려도 사람들이 알아차리지도 못하고 크게 신경쓰지도 않을 거라고 여겼다. 가끔은 식모가 부엌 서랍에 넣고 잊어버린 동전 몇 푼을 슬쩍할 때도 있었다. 그게 정녕 역겨운 행동일까? 하지만 식모가 눈치챌 일은 결코 없다고 장담할 수 있다. 잔돈을 슬쩍하는 일은 식모 자신도 늘 하고 있는데다가, 그는 실제로 보이지 않는 사람과도 같았기 때문이다. 마치 아무도 그를 모르는 것처럼. 연습실에서 대사에 열중한 여자가 방구석 그늘에 웅크려 잠든 그의 존재를 알아차리지 못하는 것처럼. 보이지 않는 것은 그가 타고난 고귀한 천재성이었다. 신기하게도 사람들은 그가 움직임을 멈추고 가만히 있으면 거기 사람이 없다는 듯이 그대로 지나치는 경우가 많았다. 어쩌다가 시선이 마주치더라도 그들은 마치 한 그루 나무나 공기 중에 가만히 떠 있는 비눗방울을 본 듯이, 그렇게 그를 무심히 쳐다보다가, 잠시 후 그를 보았다는 사실을 까맣게 잊었다. 한번 그는 일부러 그렇게 지나친 사람을 불러 세운 적도 있었다. 자신이 정말로 보이지 않았는지 확인하고 싶었기 때문이다. 불러 세워진 사람은 깜짝 놀랐고, 그가 거기 있는 것을 전혀 알아차리지 못했노라고—심지어 눈이 마주쳤음에도 불구하고—변명했다. 남성 전용 양복점의 검은 마네킹이 서 있는 줄 알았다는 것이다. 그는 종종 문이 잠기지 않은 다른 집으로 숨어들어가는 상상을 하곤 했는데, 조금의 소리도 내지 않고 걸음을 옮길 수 있으며, 공기와 비슷한 몸놀림으로 움직이고, 어느 집에나 한두 개씩은 있는 기둥이나 반투명 유리창, 식물의 역할을 감쪽같이 연기할 수만 있다면 아무도 그를 발견하지 못할 것이다. 그는 그렇게 했다. 문이 잠기지 않은 집은 의외로 많았다. 그렇게 들어간 집이 우연히도 주인이 긴 여행을 떠나 빈 상태라면 그는 잠시 동안 그곳에서 살 수도 있었다. 매일 창문을 열어 환기를 시키고 화분에 물을 주는 등의 작은 일들을 그는 기꺼이 익명으로 떠맡았다. 그러다가 주인이 돌아오면 자연스럽게 다음 빈집으로 이동했다. 그는 서두를 필요가 없었고 굳이 모습을 숨기기 위해 애쓸 필요도 없었다. 들어온 방식 그대로, 문을 열고 밖으로 나가면 되었다. 혹은 집 안의 누군가가 문을 열면 그때 자연스럽게 문을 통과할 수 있었다. 아무도 그를 눈여겨보지 않았다. 그는 자유롭게 빈집에서 빈집으로 돌아다녔다. 그는 말하자면 일종의 공기를 연기하는 셈이었다. 상상 속에서 그는 주변의 사람들과 더불어 기나긴 연극을 공연 중이었다. 이 집에서 저 집으로 이동하는 현장 즉흥 연극. 그의 역할은 보이지 않는 티벳개이며, 그 대가로 가끔 동전 몇 푼과 담배를 얻는다. 연기력이 능숙해질수록 그가 보이지 않는 빈도는 점점 더 늘어가는 듯했다. 지금은 해체된 극단의 대표이며 배우이자 극작가인 여자도 그의 이런 연극에 암묵적으로 동의하고 있었다. 그렇지 않다면 어떻게 그가 여자의 연습실에서 살 수 있었겠는가. 물론 그들의 모든 계약은 잉크가 아니라 공기로 쓰였다. 그들이 교환하는 언어는 비음성적인 질료였다.

그날 점심시간이 지난 오후, 그는 집의 가장 높은 장소, 마당에서 계단을 통해 연결되는 지붕 위 난간에 앉아 햇빛 속에서 책을 읽고 있었다. 테라스 형태의 지붕은 널찍하고 평평했으며 빨랫줄과 줄을 괴기 위한 대나무 장대가 있고 마당에서 말리기 힘든 흰 홑이불이 가득 널려 있었다. 지붕 위에 있는 건 그 혼자만이 아니었다. 펄럭이는 이불 천 뒤로 양동이를 든 그림자가 지나갔다. 아마도 식모일 것이다. 그의 생각과는 달리 식모는 아직 세탁소에 가기 전이거나, 혹은 예상보다 일찍 세탁소에서 돌아온 것이리라. 식모는 가벼운 콧노래를 흥얼거리며 팔을 크게 움직여 빨랫줄에 이불 빨래를 널었다. 식모는 세탁물이 가득 찬 무거운 양동이를 들고 빈 빨랫줄을 찾아 지붕을 이리저리 돌아다녔다. 이불 뒤에서 깡충거리며 뛰어다니는 식모의 작은 발목이 보였다 사라졌다. 마치 새처럼. 어디선가 날아온 투명한 비눗방울 하나, 그때 바람이 불어와 이불이 크게 펄럭이고, 하지만 이불 뒤에 식모는 온데간데없이 빈 양동이만 놓여 있다. 누군가 방금 서둘러 떠나버린 듯한 자리, 아직도 덜그럭거리는 소리를 내며 조금씩 흔들리는 양동이. 그러나 곧, 조금 떨어진 곳에서 이불에 빨래집게를 꽂는 식모의 발그레하게 젖은 작은 손이 빨랫줄 위로 짧게 나타났다가 사라진다. 키보다 높은 빨랫줄에 닿기 위해 길게 뻗은 팔과 꼬물거리는 손가락들. 그 위로 낮게 날아가는 검은 제비 한 마리.

그는 책을 읽거나 낮잠을 자거나 혹은 멍하니 공상에 잠긴 채로 지붕에서 많은 시간을 보냈다. 몇 시간 동안이고 꼼짝 않고 햇빛 속에 앉아 있는 일쯤은 그에게 아무것도 아니었다. 그는 유난히 인내심이 강했을 뿐 아니라 추위와 마찬가지로 더위도 타지 않는 체질이었다. 햇빛이나 모래바람, 소나기와 먼지를 불평 한마디 없이 견뎌낼 줄 알았다. 여자의 책장에서 아무렇게나 손에 잡히는 책을 한 권 집어들고 그 자리에 앉아 자신도 알지 못하는 그 무엇을 기다리는 그 시간을 그는 좋아했다. 그가 앉은 자리에서는 측면으로 여자의 연습실 유리창과 별채로 이어지는 안마당이 내려다보였다. 햇빛에 번득이는 유리창에 지붕 위 그의 모습이 비쳤다. 연습실 안쪽에 여자의 모습은 보이지 않았다. 그곳은 비어 있었다. 혹은 그런 것처럼 보였다. 흙 마당에는 짧고 날카로운 이파리를 가진 짙은 초록 풀들. 그늘 속에 웅크린 개의 머리 모양을 한 검은 돌. 그는 기다렸다. 여자가 낮잠에서 깨어나기를, 칼로 베는 듯한 갓난아기 울음소리가 터져나왔다가 그치기를, 그리하여 여자가 불안에서 벗어나 다시 부드럽고 희고 차가운 여자 자신으로 돌아오기를. 그래서 다시 대사 연습이 시작되어, 텅 빈 연습실 유리창에서 그들이 무게도 부피도 없이 만나게 되기를. 유리창 표면에 반사되는 그들의 몸이 윤곽도 경계도 없이 먼 신기루처럼 움직이며 겹쳐지기를. 그들이 별과 별처럼 서로의 빛 속에서 폭발하기를. 그리고 잠시 후 그들의 몸이 서로 떨어지고, 그들이 분리되고, 보이지 않는 사람이 된 그가 방구석의 그늘 속으로 들어가 숨을 때까지. 그사이 빨랫줄 위에 제비가 앉았다 떠났고 맨드라미 화단 아래 고양이가 지나간 발자국이 새로 찍

202

혔을 뿐, 햇빛이 반사되는 연습실 유리창 안쪽은 거무스름했고, 검고 고운 모래가 가라앉은 물과 같았고, 아직 그 누구의 그림자도 창가에 어른대지 않았다. 빨래 널기를 마친 식모는 아마도 세탁소에 갔고, 아무도 그들을 몰랐다.

시간이 흘렀다. 어느 순간 머리 위에서 가스 구름이 폭발하듯이 엄청난 굉음을 울리는 바람에 그는 고개를 들었다. 하지만 그건 구름이 아니고 날개를 활짝 편 거대하고 납작한 삼각형의 새, 그림자로 가려진 검은 몸통에 은빛으로 반짝이는 테두리, 폭탄이 터지는 소리로 울부짖는, 아니 그것은 추락하기 직전인 듯 낮게 날아가는 (전쟁용) 비행기라는 것이 밝혀졌다. 그리고 동시에 비행기 안에서 개 짖는 소리를 들은 것 같았다. 초음속 충격파의 굉음으로 일순간 청각이 마비되었음에도 불구하고 개 짖는 소리는 이상하리만큼 또렷하게 그의 기억에 남았다. 아마도 순간적으로 고막에 이상이 생긴 탓일지도 모른다. 충격파는 종종 지상에 물리적인 파열을 일으키기도 하므로. 그는 한참 동안이나 실제로 몸이 휘청거릴 정도의 충격에서 벗어나지 못했는데, 비행기 충격파의 영향인지 아니면 갑자기 현기증이 난 것인지는 분명하지 않았다. 그리고 이어서 가까운 곳에 뭔가가 떨어지는 듯한 소리가 들렸을 때는 약간 체념하는 기분이었고, 모든 게 끝이다, 유리창이 두 조각이 났어, 하는 생각이 떠올랐다. 하지만 그건 유리창이 깨어지는 소리와는 좀 다르고, 그보다는 비행기에서 떨어진 개의 내장이 파열하는 소리에 가까웠다……. 그런 일은 평범한 집의 평범한 유리창이 깨어지는 경우보다 훨씬 더 드물게 일어나겠지만. 실제로 연습실의 유리창 하나가 깨어져 마당에 떨어져 있었다. 비행기의 충격파를 견디지 못하고 한동안 부르르 떨리던 유리가 저절로, 마치 얼음이 갈라지듯 두 조각으로 쩍 갈라지면서, 낡고 헐거운 나무 창틀에서 떨어져나가버린 것이다. 검게 입을 벌린 유리창 안쪽 방의 내부는 어두컴컴했다. 창틀에 남아 있는 길쭉한 유리 조각이 손가락처럼 날카롭고 뾰쪽하게 방 안의 어둠을 가리키고 있었다. 화단 앞에는 홑이불 빨래가 한 장 떨어졌고, 그 옆에는 사라진 아이가 쓰러져 있었다. 그는 아이의 몸이 바닥으로 추락하는 소리를 들었던 것이다. 그제야 한나절 내내 식모를 따라 돌아다녔지만 아이를 발견하지 못한 이유가 밝혀졌다. 아이는 지붕 위에서 홑이불을 뒤집어쓰고 있었고, 그래서 아무도 찾지 못했다. 아이는 하루 종일 지붕 위에 있었다. 지붕에는 시멘트 세탁조와 빨랫줄 말고는 아무것도 없어서, 세탁 통을 들고 하루에 두세 번씩 올라오는 식모 이외에는 출입하는 사람이 없었다. 아이는 식모가 지붕에 놓아둔 세탁용 양동이에 가루비누를 풀고 비눗방울 놀이를 하거나 홑이불 빨래를 머리부터 뒤집어쓰고 지붕을 뛰어다니는 유령 놀이를 하며 시간을 보냈을 것이다. 빨아놓은 이불 여기저기에 간혹 찍히는 흙 묻은 작은 손자국. 이불 뒤에서 깡충거리며 나타났다 재빨리 사라지는 작은 발목. 마치 새처럼. 바람도 없는데 갑자기 저절로 부풀어오르며 작은 인간의 형체를 만들어내는 빨랫줄의 홑이불. 마침내 지루해진 아이는 홑이불을 뒤집어쓴 채 지붕 난간 위에 올라가 가만히 서 있었고, 그러다가 비행기의 굉음 때문에 놀라서겠지만 막 마당으로 떨어진 참이었다. 쿵 하는 소리와 함께ㅡ혹시 아이는 떨어지면서 화단의 흙을 돋우느라 쌓아올린 벽돌에 머리를 부딪친 건 아닐까?ㅡ아이의 몸이 지면과 충돌했다. 맑은 날이면 늘 커다랗고 흰 이불 빨래가 지붕 가득 펄럭이고 있었고, 그날도 마찬가지였다. 그래서 그는 지붕을 돌아다니는 아이의 모습을 발견하지 못했다. 아마도 유령 아이는 홑이불을 뒤집어쓰고 그의 바로 곁에서 깡총거리며 뛰어갔겠지만, 그는 바람에 이불이 펄럭인다고만 생각했을 것이다. 이렇게 엄청난 굉음이 울린데다가 창유리까지 깨어졌으니 여자는 잠에서 깨어날 것이고, 당연히 찢어지는 아기 울음소리도 들려오겠지, 하는 생각이 들었다. 그러나 신기하게도 집 안은 계속 조용했고 어떤 인기척도 없었으며, 심지어 아기 울음소리도 들리지 않았다. 한동안 그는 가만히 앉아서 지붕에서 떨어진 아이를 내려다보고 있었다. 아이는 얼굴을 위로 향하고 팔다리를 기묘하게 비튼 자세로 누워 있었다. 마치 새처럼. 정적이 흘렀다. 잠시 동안 시간이 멈추어버린 듯이 숨 막히게 고요했다. 소리도, 움직임도 없었다. 지붕에 널어놓은 빨래, 유리창, 심지어 마당의 풀 한 포기도 움직이지 않았다. 점심 설거지와 빨래 널기를 마친 식모는 세탁소에 갔을 것이다. 그리고 아마 시장에도 들렀다 올 것이다. 식모는 거의 매일 시장에 가서 양손 가득히 야채를 사들고 돌아오곤 했다. 하지만 오늘은 식모가 시장에서 돌아오는 시간이 평소보다 좀 늦는데, 오전에 없어진 아이를 찾느라 소동이 있었고 그래서 그만큼 늦게 시장에 간 탓이다. 잠시 후면 동네에 사는 출근 가정부가 와서 식모를 도와 저녁 준비를 시작할 시간이었다. 과거에 이 집에서 일했던 경력이 있는 출근 가정부는 이제 노파라고 할 정도로 나이가 많았고 요리하면서 담배를 피우는데다가 게으르고 교활하여 틈만 나면 쉴 궁리만 하는 편이었지만 나이 어린 식모가 해내지 못하는 일, 이십여 명분의 식사를 재빨리 만들어내는 요령을 알았고 음식 솜씨도 나쁘지 않았다.

너무 오랫동안 꼼짝도 없이 쓰러진 아이를 보고 있으니, 갑자기 아이가 죽었을지도 모른다는 생각이 들었다. 아이는 고장 난 인형이나 허수아비처럼 보였다. 아니면 그냥 잠이 든 것일지도 모른다. 어린아이란 엉뚱하니까. 그때 세탁소에 갔다가 시장을 보고 돌아온 식모가 마당으로 들어서는 것이 보였다. 식모는 부엌으로 가 장바구니를 두고 잔돈을 찬장 서랍에 넣고는 다시 부엌을 나와 마루를 걸어갔다. 식모의 발걸음은 어딘지 모르게 들떠 보였다. 식모는 세탁소에 옷을 맡긴 후 시장에 가기 전 교회에 들렀다. 식모는 기독교인은 아니었으나 교회에서 바자회가 열린다는 소식을 들었기 때문이다. 바자회에서는 스타킹이라든가 인조가죽가방 스카프 머리핀 등을 싸게 팔았고 동네 친구들도 만날 수 있었다. 최근 식모는 시골에서 올라온 기름집 조카와 친해졌고, 비슷한 또래인 두 소녀는 심부름으로 외출할 일이 생길 때마다, 혹은 그럴 일이 없을 때라도 어떻게든 핑계를 대고 짧게라도 서로 얼굴을 보곤 했다. 기름집 조카는 이미 바자회에 도착해 있었다. 소녀들은 손을 잡고 물건들을 구경했다. 식모도 시장을 봐야 하고 기름집 조카 역시 이모의 가게를 도와주기 위해서 와 있는 처지이다 보니 밖에서 오래 머물 수가 없었다. 그들은 매일매일 항상 아쉬웠다. 바자회에서 기름집 조카는 식모에게 편지를 교환하자고 제안했다. 그러면 시간에 구애받지 않고 서로 할 말을 충분히 나눌 수 있을 것이다. 식모는 이 제안이 마음에 들었다. 그들이 교환하는 편지는 당연히 비밀 편지가 되어야 한다고 기름집 조카는 강조했다. 그러자 문득 식모는, 어쩌면 기름집 조카에게 최근 좀 비밀스러운 화제가 생긴 걸지도 모른다는 생각이 들었다. 반복해서 자꾸만 얘기하고는 싶은데 얼굴을 맞대고 직접 말하기에는 이상하게 부끄럽고, 게다가 정작 말하려고 하면 구체적인 내용을 하나도 떠올릴 수 없는, 최대한 멀리 빙빙 돌려 암시하는 방식이 아니면 도저히 표현할 길이 없는데다가, 그래, 이유 모를 수치심 때문에 숨기고 싶으면서도 반면에 터질 듯 자랑스러워 도저히 비밀로 할 수 없는 그 무엇. 그런데 편지를 어디에 두어야 한단 말인가. 우편함에 넣으면 그들의 편지 교환을 하숙집 식구들이 모두 알게 될 것이다. 식모는 기름집 조카와 함께 서로의 편지를 숨겨둘 장소를 궁리하는 흥분된 시간을 가졌다. 맨드라미 화단, 하고 식모의 입이 말했다. 여자의 하숙집은 낮에는 늘 문이 열려 있으니 출입이 자유로웠다. 맨드라미 화단의 두 번째 벽돌 아래. 식모는 벽돌을 미리 빼내고 화단용 삽으로 구멍을 파둘 생각이었다. 마음이 한껏 들뜬 식모는 시장에서 사야 할 물건을 두 가지나—편지지와 봉투—빼먹었지만 알아차리지도 못한 상태였다. 집 안은 어둑했다. 아기 울음소리가 들리지 않았으므로 식모는 안도하는 마음이 들었다. 오전에 있었던 작은 소동 때문에 아직 별채 음악실의 청소를 마치지 못했다. 음악교사는 무뚝뚝했지만 까다롭게 잔소리를 하는 성격이 아니었으므로 식모는 바빠서 잊어버린 척하면서 하루이틀 정도 청소를 빼먹기도 했다. 하지만 어제 청소를 건너뛰었고 또 오늘은 분명 여자의 기분이 좋지 않을 것이니 청소를 하는 편이 낫겠다고 생각했다. 기름집 조카는 유니폼을 입는 관광버스 안내원으로 취직하고 싶어 했다. 하지만 이모가 반대하고 있으므로 절대로 비밀이다. 그 아이는 얼굴이 예쁘고 키도 크니 가능할 거라고, 청소 도구가 보관된 창고로 향하면서 식모는 생각했다. 지붕 위에서 그는 여전히 쓰러진 아이를 내려다보고 있었다. 가벼운 바람이 불어와 그의 손에 들린 책장을 넘겼다. 식모는 발그레한 뺨으로 빗자루를 집어들었다. 식모의 마음은 어딘가 멀리 가 있었다. 이웃집 담장을 넘어 라디오 뉴스 방송이 희미하게 들렸다. 골목길에서는 아이들 무리의 재잘거림. 어디선가 비눗방울 하나가 천천히 날아왔다.

그런데 궁금한 것이 있어요, 그가 문득 말을 중단하고 내게 물었다. 당신의 어린 시절은 외로웠습니까? 고통도 있었나요?

잘 모르겠어요, 하고 나는 대답했다. 어린 시절은 마치 잠과 같았어요. 하지만 나는 모든 것을, 모든 거울 속에서, 반투명한 유리창의 빛 속에서 보았답니다. 단지 그것이 잠과 같았을 뿐이죠.

그 순간 아이가 눈을 떴다. 아이는 한동안 눈을 뜨고 가만히 누워 있다가 마침내 스스로 일어서서 옷에 묻은 흙을 털었다. 그리고 몇 걸음 걷다가 허리를 굽히고 맨드라미 화단에 구토를 했다. 그가 들고 있는 책의 텅 빈 페이지가 펼쳐졌고, 그 위로 제비꽃 빛의 햇살이 내리꽂혔다. 누구나 태양을 통해 보지만, 누구도 태양을 볼 수 없다. 반사되는 햇빛이 그를 눈멀게 했다. 그의 표정이, 거의 눈에 뜨이지 않게 살짝 일그러졌다. 그때 무엇 때문인지 허둥지둥 집 안에서 달려나오던 식모가 아이를 발견하고는 잠시 당황하며 우뚝 멈추어 섰다. 식모의 손에는 빗자루가 들려 있었으나 식모는 그사이 별채의 청소 따위는 깡그리 잊은 것이 분명했다. 식모가 아이에게 다가와 아이의 손을 잡았다. 하지만 아이를 데리고 어디로 가야겠

209

다는 구체적인 작정은 없이, 그냥 겁에 질린 나머지 아이의 손을 반사적으로 잡아끄는 것처럼 보였다. 식모가 마당에 떨어진 창유리를 밟는 바람에 유리가 바스라지며 산산조각이 났다. 아무도 알아차리지 못했지만 화단의 빈 토기 화분 속에 생쥐 한 마리가 죽어 있었다. 지붕의 빨래가 다시 펄럭이기 시작했다. 흰 구름이 드문드문 흘러가는 하늘은 평평하고 고요하고 맑았다. 조금 전까지 식모의 손에 들려 있던 빗자루가 마당에 떨어져 있었다. 식모와 아이는 어디로 사라졌는지 보이지 않았다.

잠시 뒤 여자가 마당에 모습을 드러냈다. 여자는 혼자였다. 아기 울음소리는 들리지 않았다. 그래서인지 여자는 홀가분하고 평화로워 보였다. 절대적으로 평화로웠다. 심지어 여자는 지붕 위의 그를 올려다보며—그의 비밀 장소를 여자는 알고 있었다. 안 듣는 척하지만 여자는 항상 그의 말을 듣고 있고, 안 보는 척하지만 여자 역시 (그가 여자를 내면에 담듯이) 그렇게 항상 그를 오직 내면의 시선에 담고 있었다—희미한 미소를 짓기까지 했다. 그도 마주 보고 미소를 지었다. 그들이 서로 직접 시선을 교환하는 일은 거의 일어나지 않는 드문 사건이라서 이것은 그의 기억에 분명히 각인되었다. *당신은 내 모든 것, 내 모든 것이야.* 여자는 식모가 떨어뜨린 빗자루를 손에 든 채로 잠시 가만히 서 있었다. (식모는 별채 음악교사의 방 청소를 아예 잊은 것일까?) 그 역시 미동도 없이 앉아 있었다. 마당의 흙에서 저절로 자라난 손바닥 모양의 덩굴식물 이파리들이 기름진 초록으로 번득였다. 그 번들거리는 윤기와 색채는 동물적인 느낌을 주었다. 싱싱하게 물기 오른 덩굴 하나가 말라죽은 맨드라미 줄기를 얼싸안고 있었다. 여자는 맨드라미가 쓰러진 화단으로 천천히 다가갔다. 그는 여행을 몰랐고, 단 한 번도 여행가방을 가져보지 못했다. 물론 그가 학교를 도망쳐나왔을 때는 기차에 무임승차를 해야만 했고, 소년 강도들에게 쫓겼으며 나중에는 좀도둑질 때문에 경찰에게도 마찬가지로 추적을 당했다. 역 앞의 벤치에서 노숙을 하기도 했다. 그는 칫솔 하나 없는 빈털터리였다. 그것이 여행이었을까? 여자는 아이의 구토물을 흙으로 덮은 뒤 허리를 굽히고 마당과 화단에 흩어진 유리 조각을 하나하나 정리하기 시작했다. 마당은 유리 파편투성이였다. 모든 것이 파편이었다. 여자의 머리칼 위에, 조각조각 산란하는 제비꽃빛의 햇살. 여자는 흙 속에 흩어진 파편을 손으로 조심스레 다 골라낸 다음 정원용 삽으로 화단을 깊이 파서 부러진 맨드라미를 일으켜 다시 심고, 발로 밟아 땅을 편평하게 다졌다. 깨진 화분과 무너진 화단 표지석을 가지런히 정리하고 옷자락과 신발에 묻은 흙을 털어냈다. 여자의 몸짓은 정성이 넘쳤고 그래서 보기에 따라서는 경건하기까지 했다. 화단 정리를 마친 여자가 이마의 머리칼을 쓸어올렸다. 비누처럼 희게 가라앉은 낯빛과 차분한 표정. 여자는 방으로 가 장롱 위에 있던 커다란 여행가방을 끌고 연습실로 향했다. 그것이 여행이었을까?

　오후가 저물어갈 무렵, 여자가 연습실 한가운데의 낡은 의자에 가 앉는다. 하루가 평화롭게 막을 내리고 전등불이 하나둘 켜지며 하숙집의 거주자들이 일을 마치고 귀가하기 시작한다. 어둑어둑 해가 지면 늘 그렇듯이 집 뒤편 별채에서는 피아노 소리와 노랫소리도 들려오고 식모는 출근 가정부와 함께 부엌에서 달그락거리며 저녁을 준비한다. 집은 갑자기 분주하고 어수선해진다. 사람들이 '살아 있음'이라고 말하는 바로 그 성질을 얻는다. 문들이 끊임없이 열리고 닫힌다. 마루를 디디는 발소리가 어지럽다. 부르는 소리, 대화 소리. 친구를 만나기 위해 저녁 외출을 준비하는 사람이 있고, 반면에 친구를 찾아오는 방문객이 있다. 뿐만 아니라 서적 외판원과 이런저런 할부 판매원, 정기적으로 달걀을 배달해주는 상인들의 출입도 빈번하다. 복도에 놓인 전화는 5분 가격으로 울리고, 개인교습을 받으러 오는 학생들이 있다. 간혹 그런 교습생인 여자 중학생들이 재잘거리며 손에 손을 잡고 마당을 뛰어가기도 한다. 막대사탕처럼 가느다란 몸에 청바지를 입은 소녀들. 흰 피부에 안경을 쓴 얌전한 얼굴들. 미래의 씨앗인 그들은 싱그럽게 반짝거리며 어디서나 눈길을 사로잡는다. 그러나 아무도, 연습실 한구석, 유리창, 그을린 벽, 어딘가의 움푹한 자리, 모기장이 늘어진 여자와 아기의 침대 머리맡, 아직도 물기로 젖어 있는 작은 이불, 유리창, 덩굴식물이 맨드라미를 잡아먹고 있는 화단 귀퉁이, 나무들의 그림자가 드리운 담벼락 아래, 부엌 한구석의 재, 발자국, 유리창, 모든 깊은 그늘 속에서 소리 없이 움직이는 그를 발견하지는 못한다. 오후 내내 그는 책을 읽고, 입술을 움직이며―하지만 늘 그렇듯 말소리를 죽인 채―대사 연습을 하고, 식모가 잠시 자리를 비운 부엌과 주인이 외출한 빈방들과 창고와 장롱과 다락과 지붕을 발소리 하나 없이 차례로 돌아다닌다. 그는 지붕에서 펄럭이는 빨래 사이를 숨듯이 재빨리 움직이고, 지붕의 난간 위에 다리를 늘어뜨리고 걸터앉는다. 설사 식모가 지붕에 있더라도 애벌빨래에 비누칠을 하느라 분주하여 그를 발견하지 못한다. 그는 말 그대로 보이지 않는 개의 그림자였다. 그는 오직 바라보는 개의 그림자였다. 그리고 늦은 밤, 하루의 기나긴 산책을 마친 그는 담벼락과 담벼락 사이 어두운 틈새와 모퉁이를 미끄러지듯 돌아 아무도 알아차리지 못하게 불 꺼진 텅 빈 연습실 침낭 속으로 숨어들어갈 것이다. 아직도 잠들지 못한 사람들의 방에서 스며나오는 불빛과 희미한 달그락거림, 라디오 채널이 돌아가는 소리를 들으며 침낭 속에 몸을 숨기고, 뒤채에서 들려오는 먼 노랫소리에 귀 기울이다가 잠이 들 것이다. 당시 그는 미래에 대해서 아무런 걱정이나 고민이 없었고, 당장은 갈아신을 양말 한 짝 없는 신세지만 이제 곧 부유하고 유명해질 거라고, 조금의 의심도 없이 그렇게 믿고 있었다. 도래할 미래의 전망이 너무도 확실했으므로 밥을 먹지 않아도 허기를 거의 느끼지 못할 정도였다. 그는 주목받는 신인배우였고, 앞으로 더욱 더 큰 주목을 받을 예정이었다. 그는 잠들지 않고도 꿈을 꾸듯이 미래의 자신을 볼 수 있었다.

그래도 단 하나, 만약 여자가 자신과 어머니를 죽여달라고 진심으로 부탁했더라면, 아마도 그는 그대로 해주었을 것이다. 약속된 찬란한 미래, 그런 것 따위는 전부 다 잊고서 말이다. 오직 내면의 이해로, 그는 잘 알고 있었다. 여자가 그를 받아들인 것은 언젠가 그가 정말로 그 일을 해줄 것을 기대하기 때문이라고. 때로 여자는 웃으면서 말했다. "죽여버려야지, 그리고 죽어버릴 거야. 내가 못할 줄 알아?" 그리고 깔깔 소리 내어 더욱 크게 웃었다. 과거에 어머니가 자신을 창녀라고 불렀던 기억을 되살렸기 때문이다. 그리고 또 말했다, "그런데 자기 어머니로부터 창녀라는 말을 들어보지 못한 딸이 과연 있을까? 자기 딸을 창녀라고 부르지 않을 여자는 또 어디 있겠어?" 냉소도 분노도 없이, 그렇게 여자는 말했다. 하지만 곧 얼굴이 흠뻑 젖어버릴 정도로 눈물을 펑펑 쏟았다. "나는 이제 끝이야. 모두 나를 떠나버리겠지. 그 전에 비밀을 하나 말해줄까? 너희 모두를 오직 증오해! 단 한 순간도 안 그런 적이 없었어!" 또 여자는 그를 향해 이렇게 외치기도 했다. "너는 내 모든 것, 너는 내 모든 것이니까!" 그래요, 당신은 내 모든 것, 거기에 이견이 있을 수 없다. 그는 여자가 어떤 말을 해도 놀라지도 충격을 받지도 않았다. 여자의 말은 입에서 저절로 미끄러져나온 파편이었다. 모든 것이 파편이었다. 반면에 의미를 가장한 형식들은 모두 허울이고 가면임을 그는 알았다. 오직 그만이 그것을 알았다. 이 세상의 그 어떤 말도 여자와는 일치하지 않았다. 여자와 말, 광견병에 걸린 낙타와도 같은 말, 목에서 붉은 피를 흘리는 말, 거칠고 부적절하고 과장되고 불완전하며 조악하고 무엇과도 어울리지 않고 거부감을 불러일으키며 논리적 맥락과 문법이 결핍된 말들, 여자는 자신을 옥죄고 있는 그런 잘못된 말들로 구축된 삶을 살 운명이었고 그 역시 마찬가지라고 느꼈다.

밤. 고요한 집 마당에서 식모의 짧은 비명 소리가 들렸다. 도둑이 들었을까? 아니, 식모가 화단을 파헤치는 중이었다. 하지만 비명은 곧 사그라들었고 다시 정적이었다. 잠시 후 식모가 울었다. 커다랗게 터트리는 울음이 아니라 옷소매로 입을 가리고 흐느낌을 틀어막는 것처럼 숨죽인 소리였다. 그러나 그 소리도 곧 그쳤다.

그날 밤 텅 빈 연습실에서 여행가방을 곁에 둔 채 홀로 있는 여자는 어딘지 모르게 평소와는 다른 섬뜩할 정도로 침착한 느낌이다. 여자와 그는 두 개의 기둥처럼 연습실에 우뚝 서 있다. 그는 붉은 피처럼 젊었고, 여자를 위해서라면 방구석에 선 채로 잠드는 것쯤은 조금의 수고도 아니었다. 밤은 한마디의 한탄도 비통한 표정도 없다. 낡은 마룻바닥과 벽이 뒤틀리며 삐걱거리는 소리. 간헐적으로 부르르 떨리는 유리창. 맨드라미가 죽는 소리. 유리창. 여자는 마치 결혼식을 앞둔 신부처럼 통이 좁은 흰 드레스 차림이다. 백합꽃 같다, 하고 그는 생각한다. 문득 여자가 늘 말하던 자신의 최종 선택을 정말로 실행에 옮기려는 걸지도 모른다는 생각이 든다. 물론 여자가 어떤 결정을 내리든, 그 역시 여자의 길에 당연히 동행할 생각이다. "여행을 떠나야겠어, 우리 함께 여행을 떠나는 거야." 여자의 입에서 저절로 미끄러지듯 흘러나온 말. 모든 것이 파편이었다. 여자의 말을 증명하려는 듯, 여자의 발아래에는 여행가방이 활짝 열린 채 놓여 있다. 여자의 말투는 나직하고 고요하지만 거기에는 금방이라도 베어버릴 듯한 단호함이 서려 있다. 하지만 그에 비해서 가방은 여행을 위한 물건들이 너무도 뒤죽박죽으로 가득 쌓여 있어서 과연 닫히기나 할까 의심스러운 상태이다. 짝이 맞지 않는 긴 양말 몇 개가 가방 밖으로 축 늘어져 있다. 그 밖에도 흰색 연극용 가발, 손때 묻은 〈메데아의 아이〉 대본(그것은 여자의 첫 번째 희곡작품으로 최근에 처음으로 무대에 올라갔고 여자는 그 작품의 연장 공연을 기대하는 중이다), 계절에 어울리지 않게 육중한 가죽 외투, 한 짝뿐인 장갑, 아스피린 한 통, 두툼한 편지지 묶음, 담요, 창백한 비누 세 덩이. 얼핏 봐도 여자가 아무 생각 없이 아무 물건이나 손에 잡히는 대로 마구 쑤셔넣었음을 알아차릴 수 있다. 하지만 누가 여자를 비난할 것인가. 여자는 주저앉아 가방을 닫으려 해보지만 어림도 없다. 뚜껑이 닫히기는커녕 물건들이 옆으로 정신없이 쏟아지면서 가방 주변에 산을 이룬다. 여자는 울 것처럼 얼굴을 일그러뜨리지만 눈물을 흘리지는 않는다. 대신 쏟아져나온 물건들을 연신 손으로 휘저으며, '뭔가 잊은 건 없겠지?' 하고 중얼거린다. 그러나 정말로 잊은 물건들이 있는지 살펴보려는 손놀림과는 거리가 멀다. '자꾸 뭔가를 잊은 듯한 기분이 들어.' 여자는 이 상황에서 잊은 물건을 더 챙겨넣는 대신 짐의 부피를 줄이기 위해 정말로 가져갈 물건만을 골라내야 한다는 생각에는 미치지 못한다. '분명 뭔가를 하려고 했는데 그게 뭔지 생각이 안 나.' 여자의 머릿속은 비눗방울처럼 얇고 희박하게, 금방이라도 터져버릴 듯이 확장된다. '분명 뭔가를 잊었을 거야. 놀랄 일도 아니지. 난 항상 그랬으니까.' 잠시 뒤 여자는 몸을 부르르 떨면서 가방을 닫고 무너지듯 그 위에 털썩 걸터앉는다. 두 손으로 머리를 감싸쥔다. 복도의 괘종시계가 2시를 친다. 한동안 멍하니 있던 여자는 벌떡 일어서며 외친다. '그래, 편지를 잊었어!' 여자는 편지를 쓰려고 했다. 편지를 남기려고 했다. 여행을 떠나기 전에. 아아, 긴 여행을 떠나기 전에. 사실 그 편지는 지금으로부터 훨씬 오래전, 아마도 십 년도 더 이전부터 쓰기 시작한 편지이다. 그런데 여자는 자신이 편지를 쓰던 중이란 사실을 자꾸만 잊어버렸고, 그래서 오랫동안 아무렇게나 방치해두었다. 그러던 어느 날 여자는 서랍을 열었고, 그 안에 있어야 할 편지가 사라진 것을 알아차렸다. 서랍이란 서랍은 모두 뒤졌고 혹시 벽 사이로 떨어진 건 아닌지 장롱을 움직여 뒤쪽까지 살펴보았으나 편지는 나오지 않았다. 집 안에 없는 걸 보니 밖으로 가지고 나갔다가 잃어버린 것이 분명했다. 편지 뭉치를 들고 우체국으로 가던 길에 어딘가에서 흘렸을 것이다. 그런데 사실이 아니었다. 여자는 우연히 편지를 다시 발견한 것이다! 편지는 마치 누군가 일부러 방문 아래 틈새로 밀어넣은 것처럼, 문 앞 깔개 아래 숨겨져 있었다. 어딘가 길거리에서 흘리는 바람에 잃어버린 줄 알았는데, 사실이 아니었다. 아니면 혹시, 여자의 기대대로, 누군가 길 가던 친절한 이가 여자의 편지를 우체통에 넣어주었던 걸까. 여자는 놀라움과 환희의 비명을 지른다. 그리고 안도하면서 편지를 계속 써보려고 시도했지만, 편지의 앞부분을 쓰기 시작한 시점이 너무 오래되어서 좀처럼 내용을 연결할 수가 없다. 그래서 여자의 편지는 이어쓰기지만, 사실상 이어지는 것은 하나도 없다. 게다가 이 편지를 누구에게 보낸단 말인가. 원래 누구에게 보낼 작정으로 편지를 쓰기 시작했는지, 여자는 그것을 잊었다. 지금 여행을 앞둔 여자는 연속성을 포기하고, 어둠 속에서, 좀 다급하고 초조하다. 여자의 여행이 얼마나 길어질지, 아무도 상상하지 못하리라. 왜냐하면 여자는 지금껏 겨우 며칠, 혹은 길어야 한두 주일 정도 집을 비웠을 뿐—화장품을 팔기 위해서, 어머니를 만나기 위해, 혹은 연극 공연 준비를 해야 하므로 —곧 다시 돌아왔기 때문이다. 여자는 서둘러 가방에서 쓰다 만 편지와 펜을 꺼내들고는 바닥에 주저앉은 채 몸을 기울이고 가방을 탁자 삼아 편지를 쓰기 시작한다. 유리창으로 비쳐 드는 골목길의 희미한 가로등 불빛에 의지하여. 그런데 그 불빛은, 사람의 몸짓이나 움직임을 알아보는 데는 문제가 없지만 뭔가를 쓰거나 읽기에는 너무 희미하므로, 이 장면을 지켜보는 누군가가 있다면 여자가 실제로 편지를 쓰는 게 아니라 사실은 편지를 쓰는 척하고 있다는 인상을 받을 것이다. 여자는 보지 않으면서 쓴다. 자신이 편지를 쓰고 있다는 사실을 넘어서 무엇을 쓰는지, 자신이 쓰려고 의도한 내용이 그대로 작성되고 있는지 확인은 할 수 없는 상태이다. 여자의 심장이 가파르게 뛰는 것을, 그는 볼 수 있을 정도이다. 그는 원래 시력이 아주 좋은 편이고, 또 오랜 시간 동안 여자의 연습실에 머물면서 어두운 밤 불 없이 지내는 데 익숙해진 상태라서 올빼미처럼 볼 수가 있다. 아무도 믿지 않겠지만 그는 심지어 여자가 쓰는 편지를 읽을 수도 있다. 여자 자신도 읽기 힘들 것이 분명한 편지를. 하지만 여자는 편지의 한가운데서 문득 쓰기를 중단한다. 갑자기 벌떡 일어선다. 마치 갑작스러운 전화벨 소리가 들려온 것처럼. 마치 갑작스러운 현관의 초인종 소리에 놀란 것처럼. 이 한밤중에, 우체부가 온 것일까? 쓰고 있던 편지가 여자의 무릎에서 바닥으로 떨어져내린다. 페이지가 적히지 않은 종이들이 순서 없이 흩어진다. 불연속적 문장들이 뒤섞인다. 아무것도 이어지지 않는다. 전차가 오고 자전거가 오고, 동시에 정오의 사이렌이 울리며 상점 문이 열리고 누군가 잊어버린 화덕 위 프라이팬의 기름은 뜨겁게 타면서 연기가 피어오르고 어딘가에서 불이 난다……. 갑자기 여자는 연습실 문을 거칠게 덜커덩 열어젖힌다. 갑작스레 잠에서 깨어난 밤이 요동친다. 곰팡이 핀 습기 찬 나무 냄새를 풍기는 밤. 어딘가에서 개가 짖는다. 죽은 맨드라미가 고개를 든다. 여자는 긴 복도를 달려간다. 마루가 요란하게 삐걱이는 소리가 두 벽 사이에서 메아리친다. 잠시 후 그는 여자가 멀리서, 마치 세상의 끝처럼 아주 멀리서 외치는 소리를 들은 듯하다. *(너는 내 모든 것, 너는 내 모든 것이야!)* 하지만 곧 개는 짖기를 멈추며 유리창들은 조용해지고, 밤이 잦아들고, 꿈은 내려앉고 멈추거나 은폐된다. 외면의 세계는 다시 잠의 정적에 둘러싸인 것 같다. 그는 기름이 타는 냄새를 따라간다. 그는 불을 끄려고 한다. 막 저절로 불붙기 시작한 프라이팬 속 개의 머리 위로, 재가 가득한 양동이를 쏟아붓는다.

경찰관 부부는 약속한 대로 엽서를 보내왔다. 타지마할 사진이 있는 열두 장의 그림엽서는 각각 다른 도시의 우체국에서 몇 주일에 걸쳐 시차를 두고 부친 듯한데, 이유는 알 수 없지만 그 모두가 한꺼번에 도착한 것이다. 그들은 엽서를 쓴 날짜를 기입하지 않았으므로 엽서에 적힌 개별적인 내용들의 순서는 정확히 알 수가 없고 단지 추측만이 가능했다. 집주인 부부는 (아마도) 아그라에 머물고 있는데 며칠 후면 (아마도) 자이푸르의 숙소로 돌아갈 예정이라고 했다. (혹은 그 반대인가?) 간단한 안부와 함께 고단했던 비행, 형편없는 식사, 무더위와 폭우, 습기, 잦은 정전, 납작한 빵과 인도 커피의 언급이 있었지만 엽서 내용의 대부분은 그들이 인도에서 알게 된 한 청년에 대해서였다. 집주인 부부는 그들의 숙소가 있던 자이푸르 뒷골목의 허름한 중고서점에서 청년을 처음 만났고(아니 그건 콜카타였던가?) 이후 친구가 되었다고 했다. (혹은 그 반대인가?) 청년의 이름은 악숨이라고 했는데, 당연히 본명은 아니고 당시 몇몇 젊은 여행자들이 의도적으로 선택하던 탈정체성의 한 방식으로, 서류상의 제도적 이름을 버리고 자신이 지나온 여행지의 지명 하나를 선택해서 스스로를 명명하는 것이라고 했다. 당연히 패밀리 네임은 없다. 악숨은 화가이며 자이푸르의 중고서점 점원이지만 요청이 있을 때면 여행자들을 히말라야 무스탕으로 안내해주는 현지 가이드 일도 병행하면서 생계를 해결한다고 했다. 악숨의 중고서점은 여행자가 책을 3권 기부하면 1권을 얻을 수 있다고 했다. 내가 그들 여행의 동행자라고, 그들은 엽서에 썼다. 여행의 정신적이며 간접적인 동행이라고, 그렇다면 그들의 인도 여행은 곧 나 자신의 간접적인 첫번째 여행이기도 한 걸까. 나는 엽서를 손에 든 채 식탁에 앉아 있었다. 마당 그늘진 곳마다 커다란 검은 곰팡이처럼 크고 둥근 어둠이 덩어리지며 피어났다.

이미 한참 전부터 차갑게 식은 음식은 쇠 냄새를 풍기기 시작했다.

　나는 너무 오래 익어서 딱딱하게 굳어버린 고기를 기계적으로 씹었고, 그리고 충분히 씹지 못한 그것을 무의식중에 꿀꺽 삼켰다. 색이 거무스름하게 변한 쓴맛이 나는 고기 조각을 접시 가장자리로 밀어놓았다. MJ는 집안일에 관심이 없었지만 간혹 요리에 대해서는 터무니없는 열정을 나타내기도 했는데 대개는 도저히 먹을 수 없는 괴상한 물건을 만들어내는 것으로 결말이 나곤 했다. MJ는 어느 날 고기와 생선을 콩과 야채와 함께 찐 다음에 밀가루 반죽 속에 넣고 커다란 공 모양으로 빚어 기름에 튀긴 음식을 만들어보려고 했다. 아마도 글을 쓰거나 잠을 자던 중에 번개처럼 머릿속에 떠오른 영감을 그대로 따른 것이지 어디선가 실제로 맛본 음식은 아니었을 거라고 생각한다. 빚어진 튀김만두는 크기가 어마어마하여 큰 개의 머리통만 했다. 부엌에 있던 가장 큰 프라이팬에 기름을 가득 붓고 뜨거워진 후 반죽 덩어리를 넣자 프라이팬 가장자리에 기름이 넘칠 듯이 찰랑였다. 그때 우체부가 편지를 가지고 오는 바람에 부엌을 나간 MJ는 편지를 받아들었고, 화덕 위에 뜨거운 기름을 올려둔 사실을 그만 잊고 말았다……. '엄마!' 하고 식모가 불렀다. '엄마!' 하고 나도 따라서 불렀다. 우리는 부엌에서 엄마가 또 담배를 피우다가 불을 냈다고 믿었기 때문이다. 하지만 엄마는 부엌에 없었다. 엄마는 집 안 어디에도 없었다. 엄마는 아직 출근하지 않았고, 하숙집 사람들은 누구나 다 그 출근 가정부를 별 의미 없이 '엄마'라고 불렀는데, 그건 MJ 자신이 과거에 하숙집에서 일했던 그 노파를 어린 시절의 습관 그대로 엄마라고 불렀던 탓이다. 프라이팬 속의 기름은 새까맣게 타버렸고 그 안에는 입을 벌린 검은 개의 머리가 불이 붙은 채 활활 타오르고 있었다. 뜨거운 기름 연기와 검댕이 온 부엌에 자욱했다. 시내 호텔에서 불이 나서 많은 사람들이 죽었을 때 나는 불현듯 MJ도 언젠가 그런 비슷한 이름을 가진 시내의 호텔로 갔던 것만 같다는 생각이 들었고, 그러자 지금 검은 연기 속에서 떨어져 죽어가는 사람들 중 하나가 MJ일 수도 있다는 상상이 나를 극단의 공포로 몰아넣었다. (혹은 그 반대인가?)

나는 식탁의 빈 접시들을 부엌으로 가져가고 먹다 남은 고기를 쓰레기통에 버렸다. 스테이크는 몇 번의 포크와 나이프 자국 외에는, 거의 손대지도 않은 상태였다. 차갑게 식은 고깃덩이에서는 불과 피와 재 냄새가 진동했다. 나는 마치 시작도 하지 않은 기나긴 여행을 마친 듯한 기분이었다. 누군가 여행에 대해서 묻는다면, 나는 여행 중에 먹은 형편없는 식사 때문에 불행했다고 말하리라. 예를 들자면, 비행기에서 나오는 설탕 범벅 소스에 푹 담긴 기름기 가득한 고깃덩이와 퉁퉁 불은 국수. (당연히 나는 그런 음식을 비행기에서 먹어본 경험이 없고, 방금 경찰관 부부가 보낸 엽서에서 읽은 내용일 뿐이다) 이제 나는 일생 동안 스테이크 요리는 두 번 다시 만들지도 않고 먹지도 않을 것이다. 아니 두 번 다시 요리를 하지 않을 것이다. 최대한 요리가 필요 없는 차고 딱딱하고 건조한 음식만 먹을 것이다. 아니, 그것조차 최소한으로만 먹을 것이다. 배우가 저녁 약속을 지키지 못한 것은 내게는 다행이었다. 그에게 "여행을 떠나요"라고 말하는 최악의 상황을 피할 수 있게 되었으니까. (내 최초의 여행은 이렇게 영원히 유예되는 것일까?) 혹은 그에게 위층 열쇠를 내밀며, 집주인인 경찰관 부부가 돌아올 때까지 이 집 위층에서 지내도 된다고 말해버리는 것을 피할 수 있었으니까. 경찰관 부부는 석 달 예정으로 여행을 떠났지만 내 짐작에 의하면, 혹은 논리를 넘어서는 어떤 운명적인 느낌에 의하면, 그들의 여행은 계획했던 것보다 더, 그 누구도 예상하지 못했을 만큼 훨씬 더 길어질 가능성이 있다고, 게다가 경찰관 부부는 유난히 까다롭거나 신경질적인 편은 아니어서, 설사 그들이 돌아온 다음이라고 해도 집 안의 그늘진 구석을 따라 간혹 소리 없이 움직이기만 할 뿐 별다른 위해가 되지 않는 개를 닮은 그림자의 존재를 크게 신경쓰지 않을 거라고 말해버리는 것을 피할 수 있었으니까. 나는 계속해서 그에게 말했으리라. 내 짐작에 의하면, 혹은 논리를 넘어서는 어떤 운명적인 느낌에 의하면, 그는 이후에도 계속, 내가 대학을 졸업하여 집주인이자 내 간접적인 보호자, 최초 여행의 정신적 동반자, 모호한 고용인이자 양부모로서의 경찰관 부부의 역할이 끝난 다음까지도 아무 걱정 없이 위층에 머물 수 있을 것이라고. 그러하리라는 확신이 내게는 있다. 세월이 흐르면 경찰관 부부는 나이 들어 눈이 어두워지고 점점 더 움직임이 줄어들고 동작은 느려지며, 나는 아마도 근처의 학원에서 유아기를 갓 벗어난 아이들에게 미술을 가르치는 일자리를 얻게 될 것이다. 아이들도 가르치는 일도 특별히 좋아하지는 않지만 아마도 나는 기꺼이 그 일을 할 것이다. 그리고 주말이면 위층으로 올라가 경찰관 부부를 위해 화분에 물을 주고 창을 열어 환기를 시킬 것이다. 그들에게 친절하게 말을 걸고 물약을 챙겨 먹이고 미끄러져 흘러내린 담요를 그들의 몸 위로 덮어주며, 만약 그들이 원한다면 언제든 청소나 요리 등을 도와줄 용의도 있다. 햇빛이 비치는 날은 이불이나 커튼 등 부피가 큰 빨래를 테라스에 널것이다. 비록 형편없는 솜씨지만, 버터기름이 흥건한, 포크자국투성이의 딱딱하게 익은 고기와 탄 감자, 통조림 옥수수와 참치 등을 접시에 내놓을 용의도 있다. 만약 그들이 필요로 한다면 나는 두 번 다시 요리하지 않으리라는 내 결심을 저항 없이 번복할 것이다. 그럴 때 나는 실수인 척 식탁에 여분의 접시와 식기를 한 벌 더 놓을 것이다. 소리 없이 다가온 그가 식탁에 함께 앉는다 해도 눈이 흐려진 경찰관 부부는 알아차리지 못할 수도 있다. 게다가 그는 이미 오래전부터 보이지 않게 움직이는 법을 아는 사람이므로. 경찰관 부부는 내가 그들의 식모가 아니라고, 그러므로 청소나 세탁이나 주방 일을 하는 건 부당하다고 매번 항의하겠지만 나는 그들의 말을 상냥한 미소로 무시할 것이다. 나는 기꺼이 그 일을 한다고, 매번 지치지도 않고 반복해서 말해주리라. 경찰관 부부는 결혼해서 따로 사는 외동딸이 있지만, 딸은 부모의 집에 오기를 극도로 꺼린다. 딸은 경찰관이었던 아버지의 과거를 부끄러워하며, 자신의 남편과 아이가 그 사실을 알게 되기를 원치 않는다. 그러므로 그는, 원하는 만큼 오래, 위층에서 지내도 된다. 경찰관 부부는 인도에서 돌아온 다음에도 나에게서 열쇠를 돌려받는 일을 잊을 것이다. 마찬가지로 나 역시 그에게서 열쇠를 돌려받는 일을 영영 잊을 것이다. 그리고 어쩌면, 우리는 그 집에서 결혼하게 될지도 모른다. 안 될 이유가 뭐가 있겠는가? 테라스에 의자 몇 개만 내놓으면 손님들을 초대하기에도 문제가 없다. 어차피 우리는 초대할 만한 가족이나 친구들을 거의 갖고 있지 않다. 결혼식 내내 경찰관 부부는 늘 그렇듯 햇살이 비치는 창가에 나란히 앉아 온화한 표정으로 테라스의 결혼식을 내다볼 것이다.

당신의 여행, 하고 그가 입술을 달싹거리며 속삭였다. 우리는 그의 상점이며 무대이며 침실인 동굴에 앉아 있었다. "계절에 상관없이 나는 항상 이 외투를 입고 다닌답니다" 하고 배우는 외투를 벗어 걸면서 말했었다. 추위도 더위도 그리 심하게 타는 편이 아니므로 그것이 가능하다고. 사람들의 시선이나 말에 신경쓰지 않는 편이므로 그것이 가능하다고. 그리고 아마도, 취향과 날씨에 따라 여러 벌의 옷을 마련할 만큼 경제적인 여유가 없기도 하고. 나는 그리 다르지 않은 이유로 항상 같은 옷을 입고 다니는 사람들에게 익숙하다. 그런 사람들을 여럿 알고 있다. 달처럼 그런 사람들을 바라보았고 그런 사람들의 기후 아래서 태어났다. 그들의 영향을 빨아 마셨다. 옷장에 두세 벌의 옷이 전부인 사람들, 아니 옷장 자체를 갖고 있지 않은 사람들, 그럴 필요가 없는 사람들, 대신 여행가방이나 나무상자에 옷을 보관하는 사람들, 가지고 있는 모든 옷과 수건과 헝겊과 이불을 쑤셔넣는 데 궤짝 하나면 충분한 사람들, 그리고 그 궤짝 위에 걸터앉아 문득 편지를 쓰기 시작하는 사람들. 거기서 차를 마시는 사람들. 금방이라도 떠날 듯한 표정의 사람들. 나는 그런 사람들 사이에서 기꺼이 자랐다.

계절에 상관없이 거의 항상 커다란 트렌치코트를 입고 다니던 MJ가 있다. 대개는 검은색에 가까운, 오래되어 색이 더욱 짙어진 어두운 푸른색이거나 혹은 더러움이 탄 재색처럼 보이는, 트렌치코트 아래 아무렇게나 걸친 옷들은 남루한 누더기나 다름없었으나 MJ는 그것을 신경쓰지 않았다. 겨울이 되면 더러운 양털 스웨터를 껴입곤 했다. 목이 늘어진 스웨터 아래서 속옷이 드러나도 전혀 개의치 않았다. 교습을 받으러 오던 내 자매는 MJ의 하숙집을 부끄러워했다. 자신이 나처럼 그곳에서 살지 않아서 다행이라고 속마음을 털어놓은 적도 있다. 그 이유는 MJ가 미쳤기 때문인데, 그건 무엇보다도 MJ가 늘 같은 옷을 입고 다니기 때문에 확실하다고 했다. MJ는 미쳤다, 그것도 아무도 알아차리지 못하는 방식으로. 물론 이것은 내 자매 스스로의 생각이 아니라 그녀의 어머니가 들려준 말일 것이다. (내 자매는 사실 내 절반의 자매이다. 내 아버지와 그녀의 아버지는 같지만 어머니는 각자 다르다. 나는 시립오케스트라 단원인 그녀의 어머니를 만난 일이 없는데) 내 자매의 어머니는 같은 이유로 나를 불쌍하게 여긴다고 들었다. 나중에 내가 병원에서 퇴원했을 때 내 자매는 자기 몸집처럼 커다란 여행가방을 끌고 나를 찾아왔다. 내 자매의 어머니가 내게 보내주는 물건이라고 했다. 가방 속에는 내 자매가 작아서 입지 못한다는 옷들이 들어 있었다. 파티용 벌룬스커트와 화려한 리본 장식이 달린 원피스, 성악 콩쿠르용 드레스, 모자가 달린 비옷, 구두와 장화, 핑크색 블라우스와 티셔츠, 뿐만 아니라 여자아이용 수영복까지도 있었는데, 다른 옷들과 마찬가지로 그 역시 내가 결코 입을 일이 없을 것이 분명했다. 나는 수영을 할 줄 모르며 물놀이를 가본 적도 없기 때문이다. 내 자매가 입다가 작아진 옷들 이외에도 나를 위해서 일부러 새로 산 옷들도 섞여 있었다. 나는 태어나서 한 번도 그렇게 많은 옷을 가져보지 못했다. 뿐만 아니라 그처럼 다양하고 화려한 색채의 옷을 구경해본 일조차 없었다. 병원에서는 늘 환자복을 입고 있었다. 입원 기간 동안 내 머리카락은 길어졌는데, 툭하면 내 머리를 두피가 보일 정도로 짧게 잘라대던 MJ가 없기 때문이다. 그러나 돌아온 뒤 내 옷차림은 예전과 마찬가지로 여전히 중성적이었다. 식모와 함께 사용하는 옷 궤짝의 한 칸이 내 옷들을 위한 장소였는데, 내 칸은 단 한 번도 가득 찬 일이 없었다. 보이스카우트풍의 셔츠와 바지 몇 벌이 내가 가진 것의 전부였다. 내 차림은 일 년 내내 거의 변화가 없었다. 더운 날이나 추운 날이나 무릎 위까지 오는 거친 천의 반바지, 회색이나 검은색 긴 양말. 거기에 식모가 입다가 물려준 회색 외투와 목도리가 내가 기억하는 겨울옷의 전부였다. MJ는 특별한 의도가 있어서는 아니고 그냥 자신의 습관 그대로 혹은 모종의 초월적인 황홀경 탓에, 일상생활에서 옷이라는 물건 자체에 무관심했다. MJ에게 옷이란 철저하게 무대용 코스튬으로서만 의미가 있었다. 그래서인지 MJ는 대부분의 일상복도 연극용 소품 상점에서 구입했으며 상점에서 팔리지 않는 물건은 공짜로 얻었다. 그것을 지극히 당연하게 여겼다. 마치 커튼처럼 황금빛 술이 주렁주렁 달린 소매가 넓은 웃옷, 촛대처럼 길고 좁다란 모양의 빳빳한 흰색 드레스, 커다란 칼라가 달린 흰색 외투. 모두 좀약 냄새가 지독한. MJ 자신을 위해서라면 그런 옷들만으로 충분했다. 종종 자신의 어머니가 입원해 있던 병원 바자회에서 수녀들이 직접 만들었다는 거친 질감의 속옷이나 양말 등을 샀고 더 자주는 인근 학교의 보이스카우트 기부함에서 얻기도 했다. 그것들이 내 옷이 되었다. 반대로 내 자매는 유치원 시절부터 퍼머넌트를 하고 화장이나 매니큐어에 익숙하도록 길러졌다. 그녀의 어머니는 공들여 가꾼 여성적인 외모를 내면의 행복뿐 아니라 콘서트 성악가로 성장하기 위한 필수요소로 보았기 때문이다.

내가 병원에서 돌아왔을 때 MJ의 하숙집은 하숙인들이 모두 떠나버린 상태로 더 이상 하숙 영업을 하고 있지 않았다. 남아 있는 사람은 별채의 음악교사와 식모뿐이었다. 갑자기 모든 것이 텅 비었고 우리들 셋만 남았다. 대식구의 식사를 준비하고 집 안 청소를 할 필요가 없게 된 식모는 야간 고등학교를 다니기 시작했다. 차마 겉으로 내색하지는 못했으나 식모는 다른 무엇보다도 MJ가 더 이상 집에 없는 것을 기뻐하는 눈치였다. 식모는 MJ를 두려워하고 있었는데, 그 이유 중 하나는 이상하게도 MJ가 거의 항상 같은 옷을, 그것도 매우 기묘하고도 낡아빠진 옷을 입고 다닌다는 거였다. 그 밖에도 식모를 기쁘게 한 것은 내 자매가 가져온 여행가방이었다. 또래에 비해 체격이 작았던 식모는 내가 손도 대지 않은 내 자매의 가방에서 마음대로 옷을 꺼내 입었다. 레이스가 달린 블라우스나 만화 캐릭터가 그려진 티셔츠, 핑크색 구두 등이 특히 식모를 매혹시켰다. 어린아이용 베티붑 티셔츠를 입은 식모의 작은 가슴이 눌려 터질 듯이 보였다. 식모는 그 티셔츠를 특별히 마음에 들어하여 늘 입고 다녔다. 음악교사는 여전히 별채 음악실에서 살고 있었지만 학교를 사퇴한 지 오래였으며 중학생들을 상대로 하는 성악 교습도 진작에 그만두었다. 그는 거의 방에 처박혀 있다시피 했고 식사는 식모가 방으로 날라다 주었으나 음식은 대부분 손도 대지 않은 채 그대로 남아 있었다. 며칠 동안 아예 방에서 한 걸음도 나오지 않는 게 보통이었다. 그는 더이상 피아노를 치거나 음악을 듣지도 발성 연습을 하지도 않았으며 식모의 말에 따르면 이발이나 면도를 하지 않아 모양새도 엉망이고 심지어 옷도 갈아입지 않는다고 했다. 세탁물이 줄어드는 것은 식모에게는 어쨌든 기쁜 일이었다. 음악교사는 노래뿐 아니라 말 자체도 아예 잊은 듯했다. 병원에서 돌아온 이후로 나는 그가 말하는 것을 본 기억이 없다. 하지만 생각해보니 그 이전에도 그의 말소리를 한 번도 듣지 못했던 것 같다. 기억 속에 남아 있는 그의 목소리는 단지 우연히 지나던 뒷마당에서 짧게 들려오던 노래의 한 자락뿐이다. 초록과 갈색의 드넓은 구릉지대에 느리게 퍼져나가는 안개를 연상시키던 그 선율은 내가 한 번도 들어본 적이 없는 모르는 노래였다. 당연하기도 한 것이, 나는 음악이나 노래에 대해서는 아는 바가 거의 없었다.

시간이 많이 흐른 후 어느 날 나는 버스에서 우연히 만난 내 자매에게, 혹시 그가 종종 불렀던 노래가 무엇이었는지 물었다. 당연하게도 내 자매는 기억해내지 못했다. 분명히 그는 성악 교습 중에 그리고 교습생들의 발표회 등을 준비시키면서 여러 곡의 노래를 불렀을 것이기 때문이다. 식모는 지붕에 올라가기가 두렵다고 했다. "빨래를 널고 있다 보면 누군가 내 등 뒤에 있는 것만 같아. 돌아보면 아무도 없는데 말이야. 오싹하고 기분 나빠." 그래서 마당에 빨랫줄을 걸고 거기서 빨래를 말린다고 했다. 어차피 식구가 줄어서 그편이 더 나았다. 나는 맨드라미 화단이 완전히 파헤쳐지다 못해 아예 사라져버린 것을 보았지만 그다지 놀라지 않았다. 어차피 아무도 돌보는 사람이 없었기 때문이다. 화단이 있던 자리에는 커다란 구덩이가 남았다. "아마도 그건 러시아 아리아였을지도 몰라" 내 자매가 잠시 생각해본 다음 말했다. 자신의 기억에 의하면 음악교사는 일본에서 인쇄된 오래된 러시아 노래집을 갖고 있었고 그중에서도 그가 특히 좋아한다던 노래가 있었는데 자신들은 한 번도 불러본 적이 없으므로 제목도 기억나지 않는다고 했다. 성악 콩쿠르를 준비 중이던 중학생들에게 당시 러시아 노래란 금지된 것이나 마찬가지였기 때문이다. 특히 예민하고 조심스러운 성격의 내 자매에게는 더더욱 그랬다. 더구나 그걸 러시아어로 부른다는 건, 정말로 상상을 초월한 일이었으니까, 하고 내 자매는 말했다. 연습실의 깨진 유리창은 아직도 수리되지 않았다. MJ의 연습실은 어차피 아무도 들어가지 않았으므로 유리창 하나가 깨졌다고 해서 신경쓰는 사람도 없었다. 예전에는 사람들의 출입을 MJ가 싫어했고 이제 와서는 기분 나쁜 장소가 되었기 때문이다. 하지만 그보다는 더욱 근본적인 이유가 있었는데, 하숙집 주변에 대단지 아파트 건설이 아직 시작되기도 전에 음악교사는 집을 완전히 떠나려고 마음 먹었던 것이다. 거의 매일 입다시피 하여 때가 묻은 베티붐 티

232

셔츠에 어린아이용 짧은 스커트 차림의 식모와 보이스카우트 반바지를 입은 내가 지켜보는 가운데, 그는 마지막으로 직접 현관과 유리창, 대문에 판자를 대고 못질했다. 이 집은 아마도 어차피 철거될 운명이겠지만, 그래도 그는 집을 봉인하고 싶어 했다. 나는 식모와 함께 이사를 가게 될 거라고 들었다. 어디로 가는지는 나도 식모도 몰랐다. 음악교사는 알아보기 힘들 정도로 변했고, 예전보다 오십 살은 더 나이 들어 보였다. 말하는 것을 잊은 듯한데, 그 역시 단 한 벌의 진갈색 양복으로 일 년 내내 학교로 출근하던 사람이었다. 속에 받쳐 입은 셔츠도 거무스름한 갈색이었다. 식모의 말에 의하면 그가 갖고 있는 셔츠는 모두 비슷하게 거무스름한 색이라서, 그가 셔츠를 갈아입었는지 어떤지는 그 자신 말고는 아무도 알아차리지 못한다고 했다. 혹은 그 자신도 몰랐을 것이다. 그는 웃지 않았고, 심지어 미소 짓는 법조차도 없었다. 마당에서 우연히 마주치기라도 하면 그는 나를 잠시 쳐다보았는데, 혹시 다가가면 내가 겁이라도 먹을까봐 (혹은 그 반대인가) 스스로 주의하는 태도가 역력했다. 나를 보는 그의 눈빛에서는 도대체 내가 누구인지 알 수 없다는, 막연하고도 끈질긴 의심이 일순 느껴지기도 했다. 그러나 최종적으로 그의 눈빛은, 매번 마치 잠재적인 적을 바라보는 듯한 시선으로 변했다. 그건 그가 MJ를 바라보는 눈빛이기도 했다. 음악교사의 눈빛이 마지막에 말하는 것은 항상 같았다. 가버려, 저리 가버려! 나는 그렇게 했다. 초록

233

과 갈색의 드넓은 구릉지대에 느리게 퍼져나가는 안개와 같은. 그런 사람들의 영향 아래 함께 살고 그들에게 익숙했다. 그들은 나를 낳았고 나는 그들을 빨아 마셨다. 그들에게 삶의 즐거움이란 무엇이었을까? 나는 그것을 모른다. 혹은 나에게는? 나중에 다시 만난 내 자매가 말했다, 너에게는 어딘지 모르게 알려지지 않은 종교시설에서 자란 아이의 냄새가 나. 악의는 없었다. 내 자매는 한 번도 내게 악의를 가지지 않았다. 맨드라미 화단은 이미 오래전에 흙을 갈아엎어 없애버렸고 그 자리는 커다란 구덩이로 변했다. 구덩이는 내가 들어가 누울 수 있을 만큼 컸다. 실제로 나는 집을 떠나기 전날 밤 그 안에 들어가본 적이 있다. 호기심이었다. 쾌적함과는 거리가 먼, 축축한 흙과 벌레가 부패하는 퀴퀴한 냄새가 무겁게 고인 차가운 공간이었다. 돌과 흙 속에는 소리가 산다. 우리가 동굴 속으로 들어갈 때 속삭임이 울리는 것도 같은 이유이다. 비록 그것은 너무도 아득한 옛날 광물 층에 축적된 음향이고 그래서 우리가 이해하지 못하는 언어로 말해진 속삭임이겠지만, 나는 내 몸속의 뼈처럼 그것을 듣는다. (너는―내―모든―것―내―모든―것이야!)

그날 이후 경찰관 부부의 집을 떠날 때까지 나는 종종 위층의 빈집에 배우가 살고 있다는 느낌을 받곤 했다. 나는 그에게 빈집의 열쇠를 주었고 돌려받는 일을 잊었다고, 그래서 배우는 어두운 밤이면 아무도 살지 않는 위층에서 욕실의 수도꼭지를 틀고, 사기 화병에 물을 받고, 창을 열어 환기를 시키고, 화분에 물을 주고, 가벼운 발걸음 소리를 내며 집 안을 서성인다고. 하지만 아무도 그가 빈집에서 살고 있는 것을 알아차리지 못할 것이다. 가끔 집을 환기한다는 핑계로 드나드는 나도, 그리고 훗날 내가 이사를 나간 뒤에 언젠가 나중에 이 집을 살펴보러 오게 될 경찰관 부부의 결혼한 외동딸도 알아차리지 못할 것이다. 그는 보이지 않는 사람이기 때문이다.

경찰관 부부는 석 달 동안의 인도 여행을 마치고 귀국하려던 원래 계획을 변경하여 악숨과 함께 네팔을 거쳐 티베트로 건너간다. 그들은 마침내 불교 신자가 되었을까? 그사이 경찰관 부부도 악숨처럼 새로운 이름을 얻는다는 것을 나는 그들의 (혹은 악숨의) 엽서에서 읽게 된다. 며칠 뒤, 하지가 된다. 세탁비누를 푼 물에서 비눗방울이 저절로 피어오르는 밤, 텔레비전의 자정 뉴스, 배우는 연필과 노트를 들고 위층 테라스에 앉아, 창으로 비치는 푸르스름한 텔레비전의 불빛에 의지해 무언가를 쓰려고 한다. 그것은 편지다. 만약 그가 그날 저녁식사에 왔더라면 그는 내게 말했을 것이다. 약속에 늦어서 미안하다고, 일 년에 한 번만 허용되는 감호병동의 면회를 절대 놓칠 수가 없는데, 그건 그날 그의 여자가 구술하는 편지를 받아 적어야만 하기 때문이라고. 그만이 그 일을 해줄 수가 있다고. 감호병원의 수감자인 여자는 종이도 펜도 얻을 수 없는데다가 어차피 거동도 불편하기 때문에 오직 그런 방식을 통해서

만 편지를 쓸 수 있다고. 원래 면회는 한 시간뿐이지만 그날 그가 신청한 특별 청원이 받아들여져서 더 오랜 시간을 머물며 여자의 편지를 받아 적을 수 있었고, 그래서 내 저녁식사에 시간 맞추어 도착하지 못했다고. 최근 몇 년 사이 파킨슨병이 상당히 진행된 여자는 언어장애가 심해져서 편지 구술의 속도는 아주 느릴 수밖에 없고, 그런 이유로 십 년도 넘는 기간 동안 받아 적었지만 그들은 아직 한 통의 편지를 완성하지도 못했다고. 자신이 더 이상 면회를 가지 못하거나 여자가 마침내 의사전달 능력을 완전히 상실한다면 아마도 그들이 쓰는 편지는 끝내 미완성으로 남게 될 거라고.

나는 여자를 눈앞에서 그려본다. 마치 내가 여자를 아는 것처럼. 마치 내가 여자의 일부로부터 나온 것처럼. 여자의 침대 곁에 앉아 편지를 받아쓰고 있는 나 자신을 본다. 편지를 구술하는 여자의 목소리를 듣는다. 문장의 한가운데서 더듬거리며 앞으로 나가지 못하는 말을 듣는다. 나는 기꺼이 여자의 말이 된다. 내 입은 저절로 속삭인다. 멀리서. 그가 노래한다. 평평하게 펼쳐진 초록의 구릉지대 위로 빛과 안개가 퍼져나간다. 무성한 모기떼와 보랏빛 꽃들의 아침. 꽃송이 속에서 벌들이 노래한다. 그가 노래한다. 멀리서. 나는 속삭인다.

5

(속삭임: 나는 속삭임이다)

우리는 전차를 타고 간다. 흰색 스카프에 감싸인 MJ의 머리와 어깨가 내 눈앞에 있다. 내가 조금만 손을 뻗는다면, 그것을 만질 수도 있었으리라. 만약 그랬다면, MJ는 나를 느꼈을까? 차창 밖은 먼지투성이의 차가운 겨울 풍경이다. 키 작은 나무들은 볼품없이 여윈 나체이다. 먼지와 콘크리트의 도시는 불안에 떠는 나체이다. 마치 머나먼 전쟁이 아직 끝나지 않은 듯이 깃발이 펄럭인다. 모퉁이를 돌던 전차가 크게 덜컹거리는 바람에 MJ의 몸이 요란하게 흔들린다. MJ는 반사적으로 머리를 감싼 흰 스카프를 손으로 더듬는다. MJ의 시선은 창밖을 향해 고정되어 있으나 창밖을 바라보는 건 아니다. MJ는 아무것도 바라보지 않는다. 전차가 멈추고 옆자리의 중년 남자가 일어선다. 나는 MJ의 옆자리에 앉는다. 나는 보이지 않는 몸이므로 MJ는 나를 보지 못한다. MJ가 고개를 창밖으로 돌린 자세로 앉아 있으므로 나 역시 MJ의 얼굴을 보지 못한다. 하지만 나는 MJ가 누구인지 이미 알고 있다. 하숙집을 운영하는 과부의 딸, 그런데 그 과부는 자신이 주장하듯이 정말로 과부일까, 오래된 골목 끝자락 다 쓰러져가는 시멘트 벽돌집은 원래 야간 학교 담벼락에 붙은 싸구려 술집이었으나 이런저런 사연으로 인해 과부의 손에 들어왔고, 딸이 자라자 과부는 그곳을 개조하여 하숙집 영업을 시작했다. 그 딸인 MJ는 일을 막 시작한 연극배우로, 수입이라고 할 만한 것이 전혀 없는, 아마도 스스로를 창녀라고 생각하는(그런데 자기 어머니로부터 창녀라는 말을 들어보지 못한 여자가 과연 있을까?), 자신이 뇌염을 앓았던 일을 기억하지 못하고 강박장애가 있지만 그 사실도 의식하지 못한다. 또 최근에 나이 차이가 많은 중학교 음악교사와 결혼한 젊은 아내이기도 한, 기타 등등. (그런데 그들의 결혼은 서류상의 문제가 있어서 관청에서 최종접수가 보류된 상황이기는 하다) 열린 버스의 차창으로 바람에 실려들어온 모래알. 음악교사는 MJ의 어머니인 과부의 하숙인이었다. 과부는 하숙집을 증축하고 수리하느라 그로부터 많은 돈을 빌렸고 그것이 MJ와 그의 결혼의 계기가 되었다는 소문도 있지만, 악의가 전혀 없다고는 할 수 없는 소문이고, 하지만 이런 건 전부 다 아무 의미 없는 헛소리일 터이니, 왜냐하면 젊은 MJ는 곧 남편을 떠날 생각이기 때문에. 차창 밖으로 커다란 유리를 실은 자전거가 지나간다. 길 건너편의 분수대와 소방서가 유리에 잠시 비치다가 사라지고, 다음 순간 반사하는 차가운 빛이 시야를 절단한다. MJ의 무릎에 놓인 가방에는 인쇄물이 가득하다. 전차에서 울리는 종소리. 모래알. 색채 없는 하늘을 배경으로 전차선이 복잡하며 그 너머로 비둘기들이 날아간다. 검은색 지프 한 대가 전차 곁에서 속도를 줄인다. 지프는 양쪽 좌석에 문이 없는 개방 형태이고 군복을 입은 사람들이 타고 있다. 그들은 얼굴이 없다. 깊숙이 눌러쓴 군모의 챙 아래 검은 선글라스로 가려진, 얼굴이 없는 입 하나가 웃으며, 다른 입 하나는 담배를 물고 있다. 그을린 피부와 커다란 자주색 입들. 쇠와 기름과 고무의 맛이 나는 공기. 그리움. 메아리. 재를 뒤집어쓴 도시. 너는 여기서 태어났구나. 그 순간 동시에 우리는 둘 다 나무 한 그루 없이 황량하다. 목소리. MJ의 내면. 나는 듣는다. *(속삭임: 한 그루의 나무만 있었으면. 죽은 자를 나무 아래 묻고, 아기를 나무 아래 내려놓고, 나무 아래서 떠날 텐데. 나무 아래서)* 목구멍과 혓바닥이 아프다. 문득 생각에서 벗어난 MJ가 다급히 자리에서 일어나 전차에서 내리고 지프가 빠르게 출발한다. 자욱한 먼지가 인다. MJ의 흰 스카프가 벗겨져 날린다. 유리가 산산이 부서진다. 지프가 사라지고 난 다음 장면은, 자전거에 타고 있던 젊은 남자가 MJ를 안아올린 모습이다. 얼굴은 피로 흥건하다. MJ의 왼쪽 눈 아래 뺨에 유리 파편이 박혔고 피가 흘러나오는 것이 보인다. 마침 거세게 불어온 바람 속에서 핏방울이 허공에 흩뿌려진다. 핏방울이 남자의 셔츠에 튄다. 중국 식당과 나란히 붙은 약국의 유리문에 전차의 모습이 비쳤다가 사라진다. 흐릿한 장뇌 냄새. 몇몇 행인이 바람에 휘어지는 자세로 뺨을 감싸쥐고 비틀거리듯 걸어간다. 갓 인쇄되어 잉크 냄새가 지독한 연극 포스터가 어디선가 날아와 그들의 얼굴을 덮는다. MJ는 양팔을 아래로 늘어뜨린 채 기절한 듯 꼼짝도 하지 않는다. MJ의 외투 자락이 벌어지면서 불룩하게 솟은 배가 드러난다. MJ의 가방은 길바닥에 내동댕이쳐졌고 새로 찍은 포스터뭉치와 팸플릿, 대본 등이 여기저기 흩어져 있다. 남자가 탔던 화물용 자전거도 마찬가지로 바퀴가 휘어진 채 길가 전신주 아래 처박힌 상태이다. 자전거에 실려 있던 유리는 산산조각이 났다. 아마도 그는 어딘가로 유리 배달을 가는 길이었으리라. 도로가의 작은 웅덩이에 살짝 얼어붙은 물이 잠겨 있다. 남자는 울고 있다. 고통 때문인지 충격 때문인지 아니면 슬픔 때문인지 모른다. 그래도 남자는 MJ를 안아들고, 지나가는 택시를 잡아보려 한다. 행인 몇 명이 관심을 보이며 그에게 다가온다. 하지만 그들도 달리 해줄 수 있는 것이 없다. 사방으로 흩어진 MJ의 짐을 챙겨드는 일밖에는. 바람이 휘몰아치며, 허공으로 마구 날아오르는 포스터. 담벼락과 전신주에는 반쯤 찢어진, 조야하게 인쇄된 연극 포스터가 붙어 있다. MJ는 언젠가 극장 무대에 설 것이다. 언젠가 희곡을 쓸 것이다. 우리 모두는 언젠가 무엇이 되고 싶다. 설사 그것이 죽은 갈매기라 할지라도. 나무 아래서. 길 건너편 회색 제복을 입은 남자들이 줄을 지어 달려간다. 호루라기 소리가 들린다. 그들은 MJ의 교통사고와는 상관없이 다른 일 때문에 달려가는 것이다. 골목에서 막 튀어나온, 겁먹은 한 아이의 얼굴. 누군가 길 건너편 소방서 뒤에 병원이 있다고 알려준다. 소아과인지 산부인과인지. 나무 아래서 우리 모두는 언젠가…… 되고 싶다. 하지만 당장 다친 사람에게 그것이 뭐가 문제이겠는가. *(속삭임: 너는 여기서 태어났구나)* 이날의 정오는 기억되는가? 알려지지 않은 제3의 시선이 전차 정류장과, 분수대와, 자전거와, 나른하게 잠든 듯한 소방서와, 무질서한 전선이 커다란 뭉치로 엉킨 목재 전신주들과, 지붕 위의 까치들과, 초록색 우체통과, 잎이 다 떨어진 몇 그루의 앙상한 가로수들과, 마른 몸매의 행인들을 지켜본다. 모두가 필사적으로 장뇌 냄새 나는 이 삶에 매달려 있다. 이날의 정오는 기억되는가? 지나가는 짐수레 아래서 바스라지는 유리 파편들. 모노톤의 비명 혹은 단 하나의 음계가 내 육신에 깃든다. 미래에 나는 그 소리를 몸으로부터 해방시킬 것이다. 그러기 위해서 나는 왔다. 모든 것은 파편이었다. 잠시 뒤 정오의 사이렌이 길게 울린다.

MJ는 편지를 썼다. 하지만 MJ가 편지를 끝내 완성하지는 못한 것을 나는 안다. MJ는 아무도 모르게 모두가 잠든 시간에 편지를 썼다. 그리고 쓰던 편지를 옷장 서랍 깊숙한 구석에 숨겨두었다. 옛날 사진과 앨범, 엽서 등이 들어 있는 상자 속이다. MJ는 편지를 쓰면서도 이것을 부쳐야 할지 어떨지 결정하지 못한 상태였다. 용기가 없었거나, 아니면 스스로의 결정을 신뢰하지 못하는 본성 때문이었을 것이다. 하지만 가장 큰 이유는, 편지를 누구에게 보내야 할지 결정하지 못했기 때문이다. 그 누구에게도 말할 수 없는 것을, 다른 무엇보다도 자기 자신에게 말할 수 없는 것을 MJ는 편지에 썼다. 편지는 일기와 달리 MJ를 떠날 것이기 때문이다. 편지는 떠나기 위해서 작성되기 때문이다. MJ는 오랜 시간 동안, 몇 달의 기간에 걸쳐 편지를 썼고, 그럼에도 편지를 완성하지는 못했다. 그 말은, 편지의 마지막 문장 아래에 작별의 인사를, 그리고 보낸 사람의 이름을 적는 단계에 이르지 못했다는 의미이다. 그러나 마침내, 자신도 이해할 수 없는 충동에 휩쓸려―도대체 편지의 완성이라니 무슨 뜻인가 누가 그것을 신경쓰겠는가―이것을 우체통에 넣어버리기로 결심한다. 그렇다면 편지는 어쨌든 자신의 본분을 다하는 것이다. MJ는 편지를 봉투에 담은 후 잠시 망설이다가 받는 사람으로 자신의 어린 시절 이름과 주소를 쓴다. 보내는 사람도 받는 사람도 자신이다. (속삭임: 밀, 어디 있어?) 물론 둘 다 이름이 같으면 우체국에서 이상하게 생각할 테니 보내는 사람 이름은 자신의 이니셜인 MJ로 적는다. 그러므로 이것은 자기 자신에게로 돌아올 자신의 편지이다. 그러니 작별의 인사나 서명 따위의 형식은 상관없는 일이다. 그런데 MJ는 이 편지를 떠나보내기 위해서 쓰지 않았던가. 하지만 아무래도 상관없는 것이, 어차피 편지를 우체부에게서 건네받자마자 그대로 조각조각 찢어서 쓰레기통에 버릴 생각이므로. 반드시 그렇게 할 것이다. 그게 뭐가 어려운가. 제 역할을 다한 편지는 폐기될 것이다. MJ에게로 보내질 MJ의 편지는 인쇄소에서 받은 인쇄물들과 함께 손가방 안에 들어 있었다. 전차 정류장 근처의 약국 앞 우체통에 편지를 넣을 생각이었다. 그러나 지프가 지나가고, MJ의 몸이 공중으로 날았다가 땅바닥에 추락하고, MJ의 가방이 바닥에 내동댕이쳐지면서 내용물이 쏟아져나올 때 편지도 함께 허공으로 튕겨져나왔다. 흰 닭이나 흰 손수건처럼. 이후 편지의 행방은 아무도 모른다. MJ는 연극 때문에 임신부 분장을 하고 다니는 거라고 사람들에게 말했다. 불편한 걸음걸이와 자세를 연습하기 위해서. 하지만 당시 MJ가 정말로 임신부 역할로 공연을 준비 중이었는지는 불확실하다. 무명 배우이던 MJ는 연극과 대학생일 때부터 인근 남자 고등학교 연극반에서 보조 강사로 일하거나 방학이면 메이크업 모델로서 기차를 타고 지방으로 다니기도 했다. 장터의 가설 매장에서 메이크업 시범을 보이고 싸구려 화장품을 팔기 위해서이다. 그러다 원치 않는 임신을 하는 바람에 대학마저 그만두고 두려움에 쫓기며 서둘러 결혼했고, 결혼하자마자 자신의 결정을 깊이 후회했다. MJ는 아이를 낳는 즉시 남편을 떠날 결심을 했다. 반드시 그렇게 할 것이다. 어머니는 늘 그렇듯이 울고불며 소란을 피울 것이다. 의지박약인 어머니는 그게 누구라도 상관없이 무작정 매달린 존재가 필요하다. 하지만 그야말로 그게 MJ와 무슨 상관인가. MJ는 자신의 뜻에 반하여 아이를 낳은 후 집으로 돌아왔지만 편지는 돌아오지 않았다. 어린 시절의 이름을 향해 보내진 편지는 돌아오지 않았다. 그것은 영영 유예되었다. 어느 날, 만약 어느 친절한 행인이 우연히 길에서 우표까지 붙어 있는 MJ의 편지를 발견한다면, 그는 그것을 우체통에 넣는다. 우체통에 넣기 전 그는 봉투에 적힌 이름을 유심히 들여다본다. 마치 그 이름이 무언가를 연상시키기라도 한 듯이. 미래의 어느 날 무언가를 연상시키게 될 것을 예감하듯이. 그러나 그것이 무엇인지. 나무 아래서.

내 자매는 버스 유리창을 두드렸으나 나는 고개를 돌리지 않았다. 그것이 나를 부르는 소리라고는 생각하지 못했기 때문이다. 밀! 하고 내 자매는 불렀다. 그러나 나는 유리창 때문에 그 목소리를 듣지 못했다. 거리는 먼지와 정전기, 산산조각이 난 날카로운 빛의 파편들로 가득했다. 심지어 나를 포함하여, 모든 것이 파편이었다. 정확히는 알 수 없지만 이 하루의 풍경 속에는 전체를 관통하는 통일성이 결핍되어 있어, 하고 생각하는 순간(그런데 누구의 생각일까?), 정오를 알리는 사이렌이 울리고. 정오의 사이렌을 듣는 것은 누구인가. 내 자매는 버스에서 내렸다. 그녀는 나를 뒤쫓아오려고 했다. 나는 이미 그녀 앞에서 등을 보이며 걷고 있었으나 우리들 간의 거리는 고작 몇 걸음 정도였다. 나는 굳이 걸음을 빨리하지 않았다. 그러나 내 자매는 만삭의 몸이어서 나를 쫓아올 수가 없었다. "밀!" 내 자매가 불렀다. 이번에 나는 그녀의 목소리를 분명히 들었으나, 그것이 내 이름이라고 믿지 않았으므로 굳이 뒤돌아보지 않았다. *(속삭임: 우리는 엄마를 사냥하는 거야)*

어린 시절 나는 두 개의 이름을 가졌고, 나를 아는 사람들은 저마다 다른 이름으로 나를 불렀다. 혹은 그때그때 상황이나 기분에 따라 두 이름 중 하나를 적당히 사용했다. MJ는 나를 밀이라고 불렀는데, 사실 나를 오직 그 이름만으로 부른 사람은 MJ가 유일하다. 밀은 MJ가 나에게 준 이름이었으며 내 것이지만 동시에 MJ의 것이기도 했다. 그것은 MJ 자신의 어린 시절 이름이라고 들었다. 반면에 음악교사는 때로는 밀이라고 부르기도 했지만 대개는 목주라고 불렀다. 물론 그가 내 이름을 부를 일은 거의 없었기 때문에 정확하지는 않고, 그가 나를 다른 누구와 혼동했을 가능성도 높다. 더욱 정확히 하자면, 그가 내 이름을 부른 적은 한 번도 없었을 것이 분명하다. 단지 내 말은, 만약 그가 내 이름을 불렀더라면 아마도 그러했으리라고 생각한다는 의미이다. 어쨌든 나는 꽤 오랫동안 그가 다른 누군가와―아마도 목주라는 이름의 아이―나를 혼동하고 있다는 인상을 받았다. 비록 그가 그 이름으로든 무엇으로든 나를 부른 적이 한 번도 없었다 할지라도 말이다. (그렇다 하숙집에는 이런저런 이유로 아버지 혹은 어머니와 함께, 심지어는 아버지도 어머니도 없이 장기 투숙하는 아이들이 있었다) 그런데 그의 착각은 어느 날 놀랍게도 현실이 되어서, 학교에 들어간 첫날부터 나는 모두로부터 당연한 듯이 목주로 불리고 있었다. 관청과 학교에 보내는 내 서류를 놀랍게도 음악교사가 작성했기 때문이다. MJ라면 분명 내 이름을 밀이라고 기입했을 것이다. 나는 그렇게 믿는다. MJ라면 나를 계속해서 밀로 남겨두었을 것이다. 음악교사는 나에 관한 모든 서류에 늘 그렇듯이, 당연히 착각으로, 내 이름을 목주라고 써넣었다. 그리하여 나는 내가 모르는 어떤 다른 인물이라고만 여기던 목주가 되었다. (그런데 잘 생각해보면, 이상하게도 목주는 MJ의 또 다른 이름이기도 했다) 그럼에도 불구하고, 여전히 MJ에게는 내가 오직 밀이라는 것을 나는 알고 있었다. 그래서 나는 내면의 밀이었다. 나는 오직 내면의 밀이었다. 나는 MJ에게 속한 일부였기 때문이다. 그래서 나는 오직 내면의 밀이었다. 식모는 처음에는 MJ가 하는 대로 나를 밀이라고 불렀지만 이후 내가 병원에서 돌아온 뒤로는, 그때 이미 MJ는 없었으니, 음악교사를 따라서 목주라고 불렀다. 그런데 식모는 밀을 좋아했으나 목주는 좋아하지 않았다. 밀에게는 다정했으나 목주에게는 의심의 눈초리로 거리를 두었다. 간혹 식모는 나를 앞에 둔 채로 무심코 묻곤 했다. 도대체 밀은 어디 있는 거야? *(속삭임: 밀, 어디 있어?)* 반면에 내 자매는 나를 부를 때 그 어떤 이름도 사용하지 않았는데, 지금 생각해보니 그건 잘못된 이름을 부름으로써 야기될 어마어마한 혼동과 오류를 피하려는 의도였을 것이다. 혼동과 오류는 그녀의 믿음에 의하면 불의나 마찬가지였기 때문이다. 이름이 둘이라는 것은 내면의 스파이를 의미했다. 뿐만 아니라 그 두 이름이 나와 MJ 모두에게 동시에 속한다는 것은 곧 이중의 스파이를 의미했다. 내 자매는 이미 소녀 시절부터 그만큼 조심스럽고 세심한 성격이었다. 그래서 러시아 노래를 따라 부르기를 주저했다. 그녀는 러시아 노래집에 손가락을 대는 것조차 꺼려했다.

그러나 오래전에 알았던 배우를 다시 만나 그가 내 이름을 물었을 때 나는 반사적으로 밀이라고 대답했다. 그 순간 나는 다시 밀이 되었기 때문이다. 밀, 하고 그는 나를 불렀다. 잠시 전까지 내 자매와 내가 타고 있던 고장난 버스가 멀어져갔다. 여름과 가을이, 그리고 겨울이 멀어져갔고, 이윽고 봄조차 사라졌다. 9월이 영영 자취를 감추었다. 그사이 내 자매의 목소리는 더듬거리고 불균일하게 갈라지고 피가 비치며 속삭임은 비명처럼 들리고 갑작스러운 늙음을 맞아 탁해지고, 이윽고 아무도 잠에서 깨어나지 않은 이른 아침의 불그스름하고 차가운 소용돌이로 변해 지붕들 너머로 멀리 사라져갔다. 마치 새처럼. 마치 막 날개가 찢어지고 있는 거대한 새처럼. 그녀는 더이상 나를 부르지 않았다. 그냥 멀리서 내 뒷모습을 잠시 바라보다가 아마도 다시 버스에 올라탔을 것이다. 그녀는 느리게 움직였다. 그녀는 비틀거렸다. 행인 중의 누군가가 그녀의 팔을 붙잡아 부축해주었을지도 모른다. 그녀는 감사의 인사를 한 다음 페도라 모자를 고쳐 썼다. 고개를 돌려 뒤돌아보는 법조차 없이 똑바로 앞을 향해 걷고 있지만, 나는 이 모든 것을 눈앞에서 그대로 보고 있는 듯하다. 내 자매가 스스로 의식하지는 못한 채 나와 깊이 연관되었을지도 모르는 어떤 하루의 장면을 연출하고 있는 것 같았기 때문이다. 그러기 위해서 그녀는 임신부의 분장을 하고 나를 만날 목적으로 버스를 탔을 것이다. 오, 머릿가죽이 서늘해지는, 이 태초의 느낌. 나는 걸음을 빨리한다.

나는 속삭임으로 태어났다. *이제 나를 가게 내버려둬, 이곳에서부터 나는 혼자야……* 내 속삭임은 메아리이다.

(속삭임: 밀 어디 있어?

나: 지붕.

속삭임: 밀 어디 있는 거야?

나: 지붕)

나는 달려드는 개를 똑바로 쳐다보았다고 한다. 아마도 나는 개를 보는 법을 몰랐을 것이다. 그러므로 나는 개를 본 적이 없다. 개를 사랑한 적도 없고 개와 어떤 연관을 맺은 적도 없다. 마찬가지로 음악교사가 노래하는 모습 역시 나는 한 번도 본 적이 없다. 상상할 수도 없다. 단지 뒷마당을 지나면서 그의 노래를 잠깐 들었을 뿐이다. 피아노 반주를 하는 건 내 자매이다. 초록과 갈색의 드넓은 구릉지대를 느리게 퍼져나가는 안개와 같이……. 나는 초원 위를 가득 채운 구름과 같은 보랏빛 모기떼를 본다. 그러나 나는 내가 그들이 아니라 MJ에게 속한 것을 알고 있었다. 나는 MJ의 메아리였다. 나는 MJ의 편지였다. MJ에 의해 쓰였으며 MJ에게로 돌아갈 편지. 나는 MJ의 이름이었다. 너무도 기꺼이 나는 그것이었다. 아마도 그런 이유로 한집에 사는 음악교사를 내 편에서 의도적으로 피했을 것이다. 나는 그의 부름에 한 번도 대답하지 않았다. 마치 그가 나를 단 한 번도 부르지 않은 것처럼. 밀 어디 있어? 음악교사가 나를 부르는 소리가 들렸다고 생각한 순간, 나는 장롱 속으로 달아난다. 내 머리칼을 자르는 MJ의 가위 아래로 머리를 숙인다. 나는 MJ의 얼굴을 볼 수는 없었으나 가위를 든 손에서 풍기는 꿀처럼 달콤한 냄새를 느꼈으며, 그 순간 연습실의 유리창이 요란한 소리를 내며 아래로 떨어졌다.

"너는 속삭임이야, 밀." 〈메데아의 아이〉 연극 공연이 열리는 극장으로 들어서기 직전에 MJ는 다시 한번 더 이렇게 말했다. "그걸 잊으면 안 돼." 나는 고개를 끄덕였다. 속삭임을 위한 자리는 무대 바로 앞 둥그런 홈처럼 파인 움푹한 공간이었다. MJ는 담요처럼 커다란 검은색 천으로 나를 둘둘 말 듯이 감쌌다. 그건 원래 무대공연용 코스튬인 외투였다. 극장은 난방이 되지 않아 춥기도 했지만 최대한 관객들의 눈에 보이지 않는 편이 좋기 때문이다. 그래서 MJ는 소품 창고에서 검은색 외투를 가져왔다. 지하 창고에 오랜 시간 처박혀 있던 외투는 너무 낡아서 전혀 따뜻하지 않고, 게다가 담배 냄새와 땀 냄새가 찌들어서 숨이 막힐 것만 같았다. 속삭임의 역할을 맡은 나는 긴장되는 마음을 억누르기가 힘들었다. 그러나 지금껏 수천 번도 더 연습했으므로 실수하지 않을 것이다. 나는 집 안 구석구석에서, 창고 안에서, 장롱 속에서, 모든 비밀의 공간에서 항상 대본을 펼쳐들고 읽는 연습을 했던 것이다. 나는 그 글이 한 편의 기나긴 편지라는 인상을 받았다. 편지에서 시작하여 편지로 끝나며, 편지의 낭독 사이사이 배우들이 편지 내용을 연기로 보여주는 형식이기도 하지만, 무엇보다도 그날까지 내가 아는 모든 형태의 글은 오직 편지였기 때문이다. 사실 내 역할이란, MJ의 말대로 누구나 할 수 있을 만큼 무척 쉬운 일이고, 속삭임으로, 오직 속삭임으로 대본을 천천히 읽기만 하면 된다. 배우는 무대 위를 이리저리 움직이며 열 페이지가 넘는 긴 대사를 낭독하다가, 서서히 내가 있는 속삭임의 자리 바로 앞으로 다가올 것이다. 그가 내 위에서 걸음을 멈추면, 마치 숨을 고르듯이 낭독을 잠시 멈추면, 그것은 곧 그가 이어지는 대사를 잊었다는 사인이므로, 나는 그의 다음 대사를 속삭이며 읽어주는 것이다. *(속삭임: 너의 허벅지는 둥그스름한 잔과 같아/그 음료가 마를 날이 없구나)* 내가 있는 자리에서는 무대 위가 보이지 않았다. 나는 배우의 얼굴을 볼 수 없었고, 단지 그의 목소리와 발걸음 소리를 들을 뿐이었다. 종종 내 속삭임과 무대 위 배우의 낭독은 겹쳐졌다. 너는 속삭임이야, 그걸 잊으면 안 돼, 하고 MJ는 말했다. 이건 사랑에 취한 솔로몬의 노래란다, 너는 그 노래의 속삭임이고. 하고 MJ는 말했다.

나는 최초부터 MJ의 속삭임이었다. 나는 읽기를 매우 이른 나이에 깨우쳤는데, 그건 속삭임이 되기 위해서였다. 나는 오직 속삭임이 되기 위해 태어났던 것이다. 나는 말보다도 낭독을, 낭독보다도 속삭임을 먼저 배웠다. 하지만 그 덕분에 내가 속삭인 말들은 내 이해의 영역을 넘어서는 것들이 대부분이었다. *마치 나이프로 성서를 가르듯이*, 최초의 어느 날, 나는 이렇게 속삭인 기억이 난다. 나는 나이프도 성서도 몰랐다. 어느 날 나는 누군가의 빈방에서 처음 보는 작은 접이식 나이프를 발견했고, 본능적으로 그것이 나이프라는 것을 알아차렸다. 아마도 그래서 그것을 나도 모르게 주머니 속에 넣었을 것이다. 손이나 종이를 벨 수 있는 칼날이 달린 그것은 처음 보는 물건이었고 내 호기심을 끌었다. MJ는 내 어깨를 쥐고 거칠게 흔들었고, 내 주머니를 뒤져 물건들을 빼앗듯이 꺼냈다. 구겨진 편지와 동전, 맨드라미 이파리와 나이프가 떨어졌다. 나는 태어나면서부터 MJ의 속삭임이었다. 아니 태어나기도 이전부터 나는 속삭임으로 MJ와 함께, MJ의 내면에 있었다. 나무 아래서. *지난밤에 비바람이 휘몰아치고 번개가 쳐서 두려웠습니다. 책상 위에 가득한 메모지와 편지, 페이지 없는 원고들이 회오리치듯이 온 방 안에 휘날려 흩어졌습니다. 그제야 나는*

내가 창문 닫는 것을 잊었음을 알았습니다. 숲에서 사람이 말했습니다, 이제 나를 가게 내버려둬, 이곳에서부터 나는 혼자야…… 하지만 MJ는 말했다, 너는 속삭임이야, 그걸 잊으면 안돼. 너는 내 모든 것, 너는 내 모든 것이야! 그리고 다시 속삭임. *너의 허벅지는 둥그스름한 잔과 같아/그 음료가 마를 날이 없구나,* 그렇게 나는 속삭인다. *나는 당신의 숭배자입니다.* 그렇게 나는 속삭인다. 나는 숭배가 무엇인지 몰랐다. 나는 한 번도 숲을 보지 못했다. 동굴의 메아리가 암석에 축적되듯이, 속삭임이 내 몸 안에 축적되었다. 나를 이루었다.

나는 가방을 싸는 MJ를 문 뒤에서 몰래 지켜본다. MJ는 자신의 방, 연습실이라고 불리는 텅 빈 교실처럼 커다란 방 한가운데서 가방을 싸고 있다. MJ의 가방은 나무로 만들어진 상자 모양인데, 겉이 가죽으로 둘러싸였고 모든 모서리가 쇠 띠로 고정되어 있다. 그것은 바퀴 달린 캐리어가 나오기 이전 시대의 물건으로 튼튼한 손잡이가 있어 그걸 들고 다녀야 한다. 그래서 과거 부유한 사람들은 가방을 들어줄 짐꾼을 역에서 구하곤 했지만 MJ는 양손으로 가방을 힘겹게 들고 간다. MJ는 가져갈 물건들이 많지 않다. 속옷과 비누, 얼굴에 바르는 크림과 칫솔 한 개가 전부이다. MJ는 많은 물건을 필요로 하지 않는 습관을 가졌다. 병원으로 가서 병든 어머니를 돌보기 위해서라고, 가방을 쌀 때마다 MJ는 말했다. MJ의 어머니는 온몸이 마비되고 있다고 했다. 살아 있는 시체처럼, 근육이 굳어버

려 눈을 감지도, 입을 다물지도 못한다고 했다. 어머니를 돌봐
줄 가족은 MJ가 유일하다. *(속삭임: 너는 여기서 태어났구나. 나무
아래서)* 하지만 MJ는 돌아오지 않을 생각이고 나는 그것을 안
다. 지금까지 항상, 가방을 싸서 집을 떠날 때마다 MJ는 그렇
게 마음먹었기 때문이다. 단 한 번도 자신을 하숙집 여주인으
로 생각해본 적이 없지만, MJ는 그렇게 되고 말았다. 첫 번째
아이를 낳은 뒤에도 MJ는 자신의 계획처럼 즉시 남편을 떠나
지 못했는데, 처음에는 전차에서 내리다가 교통사고를 당하는
바람에 예정보다 일찍 출산한 후 크나큰 공포에 질려 있었기
때문이고, 이후에는 자신이 아이를 낳았다는 현실을 실감하고
충격에서 헤어나오지 못했기 때문이다. 그러는 사이 어머니의
병이 갑자기 심각해지는 바람에 하숙집 운영을 얼떨결에 떠맡
아버린 건 크나큰 실수였다. 그래서 MJ는 매번 다시 돌아왔던
걸까. 무거운 가죽 가방을 질질 끌면서. 의자에 앉아 잡지를 뒤
적이던 MJ는 가까이 다가오는 음악교사를 뚫어지게 빤히 쳐
다본다. 그리고 일어선다. 아무 말 없이 그의 뺨을 힘껏 때린
다. 무방비로 있던 음악교사는 비틀거리며 뒷걸음친다. 하지
만 곧 MJ의 허벅지를 잡고 MJ의 허리를 잡으며 MJ 앞에 무릎
을 꿇는 자세로 주저앉는다. 그는 숨을 헐떡거리며 사정한다.
그의 입에서 나오는 기나긴 말. 하지만 MJ는 얼음처럼 동요가
없다. 잠시의 침묵 뒤 MJ는 다시 음악교사를 밀어낸다. 하지만
이번에 음악교사는 MJ의 어깨를 움켜잡는 데 성공한다. 그런

데 너무 강하게 움켜잡은 듯하다. 욕설을 내뱉으려는 듯 MJ의 입이 일그러진다. (내가 못할 줄 알아?) 그러나 아무런 소리가 없다. 어느 순간, MJ를 제압하려는 의도로 MJ의 목을 조르는 음악교사의 모습이 보이는 것 같다. 아니 착각일까. 언젠가 MJ는 경찰서로 끌려갔다. 불법단체를 구성했다는 혐의를 받았다. 그 불법단체란 MJ의 무허가 극단이었다. 두 명의 남자가 와서 MJ의 연습실을 뒤졌다. 사복 차림의 그 남자들이 사실은 경찰이라고 식모가 숨죽여 말했다. 그들은 러시아 연극에 관한 책을 찾는 거라고 식모가 내게 소곤거렸다. 사흘 뒤 MJ는 집으로 돌아왔다. 운 나쁘게도 하필이면 러시아 어학 교재가 발견되지만 않았더라도 훨씬 더 일찍 풀려났을 거라고 사람들이 말했다. 폭력에 대한 크나큰 공포에 시달렸던 MJ는 그날 이후 자신의 곁에 아무도 다가오지 못하도록 했다. 젊은 배우들은 뿔뿔이 흩어지고 극단은 해체되었다. 몇몇 얼굴들은 두 번 다시 그 어디에서도 보이지 않았다. 그러므로, 아니 착각인가. 음악교사는 스르르 무너지며 MJ의 다리를 잡고 그 앞에 무릎을 꿇는다.

그러나 계속되는 어떤 장면. MJ가 고통스러운 기침을 토하며 발버둥 친다. 음악교사가 뒤로 물러난다. MJ의 목소리는 사무치는 증오로 넘친다. "아기를 낳으면 갈가리 찢어 죽일 거야, 내가 못할 줄 알아?" 그때 문 밖에서 훔쳐보는 나를 알아차린 음악교사는 고개를 돌려 "저리 가!" 하고 소리친다. MJ의 눈이 *(속삭임: 숲에서 사람이 말했습니다, 이제 나를 가게 내버려둬, 이곳에서부터 나는 혼자야…… 그런데 숲이 무엇인가, 나는 숲을 한 번도 본 적이 없다)* MJ의 광기에 찬 충혈된 눈이 나를 발견하기 전에 재빨리 나는 문 앞을 벗어난다. 그러나 MJ의 눈은 나를 보고 만다. 그때 방 안을 날아다니던 커다란 새들은 얼음의 몸을 가졌다……. 하지만 나는 잘 안다, 이 모두가 연극이라는 것을. 나는 바로 이런 장면을, 바로 이런 대사를 이미 MJ가 건네준 대본에서 읽었기 때문이다. 심지어 이제 앞으로 MJ가 할 일까지도, 나는 잘 알고 있다. 나무 아래에 아기를 놓고, 떠난다. MJ는 내게 말했다, *(속삭임: 절대로 잊지 말아야 할 일은, 너는 속삭임, 속삭임이야)* 하지만 MJ가 모르는 사실이 있는데, 나는 이 대사들을 읽기 전에 이미 들었다. 끊임없이 듣고 있었다. MJ의 연습실에서, 지붕 위에서, 식모의 부엌 뒤편에서, 빈방의 장롱 속에서, 편지가 든 상자 안에서, 그늘진 복도에서, 천장이 무너져내린 으슥한 창고에서, 집 안의 황량한 폐허에는 거의 언제나 MJ의 극단 단원일 것이 분명한 누군가가 모습을 감춘 채 작은 소리로 대사를 연습하고 있었고 나는 그것들을 귀 기울이며 따라다니다가, 마침내 모든 속삭임을 대본 없이 암기할 수 있었던 것이다. MJ의 집에는 항상 연극을 하는 누군가가 있었으므로. MJ의 집에서는 연극이 끊이지 않았으므로. 그의 속삭임을 따라다니다가 마침내 나는 그를 볼 수 있게 되었던 것이다. 나는 속삭인다, MJ가 가르쳐준 대로, 일정한 속도로 억

255

양을 배제하면서. *아아, 아이를 낳는 게 아니었어, 갈가리 찢어 죽일 거야, 내가 못할 줄 알아?*

그리고 두 손을 가슴에 모으고, 나는 속삭인다. MJ가 가르쳐준 대로, 솔로몬의 사랑의 노래를.

너의 허벅지는 둥그스름한 잔과 같아

그 음료가 마를 날이 없구나

내 손가락에서는 꿀이 뚝뚝 흐르고…… (언젠가 나는 손가락을 꿀 항아리에 담근다. 꿀이 범벅이 된 끈적이는 손으로 뒤에서 그의 머리를 살짝 쓰다듬는데)

너는 어디에도 보이지 않으니

너를 찾아 밤새 헤매었구나 성의 야경꾼들은 나를 매질하고 내 겉옷을 벗겨 가버렸도다.

사랑이 있었다. 대문 손잡이에 걸려 있는 보랏빛 꽃다발에서 나는 그것을 배웠다. 혹은 장롱 속의 편지에서, 편지에 적힌 언어들에서. *왜 더 이상 나에게 편지하지 않는 건가요?* 어느 날 나는 우편함에서 편지를 발견했는데, 그것은 우표도 우체국의 소인도 없는 편지였다. 누군가 직접 집 앞으로 와서 편지를 우편함에 넣어둔 것이다. 그리고 그 사람은 아마도, 우편함 뒤편 작은 구멍을 통해서 안마당을 들여다보았을지도 모른다. 지붕으로 올라가는 흰 계단과 한 마리 개와 연습실 유리창 안쪽의 의자, 그 의자에 앉은 사람의 실루엣을 보았을 것이다. 오, 나는 개를 기르지 않는다. 단 한 번도 개를 가져본 적이 없다. 나를 가진 것이 분명한 한 마리 티벳 유령 개를 제외한다면. 그러나 내 기억 속의 MJ는 항상 편지를 쓰고 있었다. 부엌 문 뒤편에서, MJ가 식모에게 말하는 소리가 들린다, 오늘 중요한 편지를 써야 하므로 방해하지 말아달라고, 자신을 찾는 전화가 와도 부르러 오지 말라고. 나는 소인 없는 편지를 MJ의 방문 아래로 밀어넣는다.

사랑이 있었다. 악숨은 편지에 썼다, 나에 대해서 써 보내달라고, 하지만 오해하지 말아야 하는데, 그건 내가 누구인지 알려달라는 뜻이 아니다. 안다는 것은 단 한 번도 중요하지 않았다. 오직 나에 의해 작성된 내 편지를 읽기를 원한다고 악숨은 썼다. 하지만 내가 그에게 알려주어야 할 나는 필요하지 않다고 했다. 심지어 내 진짜 이름이나 생일에 대해서 알고 싶은 것도 아니라고 했다. 물론 내게 진짜 이름이 따로 있다면 말이다. 악숨은 그림을 그리는 사람인데, 내 초상화를 그리고 싶다고 했다. 단 한 번도 만난 일이 없는 나를 그리기 위해 약간의 도움이 필요하다고, 하지만 그 도움은 내 사진이 아니라고 그는 편지에 썼다. 자신이 그릴 그림을 위해서 물리적인 나는 불필요하며, 뿐만 아니라 내가 스스로의 외모를 묘사하거나 거울을 보면서 떠오르는 표상을 글로 옮길 필요조차도 없다고 했다. 나를 그리기 위해서 나를 눈으로 볼 필요가 없기 때문이라고 했다. 외모와 마찬가지로 내면에 대한 묘사나 설명 역시 필요 없다고 했다. 그가 원하는 것은 오직: *상상해봐요, 아직 그려지지 않은 당신의 초상화 앞에 서 있는 당신 자신을.*

악숨은 편지에 썼다, 자신이 그린 그림을 바라보면서 내게 떠오를 것들을 미리 상상해달라고. 이 상상은 매우 미래완료적인데, 그의 그림은 아직 스케치나 구상조차도 시작되지 않았기 때문이다. 그가 필요한 것은 그러므로 그림을 앞서가며 그림의 영감이 될 그림의 인상이었다. 그림을 바라봄으로써 유발될, 그림으로부터 나와 그림을 이루고 그리고 그림을 초월하게 되는 그것을 글로 써준다면, 자신은 그 글이 선취한 느낌을 바탕으로 비로소 그림을, 내 초상화를 그릴 수 있을 것 같다고 했다. 그것은 보지 않으면서 보는 여행의 시작이 될 거라고 했다. 어떤 식이라도 상관없고, 그냥 자유롭게 떠오르는 것을 써준다면, 상상해봐요, 예를 들자면 당신이 어느 날 우연히 떠난 낯선 여행지의 미술관에 들어가고, 그곳 지하실의 특별 전시관에서 예상치 못하게 한구석에 조그맣게 걸린 내 그림을 마주치는데, 그게 바로 이제 앞으로 내가 그리게 될 당신의 초상화라고 상상해봐요, 하고 악숨은 썼다.

당신은 그 앞에서 걸음을 멈추고, 그림이 정말로 당신을 그린 것인지 확인하기 위해 오래오래 들여다보게 되지만, 보면 볼수록 그림의 인물이 당신 자신임을 더더욱 확신하게 되는 겁니다. 설사 그림 속 얼굴은 대부분의 디테일이 생략되어버리고, 거의 백지와 다름없는 상태라고 해도 말입니다. 당신은 분명 혼란스럽지만 그만큼 차분하기도 합니다. 마치 이런 일이 일어날 거라고 아주 오래전에 누군가로부터 들어서 알고 있던 사람처럼. 마치 이 그림에 대해서 누군가가 미리 당신에게 편지로 알려준 것처럼. 미술관의 난방은 충분하지 않아 당신은 외투 아래 드러난 발목에 냉기를 느낍니다. 그곳은 인기 있는 전시관이 아니어서 방문객은 당신 혼자입니다. 간혹 제복을 입은 미술관의 감시인들이 텅 빈 홀을 가로질러 지나갈 뿐이죠. 당신은 전시관 한가운데에 덩그렇게 놓인 벤치에 앉아 가방에서 편지지를 꺼냅니다. 그리고 편지를 쓰게 되죠. 당신의 초상화가 당신에게 불러일으킨 것들을, 상상해봐요, 그게 뭐라도 좋아요, 바로 그 그림을 그리게 될 나를 위해 글로 옮기는 거죠, 당신의 초상화가 당신에게 속삭일 것들을, 바로 그 자리에서 당신에게 들려올 그 속삭임을 내게 써 보내는 겁니다. 내가 당신의 초상을 그릴 수 있도록 말이죠. 혹은, 내가 미술관에 전시될 만큼 알려진 화가가 아니라는 점을 감안하면 더욱 현실성 있는 가정인데, 어느 날 당신이 익명의 편지를 받는다고 상상해봐요. 당신은 집에 혼자 있고, 뭔가에 열중하고 있는데, 그때 예상하지 못했던 사건, 우체부가 옵니다. 당신은 편지를 받아듭니다. 그런데 편지의 발신인은 익명이거나 당신이 아예 모르는 이름입니다. 아니면 소식이 끊어진 지 너무도 오랜 친구라서 이제는 기억조차 희미할 정도인데다 아무런 감정의 끈도 남아 있지 않으므로 그가 당신에게 편지를 보내왔다는 사실 자체가 당혹스럽고 놀랍기만 합니다. 봉투를 열자 그 안에는 편지 대신 초상화가 들어 있어요. 설명은 따로 없지만 그래도 당신은 보는 즉시 그것이 당신을 그린 초상화임을 알아차립니다. 당신은 옷도 차려입지 못하고 신발도 없이 맨발인데, 아무런 준비되지 않은 상태로 갑자기 당신 자신과 마주친 겁니다. 그런데 집은 어디일까요? 어딘가의 공간에 거주한다는 의미의 집이 아니라, 표상으로서의 집이란…… . 그림의 제목은, 예를 들자면 당신의 이름인 'M***'이런 식입니다, 당신이 M***라고 상상해봐요, 정녕코 당신 자신 이외의 다른 무엇일 수가 없는 그림. 왜냐하면 그것이 당신에게로 보내졌으므로. 왜냐하면 그것이, 예를 들자면 당신의 생일날 당신에게 보내졌으므로. 그런 상황을 한번 상상해봐요. 그리고 그 그림이 당신의 내면에 불러일으킬지도 모를 기억에 대해서, 또한 그로 인하여 모든 가능한 미래의 기억을 선취하는 방식으로 당신에게 다가올지도 모를 사건에 대해서, 내게 편지로 써주시기 바랍니다. 시간은 아무리 오래 걸리더라도 상관이 없습니다. 당신도 그 일을 위해서 이제 모종의 추상적인 미술관으로 여행을 떠나야 할지도 모르니까요. 혹은 그 전에 먼저 우체부가 오기를 기다리고 있어야겠죠. 당신도 나도 서둘지 않아요. 우리는 아무것과도 경주하지 않습니다. 여름과 가을이, 그리고 겨울이 멀어져가고, 이윽고 봄조차 사라진 다음, 마침내 9월이 영영 자취를 감출 때까지, 그리고 그 모든 것이 무수히 되풀이될 때까지도.

그렇게 편지를 써준다면, 나의 최초이거나 최후, 나의 모든 것, 내 신전과 내 광야, 내 한 그루의 나무, 내 개와 내 쓰러진 잔, 내 겉옷과 내 속삭임, 내 이름과 편지, 오직 그것을, 내 상징의 정물을 토대로 악숨은 나를 그려보고 싶다고 했다.

6

경찰관 부부는 내 결혼을 축하하면서 결혼식에 참석하지 못해서 안타깝다고 엽서를 보내왔는데, 한참 뒤늦게 도착한 그 엽서를 내가 받은 것은 짧은 결혼생활이 이미 끝장나버린 다음이었다. 그사이 나는 대학을 졸업했고, 임시 일자리를 잠깐씩 전전하다가 대학 인근의 작은 미술학원에서 보조강사로 채용된 참이었다. 미술학원 채용 이전에는 연극용 중고 코스튬을 판매하는 상점 점원으로 일하고 있었다. 중고 코스튬 상점은 묘하게도 시 외곽 바위산 절벽 아래의 천연 동굴을 개조해서 만든 장소였다. 점원으로 근무하는 동안 나는 거의 매일 상점에서 지내면서 캠핑용 단열 매트리스를 깐 바닥에서 잠을 잤다. 전임자가 남겨두고 간 낡은 침낭이 있었기에 가능했다. 나는 상점이 문을 닫는 일요일에만 집으로 갔다. 중고 연극 코스튬을 찾는 사람들은 대개 무명의 무대 배우나 가수들, 벼룩

시장의 상인이나 길거리 예술가, 취미 공연가들이었다. 거기서 알게 된 길거리 예술가 한 명이 내게 손풍금을 배울 것을 권했다. 자신과 함께 장터를 돌며 일해보자는 제안이었다. 자신이 춤과 연기, 요가 묘기를 선보이는 동안, 나는 손풍금을 연주하면서. 나는 그럴 수 없다고 했다. 악기는 연주해본 적이 없고 더구나 건반악기는 태어나서 한 번도 건드려보지 못했다고 하니 그는 좀 당황했다. 그는 나를 처음 본 순간 자신과 같은 음악가라고 확신했다는 것이다. 누구나 착각은 할 수 있다고 내가 대답했다. 그렇다면 악기 연주 말고 공연용 이벤트를 벌여보는 건 어떨지, 내가 자신과 같은 배우라는 믿음을 끝내 포기하지 못한 그가 다시 제안했다. 예를 들자면 코스튬이나 메이크업 쇼를 한다든가. 시골 장터의 나이 든 여자들도 아름다움에는 관심이 있을 테니 말이다. 하지만 나는 코스튬 상점의 점원 일에 만족하고 있었기 때문에 그의 제안을 모두 거절했다.

상점은 간혹 외국에서 주문한 중고 코스튬이 선박용 화물로 도착하는 날을 제외한다면 하루 종일 하품이 날 정도로 한가한 편이었다. 그곳은 연극용품뿐만 아니라 연극 관련 중고서적도 함께 취급하고 있었으므로 나는 대부분의 낮과 거의 모든 밤을 책을 읽으며 홀로 보냈다. 책들이 꽂힌 책장은 동굴 가장 안쪽 벽에 설치되었는데 천장까지 닿은 높이였으므로 위쪽 칸의 책들을 살펴보려면 높은 사다리를 이용해야만 했다. 처음 일을 시작할 때 나는 책장 바로 아래에서 잠을 자면 안 된다는 말을 들었다. 예전에 한밤중에 지진이 일어나 책장의 책들이 한꺼번에 쏟아져내렸고, 그때 책장 바로 아래서 잠을 자던 점원이 책 더미에 깔려 죽는 사고가 있었다고 했다. 상점 일은 마음에 들었지만 단점이라면 월급이 너무 적어서 대학 시절에 음악교사로부터 받던 액수의 절반도 안 되는 돈으로 살아가야만 했다. 하지만 나는 극단적일 만큼 소비와 먼 생활에 익숙한 편이어서 크게 문제가 되지 않았다. 내가 일요일에만 집으로 간 것도 버스비마저 아껴야 했기 때문이다. 하지만 그 대신 내가 원한다면 상점의 코스튬을 얼마든지 사용해도 좋다는 허락이 있었다. 옷에 대해서 말이 나왔으니 말인데, 몸이 커지는 바람에 오랫동안 입어서 익숙한 보이스카우트 기부함의 옷을 이제 더 이상 입을 수 없다는 사실이 나를 때로 슬프게 만들기조차 했다. 여학생 기숙사로 들어간 뒤 내 몸은 놀라울 만큼 빠른 속도로 자라났으므로 당시 내 옷가방에 있던 보이스카우트 셔츠와 반바지는 금세 입을 수 없게 되었다. 그때 간혹 기숙사로 나를 찾아오던 어린 시절의 친구는 나중에 시간이 흐른 후에, 당시 십대의 여학생들 사이에서 홀로 잿빛의 거대한 전갈처럼 우중충해 보이던 내 모습이 너무도 기이하여 전율을 일으킬 정도였다는 말을 하기도 했다. 나는 단지, 늘 입던 청바지 위에 짙은 회색 모직 원피스를 입고 있었을 뿐인데 그녀의 표정은 마치, 넌 어쩌자고 여전히 그렇게 끔찍하단 말인가! 하고 비명을 지르는 듯했다. 맹세코 그것은 그냥 평범하기 짝이 없는 중고품 원피스였는데도 그녀의 얼굴에는 형용할 수 없는 공포의 표정이 떠올랐다. 하지만 잠시 뒤면 늘 그렇듯이 그녀는 누그러졌다. 항상 같은 옷을 입고 다니는 습관, 그것도 그렇게 기묘하고도 낡아빠진, 그걸 마주하니 순간적으로 온몸이 얼어붙는 느낌이라고, ("오싹하고 소름끼쳐") 솔직히 자신은 나의 그런 점이 종종 너무도 견디기 힘들다고 털어놓기도 했다. 잊고 있던 일이 생각날까봐 두렵다는 것이다. 무슨 일을 잊고 있었느냐고 물으니 그건 이미 잊었기 때문에 자신도 모르겠다고 했다. 내가 늘 같은 옷만 입는 습관이 있는 건 사실이고 또 청바지와 원피스를 중고 바자회에서 구입한 것도 맞지만, 그것이 유달리 낡아빠졌거나 공포스러울 만큼 기이하다고 할 수는 없었기에 나는 그녀를 점점 더 이해할 수 없었다. 어린 시절의 옷 궤짝 친구인 우리는 미워하는 마음 없이 서서히 멀어져갔다.

코스튬 상점의 궤짝에서 나는 뻣뻣한 재질의 흰색 긴 외투와, 마찬가지로 흰색인 폭이 좁은 드레스를 찾아냈다. 둘 다 오랫동안 팔리지 않은 채 궤짝 속에 처박혀 있기만 해서 내가 가져가지 않으면 결국 쓰레기로 버려질 것이 분명한 물건들이었다. 드레스에는 희미하게 누르스름한 얼룩이 있었지만 그것이 나를 크게 방해하지는 않았다. 그래도 나는 비누와 표백제를 푼 물에 드레스를 담가서 깨끗하게 만들어보려고 했다. 나는 비눗물이 든 커다란 빨래통 속으로 몸을 깊이 기울였다. 빨래통은 충분히 깊어서 내 어깨가 비눗물에 잠길 정도였다. 사람들은 내가 결혼식에서 양초처럼 하얗고 폭이 좁은 옷을 입고 있었으며 그 위에 커다란 흰 외투를 걸쳤다고 했다. 외투의 커다란 깃은 내 어깨를 덮었고 그것이 두툼한 백조의 날개처럼 보였다고 누군가 말했던 것 같다. 돌이켜보면 내 생의 사건들은 서로 엉킨 물속의 뿌리처럼 오직 사실의 표면 아래에서만 정말로 일어났다는 생각이다. 그래서 당장은 눈에 보이지도 느껴지지도 않으나 오래오래 영혼을 적시며 스며들었던 그런 일들. 중고 연극 코스튬 상점의 점원으로 일하는 동안 나는 서서히 없는 사람이 되어갔는데 아마도 그건 그사이 내가 보이지 않는 남자와 결혼한 영향도 있을 것이다. 나는 하염없이 젊었고, 내가 눈을 들어 어둠을 보면 환한 고통이 불처럼 켜졌다. 그렇게 하루 종일 상점에서 웅크리고 앉아 있던 나는 책을 읽는 것 말고는 달리 할 일이 없었다. 동굴 서가에서 손에 잡히는 대로 꺼낸 임의의 책들은 정체불명의 연극 비평이나 소설 시 희곡집 등인데 보통의 책방에서 볼 수 있는 책들과는 다르게 아주 오래전에 인쇄된 조야한 출판물이었다. 상당수가 출판사도 역자도, 심지어 저자조차 표기되지 않아서 아마도 출판물이 통제와 감시를 받던 시절 무허가 인쇄소에서 만들어진 해적 출판물들인 것 같았으나 그것이 나를 크게 방해하지는 않았다. 나는 일생 동안 대단한 독서가는 아니었는데 생각해보니 그나마 읽은 대부분의 책들은 코스튬 상점에서 발견한 그런 책들인 것 같다. 하지만 나는 상점을 떠날 때 책을 한 권

266

도 갖고 오지 않았으므로, 당시 내가 읽은 책들은 상점과 함께 어두운 돌 속으로 사라져버리고 말았다. 만약 내 기억이 어느 정도라도 맞다면, 그 책들 중 하나의 제목이, 예를 들자면 아마도 '정원 혹은 속삭임'이다. 상점에서 읽었던 대부분의 책들과 마찬가지로 그 책 또한 이후 다른 그 어떤 곳에서도 다시 마주친 적이 없었고 그 책을 읽었거나 안다는 사람 또한 한 번도 만난 일이 없다. *(속삭임: 혹은 속삭임 여름밤이다. 혹은 속삭임 여름밤의 숲이다)* 옷이나 책들뿐 아니라 물건들과의 관계도 마찬가지로, 아마도 경제적인 이유가 크겠지만 나는 새 물건을 사는 일이 드물었고, 내게 생긴 물건을 그럴 기회가 있다면 남에게 쉽게 건네버리곤 했다. 예를 들자면 코스튬 상점에서 발견한 이후 내가 오랫동안 쓰고 다니던 흰색 페도라 모자, 그것을 나는 버스에서 우연히 만난 내 자매에게 선물로 건넸다. 비록 그녀가 나와는 달리 낡은 물건에 익숙하지 않다는 것을 잘 알았지만, 그래도 반가운 마음에 그녀에게 뭔가를 주고 싶었고, 또 우리는 아마 두 번 다시는 만나지 못할 터인데 그때 내가 가진 것이라곤 그 모자뿐이었기 때문이다.

양부모의 집에서 나가게 된 내가 이사를 앞두고 짐을 싸던 어느 날, 양부모의 외동딸은 작업복 차림에 고무장화까지 신고 찾아왔다. 집을 대청소할 생각이었기 때문이다. 완벽하게 청결한 상태로 만들 거라고 외동딸은 말했다. 가구와 바닥을 소독하고 침구와 커튼을 뜨거운 물로 빨고 모든 손잡이란 손잡이는 전부 소독약으로 닦아낼 거라고 했다. 유리창까지도 앞뒤로 문질러 닦을 것이다. 집 안뿐 아니라 테라스의 바닥과 계단, 난간까지 소독제와 비눗물로 닦아낼 거라고 했다. 물론 천장과 전등도 잊으면 안 된다. 지하방의 쥐똥과 곰팡내는 그중에서도 최악인데 그건 전문 업체를 부를 예정이라고 했다. 이미 한참 전부터 하루는 어둡고 빛은 쇠약해졌다. 젊음은 짧았다. 종종 양부모의 지하방에서는 하루 종일 단 한 순간도 빛을 볼 수가 없었다. 나는 몇 개의 가방에 물건들을 쌌다. 그림 도구들은 이미 미술학원으로 옮겨놓았고 옷도 몇 벌 없었으므로 내가 가져갈 짐은 많지 않았다. 외동딸은 부모와 절연하다시피 살고 있었고 양부모가 여행을 떠나기 이전에는 집을 찾아온 적도 거의 없었다. 외동딸은 내가 원한다면 지하방 수리가 끝난 뒤에 계속 살아도 좋다고 말하기는 했으나, 내심으로는 방세도 내지 않는 장기 거주 세입자를 원하지 않을 것이 분명했다. 뿐만 아니라 그녀는 놀랍게도 내 이사에 대해서 나보다도 더 먼저 알고 있었다. "당신이 집으로 돌아갈 거라고 들었어요." 대청소를 하러 온 그녀는 나를 보자마자 이렇게 말했던 것이다. "어린 시절의 집이라니, 잘된 일 아닌가요? 아무래도 여기 지하방보다는 훨씬 더 나을 테죠. 그 집은 급진적일 만큼 오래되었고 그래서 오랜 수리 기간이 필요했다고 들었어요." 집이라니 무슨 집. 우리는 잠시 선 채로 가벼운 대화를 나누었는데, 아마도 영화 관련 화제였을 것이다. 외동딸은 영화

268

에 관한 생각으로 가득 찬 사람이었기 때문이다. 또 외동딸은 집과 영화에 대해서 두서없이 이야기하던 중, 최대한 급진적으로 늙어가는 것이 자신의 소망이라고, 문득 그렇게 말하기도 했으나, 나는 순간적으로 그 말을 집에 대한 것으로 잘못 이해한 채 고개를 끄덕였다.

그리하여 집에 대하여. 악숨은 거의 매번 편지에서 집에 대하여 썼다. 집을 쓰는 행위는 그에게 특별했다. 그는 집에 대해 씀으로써 집을 찾아가는 사람이었으며, 그럼으로써 집을 가진 사람이 되었기 때문이다. 어딘가의 공간에 거주한다는 의미의 집이 아니라, 표상으로서의 집 말이다. 악숨에게 집이란 영혼이 깃드는 궁극의 공간, 곧 추상적인 몸과 같다고 했다. 자신에게는 그런 몸이 필요하다고 했다. 그것을 읽는 순간, 나는 악숨을 한 마리 동물로 연상했다. 그는 정말로 한 마리 코요테거나, 혹은 내가 사랑하는, 그러나 한 번도 가져보지 못한 티벳개였다. 나는 티벳개를 집으로 초대한 상태였고, 언젠가 개가 내게로 올 것임을 알았다. 악숨의 편지를 열 때마다, 나는 흰 종이 사이에서 갑작스럽게 튀어나오는 티벳개의 머리를 기대하는 듯한 심정이 된다. 아니 어쩌면 내 기대는 매번 실제로 충족된 상태일지도.

대학 시절 어느 날 갑자기 내게 전화를 걸어온 음악교사도 집에 대해서 말했다. 집으로 돌아가라고 그가 말했고, 그 말이 끝나기가 무섭게 나는 이미 집을 잊었으며, 집이 어디에 있는

지조차 기억나지 않는다고 대답했다. 아마도 음악교사는 내가 졸업하게 되면 양부모의 집을 떠나야 함을 염두에 두었을 것이다. 그 후 양부모가 여행에서 한참 동안이나 돌아오지 않자 양부모의 외동딸은 그들이 그곳에 장기 체류하거나 아예 정착할 가능성을 염두에 두고 부모의 집을 조각조각 개조해서 독신자용 임대 숙소로 만들 계획을 세웠다. 도시에서 혼자 거주하는 독신자들이 엄청나게 늘어나고 있었기 때문에 그것은 바람직한 사업처럼 보였다. 그러던 참에 내가 시기적절하게도 지하방을 떠나게 되었으므로 외동딸은 기뻐했다. 양부모의 외동딸은 영화를 제작하고픈 꿈이 있었기 때문에, 당장은 아니지만 앞으로 돈이 많이 필요하다고 했다. 하지만 건축비와 은행 융자와 수익을 꼼꼼히 따져본 다음, 전면적인 개조는 부동산 경기가 더 좋아질 때까지 보류하기로 결정했다고 들었다. 대신 양부모의 외동딸은 이 집을 대청소한 후 자신의 친구 가족에게 세를 놓을 거라고 했다. 집을 마냥 비워두어서는 안 되기 때문이다. 부모의 집은 처음에 지을 때부터 불필요한 공간이 너무 많고 터무니없이 비효율적이었다고 외동딸은 털어놓았다. 애초에 다들 하듯이 세를 줄 용도로 아래층에 방이 촘촘하게 들어찬 건물을 지어야 한다고 자신이 말했으나 양부모가 듣지 않았다는 것이다. "게다가 난방 등 유지비용도 많이 들고 말이죠. 무엇보다도, 식모를 위해 따로 지하에 방을 만든다는 생각 자체가 시대착오적이었어요" 하고 외동딸은 비판적으로 말했다. 외동딸의 설명에 의하면 양부모는 고용인을 데리고 있을 만큼 풍족하지 않았다. 식모라니, 무슨 그런 농담이! 그들은 일생 동안 재산이나 돈에 대해서 아는 것이 전혀 없었고 계산도 서툴렀다고 했다. 연금도 미리 받아 써버리는 바람에 매달 들어오는 액수가 쥐꼬리만 하고, 거기다가 수준에 맞지 않는 낭비벽까지 있었다. 외동딸에 의하면 그들이 인도인지 티벳인지, 믿을 수는 없지만 설사 무스탕일지라도, 그게 어디든 상관없이, 아무튼 그런 곳에서 노후를 보내기로 했다면 경제적으로 보아 차라리 잘한 결정일 거라고 했다. 집을 짓느라 은행에 진 막대한 빚을 갚으려면 물가가 비싼 이 도시에서는 더이상 버티기 힘들 테니까. 게다가 외동딸은 말하기를, 그들은 계산에 형편없이 서툴 뿐 아니라 사람들의 말을 대책 없이 잘 믿어버리는 어리석은 천성까지 있는데, 아무래도 그곳에서도 역시 마찬가지의 실수를 저지르는 것 같다고 했다. 외동딸이 보기에 그들의 예상치 못한 장기 체류에는 처음부터 끝까지 수상한 것투성이며, 그들이 여행 초기에 만나 줄곧 많은 도움을 받고 있다는 현지 가이드 역시 수상하기는 마찬가지이다. 하지만 그건 어쩌면 당연하기도 한데, 오다가다 우연히 알게 된, 특별한 소속도 없는 프리랜서 현지 가이드란 원래가 수상할 수밖에 없는 자들이기 때문이다. 외동딸은 처음 그에 대해서 듣자마자 그가 스파이임을 알았다고 했다. 이름조차 가명이라지 않는가! 듣기로는 부모가 묵고 있던 숙소 아래층에

271

서 책방과 독서클럽을 운영하던 남자라고 한다. 어떤 종류의 독서클럽인지 누가 알겠는가. 게다가 그 가이드는 정치적으로 봉쇄된 지역으로까지도 사람들을 안내해준다고 하니 어쩌면 마오이스트들과 연관이 있을지도 모른다. 누가 알겠는가, 혹시라도 그 자신이 과거에 마오이스트 게릴라였다가 빠져나온 사람인지, 설사 스파이가 아니더라도 최소한 뇌물을 건네줄 정도로 게릴라들과 친밀한 사이일 것은 확실하다. 어떻게 그렇게 자세한 내용까지 확신할 수 있느냐고 내가 묻자 외동딸은, 나도 인도에 친구쯤은 있으니까요, 하고 자신 있게 대답했다. 생각해봐요, 하고 외동딸은 덧붙였다, 행여나 무슨 일이 일어나더라도 우리는 그의 진짜 이름조차 알지 못하는 거잖아요!

집이 어디에 있는지 기억나지 않고, 게다가 집에 대해서는 생각해보지도 않았다고 나는 음악교사에게 대답했다. 사실 나는 그동안 집이 있다는 생각 자체를 한 번도 해보지 않았던 것이다. 나는 집이 없다. 그리고 서둘러서 덧붙였다, 마지막 학기에는 시간제 일이라도 하며 약간이지만 돈을 벌 계획이라고, 어린아이 대상의 미술학원이 많으니 일자리 얻는 건 어렵지 않아 보인다고, 그리고 졸업을 하게 되면 학원에 정식 일자리를 찾아볼 생각이니 그의 돈 없이도 혼자 살아갈 수 있을 거라고. 그러자 음악교사는 내가 학원에서 아이들을 가르칠 거라고는 한 번도 생각해보지 못했다고 말했다. 자신은 내가 배우가 되려는 줄 알았다는 것이다. 이미 영화에 출연한다는 말을 들었다고 했다. 배우라니, 그럴 리가. 하지만 내가 무엇을 하든, 자신은 아무래도 좋다고 했다. 배우가 되든지 아니면 미술학원의 강사가 되든지 자신과는 상관없는 일이라고. 나는 이제 독립된 성인이고 자신은 더 이상 내게 아무런 부채감이 없기 때문이다. 단지 집에 대해서 말하기 위해 전화를 걸었다고. 아무래도 내가 잊고 있는 것 같아서 하는 말인데, 집이 거기 있는 한 나는 그 집에 속한다고, 그리고 집은 여전히 그 자리에 있다고 음악교사가 말했다. 주변에 아파트가 들어서는 바람에 매우 좁아지기는 했으나 혼자 살기에는 문제가 없을 것이다. 그런데 음악교사가 내게 전화한 중요한 이유는 따로 있었다. 음악교사는 나를 보고 싶지 않다고 했다. 내가 심리학자에게 그런 편지를 써 보낸 이후로 그에게 나는 없는 사람이 되었노라고 말했다. 편지라니 무슨 편지? 나는 되물었으나 대답을 듣지는 못했다.

전화를 끊은 뒤에야 떠오른 사실인데, 아마도 음악교사가 말한 편지란, 내가 병원에 있을 때 그 사건에 대해서 의사에게 써준 글을 의미한 듯했다. 친모가 열 살 난 큰딸을 지붕에서 밀어 떨어뜨려 죽이려 했다는 혐의를 받은 사건이다. 그런데 친모는 그때 당시 태어난 지 며칠밖에 지나지 않은 영아를 빨래통 속에 담가 익사시킨 직후였다. 나는 의사에게 편지를 쓸 때만 해도 내 편지가 MJ의 재판에 어떤 영향을 미칠 거라고는 전혀 상상하지 못했고, 또 재판이란 것이 무엇인지도 잘 알지 못하고 있었다. 그리고 짐작대로 그 편지는, 비록 재판에서 공개되기는 했으나 증거로 채택되지는 못했다. 어린아이인 딸의 기억이 명확하지 않고 진술에 일관성이 없다는 주장이 받아들여져 그 사건은 미제로 남았다. 하지만 삶에는 어땠을까? 고통에 대해서는? 고통. 집. 아아 악숨의 집. 악숨은 한 번도 집을 가져보지 못했다고 했고, 나는 항상 그의 집을 찾아가고 있었다. 그래, 집이 없다는 내 말이 어떤 의미에서는 훨씬 더 진실이라고 음악교사는 말했다. 나는 집이 없는 사람이며, 뿐만 아니라 나 자신 또한 없는 사람이나 마찬가지라고 음악교사는 강조했다. 분명히 말할 수 있는데, 자신에게 나는 없는 존재라고. 그래서 앞으로도 영영 나를 볼 일이 없을 것이고, 내가 그의 말대로 집으로 돌아가기만 한다면, 우리가 서로 연락할 일도 만날 일도 당연히 없을 것이고, 설사 길에서 우연히 마주치더라도 나를 알아보지 못할 거라고 했다. 비통하고도 급진적인 무감각으로. 실제로 그는 내 얼굴도 거의 기억나지 않는다고 고백했다. 우리는 얼마나 많이 변했는지. 성인이 되면서 나는 몸이 커졌을 뿐 아니라 살이 쪘고 손가락이나 발가락뿐 아니라 머리카락도 길어졌다. 분명 얼굴도 많이 달라졌을 것이다. 단순히 나이가 들어서 얼굴 모습이 변하는 수준을 넘어서, 아주 다른 사람의 얼굴로 급진적인 변화를 겪었으리라는 느낌이 든다. 그러니 음악교사뿐 아니라 어린 시절의 나를 알던 사람들 아무도 나를 알아보지 못하는 것도 당연하다. 자신의 인

274

생은 철저하게 실패라고 음악교사는 말했다. 그리고 내 인생도 많이 다르지는 않을 것이라고 했다. (실패라니, 그렇다면 그는 살아가는 일이 성공적일 수도 있다고 믿는단 말인가?) 음악교사는 말했다, 나는 스무 살이 갓 넘었고 그만큼 젊으니, 음악교사 자신과는 비교할 수도 없이 다른 인생을 살 거라고, 그렇게 믿고 있을 거라고. 하지만 그건 착각이라고 그는 이어서 말했다. 결국 그의 그늘이 내 인생을 뒤덮을 것이기에. 내 인생은 그의 그늘 아래서만 나타나는 빗금과 음영의 현상일 것이기에.

그러나 사람에게 가장 치명적인 상처를 입히는 것은 발신인 없는 편지이다. 사람의 인생에서 가장 강렬한 체험은 하나의 그림 앞을 지나가는 짧은 순간, 바로 그것이다. 그림의 제목은, 예를 들자면 *속삭임*이다. 혹은 *여름밤*이다. 혹은 *속삭임 여름밤*이다. 혹은 *속삭임 여름밤의 숲*이다. 걸음을 멈추고 그림을 바라보거나, 혹은 그림에는 관심도 두지 않고 그냥 지나쳐버리든지 상관없이, 우리를 사로잡는 절정의 행복이 그 자체에 있다. 오래오래 남는 것은 어린 시절 들었던 모르는 노래이다. 어린 시절 불렸던 이름이다. 속삭임이다. 하지만 그래도 내가 집에 거주해주었으면 한다고 음악교사는 말했다, 왜냐하면, 아마도, 비통하고도 불가피하게, 집은 내게 속할 것이기 때문에. 혹은 내가 집에 속할 것이기 때문에. 혹은 집과 내가 동시에, 인식할 수 없는 찰나의 빗금과 음영에 속할 것이기 때문에. 그는 집과 나를 동시에 잊겠다고 했다. 내가 집으로 돌아가기만 한다면. 집과 나를 동시에 잊을 수 있겠다고 했다. 그러기를 간절히 바란다고 했다. 자신에게 남은 유일한 소망은 그것뿐이라고 했다. 집으로 돌아가면 즉시 헐거워진 녹슨 걸쇠와 손잡이와 잠금장치를 점검하고 창문을 연 다음에 실내의 묵은 공기를 충분히 환기시키고 필요한 경우 전기기술자를 불러 전선과 전등을 교체하라고 했다. 그리고 밤이 되면 유리창마다 커튼을 치고 모든 문을 지체 없이 잠그라고 음악교사는 말했다. 단지 잠금장치뿐 아니라, 가능하다면 창문마다 판자 덧창을 달고 밤에는 덧창까지 완전히 닫아버리는 것이 좋다. 왜냐하면 그곳은 아직 공사장이나 마찬가지이며, 파헤쳐진 땅에는 아직 거대한 건물들이 들어서고 있는 중이고, 아직 거주자는 아무도 없이 기계와 중장비들의 소음, 헬멧을 쓴 낯선 인부들만이 돌아다니며, 사방에 하늘을 찌르는 거대한 크레인이 수십 대나 서 있고 철근이 박힌 토양 위로 콘크리트가 끊임없이 부어지고 있으므로, 게다가 결정적으로, 밤에 몰래 시체를 갖다 파묻더라도 발견되지 않을 만큼 깊은 구덩이 천지이기 때문이다. 하지만 나는 두려워할 필요가 없다고 음악교사는 말했다. 비록 모습이 많이 바뀌기는 했으나 집은 그 자리에 그대로 있으므로 조금도 염려할 필요는 없다고, 옛날과는 비교할 수 없게 상당히 좁아지기는 했으나 그래도 아직 남아 있는 방들이 있다고 들었고, 혼자 살기에는 문제가 없을 거라고 했다. 그러므로 나는 조금도 걱정할 필요가 없다고. 음악교사는 말했다, 내가 집으로 간다면 자신은 나를 찾지 않을 것이며, 물론 편지를 쓰거나 하지도 않을 것이고, 따라서 두 번 다시 얼굴을 마주칠 일이 없을 것이니 나는 두려워할 필요가 없다고.

편지라니 무슨 편지. 나는 이해하지 못하고 되물었다. 그러나 대답은 없었다. 전화를 끊고 난 뒤 기억이 났는데, 음악교사는 내가 그 사건과 관련하여 의사에게 써준 편지를 말한 것이 분명했다. 내 편지는 아무런 해결책이 되지 못했고 도리어 혼돈만 가중시켰다고 나중에 내 어린 시절의 친구로부터 들었다. 하지만 어린 시절의 친구가 아는 내용도 정확한 건 아니고 여기저기서 단편적으로 들은 소문에 불과했다. 그 사건은 미제로 남았다. 그런데 역시 나중에야 알게 된 사실이지만 그 의사는 일반적인 병을 치료하는 의사가 아니라 정확히는 아동심리학자라고 했다. 내가 심리학자에게 그런 편지를 *(속삭임: 상상 혹은 거짓으로)* 써 보냈으므로 그 이후로 나는 없는 사람이 되었다고 음악교사는 말했다.

편지를 시작하기 위해. 그 누구의 이름도 호명하지 않고, 나는 썼다.

유리창이 있었다. 내가 유리창의 바깥에 비치고 있었고, MJ는 유리창 안쪽에 있었다. 혹은 그 반대였다. 나는 MJ의 유령이었고 마룻바닥에 떨어진 MJ의 피였다. 맨드라미의 색채.

나는 썼다, 그날 거의 하루 종일 지붕에 있던 나는 유리창 너머로 아기침대 위로 몸을 기울인 MJ를 보았으며, 다음 순간

MJ의 몸은 다시 꼿꼿하고, 아기는 MJ의 팔에 안겨 있었다고. 혹은 바닥에 내동댕이쳐져 있었다고. 어디에서도 아기 울음소리는 들려오지 않았다. 그리고 얼마나 시간이 지났는지 알 수 없는 사이, 한 시간쯤 흐른 것도 같고 혹은 바로 다음 찰나일 수도 있는데, 왜냐하면 시간은 암시이고 암시는 그것이 깃드는 몸에 따라 매번 상대적인 값을 가지므로, 갑자기 지붕 위에서, 하늘을 배경으로 아기를 안은 MJ가 우뚝 서 있었기에, 나는 황급히 이불 빨래 사이로 몸을 숨겼는데, 그날 나는 MJ의 눈에 띄어서는 안 될 이유가 있었던 것이 분명하다, 그러면서 순간 나는 생각하기를, 아, MJ가 마침내 아기를 죽이려 하는구나. MJ는 항상 그렇게 말했으니까, 그리고 나는 MJ가 비눗물이 가득 담긴 빨래통 속으로 아기를 천천히 담그는 것을 보았노라고 썼다. 아기가 마침내 버둥거리기를 완전히 멈출 때까지. 그리고 MJ가 아기를 다시 들어올리던 순간, 아기의 몸에서는 비눗물이 뚝뚝 떨어졌고, 공중으로 영롱하게 날아오르던 비눗방울들. 나는 이불 천으로 얼굴을 가린 채 천 사이 작은 틈으로 그 광경을 훔쳐보며 생각하기를, 아, MJ가 마침내 아기를 죽였구나. MJ는 항상 그렇게 말했으니까. 그리고 한 시간쯤 흐른 것도 같고 혹은 바로 다음 찰나일 수도 있는데, 지붕 난간에 오도카니 앉아 있는 이불 천을 발견한 MJ가 아기를 내려놓고 천천히 다가와 이불 천을 단번에 걷어버렸으며, 집 안 어디에도 아기 울음소리는 들리지 않고, 나는 비틀거렸는데, 이불 천

278

을 걷어내던 손이 나를 난간 밖으로 밀쳤기 때문에, 마치 마술처럼 이불 천 안은 텅 비어 있었다. 바람에 날린 이불 천이 마당으로 천천히 날리며 떨어져내리고, MJ는 팔을 뻗어 이불 천을 잡으려 하지만 성공하지 못한다. 먼 곳에서, 보이지 않는 개가 짖었다. 그 순간 나는 굉음과 함께 추락한 상태였고, 지붕 난간 위에서 한 팔을 앞으로 뻗은 채 돌처럼 가만히 서 있던 것은 MJ가 아니라 검은 옷을 입은 한 남자, 개의 머리를 가진, 혹은 아무도 모르게 지붕 위에 살고 있던 한 마리 검은 개.

그런데 식모는 말했다, 시장을 다녀온 자신이 집 안으로 들어가자 아기가 침대 아래 바닥에 내동댕이쳐진 상태였고 마당으로 나온 MJ는 손에 정원용 삽과 빗자루를 들고 있었다고. 그래서 식모는 생각했다, 아아 MJ가 마침내 아기를 죽였구나, 아이를 화단에 파묻을 생각이구나, 왜냐하면 MJ는 자주, 공공연하게 그렇게 말을 해왔으므로. 하숙집 사람들은 모두 그 말을 여러 번이나 들었고, 그래서 언젠가 MJ가 실제로 그렇게 할 것임을 내심 알고 있었다고. 그런데 잠깐, MJ는 연극 연습을 위해서 수년 동안이나 만삭의 임신부 분장을 하고 있었다고, 그래서 항상 커다란 외투를 걸치고 다녔으며 심지어는 MJ가 했다는 그 말도 사실은 연극의 대사라고 조금 전 식모 자신의 입으로 말하지 않았던가, 그렇다면 뭐가 사실인지, 그리고 조금 전에는 그날 밤 화단의 흙을 삽으로 파헤치다가 죽은 아기를 발견했다고 했는데, 한밤중에 화단의 흙을 파헤칠 생각은 왜

한 것인지. 그러자 식모의 눈빛은 혼란스러워졌다. 식모는 자신은 정말로 아무것도 모른다고, 그러니 제발 더 이상 묻지 말아달라고 눈물을 흘리며 훌쩍이기 시작했다.

음악교사가 내게 전화로 말한 집이란 우리가 함께 살았던 하숙집을 의미했다. 그런데 그 집은 이미 없어진 지 오래가 아닌가. 포클레인이 집 마당을 파헤치고 맨드라미 화단을 뒤엎고 심지어 집의 담장을 허무는 것을 나는 두 눈으로 보았다. 그리고 음악교사는 몰라볼 만큼 검고 황폐하게 변한 앙상한 얼굴을 우리에게—식모와 나—돌리며, 우리가 거기 있는 것을 그제야 알아차렸다는 듯이, 당장 사라져버리라는 몸짓을 했다. 그의 몸짓은 짧고 투박하고 사납고 거칠었으며, 무엇보다도 차갑고 적대적이었다. 무엇보다도 단호하고 급진적으로 명백했다. 우리 두 명의 소녀는 겁을 먹고 달아났다. 우리는 어디로 달아났을까. 식모는 야간 고등학교를 마치기 위해 서울을 떠날 수 없었으므로 고향으로 가는 대신 서울의 친척집에서 신세를 지기로 했고, 내가 간 곳은 집이 지방인 여학생을 위한 사설 기숙사였다.

일생 동안 나는, 만약 병원의 심리학자를 다시 만나게 된다면 내 편지를 돌려받아야겠다고 생각하고 있었다. 하지만 나는 심리학자의 이름도 모를뿐더러, 심리학자가 병원에 소속된 사람인지 아니면 법원에서 내 편지를 받기 위해 특별히 보낸 사람인지도 알지 못했다. 하지만 만약에 그야말로 우연히

280

라도 만나게 된다면, 사정을 설명하고 내 편지를 돌려달라고 부탁해볼 생각이었다. 그 생각을 항상 마음에 품고 살았다. 시간이 흐른 후에 나는 병원에 편지를 써서 그 아동심리학자 혹은 의사의 연락처를 물었다. 그러나 병원에서는 아무런 답신이 없었다. 편지라니 무슨 편지. 그러던 어느 날 나는 신문에서 우연히 스쳐가듯 어느 아동심리학자의 죽음에 대해서 읽었던 것 같다. 매우 기묘하고 짤막한 기사였는데, 드물게도 지진이 있었던 밤 은퇴한 노년의 아동심리학자가 서가에서 쏟아진 책더미에 깔려 숨졌다는 내용이었다.

그런데 믿기 힘든 일이지만 나는 자신도 모르는 사이 어린 시절의 심리학자를 다시 만났을지도 몰랐다. 하숙집을 나온 다음 살았던 여학생 기숙사의 여자 교장이 심리학자와 아주 비슷해 보였기 때문이다. 물론 시간이 많이 흘러서 심리학자의 얼굴 생김새가 자세히 기억나지는 않으므로 내가 비슷하다고 느낀 것은 마치 자코메티를 연상시키는 여윈 몸집에 흰 가발을 쓴 청동상처럼 푸르스름한 얼굴빛, 약간 휘어진 모양의 가늘고 긴 목을 통과해 올라오는 불안하고 높은 목소리와 같은 인상들이다. 병원에서 본 심리학자는 당시에도 너무나 나이 들어 보였으므로 기숙사의 교장과 동일 인물일 리는 없지만, 항상 그러하듯 나는 여러 가지 사실들을, 여러 인물들을 혼동해버린 것이 분명하다. 나는 어린 시절의 친구에게, 아마도 오래전 병원에서 내가 편지를 건넸던 심리학자를 다시 만난 것 같다고 말했다. 얼마 전에 기숙사의 교장실로 호출되어 간 일이 있는데, 그때 기숙사의 교장을 처음으로 보았고, 아무래도 그 교장이 어린 시절 만났던 심리학자인 것 같다고. 야간 고등학교를 마치고 구청의 전화 교환원으로 일하고 있던 어린 시절의 친구는 그럴 리가 없다고 대답했다. 왜냐하면 병원의 심리학자가 기숙사의 교장으로 탈바꿈하는 일은 일어나지 않을 테니까, 무엇보다도, 심리학자는 그 당시에도 나이가 너무 많았다고 했으니 아마도 지금은 죽었을 것이 분명하니까, 그것이 어린 시절의 친구가 생각한 이유였다. 어린 시절의 친구는 그보다는 왜 내가 교장실로 호출되었는지 알고 싶어 했다. 그건 금지된 편지 때문이라고 내가 대답했다. 누군가 나를 모함하기 위해 금지된 편지를 보냈기 때문이라고.

교장실로부터 호출을 받자마자, 나는 당장 그 이유를 알 것 같았다. 수학 시험에서 0점을 받았고, 기숙사의 친구들과 원만하게 지내지 못했으며 혹은 결정적으로 지난 토요일에 결석계를 제출하지도 않고 학교를 빠졌기 때문에(나는 학교를 싫어했다). 그런데 잠깐, 나는 학교에 가는 대신 기숙사의 친구들과(나는 그들을 싫어했다) 금지된 영화관에(트뤼포의 영화였다) 갔고 그곳에서 만난 남자들과(나는 그들을 싫어했다, 그 일도 물론이고) 어울렸는데 그 일이 들통난 것일지도 몰랐다. 친구들 중 한 명이 밀고했을 터인데 놀라운 일도 아니었다. 나라도 그렇게 했을지도 몰랐다. 밀고는 즐거운 놀이였으니까. 기숙사의 교장을 가까이서 본 것은 그때가 처음이자 마지막이었다. 교장은 아직 은퇴하지 않았다는 것이 충격적일 만큼 나이가 많았고 그 이상으로 쇠약해 보였다. 반면에 나는 지나치게 젊고 지나치게 피가 잘 돌고 건강했으므로 우리가 마주 보고 앉자 그 대조는 더욱 두드러졌다. 내가 알기로 교장은 수녀도 의사도 아니지만, 뭔가 비밀스러운 제복을 연상시키는 흰색에 가까운 긴 가운을 입고 있었다. 가운 속에 든 교장의 육신은 초록빛 철사처럼 가늘고 길게 휘청였다. 심지어 교장의 얼굴 피부나 눈동자, 백발의 머리카락에도 연한 초록빛 기운이 감돌았다. 내가 자리에 앉자 교장은 의례적인 인사로 안부를 물었다. 어떻게 지내는지. 나는 다 좋다고 대답했다. 바스러질 듯한 좁은 몸통에서 올라오는 교장의 목소리는 탁하게 쉬었고 힘없이 파시식거리며 꺼져가는 최후의 갸날픈 불씨를 연상시켰다. 게다가 고장난 레코드판처럼 억양이 수시로 불규칙하게 튀어오르는 바람에 나는 교장의 말을 알아듣기 위해 힘겹게 귀를 곤두세워야만 했다. 나중에 생각하니 그건 마치 인공 성대를 착용한 목소리 같았다. 가까이서 본 교장은 시간이 지날수록 점점 더 어린 시절의 심리학자의 모습과 겹쳐 보였기에, 나는 현기증이 날 만큼 혼란스러웠다. 그리고 교장은 별다른 설명 없이 서랍을 열고 한 통의 편지를 꺼내 내 앞에 놓았다. 평범한 흰 봉투에는 내 이름이 적혀 있었다. 군대나 병원, 감옥이나 수용소에서 보내온 듯한 인상을 주는 편지였다. 편지를 보는 순간 나는 이유도

283

모른 채 얼어붙었다. 나는 그것이 마치 내 모든 비밀을 누설하는 밀고의 편지인 듯 흰 봉투를 뚫어져라 내려다보기만 했다. 교장은 천천히 말했다. 기숙사에서는 가족 이외의 사람으로부터 편지를 받는 일이 금지되어 있다고. 나도 알고 있었다. 기숙사에는 그밖에도 다 기억할 수 없을 정도로 아주 많은 규칙이 있었다. 학교를 빠지면 안 되고 학교를 빠지고 금지된 영화관에 가면 안 되고 학교를 빠지고 금지된 영화관에 가서 남자들과 어울리면 안 되고, 등. 하지만 그중에서도 가장 중요한 규칙은, 편지 교환은 절대로 금지이다. 가족 이외의 사람에게는 편지를 쓸 수도 없고 받을 수도 없다. 그러므로 발신인의 이름이 이니셜로만 표기된 그 편지는 기숙사의 규칙상 내게 전달될 수가 없다고 교장은 말했다. 그리고 교장은 내 대답을 기다리듯 한동안 침묵하고 있었다. 나는 아무 말도 하지 않았다. 잠시 뒤 교장은 다시 말했다, 그 편지를 내 손에 전달해줄 수는 없지만, 만약 내가 원한다면 교장 자신이 ―개인 차원에서― 소리 내어 읽어주는 것은 가능하다고 했다. 그건 금지 사항에 명시되지 않았으니까. 너는 그것을 원하는지? 모범적인 학생은 아니었지만 그래도 나는 기숙사에서는 최대한 조용히 지내려고 애쓰는 편이었다. 나는 주목을 받고 싶어 소란을 피우는 학생과는 거리가 멀었다. 그런데 주목과 마찬가지로 특별히 사랑받고 싶어 하는 편도 아니었다. 누구로부터 왔는지 알 수 없는 그 편지는 아마도 모함의 편지일 가능성이 높았다. 예를 들자면 어떤 가상의 인물이 내게로 보내는 연애편지, 그런 수상한 편지는 당장 기숙사의 교사들이 먼저 뜯어볼 것이고, 그러면 나는 기숙사에서 쫓겨나게 될 터이니까. 기숙사의 다른 친구들이 나를 모함하는 건 충분히 가능한 일이었다. 내가 그들을 싫어하듯이 그들도 나를 충분히 싫어했기 때문이다. 그렇다, 분명 내 죄악을 고발하고 나를 기숙사에서 쫓아내려는 의도를 가진 밀고자의 편지이다. 나는 그게 무엇이든, 아무것도 인정할 의사가 없었다. 그게 무엇이든, 편지에 쓰인 것은 모함일 테니까. 교장의 손이 편지를 꺼내려는 순간, 나는 급히 말했다. 편지를 받지 않겠다고, 그러니 편지를 내게 읽어줄 필요는 없다고. 그러자 교장은 나를 가만히 응시했다. 주름진 눈꺼풀 아래 간신히 열린 세모꼴의 눈으로. 그렇다면 편지를 어떻게 했으면 좋겠느냐는 교장의 물음에 나는 편지를 반송시켜달라고 대답했다.

그 편지는 기숙사에 살 당시 내가 받은—그리고 받지 않은—유일한 편지였다. 내게는 달리 편지를 보내올 만한 가족이 없었기 때문이다. 대신 간혹 주말에 어린 시절의 친구가 나를 찾아왔다. 어린 시절의 친구는 과거에도 작은 몸집이었는데 우리가 집을 떠난 이후로 거의 자라지 않은 듯 보였다. 반면에 나는 어느새 그녀보다 머리 하나만큼이나 더 커졌다. 우리는 외출 허가를 받아 시내를 여기저기 쏘다녔다. 우리는 한때 하나의 방을 나누어 썼고 방의 유일한 가구인 하나의 옷장도 나누어 썼다. 우리의 옷장은 커다란 낡은 궤짝이었다. 구청으로 전화를 걸면, 교환원인 자신의 목소리를 들을 수 있다고 어린 시절의 친구가 말했다. 나는 구청으로 전화를 걸 생각이 없었고, 우리의 대화는 거기서 멈추었다. 그녀가 집으로 돌아가기 전, 일요일 오후에 뭘 하느냐고 내가 물었다. 그러자 어린 시절의 친구는 편지를 쓴다고 대답했다. 편지라니 무슨 편지. 우리가 만날 때마다 침묵이 차지하는 시간이 점점 길어졌고, 그리고 언젠가부터 어린 시절의 친구는 나를 찾아오지 않았다. 대신 경찰관 부부가 정기적으로 나를 방문하기 시작했다. 당시 아직 은퇴 전이던 경찰관 부부는 일요일 오후에 스테이크를 굽는다고 했다. 일요일 오후에 하는 일이 그 사람에 관해서 많은 것을 말해준다고 경찰관 부부는 덧붙였다. 일요일 오후? 그렇다면 왜 나를 좋아하느냐고 내가 고개를 들고 경찰관 부부를 똑바로 쳐다보면서 직설적으로 묻자 그들은 당황한 표정을 지었다.

갑자기 영화에 출연했던 일이 기억난다. 나는 몇 편의 단편 영화에 출연하긴 했으나 음악교사의 생각과는 달리 직업 배우라고 부를 만한 입장은 결코 아니었다. 제대로 된 대사가 있는 역할도 아니었고 게다가 한 번도 보수를 받지 않았던 것이다. 최초의 영화 촬영 기회는 양부모가 여행을 떠난 이후에 찾아왔다. 나는 다른 것과 마찬가지로 배우가 되기를 꿈꾼 적이 없었고 영화 일 자체에도 아무런 관심이 없었다. 그러던 중에 우연하게도 졸업작품을 찍는 영화학교 학생들과 마주치는 일이 생겼다. 양부모가 떠난 후 비어 있던 집 위층이 영화학교 학생들의 촬영 장소로 제공되었던 것이다. 몇 주일 동안 위층과 테라스는 카메라와 조명 장치를 든 대학생들에게 점령당했다. 가난한 대학생들은 캐스팅에 쓸 예산이 없었으므로 모두 우정 출연을 했고, 그사이 그들과 어느 정도 친해진 나도 도와달라는 부탁을 받았다. 나는 연기라고는 한 번도 해본 적이 없었지만 나나 대학생 감독 모두에게 그것은 큰 문제가 되지 않았다. 아주 짧은 장면인데다가 대사도 없고 특별히 어려운 역할도 아니었기 때문이다. 내 역할은 빨래하는 식모였다. 내가 할 일은 빨래가 가득한 함지박을 들고 이층 테라스로 올라가 빨랫줄에 빨래를 너는 게 전부였다. 그리 어렵지 않은 일이었으나 자꾸만 예상치 못한 문제가 생기는 바람에 여러 번 재촬영을 하게 되어 나는 젖은 빨래가 든 무거운 함지박을 들고 테라스 계단을 여러 번이나 올라가야만 했다. 하지만 나는 늘 그렇듯 불평이 없고 자연스러웠다. 겉으로 보이는 천성이 그렇다는 뜻이다. 내 팔은 힘이 셌고 다리의 힘줄이 드러나는 걸 꺼려하지 않았다. 나는 까다롭거나 요구사항이 많지 않은 젊은 여자였다. 나는 아무런 두려움 없이 두 손을 비눗물 속에 몇 번이고 반복해서 깊이 담갔다. 내 생의 다른 일들과 마찬가지로, 그 일에 대해서도 역시 나는 나중에 악숨에게 썼다. 하지만 행여라도 내 모습을 보겠다는 목적으로, 물론 그럴 생각이 없다고 악숨 자신이 몇 번이나 강조하기는 했으나, 내가 출연한 영화를 찾아볼 시도는 하지 말라고 나는 썼다. 그 영화들은 극장에서 상영되거

287

나 대중에게 공개된 작품이 아니고 대부분 대학생 대상의 단편 영화 페스티벌 등에서 한두 번 공개되었을 뿐, 이후로는 줄곧 영화학교의 지하자료실에서 잠자고 있기 때문이다.

대학생 감독이 내게 건네준 대본에는 대사가 없고 상황만 있었다. 배우들에게는 어느 정도의 즉흥 연기가 가능했다. 사실 배우들이라고 해도, 몇몇 단편영화에서 조연의 경험이 있는 한 두 명을 제외하면 나를 포함하여 대부분이 실제 카메라 앞에 서보는 일은 처음이었다. 그건 예산상 불가피하기도 했으나 부분적으로는 감독의 의도이기도 하다고 들었다. 그는 배우들이 '연기'하기를 원치 않기 때문이라고 했다. 나는 비눗물이 가득 든 빨래 함지박에 양팔을 거의 어깨까지 깊이 담갔다. 빨랫감을 힘차게 문질렀다. 빨랫비누 덩어리가 물속으로 풍덩 떨어지면서 비눗방울이 공중으로 날렸다. 나는 커다란 이불 천을 뒤집어쓰고 테라스 난간 위에 맨발로 가만히 서 있었다. 원래는 주연 배우가 할 일이었으나 그녀는 시야가 가려진 상황에서 안전장치도 없는 난간 위에 서 있기를 두려워했기에 내가 대역을 자원한 것이다. 나는 마치 그림 속의 흰색 긴 옷을 입은 여자의 뒷모습 같았으리라. 그림 속 여자의 몸짓은 이제 여자가 숲으로 가려 함을 암시한다. 그런데 숲은 어디인지? 숲은 그림에서 보이거나 혹은 보이지 않는다. 단지 넘치는 속삭임의 암시, 숲으로 향하는 여자의 몸짓을 통해서 숲을―향함이란 암시가 있을 뿐. 암시란 몸에 깃든다는 의미라고 악숨은 썼다. 그렇다면 그것은 질병이나 편지 혹은 어떤 암호가 몸을 집으로 삼는다는 의미인가. 집으로 회귀하는 꿈속의 개처럼. 그림 속 여자는 정지된 몸짓으로 암시를 계속한다. 누군가 다가와 이불 천을 벗길 때까지.

집이라니 무슨 집? 나는 이해하지 못하고 되물었다.

집을 둘러싼 주변은 끝없는 공사장 유리파편과 철가루 섞인 모래와 소음과 파헤쳐진 과거로 이루어진 황무지 혹은 무덤과 다름없으므로, 크레인과 기계들 콘크리트와 온갖 시체 유기물로 이루어진 흙, 집으로 돌아가라고, 그리고 밤이 되면 창문을 꼭 닫고 낡아서 느슨해진 창틀 틈새를 헝겊으로 막고 문의 걸쇠를 점검하고 커튼으로 창을 가리라고 음악교사는 말했다. 집의 영혼으로 너 자신을 보호하라고, 혹은 집의 영혼으로부터, 너 자신을 단단하게 가리라고.

양부모의 외동딸은 유리창에 비눗물을 뿌린 뒤 고무장갑을 끼고 솔로 문질렀다. 집을 너무 오랫동안 비워두는 게 아니었다고 외동딸은 말했다. 나는 마른 걸레로 유리창의 비눗물을 닦아내고 백여 개나 되는 집 안의 화분들을 테라스로 운반하는 일을 기꺼이 도왔다. 집을 너무 오랫동안 비워두는 게 아니었다고 외동딸은 다시 말했다. 자신은 일생 동안 경찰과 그 어떤 인연도 맺고 싶지 않은데, 빈집에 몰래 숨어들어 도둑처럼 숙식한 부랑자 때문에 하필이면 경찰들을 집으로 불러들여야 했기에 정말로 치욕스러웠다고. 하지만 그래도 내게 아무런 일도 일어나지 않아서 그나마 다행이라고 했다. 그 침입자가 몇 달간이나 당신과 같은 집에 살았다고 생각하니 내가 다 오싹하답니다, 하고 외동딸은 덧붙였다. 침입자는 아마도 빈집으로 숨어들어 겨울을 나려고 했던 부랑자였을 거라고 외동딸은 굳게 믿었다. 하지만 경찰의 생각은 달랐다. 도대체 침입자가 정말로 있었는지, 그건 아무도 모를 일이었다. 빈집에 몰래 숨어든 낯선 침입자의 모습을 똑똑히 목격한 사람이 아무도 없기 때문이다. 게다가 부랑자라니, 조용한 주택가인 이곳에 부랑자가 서성일 가능성은 매우 낮다고 경찰은 말했다. 영화 촬영 장소로 집을 제공했으니 아마도 그 일로 드나들던 누군가의 부주의한 소행일 거라고 경찰은 결론을 내렸다. 어떤 형태로든 당신이 생각하는 침입자가 정말로 있었다면 말입니다, 하고 경찰은 덧붙였다.

양부모의 외동딸은 단편영화를 찍는 자신의 학생들에게 몇 주일 동안 부모의 집을 촬영 장소로 빌려주었다. 촬영을 하는 동안 여러 사람들이 드나들었고 아마 부랑자도 그 틈에 눈에 띄지 않게 집 안으로 침입했을 것이다(외동딸의 주장). 외동딸은 대학에서 영화를 가르치는 강사였고 학생들은 졸업작품용 영화를 만들고 있었다. 영화는 단편 추리물로, 어느 집에서 일어나는 연쇄 살인사건을 다룬다. 그런데 나중에 촬영된 필름을 보던 외동딸은 집에 침입자가 있음을 알아차렸다고 했다. 영화 속 스쳐지나가는 장면 도중에 한 남자가—그래 그건 분명 남자였다―위층 주방의 반투명 유리창에 기대서서 밖의 동정을 살피는 듯한 실루엣이 보였던 것이다. 또한 마당에 서 있는 주인공의 뒤편 저 멀리에서 집 모퉁이를 막 돌면서 사라지는 한 남자의 뒷모습이 있었다. 외동딸은 처음에는 그것들이 연출인 줄 알았고, 절대로 얼굴을 드러내지 않으면서 마치 희미한 그늘을 연기하듯 스윽 스쳐지나가기만 하는 이름 모를 배경으로서의 암시―역할을 흥미롭게만 여겼다. 하지만 나중에 알게 된 사실인데 영화를 만든 학생 감독은 그런 기획을 하지 않았고, 카메라에 비친 인물은 촬영팀 중 그 누구도 아닌 낯선 존재임이 밝혀졌다. 생각해보니 이상한 점은 또 있었다. 영화 중간중간 집 안의 아무도 없는 구역에서 갑자기 전등이 켜지곤 하는 장면들이다. 예를 들자면 카메라가 주방에 있는 주인공을 비추는 사이 열린 문 너머로 현관 복도의 전등이 갑자기 저절로 켜졌다가 잠시 뒤 꺼지는 것이 보였는데, 복도에 아무도 없었음에도 불구하고 분명 찰칵 하고 스위치 켜는 소리가 희미하게나마 들렸던 것이다. 그리고 카메라가 빈 거실의 거울을 비추는 장면에서, 아무 이유 없이 거울 표면의 한 지점이 저절로 동그랗게 흐려지기도 했다. 마치 누군가가 얼굴을 거울 가까이 대고는 가만히 숨을 내쉰 것처럼. 또한 손이 닿지 않아 비워두는 주방 찬장의 가장 높은 칸에 처음 보는 참치와 옥수수 통조림 등의 물건이 들어 있는 점도 수상했다. 양부모는 둘 다 키가 작은 편이어서 찬장의 가장 위칸에는 물건을 두지 않았으며 통조림은 전혀 먹지 않았다. 게다가 통조림과 함께 절대로 경찰관 부부의 것일 리가 없는 아주 엉뚱한 물건도 발견되었는데, 고물상에서나 볼 수 있을 만큼 형편없이 낡고 손때 묻은 인쇄물 한 권, 수십 년 전 정식 출판사가 아니라 지하 불법 인쇄소에서 조악하게 만들어진 러시아어 교본이다. 그것들은 촬영하느라 집 안에 드나든 학생 누구의 것도 아니라고 했다. 외동딸은 심각한 표정으로, 그러나 의기양양하게 그 인쇄물을 경찰에게 내밀었으나 경찰은 즉시 웃음을 터트렸다. 뿐만 아니라 오븐도 지저분해졌어요, 고기가 눌어붙어 탄 자국이 잔뜩 있어, 하고 외동딸은 혼잣말처럼 작게 투덜거렸다. 하지만 오븐을 사용한 장본인이 침입자인 부랑자라는 증거는 없었으므로, 즉 다름 아닌 내가 오븐을 사용했을 가능성도 있으므로, 외동딸은 그 문제를 더 거론하지는 않았다. 그리고 카메라가 주인공의 머리 위 하늘을 줌 아웃 하는 장면에서 테라스 난간 위에 서 있는 사람의 다리가 갑자기 보였다가 바람에 날리는 이불 빨래 천 뒤로 사라져버리기도 했다. 그리고 다시는 나타나지 않았다. 외동딸은 영화를 만든 학생들에게 물었으나 그들도 별다른 대답을 알지 못했다. 그 다리는, 그들이 아는 한 그 누구의 다리도 아니라고 했다. 이 모두에 대한 유일한 설명은, 경찰의 말대로 아마도 그날 촬영 현장에 있던 스태프들 중 일부의 모습이 우연히 카메라에 찍혔을 거라는 추측 말고는 불가능했으나, 외동딸의 집요한 추적에도 불구하고 정확히 그 자리에 그런 모습으로 있었을 법한 스태프를 결코 알아내지 못했다는 것이 문제였다. 하지만 무엇보다도 가장 결정적인 증거는, 이유를 알 수 없는 불안과 의심을 느낀 외동딸이 집 안을 미친 듯이 뒤지다가 계단 아래 위치한 청소 도구 보관 창고에서 발견한 낡아빠진 침낭이었다. 방금 전까지 누군가 들어가 누워 있다가 황급히 달아난 듯 보이는 침낭에는 놀랍게도 사람의 체온이 고스란히 남아 있었던 것이다. 소스라치게 놀란 외동딸은 충격과 공포의 비명을 지르기 시작했다.

나는 악숨에게 썼다, 나, 밀이라고 불렸던 목주는, 어머니로부터 같은 이름을 물려받았는데, 내 모든 글에서 MJ라고 기록되는 어머니인 여자는 나를 간혹 의심스러운 시선으로 바라보았다고. 왜냐하면 자신이 나를 낳은 기억이 없기 때문이다. "왜들 수선인지, 난 그저 연극을 위해서 임신부 분장을 하고 다녔을 뿐인데."

그 집에서, 모든 말과 행동은 조심스러웠다. 심지어 한창 청춘의 한가운데에 있던 식모조차도 마찬가지였다. MJ를 마지막으로 본 것은 지붕 위에서라고 나는 심리학자에게 썼다. 바람이 불어와 이불이 날리자 갑자기 그 뒤에서 사람의 모습이 나타났다. 처음에는 식모인 줄 알았으나 키가 크고 우묵하게 그늘진 얼굴에서 그것이 MJ라는 것을 알아차렸다. 나는 깜짝 놀랐는데 MJ는 내가 아는 한 단 한 번도 지붕으로 올라오지 않았던 것이다. 지붕은 빨래의 영역인데, 빨래는 MJ에게 속한 일이 아니기 때문이다. MJ는 처음 보는 커다란 흰 외투를 걸치고 있었다. 아니 어쩌면 널려 있던 커다란 이불 천을 뒤집어쓰고 있었을 것이다. 흰 외투 혹은 이불 위로 거무스름한 그늘이 일렁이는 MJ의 핼쑥한 얼굴이 솟아 있었다. 뼈가 크게 두드러지고 피부가 거칠었다. MJ는 둘둘 만 이불 빨래 더미를 양손으로 껴안듯이 들고 커다란 빨래통을 향해 몸을 천천히 기울이는 참이었다. MJ의 머리카락 위로, 제비꽃 빛의 햇살. 빨래통에는 식모가 풀어놓은 비눗물 거품이 가득했다. 조금 전 식모는 통에서 빨래를 문질러 빤 다음 수도가 달린 시멘트 세탁조에서 비눗물을 헹구어냈다. 멀리 펄럭이는 이불 빨래 뒤로 양동이를 든 그림자가 지나갔다. 아마도 식모일 것이다. 비눗방울 하나가 천천히 나를 향해서 날아왔다. 아무것도 모르는 식모는 가벼운 콧노래를 흥얼거리며 팔을 크게 움직여 빨랫줄에 이불 빨래를 널고 있었다. 밀 어디 있어, 식모는 마치 즐거운 노래처럼 흥얼거렸다. 그런데 MJ는 아마도 직접 빨래를 하려는 것일까? MJ는 팔에 안고 있던 이불을 빨래통 속으로 떨어뜨리듯 던져넣었다. 그리고 몸을 기울여 한참이나 통 안을 들여다보고 있었다. 비누거품이 가득한 수면이 불안을 머금고 찰랑였다. 그 순간 내게 떠오른 생각은, 아, MJ가 마침내 아기를 죽였구나. 아기는 미동도 없었다. 울음소리도 들리지 않았

294

다. 그래서 또다시 떠오른 생각, 아, MJ가 마침내 아기를 죽였구나. 아니 MJ가 품에 안고 있던 그것은 이불 빨래가 아니라 연극에 사용하는 박제된 흰 갈매기였을까? 식모는 세탁물이 가득 찬 무거운 양동이를 들고 빈 빨랫줄을 찾아 지붕을 이리저리 돌아다녔다. 이불 뒤에서 깡충거리며 뛰어다니는 식모의 작은 발목이 보였다가 사라졌다. 마치 새처럼. 간혹 가벼운 콧소리로 흥얼거리면서. 밀 어디 있어, 밀 점심 먹어야지. 잃어버린 아이를 찾는다기보다는 그냥 스스로 젊음의 흥에 겨워 부르는 노래처럼 들렸다. 식모의 목소리는 비눗방울처럼 투명하고 가볍게 저절로 공중으로 솟구쳤다. 아아, 마치 새처럼. 뒷마당을 가로지르는 작은 발자국 소리가 도둑처럼 비밀스럽고, 그늘 한 점 없는 지붕은 오후의 흰빛으로 반짝였다. 밀 어디 있어, 밀 점심 먹어야지. 나는 대답하려고 했으나 목소리가 나오지 않았다. 아니 내 목소리는 나에게 들리지 않았다. 그때 마침 초음속 비행기가 지나갔기 때문이다. 오래전부터 만약 내가 짐승과 함께 살게 된다면 그것은 티벳개일 거라고 막연하게 생각하고 있었는데 이유는 단 하나, 티벳개는 유령을 볼 수 있다고 들었기 때문에…… 혹은 누군가의 손이 내가 뒤집어쓴 이불 천을 갑자기 걷어 젖혔기 때문이다. 어린 시절의 친구는 성인이 된 뒤에야 비로소 과거 하숙집 시절 경험한 악몽이 트라우마로 나타나고 있다고 털어놓았다. 그녀의 주장에 따르면, 하숙집에서 식모로 일하면서 유령을 보았다는 것이다. 처음에 유령은 유리창 안에 살고 있었다고 했다. 유리창에 언뜻언뜻 비치며 지나가던 불명확한 형상. 언젠가 한 번은 반투명한 유리창 안쪽에서 유령이 자신의 얼굴을 만질 듯이 손을 들어올렸고, 하지만 그 무엇도 서로 닿지는 않았는데, 당시에는 이상하게도 공포스럽거나 섬뜩한 느낌은 없었다. 그게 유령이라는 것도 시간이 한참 지난 다음에야 어렴풋이 이해하게 되었다고 어린 시절의 친구는 말했다. 그러다가 유령은 차츰 대담해져서, 집 안에 아무도 없는 한낮이면 지붕 위로 올라오기까지 했다는 것이다. 내가 사고를 당한 것도 분명 유령 탓일 거라고. 하지만 아무도 믿지 않을 것이기에 아무에게도, 심지어 사고가 일어난 후 경찰에게도 그 말을 할 수는 없었노라고. 네 이불 천을 벗기고 바닥으로 밀어 떨어뜨린 것도 아마 그 유령이었을 거야, 하고 그녀는 말했다. 그게 분명해, 나는 그렇게 믿어, 왜냐하면, 나는 아마 그것을 본 것 같으니까…… 아니, 실제로 보았는지 그건 잘 모르겠어, 그건 중요하지 않아, 하지만 MJ가 한 번도 지붕에 올라가지 않은 것은 너도 잘 알잖아, 나는 나중에 방바닥에 떨어진 MJ의 핏방울을 닦았단다. 그래, 그건 유령이 분명해.

　나는 바닥으로 추락했다. 절반쯤 열려 있던 유리창 하나가 저절로 쾅 소리를 내며 떨어지는 순간. 그 충격으로 주변의 모든 유리창들이 낡아서 헐거워진 나무 창틀에서 오래오래 덜컹거리며 진동했다. 세상의 모든 유리창들이 흔들렸다. 섬광과도 같은 초음속 굉음이 한동안 시간을 정지시켰다……

세상은 오직 희고…… 잠시 뒤, MJ는 뒷마당 맨드라미 화단에 있다. 삽으로 무언가를 흙 속에 파묻는 중이다. 이제 모두 끝났다. 그런데 그때 금이 간 연습실의 유리창 하나가 뒤늦게 아래로 떨어지는 바람에 MJ는 무표정한 긴장이 번득이는 얼굴을 든다.

시간이 흐른 뒤 나는 마음이 바뀌었고, 그래서 기숙사의 교장에게 편지를 받아야겠다는 생각이 들었다. 그건 분명 밀고의 편지겠으나 그래도 상관이 없었다. 어차피 나에게는 내게로 보내진 나에 관한 모든 편지가 밀고의 편지이기 때문이다. 내게로 보내진, 나에 관해 누설하고 나를 고발하는 어떤 편지. 나는 그것과 정면으로 마주하고 싶었다. 교장이 아직 편지를 갖고 있을지? 이상하게도 나는 그럴 거라는 확신이 있었다. 그리고 또 다른 확신은, 분명 교장은 편지를 읽었을 것이다. 교장은 편지를 반송 봉투에 담기까지 했지만, 어떤 이유에서 호기심을 느끼고 그 전에 봉투를 뜯어서 읽어보려고 했을 것이다. 그런데 편지를 읽고 나자 어쩌면 내가 언젠가 마음이 변해서 편지를 받으러 올 거라는 예감이 들었고, 그래서 편지를 그대로 보관하기로 했을 것이다. 종종 나는 이성을 초월하는 느낌과 확신에 사로잡힌다. 그 확신이 나를 만들었다. 나는 어떤 미지의 운명 안에 있고, 그것이 종종 손을 뻗어 내 손을 잡으며, 그렇게 나를 예측할 수 없는 방향으로 이끌어간다는 생각. 나는 그 운명을 영영 알 수가 없다. 그런데 놀랍게도, 운명은 언뜻 자신의 모습을 내게 비추어 보일 때가 있다. 거울 물 달빛 그림 여름밤 유리창 목소리 그리고 편지의 형태로. 나는 그것을 느낀다. 숨을 죽이고 그것을 따른다. 내 입이 그것을 말하는 것을 듣는다. "유리 가게에 전화해서 새 유리를 가져오라고 해." 맨드라미 화단에 선 MJ는 손에 삽을 든 채로 식모에게 말한다. MJ의 목소리는 차분하다. 단 한 번도 그래본 적이 없는 차분함이다. 마루에 선 식모는 울음을 멈추지 않는다. MJ는 식모의 눈물을 모른 척하며 계속 말한다. "나는 옷을 갈아입어야겠어."

하지만 대학에 진학하고 기숙사를 나올 때까지 나는 교장을 두 번 다시 만나지 못했다. 원래도 교장은 학생들에게 쉽게 모습을 드러내는 법이 없었다. 교장실은 거의 항상 잠겨 있었고 아무도 교장이 어디에 있는지 몰랐다. 사실 그것은 기숙사의 여학생들에게 아무런 문제가 되지 못했다. 그들은 교장을 굳이 보고 싶어 해야 할 이유가 없었다. 나는 종종 교장이 신분을 속인 채, 예를 들자면 청소부로 변장하고, 어스름이 깔리는 기숙사 복도를 태연하게 오갈지도 모른다는 생각을 하곤 했는데, 우리는 저녁마다 복도에 놓인 커다란 양철 쓰레기통 뚜껑이 요란하게 덜컹이는 소리를 듣곤 했지만 그걸 치우는 청소부의 얼굴은 아무도 기억하지 못했던 것이다. *(속삭임: 밑, 어디 있어)* 뒤를 돌아보면, 복도 반대편 끝에서 빗자루를 든 키 큰 청소부의 실루엣이 흔들리듯 멀어져간다. 나중에 나는 우연히 재회한 기숙사의 한 교사를 통해서 여자 교장의 기이한 죽음에 대해서 듣게 된다. 그녀는 자신의 책들에 깔려 죽었다고 했다. 지진이 있던 밤에 무거운 책들이 잠든 그녀의 머리 위로 쏟아져내렸던 것이다. 뼈가 바스러질 듯이 가늘고 약하던 늙은 여자 교장은 책 더미에서 살아나오지 못했다. 나는 안다, 교장은 내 편지를 읽었을 것이고, 책장 어딘가에 편지를 숨겨두었을 것이다. 교장의 사후에 발견된 그 편지는 쓰레기통으로 들어갔겠지만, 만에 하나 누군가 친절한 사람의 호의에 의해서 다시 우체통에 넣어졌을지도 모른다. 고등학교를 졸업하면 기숙사를 나와야 하므로 나는 당장 갈 곳이 없었다. 경찰관 부부의 제안을 받은 건 그 무렵이었다. 자신들은 얼마 전에 새로 집을 지었고, 지하의 방이 비어 있으므로 내가 들어와서 살 수 있다고 했다. 아니 그것은 제안이 아니라 우리가 오래전부터 당연하게 받아들이고 있던 약속인 듯이, 그들의 말은 그렇게 들렸다. 뿐만 아니라 그들은 첫 만남에서부터 어딘가 낯이 익었는데, 왜 그런지 정확한 기억은 나지 않았다. 경찰관 부부와 대화를 하고 있으면, 내가 당연히 자신들을 알고 있으리라 기대한다는 것이 명백해 보였다. 아마도 우리는 오래전에 만난 적이 있고, 그것도 어느 정도는 가까웠던 사이였을지도 몰랐다. 심지어 그들은 나 자신도 기억하지 못하는 어린 시절의 몇몇 구체적인 사건의 정보를 갖고 있기도 했다. 예를 들자면 나는 심각한 소아 강박증이 있었고 그것이 끈질긴 발모벽으로 나타나곤 했다고 경찰관 부인이 말했다. 의사도 전혀 도움이 되지 못했다. 그래서 내 어머니는 가위로 내 머리카락을 항상 아주 짧게 잘라주어야만 했고 덕분에 나는 종종 사내아이라는 오해를 받곤 했다는 이야기. (아아, 그녀는 내 어머니를 얼마나 좋아했는지 모른다!) 그들을 실망시키고 싶지 않았던 나는 병원에 오래 입원한 이후로 이전의 기억 대부분이 희미해지거나 완전히 사라져버렸다는 말을 차마 하지 못했다. *(속삭임: 그게 뭐든, 지금 나는 아무것도 알아보지 못해요 예를 들자면 지금 막 지나간 버스 안에서 나를 향해 손을 흔든, 흰 페도라 모자를 쓴 그 사람이 내 어머니였을까요)* 하지만 이상한 일이라고, 나중에 나는 악숨에게 썼다. 시간이 흐를수록, 내 안에서 뿌리를 내리고 자라나는 그림의 대부분은 이해할 수 없게도 바로 그 사라진 기억에서 나왔음이 밝혀졌기 때문이다. 저절로 자신을 증명하는 그림들이 나의 내면을 이루었다. 칠이 벗겨진 나무 창틀의 유리창이 있다. 그 밖으로 늪과 황무지 진창과 모래흙, 메마른 황야풀 초원이 펼쳐진다. 나는 신기루와 같은 햇빛 속에서 마치 발이 없는 듯 너울거리는 걸음으로 사라지는 오직 한 마리 코요테를 본다. *너는 여기서 태어났구나*, 내 안의 목소리가 속삭인다.

랑데부를 알리는 편지는 우편함에 들어 있었다. 우체국 소인이나 우표는 보이지 않았다. 누군가 집 앞으로 찾아와, 편지를 우편함에 직접 넣어두고 갔다. 그리고 그 사람은 우편함 틈 사이로 집 안의 한 풍경을, 풍경의 한 조각을 일별했을 것이다.

편지를 손에 들자 나는 내가 모르는 누군가의 눈이 된다. 미지의 눈이 잠시 바라본 풍경 속에 내가 있다.

　모래 언덕의 풀들이 거센 바람에 술렁이며 믿을 수 없이 긴 팔을 흔드는 길이다. 언덕 아래를 바라보자 그곳은 파헤쳐진 거대한 구덩이이다. 흙을 파는 기계들이 멈추어 있고 먼 곳에는 마찬가지로 허공에 멈추어 선 크레인이 보인다. 나는 키처럼 높이 자란 풀들을 헤치며 집으로 간다. 풀 사이에 피어난 들꽃을 꺾어 작은 꽃다발을 만들며 나는 걷는다. 내 손에는 봉투에 담긴 편지가 들려 있다. 나는 편지를 우체통이 아니라 집의 우편함에 직접 넣는다. 우편함 뒤의 작은 구멍을 통해서 집 안의 계단과 한 마리 말과 하얀색 의자, 그 의자에 앉은 사람의 등이 보인다. 떠나기 전 나는 들꽃다발을 집 대문의 손잡이에 걸어둔다. 우편함에서 발견한 편지를 집어들자, 나는 이 모든 것을 보는 눈이 된다. 분명한 랑데부를 고지하는 그것은 하지만 발신인 없는 편지였다. 심지어 받는 사람의 이름도 적혀 있지 않았다. 나는 자연스럽게 봉투를 열고 길지 않은 편지를 읽기 시작한다. 지극히 당연한 일을 수행하는 것처럼 나는 태연하고도 당당하다. 자신이 말없이 외국으로 떠나버린 뒤, 오랫동안 한 번도 연락을 하지 못했고 그 시간이 너무도 길었다고 편지는 시작했다. (편지를 쓴 사람은 그동안 뉴질랜드에 있었다고 했다. 그런 나라가 있다니, 나는 마치 처음 들어보는 나라인 듯, 나는 그 문장을 여러 번 반복해서 소리 내어 읽는다. 그런 나라의 사람이, 그런 나라의 편지가 있다니)

그러나 얼마 전, 너무도 오랜만에 서울에 잠시 다녀오게 되었고, 알 수 없는 그리움에 이끌려 버스를 타고 오래전에 가던 장소들을 이곳저곳 돌아다녔는데, 대부분의 장소들은 다시 알아보기 힘들 만큼 변해 있었지만 놀랍게도 우리가 항상 만나던 학교가—이름은 바뀌었으나—여전히 그 자리에 있음을 확인했습니다. 그러자 문득 당신 생각이 났고, 원래는 기대조차 하지 않고 있었지만, 어쩌면 학교와 마찬가지로의 집도 여전히 그 자리에 있을지도 모른다는, 게다가 한마디 말도 없이 외국으로 떠나버린 뒤 단 한 번도 편지를 쓰지 못한 나를 당신이 용서해줄지도 모른다는, 좀 터무니없기도 한 희망이 생겼습니다. 그래서 오래전에 했던 것처럼 당신의 집으로 가서 편지를 직접 우편함에 넣고 싶다는 강렬한 소망이 솟아나는 바람에 가슴이 터질 것만 같았고, 당장 그 일을 하지 않으면 정말로 가슴이 터져서 죽어버릴 것만 같았습니다. 그런 가슴으로 지금 이 편지를 쓰고 있노라고. 그 사람은 계속해서 썼다.

(속삭임: 언젠가 내가 문손잡이에 꽃다발을 걸어두었던 당신의 집, 만약 그 집이 학교와 마찬가지로 여전히 그 자리에 있다면, 그렇다면 나는 지금 쓰고 있는 이 편지를 당신의 집 우편함에 넣을 것입니다. 당신이 여전히 그 집에 살고 있는지, 나는 모릅니다. 하지만 만약 이 편지를 읽는 사람이 당신이라면, 분명 나를 기억해낼 거라고 생각합니다. 당신의 이름이 그리고 내 이름이 없더라도 당신은 즉시 모든 것을 알아차릴 수 있을 테죠. 당신이 그럴 것을 나는 압니다! 내가 떠나버린 뒤,

하지만 그 전에 당신이 먼저 나를 떠나버리겠다고 선언하였으나, 우리는 과연 무엇이 되었을까요? 나는 학교 앞에서 당신을 기다리겠습니다. 우리가 자주 만나던, 바로 그 학교 말입니다. 언젠가 우리가 나누었던 대화를 기억하시는지요? 어떤 사람이 설사 완전히, 결정적으로 떠나버렸다 할지라도, 그가 우리와 정말로 가까이 있었던 사람이라면 언제 어디서든 우리는 그들에게 말을 걸 수 있으며 그리고 심지어 그들의 대답을 기대할 수도 있다고, 바로 당신이 그렇게 말하지 않았던가요. 나는 떠나버렸으나, 혹은 어쩌면 당신이 그러했으나, 편지와 속삭임은 우리를 떠나지 않아요, 나는 당신에게 말을 걸고, 나는 기다릴 겁니다. 언제 어디서든, 정말로 가까이 있었던 당신을)

다시 악숨의 편지로 돌아가서. 어느 날 악숨에게 편지를 쓰던 나는 문득 깨달았다. 무엇이 나를 그토록 오랫동안 계속 그에게 쓰도록 만들었는지. 그것은 바로 악숨의 집이다. 악숨은 집을 꿈꾸는 자였기 때문이다. 어딘가의 공간에 거주한다는 의미의 집이 아니라, 표상으로서의 집 말이다. 번개가 칠 때 혹은 하늘에서 정체불명의 굉음이 울릴 때 전쟁의 비행기가 지나가고 티벳개가 떨어질 때 나는 우묵한 구덩이에 누워 있었다. 나는 (악숨의) 집에 있었던가? 악숨의 집에 매료되었으나, 음악교사의 전화를 받았을 때만 해도 나는 집으로 갈 생각이 전혀 없었다. 생각이 없었을 뿐 아니라 절대로 그것이 가능하지 않다고 여겼다. 집이라니 무슨 집. 하지만 결국은 그의 예언대로, 그가 집이라고 지칭한 이곳에서 일생 동안 살게 되었다.

그럼에도 불구하고 나는 단 한 번도 집에 있지 않았으며, 어딘 가에 집이 있으리라는 믿음을 추호도 알지 못했음은 이상하다. 오, 단 한 번뿐이었던 내 사랑에 대해서, 나는 언제든 악숨에게 써 보낼 준비가 되어 있다고 했다. 하지만 그 전에 우선. 나는 움직이지 않는 새였다. 뇌우가 오기 전 나는 노래하고 바람 속에서 깃털을 부풀렸으나 한 발짝도 그 자리에서 움직이지 않았다. 뇌우가 오기 전, 책장에서 책을 한 권 꺼내들고 나이프로 책을 가르며 연다. 그리고 읽는다. *너는 죽기 전에 죽는다, 그리하여 너는 죽을 때 죽지 않으리라.* 그것은 집이 하는 말이다. 뇌우가 오기 전. 나는 이미 뇌우 속에 있었다. 반면에 단 한 번도 집에 있지 않았던 악숨은 내게 집에 머무는 자로 기억된다. 악숨은 집에 있다. 악숨의 집이 그와 함께 있다. 마치 사람이 하나의 노래를 가지듯이, 한 마리의 티벳개를 가지듯이, 그렇게 악숨은 집을 가졌다. 그럼으로써 악숨은 항상 집에 있다. 아니 집이 항상 그에게 있다. 그러므로 그는 집을 찾아 나선 길 위에서조차 집을 찾아 헤맬 필요가 없다. 그의 집은 그의 육체를 이루는 암호와 같았다. 내 목소리가 그의 집을 찾는다. 집이 있으라. 혹은 집은 영혼과 같았다. 내면의 세계는 바닥 없는 심연과 그 위로 펼쳐진 오직 망망한 암흑의 천지, 오직 유일한 존재인 악숨의 영혼이 물 위를 유령처럼 유영한다. 속삭임이 말한다, 집이 있으라. 그리하여 우리는 집을 본다. 그의 집은 우묵한 정원이다. 그가 내민 손바닥은 우묵하다. 하늘

304

은 우주의 먼지 태풍이 휘몰아치기 직전의 우묵한 파동의 형태이다. 물이 고인 그의 육신은 우묵하다. 그는 태초의 웅덩이이다. 그의 동공은. 그의 갈비뼈는. 그의 집은. 우묵한 그의 영혼 속으로 내가 빨려들어간다. 그것은 내면의 초대다. 그는 나를 집으로 초대했다. 그리하여 나는 그의 집을 찾아간 미래를 앞서 가졌다. 나는 황야풀을 헤치며 우묵한 정원으로 간다. 나는 늪지의 검은 물이 되어 그곳으로 흐른다. 그곳으로 고인다. 상상으로, 나는 안다. (나의)생일이었던 어느 날의 정오를 (악숨이) 보낸 방식. 그는 나이프로 성서를 갈랐고, 그리하여 펼쳐진 페이지, 솔로몬의 시를 반복해서 읽었다고 썼다. 그것을 내가 듣는다: *너의 허벅지는 둥그스름한 잔과 같아*

그 음료가 마를 날이 없구나

밀 다발 같은 너의 몸에

백합이 꽂혀 있도다

진정한 빛은 북쪽에서 온다고, 악숨은 편지에 썼다. 자신은 다른 위대한 화가들이 그랬듯이 빛과 색채, 형체를 찾아 햇빛이 풍부한 자연과 위도를 헤매고 다녔으나, 이제 자신을 사로잡는 것은 빛이 지나간 뒤 남겨진 묽은 그림자와 같은 여운이라고 했다. 그 안에서 잠시 동안 희미하게 발광하다 꺼져가는 고요한 사물들이라고 했다. 그러므로 우리, 부피를 가진 존재들은 모두 일시적으로 그늘진 달이라고 악숨은 썼다. 악숨은 북쪽에 있는 한 미술관을 언급했다. 우리는 언젠가 그곳에 있는 어떤 그림 앞에서 만날 수 있을지도 모른다고 했다. *(속삭임: 그날이 오면, 마침내 나는 당신에게 랑데부를 알리는 편지를 쓰게 되겠지요)* 그림의 제목은 속삭임이다. 혹은 여름밤이다. 혹은 속삭임 여름밤의 숲이다.

7

젊은 경찰은 내 대답을 기다리기 위해서 잠시 메모를 멈추었다. 중년의 경찰이 그날 내 외출의 이유에 대해서 지나가듯이 물었던 것이다. 물론 그 이유가 이 사건과 관련해 크게 중요한 사안은 아니라고 덧붙이긴 했다. 나는 학교를 찾아가려 했다고 말했다. 그러자 중년의 경찰은, 당신이 일하는 학교 말인가요? 하고 다시 물었다. 그게 아니고 오래전의 학교라고 나는 대답했다. 그러자 경찰은 다시, 아 그렇다면 예전에 일하던 학교를 말하는 거로군요, 하고 단정했다. 그들은 내가 휴직 중인 교사라고, 그렇게 알고 있다고 했다. 이번에 나는 아무 대답을 하지 않았다. 간단하게 설명하기가 불가능했기 때문이다. 오직 랑데부를 위해서,라고 대답했어야 할까. 오직 편지를 위해서. 그렇다면 그들은, 아니 우리 모두는 더욱 심오하고도 미묘한 혼돈에 휩싸였으리라. 그것은 대문에 걸린 이름 없는 꽃다발처럼 예민하고도 모욕적인 영역이어서 보통의 경우 입에 올려서는 안 되는 화제이기 때문이다. 잠시 동안 우리는 각자의 침묵 속에서 가만히 머물러 있었다. 부엌은 좁았고 커피를 만들기 위한 물은 아직 끓지 않았다. 중년의 경찰은 생각에 잠긴 표정으로 몇 초간 나를 바라보았지만 더는 캐묻지 않았다. 랑데부의 편지는 내 가방 안에 들어 있었으나 나는 그것을 꺼내지 않았다. 랑데부와 침입자는 아무런 상관이 없을 것이 분명하기 때문이다. 게다가 편지에는 발신인도 수신인도 적혀 있지 않아서, 그것이 내게로 온 편지라는 것을, 아니 그것이 정말로 내 편지함 속에서 발견된 편지라는 것을 증명할 수조차 없었다. 마침내 커피가 만들어졌고 우리는 좁은 식탁에 함께 모여 앉아 커피를 마셨다. 중년의 경찰은 아마도 침묵을 깨고 분위기를 돌리려는 가벼운 의도로, 자신의 인도 여행에 대해서 이야기하기 시작했다. 나는 아직도 거기 있는 셈이나 마찬가지입니다, 하고 그는 말했다. 어떤 의미에서 자신은 그곳에서 돌아오지 않은 것이라고. 사실은 내 부모도 경찰이었다고 나는 도중에 불쑥 끼어들 듯이 말했다. (물론 양부모 이야기지만 그렇게 자세한 설명을 할 필요는 없었다) 하지만 나는 인도는 단 한 번도 가본 적이 없다고, 대신 인도에 관한 이야기를 듣는 건 매우 좋아한다고 했다. 젊은 경찰은 인도는 당연히 한 번도 가본 일이 없고 앞으로도 갈 생각이 결코 없다고 했다. 우리는 큰 의미 없이, 단편적으로 끊어지는, 가벼운 커피 테이블의 대화를 이어나갔다. 인도 여행이 특별했던 것은 다른 이유보다도 이상하게 그곳에서 읽은 책 때문이라고 중년의 경찰이 털어놓았다. 숙소 근처에 책을 대여해주는 헌책방이 있었는데, 세계 각지의 여행자들은 자신의 책을 기부하거나 팔 수 있었고, 원한다면 다른 책과 교환도 가능했다. 그곳에서 그는 유일한 한국어 책을 한 권 발견했고, 제목이나 저자도 처음 들어보는 책이었지만 내용이 무엇인지 상관하지도 않은 채 반가운 마음에 무조건 집어들고 읽기 시작했다고. 원래 자신은 평소에 책이라고는 거의 읽지 않았고 특히 소설은 단 한 번도 끝까지 읽어낸 적이 없는데, 그런 사실조차 까맣게 잊어버리고서 말이다. 아마도 긴 여행의 권태로움 때문이었을 거라고 그는 덧붙였다. 그런데 그 책에 대해서 잠시 이야기하자면, 신기하게도 아무 디자인이 없이 제목만 타이핑된 낱장의 밋밋한 표지를 가진 그 책은 번역 소설인 듯했는데, 문장이 너무 길고 독백의 내용도 혼란스러워서 솔직히 잘 이해하지 못했다. 기억나는 것은 주인공이 개에게 물려 다리를 절단하게 되는데 그것을 불운이자 동시에 궁극적으로는 행운으로 받아들인다는 것, 이후 주인공은 우연히 기묘한 점심식사 모임에 함께하게 되고 그것은 말하자면 "싸구려 음식을 먹는 자들"이라고 할 수 있는 그런 모임이다. 실제로 그들은 매일 어느 식당에 모여 식사를 하는데, 가난한 사람들에게 저렴한 식사를 제공하려는 목적으로 설립된 일종의 구호 식당인 그곳에서도 가장 가격이 저렴

한 메뉴를 주문한다고 했다. 하지만 그것이 곧 그들이 평균보다 더 질이 낮은 식사를 한다는 의미는 아니며, 또한 그들이 가난하거나 오직 절약을 위해서 그런 식사를 선택하는 건 아니라고 했다. 심지어 그중에는 일반적인 의미로 부유한 편에 속하는 사람도 있다. 그 책이 기억에 남는 것은 인도에서 우연히 발견한 한국어 책이고 또 자신이 자발적으로 끝까지 읽은 거의 유일한 소설이라는 점도 있지만, 그 책의 정체 자체가 기묘했다는 점도 크다고 중년의 경찰은 말했다. 책을 다 읽은 뒤 여전히 머리에 안개가 자욱한 느낌이 사라지지 않았던 그는 한국에 돌아가면 이 책을 구입해서 한 번 더 차분히 읽어보리라 결심했다. 그래서 책방에 책을 돌려주기 전에 기억해둘 생각으로 저자와 출판사 등을 다시 살펴보았는데, 놀랍게도 그 책은 출판사가 없었다고 했다. 게다가 저자가 외국인이니 분명 번역된 작품일 텐데 번역자의 이름도 나와 있지 않았고 뿐만 아니라 기본적인 제목과 저자 이름 말고는 출간일자 등 그 어떤 서지정보도 들어 있지 않았다. 더욱 이상한 점은 책의 모양새였는데, 표지가 아무런 디자인이 없는 흐릿한 낱장의 검정 마분지인데다 본문이 인쇄된 종이나 편집 상태도 수상해 보였다. 이상하다고 생각하면서도 책을 헌책방에 돌려주고 한국으로 돌아온 후 같은 책을 구입해보려 했으나 그 어디에서도 찾지 못했다고 했다. 한국의 어느 출판사에서도 그런 책이 출간된 적이 없었던 것이다. 그제야 그는 자신이 읽은《싸구려 음식을 먹는 자들》이 정식 출판물이 아니라, 누군가가 개인적으로 번역한 원고를 허가 없이 인쇄하고 제본하여 만든 일종의 해적출판물이었다는 것을 알아차렸다. 그래서 일반적인 책과는 조금 다른 극단적으로 간소한 형태를 가졌던 것이다. 아마도 한국의 여행자가 인도로 가지고 왔다가 어찌어찌하여 그 헌책방으로 흘러들어온 물건 같았다. 그는 그곳에서 그 책을 곧장 구입하지 못한 것을 너무도 후회하고 있다고 했다. 왜냐하면 그 책은, 내용뿐 아니라 정체부터 만남까지 모두가 너무도 기묘했기 때문이다. 또한 우연치고는 묘하게도 책에서 인도 여행에 대한 언급과 마주쳤다고 했다. 싸구려 음식을 먹는 자들 중 한 명이 오랫동안 인도 여행을 꿈꾸고 있다가 포기했는데, 그 이유는 세계를 전부 돌아다니더라도 한 시간 동안 프라터 공원을 산책하는 일보다 더 좋을 수는 없다는 깨달음을 얻었기 때문이라고 했다.

그리고 중년의 경찰은 내게 혹시 가장 최근에 무슨 책을 읽었는지 물었다. (그사이 젊은 경찰도 도대체 프라터 공원이 어디에 있는지 물었고 중년의 경찰은 아마도 오스트리아가 아닐까, 하고 자신 없이 대답했다. 자신이 읽은 책의 무대가 오스트리아였기 때문에) 혹시 당신도 나처럼 너무도 기묘하여 기억에 남는 책이 있었는지. 질문이 급작스러워서 나는 대답하기 위해 잠시 생각할 시간이 필요했다. 내가 가장 최근에 읽은 것은 주로 편지였는데, 나 자신이 쓴 편지들 그리고 내게 보내진 편지들, 최근의 것들과 오래전의 것들을 모두 포함하여, 그것을 과연 책과 같은 독서라고 표현할 수 있을지 몰랐기 때문이다. 그때 내 머리에 지금 가방 속에 있는, 가장 최근에 받은 한 통의 편지가 떠올랐고, 그래서 나는 어제와 오늘 줄곧 랑데부에 관한 글을 읽고 있었다고 대답했다. 그것은 기묘한 랑데부일까? 하지만 나는 원래 책을 많이 읽는 편은 아니라고 덧붙였다. 그보다는 차라리 같은 글을 여러 번 반복해서 읽는 편에 가깝다고. 랑데부라니, 그렇다면 그건 연애소설이겠네요, 하고 젊은 경찰이 흥미를 보였다. 그리고 자신도 뭔가 한마디 해야겠다는 어느 정도의 의무감으로, 최근에 유명 추리작가가 쓴 소설을 읽었다고 말했다. 물론 중년의 경찰이 경험한 것만큼은 아니지만 어느 정도 기묘하다면 기묘할 수 있는 책이었다고. 아, 물론 책 자체가 기묘했다기보다는 자신의 착각 때문에 야기된 오해가 그런 결과를 불러일으킨 것이다. 젊은 경찰이 가장 좋아하는 작가 중 하나인 그 추리작가는 엄청난 다작 작가로도 알려졌는데 젊은 경찰은 그의 작품 상당수를 이미 읽은 상태이다. 물론 전부 추리소설이다. 덧붙이자면 젊은 경찰은 경찰이 되기 전에도 그랬지만 경찰이 된 후에는 여가 시간에 더더욱 열성적으로 추리소설만을 읽고 있다고, 그것이 취미일 뿐 아니라 어느 정도는 직업에도 헌신하는 행위라고 생각하기 때문이라고 했다. 유명 추리작가가 쓴 소설은 한 남자가 어느 날 밤 맨해튼의 주점에서 정체불명의 한 여자를 만나 사랑에 빠지는 것으로 시작된다. 그 이외의 모든 것은 밤이고 안개이고, 모든 것은 미스터리이다. 소설은 전형적인 로맨스 미스터리처럼 흘러간다. 그는 어느 지점에서 남자가 여자를 목 졸라 죽이게 되는지, 혹은 여자가 남자를 독살하게 되는지, 어떤 상황에서 남자 또는 여자가 총을 꺼내게 되는지, 혹은 그렇지 않다면 언제쯤 그들의 사랑의 배후에 뭔가 다른 내막이 정체를 드러내는지, 그들 앞에 놓인 파국이 어떤 형태일지, 단 한 순간도 긴장을 놓지 못한 채 책을 읽었다. 정체불명의 여자와 남자, 매 순간 그들은 서로의 정체를 완전히 드러내지 않거나, 혹은 드러난 서로의 정체를 믿지 않는다. 암시투성이의 대화가 오고 간다. 질투와 의심 그리고 약간의 폭력이—무언가의 전조일까?—동반된다. 배신에 대한 두려움이 사라지지 않는다. 그러다 마침내 마지막 페이지에 도달한다. 그러나 놀라워라, 끝내 살인사건은 일어나지 않았다! 단 한 번도 일어나지 않았다! 그제야 젊은 경찰은 그 책이 유명 추리소설가가 쓴 (추리소설이 아닌) 진짜 로맨스소설임을 깨달았다. 그들은 정말로 사랑에 빠진 것이다! *그래서 그들은 단 한순간도 두려워하지 않았다!* 저자가 유명 추리소설가였으므로 젊은 경찰은 아무런 의심 없이 그 책역시 추리물일 거라고 단정해버린 것이다. 그런데 생각해보니, 그렇다면 그 책은 젊은 경찰 자신이 마지막까지 흥미진진하게 읽을 수 있었던 최초이자 유일한 로맨스소설이 되는 셈이었다. 만약 그것이 유명 추리작가의 작품이 아니라 다른 일반 작가의 로맨스소설이었다면, 그러니까 추리소설이라는 기대감과 긴장이 없었더라면 나는 아마 두 페이지도 넘기기 힘들었을 겁니다, 아니 아예 손에 들고 펼쳐볼 시도조차도 하지 않았을 거예요, 하고 젊은 경찰은 웃으면서 말했다.

젊은 경찰의 말이 끝나기가 무섭게, 중년의 경찰은 나를 향해 고개를 돌리더니 거의 기습적으로 말했다: 처음부터 신기하게 여긴 사실인데, 당신은 전혀 두려워하지 않는 것 같아요. 어째서 그럴 수가 있는 거죠? 사실 크게 두려워할 이유가 없기는 합니다. 하지만 보통의 경우라면 사람들은 두려워하죠. 그편이 덜 두려우니까요. 두려워하는 편이 안전하다고 느끼니까요. 두려움은 신뢰를 주죠. 동질감을 선사하거든요. 그래서 위안이 되기도 해요. 두려워하는 사람은 안전합니다. 그들은 인정을 얻을 테니까요. 두려움의 대상이 없는데도 두려워할 줄 아는 사람은 보호와 더불어 타인의 경외 섞인 두려움까지 보상으로 얻죠. 보통 사람들은 두려움의 이유를 찾지 못할 때 더욱 두려워하는 경향이 있습니다. 두려워하지 않는 자신이 두렵기 때문에, 차라리 두려워하는 편을 택하게 되는 거죠. 그런데 당신은 절대적으로 두려워하지 않는 것처럼 보이고, 그게 어쩐지 마음에 들어요. 하지만 이건 어디까지나 개인적인 소감일 뿐이고, 내가 당신에게 두려워하는 편이 더 신중한 거라고 직업적 조언을 해야 할까요? 당신은 그것을 원합니까? 만약 그렇다면 나는 지금 당장이라도 말할 수 있어요, 무조건 두려워하세요! 잠금장치를 더 철저하게 점검하고 창문은 항상 커튼으로 가려두도록 해요. 가장 좋은 건 말할 필요도 없이 이중 잠금장치를 다는 거죠. 그리고 외출할 때마다 잊지 말고 문을 모두 반드시 잠가야 해요. 그리고 밤에는, 이것이 정말 중요한데, 유리창으로 빛이 스며나가지 않게 해야 합니다. 유리창은 우리의 생각보다 참으로 많은 것을 비쳐주거든요. 안의 것을 바깥으로 비쳐줄 뿐만 아니라 바깥의 것을 안으로 스며들게 하기도 하죠. 가능하다면 유리창 바깥에 덧창을 다는 것을 추천합니다. 그래서 밤에는 덧창을 닫아버리는 거죠. 만약 덧창을 설치하기 힘들다면 창문을 아예 판자로 막아 덧대는 방법도 있어요. 나무판자에 못을 박아서 벽에 고정시켜버리는 겁니다. 마치 빈집처럼. 너무 극단적이라고 생각하나요? 빛 정도는 들어오지 않아도 사는 데 큰 지장은 없어요. 대신 어둠에 맡기는 거죠. 두려움을 무의식에 맡기듯이. 진짜 두려움이란 그런 거예요. 그만큼 두려워하세요. 아니 두려워질 정도로 두려워해야만 합니다. 마치 선글라스를 쓴 군인들을 두려워하듯이 그렇게 두려워하세요! 입술을 껌처럼 질겅질겅 씹어대는 군인들을 두려워하듯이! 어린아이가 개나 어머니를 두려워하듯이! 그건 본능이 아니라, 그래야만 하는 당위입니다. 두려워하지 않는 자는 무엇보다도 자기 자신에게 두려움을 불러일으키니까요.

중년의 경찰이 매우 진지한 얼굴로, 하지만 마치 진지함을 가장한 농담처럼 말했으므로 연필을 들고 있던 젊은 경찰은 자신도 모르는 사이 쿡 하고 웃음을 터트린 다음 당황해서 얼굴이 붉어졌다. 그러고는 서둘러 변명처럼 우물거렸다. 지금 이 대화는 기록하지 않는 게 좋겠지요? 하지만 중년의 경찰은 개의치 않고 더욱 진지한 표정으로 계속해서 말했다: 사실 나는 당신이 왜 우리에게 신고했는지, 점점 의문이 커지고 있답니다. 내 느낌으로는 마치 당신이⋯⋯.

자신의 기억에 의하면, 그 책의 제목은 정말로 '싸구려 음식을 먹는 자들'이었다고 중년의 경찰은 커피잔을 들어올리며 말했다. 적어도 그와 아주 흡사한 제목이었음이 분명하다고. 하지만 그들이 왜 싸구려 음식을 먹는지, 싸구려 음식을 먹는 것이 그들에게 어떤 의미인지는 전혀 설명하고 있지 않다고 했다. 그런 건 하찮은, 독자의 가장 저급한 호기심일 뿐인데 책의 저자는 그런 저급한 호기심에는 결코 복무하지 않겠다는 의지로 충만해 있다. 그건 말하자면 저자가 왜 하필이면 그들, 싸구려 음식을 먹는 자들에 대해서 책을 쓰기로 했는지와 유사한 선상에 놓이는 질문일 것이다. 의미를 부여함으로써 비로소 만들어지는 의미 같은 것. 책의 주인공은—개에게 물려 다리를 절단했고 그것을 불운이자 동시에 궁극적으로는 행운으로 받아들인 자—그것에 대해 말해주겠다고 하며 독자를 책의 마지막까지 이끌다가, 마침내 결정적인 문 앞에서 독자를 놓아버리고 만다. 그리고 서둘러, 목발에 의지한 채 절뚝이며 홀로 자신의 길을 가버린다. 불행이면서 동시에 궁극적인 행운. 그 어떤 의도된 설득도 없이 자신은 그 장면에서 설득당했다고 중년의 경찰이 말했다. 만약 자신에게 다시 한번 더긴 휴가의 기회가 생긴다면, 두 번 생각하지 않고 또다시 인도로 가는 비행기를 예약할 거라고 그는 말했다. 그래서 다시 한번 더 그 도시를 찾아갈 거라고. 그 도시에 있던 헌책방을 기억을 더듬어 방문하고 싶다고. 그 헌책방은 자신이 뒷골목을 돌아다니다가 우연히 발견했기 때문에, 상상을 초월하게 허름한데다 간판조차 없는 작은 책방이므로, 사실은 헌책뿐 아니라 상점 앞 가판대에서 세탁비누나 화장지, 꿀, 종이봉투에 든 향신료, 편지지와 봉투, 관광객 대상의 조잡한 기념품까지도 팔고 있던 잡화점에 가까웠고, 대개 위층에는 욕실도 없는 무허가 방들을 지어 올리고 가난한 장기 관광객들에게 빌려주는 숙소도 겸하는 곳인데, 그 골목에 그런 상점 겸 여관들이 즐비했으므로 사실 그 책방을 다시 찾아낼 수 있을지는 자신이 없다. 그리고 설사 그곳을 다시 찾아간다 해도 그 책이 과연 여전히 남아 있을지는 의문이다. 아무도 빌려가는 사람 없이 구석에 처박혀 있다가 폐지로 팔려버렸을 가능성이 높기 때문이다. 하지만 만약 인생에서 두 번째 기회가 생긴다면 반드시 그렇게 하고 싶다고 중년의 경찰은 말했다. 소망은 초조하게 만든다고 중년의 경찰은 덧붙였다. 은퇴한 다음이라면 너무 늦을지도 모른다는 생각이 사라지지 않는다고 했다. 모든 것이 그렇듯이, 은퇴한 다음이라면 이미 너무 늦어버린 다음일 것이다. 은퇴했기 때문에 너무 늦은 것이 아니라 모든 것을 돌이키기에는 너무 늦어버린 시점에야 비로소 은퇴가 발생하기 때문이다. 그런데 도대체 누가 그런 책을 만들었고, 왜 인도까지 들고 갔을까요? 하고 젊은 경찰이 순수한 호기심으로 물었다. 인도 여행 안내서나 인도로 온 전 세계 히피의 역사처럼 여행자들이 쉽게 선택할 만한 책도 아닌데 말이죠. 이 세상에는 우리가 아는 것보다 훨씬 더 많은 기묘한 책들과, 그런 책을 만들고 또 찾아 읽는 기묘한 이유들이 있을 거라고 중년의 경찰이 대답했다.

좀 오래되긴 했지만 이 시점에서 나도 기묘한 책이 하나 생각난다고 말했다. 아주 짧은 이야기인 그 책은 보호감호시설에 있는 한 남자의 이야기이다. 보호감호시설에서 수감자들은 보통의 감옥보다는 좀 더 느슨한 통제를 받았고, 그래서 남자는 그곳에 수감되어 있는 동안 글을 쓸 수 있었다. 남자는 심지어 다른 수감자들과 교도관을 대상으로 감호시설 내에서 자신의 글을 읽는 낭독회를 열기도 한다. 물론 그의 글을 이해하는 이는 아무도 없지만, 그래도 모두 기꺼이 그의 낭독회를 보러 왔고 기꺼이 귀를 기울였다. 그런데 문제가 있다. 남자는 조만간 감호시설에서 풀려날 예정이기 때문이다. 이미 그는 다른 수감자들이나 교도관, 몇 안 되는 외부의 친구들로부터 출소를 축하한다는 인사를 받고 있다. 하지만 남자 자신은 출소를 원하지 않는다. 그는 외부 사회라는 혼란 속으로 되돌아가기를 원하지 않는다. 그는 일생 동안 단 한 번도 이곳 감호시설에서만큼 편한 마음으로 글을 써본 적이 없다. 바깥에서 그는 늘 두려움에 떨었고, 어떻게 스스로를 조절해야 세계의 마음에 들지 그것을 몰랐다. 하지만 감옥(감호시설)에서라면 아무런 두려움을 가질 필요가 없다. *그는 단 한순간도 두려워하지 않았다!* 그는 담대하게 자신이 쓰고자 하는 글을 써나갈 수 있었다. 그의 내적 경험을 종이에 털어놓는 것에 대해서 두려움이 없었을 뿐 아니라, 놀랍게도 내적 경험을 가지는 것에 대해서 아무런 두려움이 없었다! 조용하고 내성적인 그는 감호시설에서 그 어떤 문제도 일으키지 않았고, 교도관들의 총애까지는 아니지만 부당한 대우를 받지도 않았다. 그가 낭독회를 열면, 아무것도 이해할 필요가 없기 때문에 아무것도 이해하지 못하는 청자들로 이루어진 목가적인 풍경이 조용히 그를 둘러쌌다. 출소 일자가 다가올수록 남자의 두려움은 커져만 갔다. 아무도 그의 불행을 이해하지 못했다. 시간이 앞으로 흘러갔다.

그런데 그 책의 어떤 점이 유난히 기묘했다는 건가요? 하고 젊은 경찰이 궁금한 얼굴로 물었다. 책 자체보다도, 지금에야 생각이 났는데, 그 책의 작가가 바로 중년의 경찰이 인도에서 발견한 정체불명의 해적출판물《싸구려 음식을 먹는 자들》의 작가와 동일 인물일지도 모르기 때문이라고 나는 대답했다. 물론 나는《싸구려 음식을 먹는 자들》을 읽지 못했지만 그

작가의 작품 중에 그런 비슷한 제목을 가진 책이 있다는 말을 들었기 때문이다. 게다가 더욱 결정적인 근거는, 이 또한 어디선가 들은 말인데, 그 작가는 아주 대중적인 편은 아니지만 상당수의 열혈 독자를 가졌고, 그의 죽음 이후로 한 대학에서 매년 그의 사망 일자에 모여서 오직 그의 작품만을 읽는 독서클럽이 생겼다고 전해진다. 참고로 말하자면 그 작가는 2월에 태어나서 2월에 죽었다, 이건 좀 다른 이야기지만, 의외로 많은 사람들이 자신이 태어난 날과 비슷한 시기에 죽게 된다는 말을 어디선가 읽은 적이 있다. (그러자 중년의 경찰이 고개를 끄덕이며 말했다. 자신도 유사한 말을 어디선가 들었는데, 어머니와 비슷한 나이에 첫 임신을 하는 여자들이 제법 있다고. 혹은 비슷한 나이에 결혼하거나. 나는 속으로 좀 놀라면서, 그건 혹시 내 경우를 암시하는 거냐고 하마터면 물어볼 뻔했다) 일종의 컬트 모임인 그 독서클럽은 한동안 꽤 유명했지만, 작가가 죽은 뒤 세월이 오래 흐르면서 그사이 작가의 이름과 마찬가지로 독서클럽 또한 사람들의 기억에서 사라져버렸다. 독서클럽의 회원들이 아직 살아 있다 해도 모두 대학을 떠난 지 오래일 뿐 아니라 독서가 불가능할 만큼 노인이 되었을 테니 아마도 클럽은 더 이상 존재하지 않을 것이다. 그런데 당시 독서클럽의 몇몇 회원들이, 오직 독서클럽에서 함께 읽겠다는 목적 하나만으로 한국어로 번역이 안된 그 작가의 작품들을 구해서 스스로 번역하기도 했다고 알려진다. 그들은 번역한 원고를 인쇄하고 제본해서 클럽 내에서 회원들과 읽었지만, 그것을 책으로 출간할 생각은 없었다. 원래 출간이 목적인 번역이 아니었을뿐더러 관심을 보이는 출판사도 없었고 그들 자신도 대학생이나 대학원생들로 직업 번역가와는 거리가 멀었던 탓이다. 속도를 내기 위해서 여러 명이 한 권의 책을 공동 번역하는 일도 흔했고, 당연히 번역가의 이름 따위는 알려지지 않는다. 그런데 세월이 흐르면서, 그렇게 만들어진 말하자면 불법 인쇄물인 사설 번역본들이 언젠가부터 헌책방 등지에서 보이기 시작했다. 그건 독서클럽 회원들이 사망할 즈음과 시기가 겹친다. 솔직히 말하자면 내가 읽은 보호감호소의 남자 이야기도 사실은 우연히 헌책방에서 발견한 그런 인쇄물이다. 그러므로 중년의 경찰이 인도에서 발견했다는 책자도 그런 식으로 대학 독서클럽에서 만들어진 사설 번역본일 가능성이 크다고 나는 말했다.

두 명의 경찰관은 두 눈을 크게 뜬 채 큰 흥미를 가지고 내 말에 귀 기울였다. 잠시 동안 아무도 입을 열지 않았다. 만약 우리가 정기적으로 모여서 추리소설을 읽는다면, 그렇다면 어떨까요…… 하고 젊은 경찰이 불쑥 침묵을 깨고 이렇게 말하기 전까지는. 말하자면 '추리소설 독서클럽' 같은 거요……. 책 이야기를 나누고 있으니 정말 즐겁다는 생각이 들어서 그래요. 하지만 곧이어 자신도 모르게 튀어나온 말에 스스로 깜짝 놀랄 만큼 크게 당황한 젊은 경찰은, 얼굴이 붉게 상기되어 거의 외치듯이 서둘러 덧붙였다. 아 물론 정말로 그렇게 하자는 뜻은 아니구요, 그만큼 흥미로웠다는 말일 뿐입니다. 그는 손에 든 연필로 수첩에 의미 없는 낙서를 초조하게 끄적이면서, 용서를 구하는 눈길로 중년의 경찰을 불안정하게 곁눈질했다. 하지만 중년의 경찰은 그를 거들떠보지도 않았다. 대신 그는 더욱 진지하고 엄숙한 얼굴로, 나에게 경고하듯이 강조해서 말했다. 반드시 그래야 합니다. 두려워하세요! 어린아이가 유령 개를 두려워하듯이! 유령 어머니를 두려워하듯이! 잠금장치를 더 철저하게 점검하고 창문도 덧창을 달아 가리도록 해요. 실수로라도 얼굴이나 이름이 유리창 밖으로 비치지 않도록 조심해야 합니다.

우리는 이미 오래전에 커피를 다 마셨고 나는 진한 레몬주스를 수돗물로 희석하여 그들에게 내놓았다. 그들은 근무 중이기 때문에 알코올을 한 방울도 마실 수 없었기 때문이다. 시간이 흘러갔고 밤이 되었다. 그들은 오늘 밤 내내 근무 예정이라고 했다. 정확히 어느 시점에 우리가 옆방의 라디오 소리를 의식하기 시작했는지는 알 수 없다. 하지만 중년의 경찰이 마침내 입을 열어, 옆방의 라디오는 항상 켜두는 거냐고 물었고, 그제야 나는 일어서서 옆방으로 가서 라디오를 껐다. 이미 한참 전부터 젊은 경찰은 수첩에 메모하기를 포기해버린 상태였다. 마치 스스로의 생각에 기습당해버린 사람처럼, 그는 거기 가만히 굳어 있었다. 머릿속은 이제 앞으로 자신이 만들게 될지도 모를 추리소설 독서클럽의 구상으로 가득한 채. 그리하여 그가 마지막으로 기록한 문장은 실제 대화와는 약간 다르게 적히게 되었다: 우리가 오늘 외출의 이유에 대해서 물었을 때…… *신고자는 랑데부를 하러 갔노라고* 진술했다. 그러나 중년의 경찰은 내 대답을 무시한 채 젊은 경찰의 넋 나간 침묵을 무시한 채 다시 한번 더 말했다. 그림자도 들어오지 못하게 막아야 해요. 그만큼 두려워하세요. 아니 두려워해야만 합니다. 아무것도 비치게 해서는 안 돼요, 지금은 모두 메워졌지만 사실 이곳은 거대한 우묵한 구덩이에 황야풀투성이였음을 잊으면 안 됩니다. 마치 선글라스를 쓴 군인들을 두려워하듯이 그렇게 두려워하세요! 입술을 껌처럼 질겅질겅 씹어대며 웃고 있는 군인들을 두려워하듯이! 검은 개의 머리를 가진 군인들을 두려워하듯이! *(속삭임: 아기를 나무 아래 내려놓고, 나무 아래서 떠날 텐데)*

최초의 순간에, 내면의 목소리가 들려왔다.

나는 흔들리는 전차 안에 있다. 그것이 내 최초의 기억이다. 나는 아직 연하고 반투명한 껍질에 싸인 물과 약간의 염분, 그리고 그 밖의 것이다. 그만큼 온화하고 따뜻하게 녹아 있다. 누군가 유리창처럼 나를 핥는다면, 나는 그들의 혀에 꿈처럼 부피 없이 은밀한 소금기로 달라붙는다. 나는 의식의 표면에 짧게 닿았다가 다시 꺼져버리는 기억이다. 나는 아직 목소리가 없지만, 만약 내가 목소리를 가졌다면 그것은 잠과 같이 들릴 것이다. 그날 옆방의 라디오에서 들려오던 속삭임처럼. *우리는 전차를 타고 간다. 내가 잘 아는, 한없이 친숙한 여자의 머리와 어깨가 내 눈앞에 있다. 흰 스카프 아래…… 최초의…… 머리카락 냄새가 느껴진다. 차창 밖으로 유리를 실은 자전거와 지프 한 대가 지나간다…… 2월, 흐릿한 회색의 햇빛, 마침내 하나의 운명이 시작되며 정오의 사이렌이 울린다.* 나는 여행을 떠날 때 가방에 무엇을 넣어가야 하는지 모르는 사람에 속한다고 악숨에게 썼다. 사실이었다. 내가 결혼한 것은 다른 무엇도 아닌 운명을 원했기 때문이라고, 나는 편지에 썼다. 나는 운명과 하나의 몸이 되기를 원했다. 내 것인 운명, 마치 집과 같은 운명. 그리고 이어서 나는 집에 대해서 썼다. 그것은 내 어머니의 커다란 방이다. 집에는 속삭임이 살고 있었다. 유리창들. 뒷마당을 향한 유리창, 앞으로 다가올 삶을 비쳐주는 유리창들, 한 번도 왁스 칠을 한 적이 없는 거칠고 낡은 마룻바닥, 가구는 하나도 없이, 마치 텅 빈 무대나 연극 연습실처럼 보이는 차가운 방, 유리와 벽과 천장과 바닥에 속삭임의 메아리가 남아 있는 방, 그 방을 다시 보기를 원했다. 전화벨이 울리고, 스며들어온 햇빛 속에서 먼지가 요동치듯 일렁인다. 낡고 망가진 창틀에서 유리창이 떨어지는 비시민적인 소리의 방, 그 방을 원했다. 원했으나 한 번도 거기 있지 못했노라고 나는 악숨에게 썼다. 어머니의 방은 금지되거나 철거되어버렸기 때문이다. 유리창은 깨져버렸기 때문이다. 어머니는 없으며 아버지는 죽었을 거라고, 혹은 그 반대이거나, 그렇게 썼다. 두려워하세요! 하고 중년의 경찰은 말했다. 많은 것을 두려워 해야 한다고. 그러나 나는 티벳개를 두려워하지 않았다. 단 한 번, 길을 걸어가고 있는데 차를 운전하며 지나가던 한 젊은이 가 차창 밖으로 내게 손을 흔들었다. 짧은 찰나, 젊은이의 얼굴 은 환하고 밝았다. 평범한 인상의, 살짝 순진하고 가벼우면서 그보다 더 한층 수줍어 보이는 그는 나와 마주친 것을 기뻐하 는 듯했으나 나는 하늘색 셔츠 차림의 그 젊은이가 누구인지 몰랐다. 두려워해야 할까요? 절대로 두려워해야 한다고 중년 의 경찰은 말했다. 랑데부를 두려워하란 말인가요? 하고 내가 이해하지 못한 채 중년의 경찰에게 물었다.

사실 그날의 일은 매우 기묘한 사건이었다고, 나중에 경찰 서 구내식당에서 중년의 경찰은 말했다. 그날 서류에 내 서명 을 받는 걸 잊었다고 하여 내가 경찰서를 방문했던 것이다. 물 론 일지에 기록된 대로 처리가 완료되었고 더 이상 조사할 이 유가 없는 사건이긴 하지만, 자신은 어쩌면 그것이 미제 사건 일지도 모른다는 느낌에서 한순간도 벗어날 수가 없었다고 했 다. 아니 정확히 말하자면, 뭔가 최초의 바람으로부터 반대 방 향으로 멀리 흘러가버렸다는 느낌인데, 게다가 시간이 지날 수록 그 느낌은 더욱 커지고 있다고 했다. 왜 그렇게 느끼는 지 내가 묻자 그는 조금 망설이다가 대답했다. 그건 마치 당신 이…… 이상하게 들리겠지만 마치 당신이, 우리가 침입자를

*찾아*주기를 원한다는 그런 느낌을 받았기 때문입니다. 그래서 우리에게 신고를 했다는 느낌을 지울 수가 없었습니다.

그리고 중년의 경찰은 잠시 침묵한 뒤에, 만약 침입자가 정말로 있었다면 말입니다, 하고 덧붙였다. 그런 다음 그의 얼굴에는 금세 후회의 표정이 떠올랐다. 자신도 이해하지 못하는 말을 꺼내버린 것에 대한 후회이다. 중년의 경찰은 살짝 당황한 기색으로 허둥거리며 말을 이어갔다. 아니 내 말을 오해하지 말아요, 만약 그날의 사건 일지에 기록된 것과 같은, 당신이 목격한 그런 침입자가 정말로 있었다면, 그런 뜻입니다. 아 물론, 오해하지 말기 바랍니다, 이건 당신이 침입자를 거짓으로 진술했다는 의미와는 완전히 다른 차원의 의문이니까요…….이런이런, 아무래도 내가 말실수를 한 것 같군요, 어쨌거나 당신은 이미 오해를 해버렸을 테죠, 괜한 말을 꺼냈어요. 당신에게 용서를 구해야겠어요. 어쩌면 내가 인도를 다녀온 것이 큰 실수일지도 모른다는 생각이 듭니다. 어차피 공원을 한 바퀴 도는 것과 궁극적으로 아무런 차이도 없을 텐데 말입니다. 어디에 있는 무슨 공원이라도 상관이 없죠.

그럴 필요는 없어요, 하고 내가 대답했다. 내 대답의 의미는, 그가 사과할 필요가 없다는 뜻이었다. 후회하거나 자책할 필요도 물론 없다. 그리고 나는 이어서, 그래서 침입자를 찾지 않았느냐고 반문했다. 적어도 침입자의 정체를 밝혀낸 것은 맞지 않느냐고.

네 맞습니다, 중년의 경찰이 고개를 끄덕이며 말했다. 내가 잠시 어리석었군요, 당신 말이 맞아요. 다행히도, 우리가 그렇게 했죠.

정말 다행이라고 내가 동의했다.

얼마 전 비번일에 차를 타고 근처를 지나가던 젊은 경찰이 거리에서 나를 보았다고 전해들었다고, 중년의 경찰은 화제를 돌렸다. 젊은 경찰은 운전석에서 손을 흔들었으나 내가 그를 알아본 것 같지는 않았다고. 놀랍게도 그는 자신이 원하던 추리소설 독서클럽을 만들었답니다, 하고 중년의 경찰은 계속해서 말했다. 그는 정말로 수줍고 내성적인 젊은이고 취미라고는 홀로 틀어박혀 추리소설 읽기뿐이었는데, 갑자기 독서클럽이란 걸 스스로 만들게 되다니, 물론 아직은 회원이 그 자신 한 명뿐이지만요. 아 그리고 잊을 뻔했는데, 그는 그날 신고자의 식당 옆방에서 들려오던 라디오의 목소리가 무엇인지 이후 늘 궁금해하고 있다고 합니다. 소리가 충분히 크지 않아서 우리는 그 목소리가 하는 말까지 알아듣지는 못했지만 짐작하기를 아마도 책을 읽거나 혹은 편지를 읽는, 그래요 마치 누군가 특정한 사람에게 말을 거는 듯한 목소리였으니 편지일 수도 있겠습니다, 그런 목소리가 속삭임처럼 낮게 계속해서 들려오던 라디오, 그게 무슨 방송이었는지, 그 속삭임이 무엇인지 궁금하다고, 혹시 당신을 우연히 만나게 되면 그걸 좀 물어봐달라고 내게 부탁을 하더군요, 하고 중년의 경찰이 구내식당을 떠나기 전에 마지막으로 말했다.

　속삭임이라니 무슨 속삭임.

　언젠가 악숨은 내게 편지로 부탁했다, 어느 날 만약 내가 숲
으로 가게 된다면, 잊지 말고 편지를 보내달라는 것이다. 어느
날 만약 당신이 숲으로 가게 된다면. 물론 숲으로 가지 않았고
한 번도 숲을 알지 못했던 나는 당연히 그 편지를 잊었고, 혹은
그것을 써야 할 이유를 얻지 못했으므로 더 이상 그 편지에 대
해 생각하지 않았다. 그런데 나는 틀렸다. 내가 이미 숲으로 갔
다는 사실을 그때 나는 모르고 있었던 것이다. *(속삭임: 어느 날
만약 당신이 숲으로 가게 된다면)* 그러던 중 시간이 흘렀고, 시간
은 많은 편지들을 관통해 흘렀으며, 편지들이 시간을 이루었
다. 그러던 어느 날 편지를 쓰고 있던 중에 문득 머리에 떠오른
생각은, 어쩌면 이것이 악숨에게 보내게 될 마지막 편지일지
도 모른다는 것. 하지만 그렇다고 해서 그 편지가 악숨이 읽게
되는 내 마지막 편지일 거라는 의미는 아니다. 편지들은 너무
늦게 보내지거나 너무 빨리 도착해버리곤 했다. 어떤 편지는
쓰는 동안 너무 오랜 시간이 흘러가버려서 편지의 시작에서
꺼내진 내용들이 편지의 마지막 부분에 이를 즈음에는 이미
기억에서 사라져버린 상태이기도 했다. 거울이 흐려지듯 편지
들이 흐려졌다. 편지들이 바람에 날리다가 구덩이 속으로 내
려앉았다. 편지는 마지막 줄까지 다 쓴 다음에도 곧장 부쳐지

는 일이 드물었고, 우체통을 찾지 못하거나 아니면 우체국으로 가는 것을 잊거나 혹은 다른 물건들 사이로 흘러들어가버리는 바람에 분실되어 몇 년이나 지난 뒤 제3자에 의해 발견되거나, 혹은 주소를 잘못 적는 바람에 엉뚱하게도 다시 내게로 돌아오거나, 그래서 우체부로부터 편지를 받아든 나는 이것이 누구로부터 온 편지인지, 내가 더 이상 알지 못하는 일들이 적혀 있는 편지, 그러나 분명 나에게 일어난 어떤 일들에 대한 편지, 언젠가 꿈에서 만났던 것처럼 낯설면서도 마치 망각된 어린 시절의 집처럼 소름 끼치게 친근한 피부를 가진 이 일들의 정체가 과연 무엇인지 오랜 생각에 잠기게 된다. 식당이나 대합실, 기차에 편지를 두고 온 일도 있다. 나는 종종, 임의의 것들을 내게서 떠나보낼 수 있을 만큼 용의주도하게 부주의하기 때문이다. 하지만 그런 편지들이 누군가 친절한 사람의 손에 의해 우체통에 넣어지고 그리하여 원래 기대한 대로 편지를 받을 사람의 주소로 가게 되었는지는 영영 알 길이 없다. 때로 누군가 편지를 훔쳐가버리기도 했을 터인데, 만약 그랬다면 돈이나 값진 귀중품으로 오해했던 것이 분명하다. 내가 쓴 편지뿐 아니라 내게 보내진 악숨의 편지들 또한 비슷한 운명을 겪으리라고 믿는다. 모든 편지는 고유한 자신의 길을 가는데 우리는 그것을 알지도 못하고 통제할 수도 없기 때문이다. 어느 날 나는 문득 악숨이 언젠가 부탁한 그 요청이 갑자기 떠올랐고, *(속삭임: 어느 날 만약 당신이 숲으로 가게 된다면)* 그래서 하던 일을 멈추고 책상의 물건들을 모두 옆으로 치운 뒤, 새로이 편지를 시작하는 대신 과거에 쓰다가 중단한 편지를 마침내 찾아내서, 이어서 계속해서 쓰기 시작한 것이다. 그것뿐이다. 내 기억에 의하면, "어느 날 만약 당신이 숲으로 가게 된다면, 제발 부탁인데 내게 알려줘요" 하고 악숨은 썼다. "그러면 이제 당신을 영원히 볼 수 없고, 두 번 다시 당신의 편지도 받지 못할 테니." 당연히 나는 숲을 한 번도 보지 못했다. 그렇게 믿었다. 그러나 나는 착각한 것이고, 예를 들자면, 그림을 보는 일과 마찬가지로, 당신이 숲으로 갔다고 상상하고, 그 일을 말해줘요,라는 의미로 악숨은 썼을지도 모른다. 마치 내가 한 번도 본 일이 없는 그의 그림을 본 것처럼 상상하고 그동안 수많은 편지를 써왔던 것처럼. 오랫동안 그렇게 편지를 써오면서, 어느새 나는 내가 그의 그림을 실제로는 한 번도 보지 못했다는 사실을 (혹은 그 반대인가) 잊을 수 있었다. 숲도 마찬가지가 아닐까.

악숨은 썼다: 언젠가 당신이 숲으로 가게 되는 날, 바로 그날 아침 눈을 떴을 때 무엇이 떠올랐는지, 그리고 당신이 창가로 다가갔을 때 무엇을 보았는지 말해줘요, 예를 들자면 어느 날 당신은 눈을 뜨자마자 문득 이렇게 생각합니다, 오늘 나는 마침내 숲으로 가게 되는구나. 그리고 예를 들자면 어느 날 당신은 내게 편지를 쓰면서 문득 이렇게 생각합니다, 이 편지가 마지막 편지구나 나는 더 이상 그에게 편지를 쓰지 않게 되겠지.

마치 그동안 당신이 당신 자신에게 기나긴 한 통의 편지를 나누어서 써온 것이고, 그리하여 이제, 마침내 편지를 끝낼 수 있게 된 것처럼. 숲으로 가는 일과 편지를 쓰지 않게 되는 일, 모두 당신의 의지로 이루어진 계획은 아니었겠지만, 그 생각이 떠오른 순간, 당신은 그것을 이미 알고 있었으며, 그것도 상당히 오래전부터 알고 있었으며, 당신 자신 역시 그 일의 일부분이었음을, 심지어는 이미 실현된 그 일의 일부분이었음을 깨닫게 됩니다. 예를 들자면, 오늘 숲으로 가게 된다고 생각한 순간, 비로소 당신은 이미 오래전부터 숲에 있었으니까요.

나는 그의 편지를 읽었고, 편지를 읽는 동안 편지가 끝나는 것이 곧 삶이 끝나는 것과 비슷하다는 생각이 들었다. 내 말은, 하나의 잠재적 삶이 끝난다는 의미이다. 그래서 나는 숲으로 갔다. 그때 비로소 내가 숲으로 갔음을 알았고, 그 앎으로 인하여 비로소 나는 이미 숲에 있었던 것이다. 바람 속에서는 뚝뚝 피를 흘리는 폭풍의 냄새가 났다. 무거운 장막 같은 공기에 휩싸인 순간, 검은 모기떼들이 덤벼든다. 무슨 일인가 일어났다. 그것이 나를 본다. 열린 창으로 들어온 바람에 편지들은 공중으로 흩어지고, 그리하여 시작도 끝도 알 수 없게 된 편지들 중 하나를 집어들고 나는 읽기 시작한다. 편지의 첫 줄에 "나는 숲으로 갔습니다"라고 적혀 있다. 편지에 적힌 나는 결혼식을 한 지 얼마 지나지 않았고 아직도 양부모의 지하방에서 살고 있다. 그리고 몇몇 영화에 대사 없는 역으로 스치듯 모습을 보이기 시작한 중이었다. 편지의 내용은 내가 마지막으로 영화 촬영을 한 날의 일이었다. 그날이 내 마지막 영화 촬영이 된 것은 함께 일하던 유일한 감독이 그 영화 이후 다시는 영화를 찍지 못했기 때문이다. 그래서 나는 숲으로 떠났다. 나는 숲에 있다. 최후의 편지에 적힌 최초의 여행이었다.

(속삭임: 나는 숲으로 갔습니다)

그날 나는 제시간에 도착한 유일한 사람이었다. 촬영 시작 시간인 아침 7시, 학교는 텅 비어 있었다. 그제야 어쩌면 모든 것이 내 착각이었고, 촬영은 아침이 아닌 저녁 7시일지도 모른다는 생각이 들었다. 나는 그날 이른 새벽에 걸려온 감독의 전화를 받았고, 그동안 이런저런 사정으로 무한정 연기되고 있던 촬영 스케줄의 확정 소식을 들었다고 생각했다. 게다가 감독은 오랫동안 큰 문제였던 촬영 장소까지도 마침내 찾아냈다고 했다. 밤새 비가 내렸기 때문이다. 하지만 내가 과연 정확히 이해했는지는 확신이 없었다. 잠결에 전화를 받은데다가 통화는 길었고 내용은 매우 혼돈스럽기까지 했던 것이다. 어쩌면 촬영은 아침 7시가 아니라 저녁 7시일지도 모르고, 그리고 장소까지도 아예 혼동해버린 것일지도 몰랐다. 하지만 나는 기다리기로 했다. 어차피 일찍 일어나버리기도 했고, 마침 미술학원이 쉬는 날이기도 하므로 특별히 할 일도 없었기 때문이다.

촬영 장소는 어느 학교 교정이었다. 학교는 주말이 아닌데도 텅 비어 있었다. 물론 아이들이 등교하기에는 이른 시각이기는 했으나 촬영팀뿐 아니라 (나는 촬영팀이라고 말하지만 사실은 대개의 경우 감독이 혼자 카메라를 들고 오는 것이 전부였다) 당직 교사, 수위, 청소부, 떠돌이 개, 불면증으로 이르게 출근한 여자 교장 등의 모습도 전혀 보이지 않고 사방이 쥐 죽은 듯 고요했다는 의미이다. 심지어 교정 울타리를 따라 심어진 쥐똥나무 이파리조차 꼼짝하지 않았다. 건물 안에도 인기척이 없었고 유리창들은 모두 닫혀 있었다. 최근에 전염병이 도는 바람에 이 지역의 학교들이 임시 휴교 중이라서 장소를 구할 수 있었노라고 감독이 말한 것이 기억났다. 그의 말에 의하면 이 학교에 귀에서 고름이 끊임없이 흘러나오는 병에 걸려 죽은 아이가 있었다고 했다. 처음에 아이는 이층 유리창에 매달려 놀다가 발을 헛디뎌 추락했다고 진술했으나 의사는 정체불명 바이러스에 의한 급성 뇌수막염이라고 진단했다. 그러자 아이는 다시 교정에서 아마도 누군가 자신의 가슴을 향해 돌을 던졌노라고 말을 바꾸었다. 하지만 급성 뇌수막염 진단은 변경되지 않았다. 전염을 두려워한 부모들은 아이를 학교에 보내기를 거부했다. 남편에게는 말하지 않았으나, 임신을 하지 않으리라는 모호한 확신이 내게는 있었다. 내 예감은 맞았고, 나는 선택받은 것처럼 느꼈다. 세월이 흐른 후, 악숨에게 나는 이 감정을 털어놓았다. 물론 편지로 썼다는 말이다. 당신의 어느 하루에 대해서 말해줘요, 다른 하루와 겉으로는 구별되지 않는 하루, 그렇지만 단 한 번뿐이었던 어느 하루에 대해서, 왜냐하면 바로 그날 당신은 숲으로 갔을 테니까요, 하고 어느 날 악숨이 내게 요청했다. 당시에는 몰랐으나 세월이 흐른 후, 나는 내가 그날을 자신도 모르게 이미 살아냈음을 깨달았고, 그리하여 악숨에게 "나는 숲으로 갔습니다"라고 시작하는 뒤늦은 사후 편지를 썼다. 내가 숲으로 갔던 그날은 내 마지막 영화 촬영이 있었던 날이지만, 그날 나는 아직 그 사실을 알지 못했다. 그리하여 그것은 오래전에 기한을 넘긴 편지가 되었다. 음악 교사는 내가 배우가 되어도 자신과는 상관없는 일이라고 했다. 내가 우체부나 화가 혹은 극장 청소부나 무대 아래서 대본을 읽어주는 사람이 된다 할지라도 상관없으며, 일생 동안 직업 없는 상태로 취미로 초콜릿을 만들고 뜨개질이나 하며 살더라도 자신은 전혀 상관하지 않겠다는 의미라고 했다. 단순히 직업이 없는 상태를 넘어서 그 무엇도 아닌 존재가 되더라도, 다르게 말해 아무것도 되지 않더라도 자신에게는 마찬가지이며, 그 말은 곧, 내가 그 무엇이 되더라도 마찬가지라는 의미였다.

늘 그렇듯이 배우들에게는 정확한 대본이 아니라 오직 상황만이 주어졌다. 나는 대사가 없는 역할로, 학교의 강당에서 그림을 보고 있는 여교사였다. 정확히는 여교사의 뒷모습이었다. 학교 체육관 겸 강당에서 작은 미술 전시회가 열리고 있고 나는 그림들 앞을 지나가다가 어느 그림 앞에서 문득 멈추어 선다. 카메라가 그림을 바라보는 내 뒷모습을 잠시 비출 것이다. 그것이 전부였다. 내 앞모습은 카메라에 담기지 않을 거라고 들었다. 이 영화에서 나는 대사 없이 잠깐 스쳐가는 몇 번의 뒷모습으로만 등장할 예정이었다. 전시회 장면 전에는 복도를 지나가는 일요일 당직 여교사의 먼 뒷모습으로 잠시 비칠 것이다. 그림과 관련된 직업을 갖고 있긴 하지만 나는 그림에 대해서 아는 바가 없다. 내 말은, 이제 촬영에 등장할 그림에 대해서 내가 아는 거라곤 단지 여자가 그려진 초상화라는 것뿐이다. 나는 그 그림을 미리 볼 수 없었다. 감독은 촬영 현장에서 내가 그림을 처음으로 보게 될 것이라고 했다. 그림의 제목은 *속삭임* 혹은 *여름밤* 혹은 *속삭임 여름밤* 혹은 *속삭임 여름밤의 숲*이다. 나는 그런 제목을 가진 그림을 본 적이 없었고 알지도 못했다. 그것은 아마도 아직 그려지지 않은 그림일 것이라는 느낌이 내게는 있다. 뿐만 아니라 나는 아직 한 번도 실제로 숲을 본 적도 없다. 감독은 원래는 진짜 미술관에서 촬영을 할 예정이었지만 장소 섭외에 어려움이 많아서 결국 학교로 변경했다고 들었다. 내가 그림에 대해서 질문하자 감독은 그림은 구했고 촬영장에 걸릴 예정이지만, 내 앞모습과 마찬가지로 카메라에 담기지는 않을 거라고 했다. 심지어 나는 그림을 미리 볼 필요조차 없었다. 그림이 촬영장에 걸리는 것은 단지 내 뒷모습이 그림에 대한 표상을 가지기 위해서라고, 그런

데 그 표상은 준비된 것이 아닌 최초의 표상이어야 하므로, 그
것으로 충분하다고, 그렇게 대본에 적혀 있었다.

내가 찍어야 할 장면은 또 하나가 더 있었다. 원래는 내 역할
이 아니었는데 갑자기 주어진 것이다. 이유는 물구덩이 속에
눕는 일이기 때문이다. 사실 이것이 큰 문제였는데, 큰비가 내
린 다음 빗줄기가 강을 이루고 흐르다 흙바닥이 우묵하게 패
여서 형성된 구덩이들, 그 안에서 잠들 듯이 누워야 했기 때문
이다. 그래서 감독은 비가 충분히 내리기를 기다리고 있었다
고 했다. 아마도 나는 물구덩이에 얼굴이 완전히 잠길 정도로
깊이 고개를 파묻어야 하겠지만, 그 상태로 마치 잠과 같이 오
랜 시간 동안 꼼짝 않고 있어야 하겠지만, 사람들의 짐작과는
달리 나는 머리카락과 옷이 빗물과 진흙에 젖는 건 아무렇지
도 않았다. 눈꺼풀과 입속으로 흙탕물이 들어오거나 흙투성이
머리카락이 얼굴을 덮어 가리는 것도 상관없었다. 기꺼이 그
렇게 할 수 있었다. 나는 까다롭거나 요구사항이 많지 않은 젊
은 여자였다. 하지만 빗물이 고인 흙구덩이를 찾는 일은 도시
에서는 쉽지 않았다고 감독은 말했다. 심지어 학교의 교정들
조차 모두 인조 잔디나 시멘트, 우레탄으로 포장이 되어버렸
노라고, 오직 하나의 교정만을, 지금 내가 서 있는 이 장소, 그
런 흙바닥을 가진 오직 하나의 교정만을 발견할 수 있었노라
고 그는 말했다. 그것이 바로 이 학교라고. 그런데 참으로 이상
스럽고도 다행하게도, 그가 찾아낸 학교는 내가 어린 시절에

잠시 다녔던 학교이기도 했다. 물론 나는 이 학교를 떠난 지 너무 오래되었고, 또 학교에 다니던 시기에 너무 어렸던 탓인지 내게는 유난히 흐릿한 기억만이 남아 있는 장소였으나, 게다가 그사이 학교의 이름조차 바뀌어버렸으나, 그래도 내가 이 학교에 다녔다는 사실만큼은 알고 있었다. 나는 그 사실을 감독에게 굳이 말하지 않았다.

나는 스물세 살이고, 전직 코스튬 상점의 점원이자 미술학원의 보조 강사이면서 동시에 독립 단편영화에 우정 출연하는 대사 없는 단역배우이자 대역배우였다. 내가 자신을 통해 알게 된 대학생 감독의 졸업작품에 출연하고, 그것이 계기가 되어 몇몇 단편영화를 더 찍게 되자 언젠가 양부모의 외동딸은 약간의 가책을 느낀다고 털어놓았다. 그 작품들은 예산도 거의 없는 철저하게 비상업영화이기 때문에 출연료를 받지 못하기 때문이다. 나는 돈은 상관없다고, 촬영 일이 정말로 즐겁기 때문에 기꺼이 참여하고 있노라고 말했다. 외동딸은 내게, 어차피 이 일을 계속할 생각이라면 대사가 있고 비중이 큰 역할을 맡아보라고 조언했다. 그러다 보면 적어도 어느 정도의 출연료를 기대할 만한 역할도 들어오지 않겠느냐고. 만약 필요하다면 자신이 소개해주겠노라고 제안하기도 했다. 하지만 나는 진심으로, 대사 없는 단역을 좋아한다고 말했다. 심지어 출연료도 대사도 없는 단역을. 그편이 부담 없기도 하지만 애초에 나는 진짜 배우가 될 생각이 없기 때문이다. 아무것도 되지 않더라도 상관없고 그 무엇이 되더라도 마찬가지였다. 하지만 마치 누군가의 영혼인 것처럼, 그렇게 일할 생각은 없었다. 마치 누군가의 영혼인 것처럼, 그렇게 굴지 말라고 음악교사는 전화를 끊기 전 말했다.

교정은 넓고 평평한 땅이었다. 출입문 오른쪽의 공중전화 부스와 건물 앞쪽의 국기 게양대를 제외하면 아무것도 없이 텅 빈 탓인지 약간 지나치게 넓어 보이기도 했다. 모래흙으로 이루어진 바닥에는 바로 어젯밤 많은 비가 내리는 바람에 흙이 패여 만들어진 커다란 구덩이가 몇 개 흩어져 있었다. 구덩이에는 진흙탕물이 가득했다. 그래서 감독은 오늘 새벽에 내게 서둘러 전화한 것이다. 늦어도 7시까지는 도착해야 한다고 했다. 아니, 어쩌면 그것은 아침이 아니라 저녁 7시를 의미했던 것일까? 그래서 지금 교정에는 단 한 명의 그림자도 보이지 않는 것일까? 우묵한 구덩이 속에 누워야 하는 역할은 원래 내가 아니라 주연배우의 몫이었다. 그런데 이 영화의 주연배우는 도저히 극복할 수 없는 심각한 포비아가 있는데, 그건 개 포비아라고 했다. 어린 시절 개에게 물린 이후로는 모든 종류의 개, 그중에서도 특히 검은 개, 특히 검고 털이 많고 덩치가 큰 개 앞에서는 거의 기절해버릴 듯한 공포심을 느끼며, 실제로 기절한 적도 있다고 했다. 그래서 도저히 연기가 불가능하다는 것이다. 하지만 물이 고인 우묵한 구덩이에 누운 주연배우에게 검은 개가 다가오는 장면은 영화를 위해서 반드시 필요하다고 했다. 혹시 개를 무서워하지 않는다면 대역을 해줄 수 있겠느냐는 감독의 물음에 나는 다행히도 개 공포가 없다고 말했다. 나는 개의 얼굴을 가까이서 똑바로 들여다보면서 개의 머리를 만지는 것도 가능하다고. 공포도 전율도 없이. 눈을 감고 누워 있기만 하면 된다고 감독이 말했다. 머리카락으로 최대한 얼굴을 가린 채 눈을 감고 있는 모습을 멀리서, 얼굴을 알아볼 수 없는 각도로 찍겠다고 했다. 게다가 나는 얼굴에 진흙을 바르고 물구덩이 속으로 고개를 숙이고 있게 될 것이라고 했다. 아마도 흙탕물을 호흡하게 될지도 모른다. 하지만 개뿐만 아니라 진흙이나 흙탕물도 내게는 문제가 되지 않았다. 다행히 주연배우와 나는 몸집이 거의 같은 편이기에, 헤어스타일을 비슷하게 꾸미고 얼굴이 정면으로 드러나지 않게 찍으면 관객들은 알아차리지 못할 거라고 감독은 말했다. 그래서 오늘 나는 학교에서 촬영할 유일한 배우가 되었다. 사실상 영화에서 내 역할은 카메라 앞에서 '연기'를 하는 것이 아니므로, 게다가 이 영화뿐 아니라 내가 출연한 대개의 작품에서 나는 특별히 연기를 하지 않았으므로 스스로를 단 한 번도 배우라고 여기지 않았다. 단지 설정된 그 상황에 그대로 나 자신을 놓기만 하면 된다고 들었고, 그래서 매번 그대로 했다. 그건 지금껏 내가 출연한 모든 영화가 한 명의 동일 감독의 작품이었기에 가능했을 것이다. 처음 양부모의 집에서 연쇄살인 단편 영화를 찍었던 그 대학생 감독이다. 15분 길이의 그 영화는 대사가 없는 일종의 무성영화였다. 몰래 집 안으로 숨어들어온 얼굴 없는 의문의 침입자가 살인을 저지르고 가족들은 하나하나 사라진다. 마지막에 남는 것은 가족들이 모두 사라져버린 사실도 모르는 채 라디오 강좌로 러시아어를 공부하던 식모뿐이다. 마침내 식모마저도 사라지고, 집 안에는 라디오에서 흘러나오는 목소리만이 남는다. 감독은 그 작품을 해외의 대학생 필름 페스티벌에 출품하기도 했다. 오직 그 감독의 영화에만 몇 번 대사 없는 역으로 출연한 것이 전부인 나는 스스로를 단 한 번도 배우라고 여기지 않았다.

우리가 작업할 장면은 랑데부라고 감독은 말했다. 이것은 랑데부 장면이 되어야 한다고, 자신이 임의로 정한 이 장면의 이름도 랑데부라고 했다. 하지만 오직 내면의 랑데부라고 그는 덧붙였다. 그렇다면 그림과의 랑데부인가요? 하고 내가 묻자 그는 아니라고, 그 반대라고 대답했다. 그림과의 랑데부가 아니라 그림의 랑데부라는 것이다. 혹은 개와 그림의 랑데부이다. 개는 어디서 오나요? 하고 내가 다시 물었다. 감독은 이제 대학을 갓 졸업했지만 이미 몇몇 단편영화제에서 상을 받은 경력이 있다. 내가 그와 함께 일하기를 좋아하는 이유는 그의 작품에는 계산된 연기뿐 아니라 대사조차도 필요 없기 때문이다. 그래서 양부모의 외동딸에게 다른 감독은 필요 없다고 말했다. 다른 영화도 필요 없다고. 그리고 물론 다른 편지도. 편지라니 무슨 편지. 양부모의 외동딸은 잠시 어리둥절한 표정을 지었다. 나는 항상 악숨의 그림을 상상하고 있다고 악숨에게 편지로 썼다. 단 한 번도 그의 그림을 잊은 적이 없다고. 이제 앞으로 그에게 편지를 쓰지 않더라도, 그의 그림만은 일생 동안 기억할 것이라고. 그림은 종종 모습을 바꾸며 내 상상 속으로 떠오른다고. 그림 속에는 흰옷을 입은 여자가 곧은 자세로 정면을 바라보고 서 있다. 여자의 주변에는 여자와 마찬가지의 자세로 서 있는 곧은 자작나무들이 있고 뒤편으로 거울처럼 매끄러운 표면의 하늘빛 호수가 보인다. 이곳은 숲이다. (속삭임: 나는 숲에 있다) 여자는 정면을 향해서, 고개를 살짝 들고 시선은 위쪽으로 고정한 자세이다. 여자의 얼굴은 진지하고도 모호하다. 두려움과 굴욕을 아는 표정, 그것의 속삭임을 인식하는 표정이다. 여자는 양손을 등 뒤로 모은, 마치 나무줄기에 몸을 기댄 것 같은 자세로 서 있다. 여자의 서 있음, 여자의 몸짓과 태도는 고통과 환희에 무심하며, 오직 운명에 사로잡힌 자의 그것이다. (운명은 우리가 저녁식사에 초대한 티벳개라고 나는 악숨에게 썼다) 수면에 흩어진 구름의 검은 그림자들. 물가에는 짙은 초록 이끼와 풀들. 호수 위로 창백한 흰 태양이 지고 있다. 혹은 달이 막 떠오르는 참이다. 달빛이 만들어내는 수면의 곧은 빛기둥. 호숫가의 땅은 분화구처럼 완만한 분지를 이룬다. 무성한 은빛 황야풀 사이로 드문드문 보랏빛 꽃들이 피어 있는 넓고 우묵한 저지대 구덩이. 이곳은 숲이다. 우리는 언젠가 그곳에서 만날 수 있을지도 모른다고, 훗날에

악숨은 썼다. 그곳 바로 그림 속 장소에서. 나는 *속삭임* 혹은
여름밤 혹은 *속삭임 여름밤* 혹은 *속삭임 여름밤의 숲*이란 제
목을 가진 그림을 실제로는 본 적이 없다. 그것은 아마도 아직
그려지지 않은 그림일 것이다. 뿐만 아니라 나는 아직 한 번도
실제로 숲을 본 적이 없다. *(속삭임: 나는 숲에 있다)* 여자의 얼굴
은 나무줄기에 새겨진 상태라고 악숨은 훗날에 썼다. 아몬드
모양으로 크게 뜬 검은 두 눈은 정면을 보지만 아무것도 응시
하고 있지 않다. 누군가를 부르거나 뭔가를 말하려는 듯 턱을
앞쪽으로 살짝 내밀고 있지만 여자의 목소리는 들리지 않는
다. 여자의 입은 우리의 시야에서 막 날아가버린 나비이기 때
문이다. 제발, 나에게 당신의 사진을 보낼 생각은 하지 말아주
시기 바랍니다! 하고 악숨은 훗날에 편지에 썼다. 처음 그 문
장을 읽는 순간 마치 바로 곁에서 그렇게 말하는 악숨의 목소
리가 들린 것만 같았으므로, 비록 그의 목소리를 실제로는 한
번도 들어본 적이 없음에도, 나는 고개를 들고 주변을 둘러보
다가 창가로 다가갔고, 도로를 빠른 속도로 질주하는 검은 지
프의 뒷모습을 보았다고 믿었고, 마침내 옆방으로 가서 라디
오를 껐다. 제발, 당신에 *대해서* 설명하지는 말아주세요, 대신
다른 것을 말해줘요, 하고 훗날에 악숨은 썼다. 나는 그에게 내
외모를 묘사할 필요가 없으며, 거울을 보면서 떠오르는 표상
을 글로 옮길 필요조차도 없다고 했다. 악숨은 나를 그리기 위
해서 나를 볼 필요가 없기 때문이다. 그림 속에서, 여자를 관통

하며 작은 새 모양의 빛 조각들이 떼 지어 날아가는 순간이 있었다. 대신 다른 것을 말해줘요, 하고 악숨은 썼다, 훗날에.

훗날에, 그의 소망대로 만약 정말로 장편영화를 찍게 된다면, 물론 지금으로선 장담할 수 없는 일이기는 하지만, 약간의 대사가 있는 역할을 맡아줄 수 있겠느냐고 새벽의 전화통화에서 감독이 스치듯 물었다. 영화를 위해서 이리저리 지원금을 신청해보았지만 아직까지는 그 어디에서도 확답을 받지 못했다고, 하지만 자신은 모아둔 약간의 저축을 토대로 일단 첫 번째 장편 촬영을 시작해보고 싶다고 했다. 원고는 이미 오래전에 완성되어 있고 최대한 절약한다면 자신의 돈으로 촬영은 가능할 것 같다고, 언젠가 영화를 만들게 되리라는 희망으로 대학 시절부터 야간 택시 운전을 하며 저축을 해왔다, 물론 녹음과 편집까지 생각한다면 완성 일자를 예상할 수 없고, 과연 실제로 완성될 수 있을지 그 점도 장담할 수 없다, 그러나 시작은 해보고 싶다고 감독은 말했다. 이미 몇몇 배우들이 출연료 여부와 상관없이 참여 의사를 밝혀주었다. 자신은 나를 위해서 대사가 있는 작은 역할을 생각하고 있노라고. 물론 그의 다른 작품과 마찬가지로 내게 주어지는 것은 일차적으로 상황이다. 어떻게 생각하는지. 그럴 수만 있다면 정말로 기쁠 거라고 나는 말했다. 그런데 내게 주어진 그러한 상황 혹은 대사를, 내가 가진 속삭임으로 처리해도 좋은지, 나는 조심스럽게 물었다. 학교 교정은 입자가 굵은 모래흙이 파인 크고 작은 우묵한 빗물 구덩이로 가득했다. 나는 잠시 교정을 이리저리 걸어다 녔는데, 부드럽게 젖은 흙 위로 깊이 발자국이 찍히자마자 그 안으로 금세 빗물이 고였다. 갑자기 어딘가 보이지 않는 곳에 서 유리창이 닫히는 소리가 크게 들려왔을 때 나는 깜짝 놀랐 다. 내 생각과 달리 학교는 완전히 텅 빈 것이 아니었다. 아마 도 청소부나 당직 교사가 한 명쯤 남아 있을지도 몰랐다. 혹은 여자 교장이나, 아니면 아무도 모르게 학교에서 살고 있는 누 군가가. 나는 마치 랑데부를 하러 미술관에 온 사람처럼 행동 하면 된다고 감독은 전화로 말했다. 랑데부가 아니라, *마치 랑 데부처럼.* 상상해봐요, 하고 감독은 말했다. 랑데부는 시가 적 힌 편지로 시작됩니다, 랑데부의 처음에 우체부가 왔어요. 당 신은 편지를 받고 랑데부 장소로 가는 겁니다. 그런데 랑데부 장소는, 예를 들자면 어느 미술관의 특정 그림 앞이다. 나는 그 림 앞에 선다. *(속삭임: 속삭임 혹은 여름밤 혹은 속삭임 여름밤 혹은 속삭임 여름밤의 숲)* 그의 졸업작품인 연쇄살인 영화에서 살인 이 일어난 방식과 마찬가지로, 랑데부가 시작되는 곳에서 랑 데부는 이미 이루어졌다. 그 대가로 나는 그림에 대한 표상을 간직한 긴 뒷모습을 얻는다.

가벼운 두통. 이른 새벽에, 4시와 5시 사이 어디쯤에서 전 화벨 소리에 잠이 깨었고 다시 잠들지 못했기 때문이다. 밤새 도록 내리던 비가 잠시 잦아들었다. 장마철이면 늘 그렇듯 내 가 사는 지하방 벽에 물기가 스며들고 있었다. 어둠 속에서 물방울이 반짝였다. 전화벨이 울렸다. 전화를 걸어온 사람은 함께 영화를 찍고 있는 감독이었다. 이른 시간에 미안하지만 오늘 급하게 촬영을 해야만 해서 어쩔 수 없이 전화를 걸었다고 감독은 말했다. 나만 가능하다면 오늘 당장 랑데부 장소로 나와달라고. 랑데부라니 무슨 랑데부. 그는 촬영장인 학교의 위치를 말했다. 이상하게도 나는 그가 말하는 학교를 이미 알고 있다는 생각이 들었다. 학교의 이름은 내 기억과는 달랐지만 분명 아는 학교였다. 처음에는 스스로도 이유를 몰랐으나 나중에 그곳이 어쩌면 내가 다녔던 학교일지도 모른다는 생각이 들었다. 오늘의 촬영분에 등장하는 배우는 내가 유일하다, 아니 정확히 말하면 나와 그리고 한 마리 티벳개라고 했다. 그림은 자신이 직접 학교로 가지고 가겠다고 감독은 말했다. 그리 크지 않기 때문에 혼자서 지하철로도 충분히 운반이 가능하다. 물론 그림이 카메라에 담기지는 않지만, 그래도 당신이, 아니 당신의 뒷모습이 그것에 대한 표상을 가져야 하므로, 하고 그는 설명했다. 어젯밤 빗물이 떨어지는 소리를 들으며 잠속에서 나는 마침내 집에 있다는 생각이 들었다. 그게 정확히 어디인지는 알지 못하나. 감독과 전화통화를 하던 중에 나는 뒤돌아보지 않고도 남편 역시 잠들지 않고 있음을 알아차린다. 유리창을 여는 소리가 들려왔던 것이다. 전화벨 소리에 잠이 깨었거나, 아니면 지금까지 잠을 이루지 못하고 있었을 것이다. 남편은 원래 잠이 거의 없는 편이었고, 잠이 들더라도 금방 다시 깨곤 했다. 솔직히 고백하자면 결혼한 이후로 나는 남편이 정말로 잠든 모습을 한 번도 보지 못했다. 그러나 다음 순간, 나는 남편이 바로 어제 먼 길을 떠났음을 기억해낸다. 마음과 눈동자가 마비되었다. 그러므로 유리창 소리는 환각이었다. 모든 것은 환각이었다. 최초의 단어가 나오기도 전에 내 입은 나비가 되어 날아가버렸다. 여름빛이 스며들었다. 날이 밝아오고 있었다. 나는 차를 만들기 위해 물을 끓였다. 비와 찻물의 수증기로 실내는 끈적하고 축축했다. 유리창으로 다가가 창을 열었다. 뾰쪽하고 작은 풀잎들이 초록빛 고개를 선명하게 쳐들고 새벽빛 속에서 최초의 성분을 내뿜기 시작했다. 진한 녹색의 타르 연고를 연상시키는 향기. 남편은 몸에 종기가 나면 뒷마당에서 자라는 담쟁이 식물의 줄기에서 흐르는 끈끈한 액을 작은 스푼에 모았다가 끓여서 졸인 후 바르곤 했다. 그는 스푼을 촛불에 올린 자세로 추출액이 완전히 농축될 때까지 꼼짝 않고 앉아 있었다. 더 이상 잠들지 않을 예정인 나는 마른 천으로 김 서린 유리창과 부엌의 타일을 닦았다. 벽에는 남편의 코스튬이 걸려 있었다. 소매가 넓고 긴 흰 셔츠와 핏자국이 묻은 긴 외투이다. 언젠가 먼 훗날 남편이 돌아온다면 그때 나는 날아가버린 내 입이 오랫동안 꺼낼 수 없었던 말을 마침내 하게 될지도 모르겠다. 당신을 만나기 전 일생 동안 나는 알지 못했다고, 지나간 삶과 마찬가지로 앞으로의 내 삶이 어떤 모습일지 단 한 번도 감히 상상조차 할 수 없었노라고, 나는 스스로를 영원히 읽지 않을 책과 같이 느꼈고 단 한 번도 나이프로 나 자신을 펼쳐본 일이 없노라고, 그리하여 나는 없는 것이나 마찬가지였다고. 나를 생각할 때마다 구체적으로 떠오르는 형체는 단 하나, 죽은 티벳개의 머리였다. 그것에 불이 붙으면 우리는 재를 뿌려서 불을 꺼야 한다. 서둘러야 해, 집이 온통 타버리고 말 거야, 어린 시절의 친구가 내 귓가에서 속삭인다. 부드럽게 젖은 재 위로 내 발자국이 찍힌다. 그리고 우리는 서로를 향해 머리를 돌리고 마주 본다. *(속삭임: 오, 단 한 번뿐이었던 내 사랑에 대해서, 나는 언제든 악숨에게 써 보낼 준비가 되어 있었다)* 언젠가 나는 남편에게 말하게 될지도 모른다. 이제 나는, 내가 몰랐던 바로 그것을 알게 되었다고, 예를 들자면, 나는 자신도 모르는 사이 죽음에서 살아 돌아온 몸이다. 당신에 의해 차가운 재의 무덤에서 일으켜진 몸이다. 언제가 나는 남편에게 말하게 된다, 이상하게도 이제 나는 그것을 알게 되었다고. 당신을 알게 됨으로써 나는 하나의 몸에서 다른 하나의 몸으로 옮겨졌다는 생각이 든다고. 혹은 그 반대이거나. 나는 그 몸을, 단 하나의 별과 같은 그 몸을 이 공기 속에서 실제로 느낀다. 그것은 바로 나다. 혹은 남편이다. 마치 단 하나의 몸에 깃든 나와 남편을 동시에 느끼듯이. 이건 집에 있다는 의미인가? 그리하여 예를 들자면, 나는 오직 하나의 사랑만을 가졌다. 오직 하나의 고통만을 안다. 그리하여 예를 들자면, 나는 오직 하나의 죽음이 슬프다. 삶이 오직 한 번뿐이듯이, 나이프가 책을 오직 한 번 가르듯이, 그렇게 나타난 페이지처럼, 내게는 오직 하나의 사랑만이 주어졌다.

당신에게 비밀을 하나 알려드릴게요, 하고 감독은 수화기 저편에서 말했다. 오늘 내가 개와 함께 찍을 촬영분은 단편영화의 마지막 장면이 될 예정인데, 내 몸을 통해 보여질 것은 죽어가는 여자 시인이라고 감독은 말했다. 그동안 영화를 찍는 내내 아무도 알아차리지 못했지만, 사실 이 영화는 감독이 좋아하는 한 여자 시인의 실제 생애를, 정확히는 생애의 마지막 하루를 중심으로 만들어졌다고 했다. 그리고 고백하자면 자신이 지금 준비하고 있는 장편영화는 바로 이 단편영화를 스케치 작품으로 하여 여자 시인의 내면 생애와 시를 더욱 가까이 조명한 작품이 될 예정이라고 했다. 내가 원한다면 그는 여자 시인의 이름을 당장 말해줄 수도 있노라고 했다. 원래는 이 장면을 찍는 바로 그날 주연배우에게만 알려줄 생각이었으나, 예상치 못하게 내가 주연배우의 대역을 하게 되는 바람에 대신 나에게 알려준다고 했다. 물론 비밀이므로, 아무에게도 누설해서는 안 된다! 하지만 나는 그의 너그러운 제안을 거절했다. 그럴 필요가 없다고 했다. 나는 시에 대해서 아는 것이 거의 없다고, 그래서 설사 시인의 이름을 듣는다고 해도 어차피 내가 모르는 이름일 것이기에 내게 그런 중요한 비밀을 누설하는 건 영화를 위해서도 나를 위해서도 의미 없는 일이라고 대답했다. 그러므로 굳이 가르쳐주지 않아도 된다고. 이 짧은

(15분) 영화가 한 여자 시인의 생애에서 영감을 받았다는 사실은 아무도 알지 못하고, 영화에서 그 여자 시인의 이름은 단 한 번도 언급되지 않을 뿐 아니라 배우들조차 그 사실을 알지 못한다. 나중에 이 영화를 보게 될 몇몇 소수의 사람들도 물론 아무것도 알아차리지 못하리라. 처음부터 끝까지 오직 감독 혼자만이 여자 시인과 영화의 관계를 아는 유일한 사람일 것이라고, 그건 부당한 일이 아니라고 나는 말했다. 그래요 당신이 옳습니다, 생각해보니 이름은 의미가 없을 것 같네요, 하지만 그래도 우리의 마지막 장면을 위해서 어쩌면 도움이 될지도 모를 몇몇 일들을 들려주고 싶군요, 하고 감독은 다시 말했다.

여자 시인은 어린 시절 실명의 위기에 처한다. 소녀를 치료해준 안과 의사는 소녀에게 릴케 시집을 선물한다. 그것이 최초의 시였다. 그때 여자 시인은 여섯 살이었다. 산속 가난한 집의 아홉 번째 아이였다. 배낭에 릴케 시집을 넣은 소녀는 60킬로미터 거리의 산길을 걸어서 집으로 간다. 최초의 시와 함께, 집으로 간다. 스무 살에 자발적으로 정신병원에 입원했고 부모의 죽음 이후에는 뜨개질로 생계를 꾸려나가다가 한 화가와 결혼한다. 그전에 출판사에 보낸 첫 번째 원고가 거절당하자 그때까지 고독(*오직 단 하나의 것*) 속에서 써온 글들을 모두 없애버리기도 했다. 그런데 여기까지 설명하던 감독은 정작 자신은 이 시인의 작품을 아직 하나도 읽어보지 못했다고 털어놓았다. 여자 시인의 작품은 단 한 편도 한국어로 번역되지 않왔고 앞으로도 그럴 가능성이 없기 때문이라고 했다. 단지 시인의 초상화를 보았을 뿐이다. 화가인 남편이 죽기 얼마 전에 그린 초상화이다. 비록 화면 속에서 본 것이긴 하지만 내가 본 그 어떤 초상화보다도 인상적이었어요. 첫눈에 그 그림은 내 안에 깊이 침투했습니다. 오직 그 이유 하나로 나는 이 작은 영화를 그 여자 시인의 일생에 바치기로 결심했어요, 하고 감독은 말했다. (그 초상화를 보는 순간, 내게 떠오른 말은 "단 하나의 것"이었습니다. 나는 하늘에 떠 있는 단 하나의 별을 떠올렸습니다. 혹은 드넓은 저지대에 홀로 서 있는 단 하나의 집, 메마른 평원에 솟아난 단 한 포기의 황야풀, 혹은 사막 한가운데의 단 한 사람, 혹은 오직 단 하나의 개체만 남은 어떤 생물종, 그 무엇이든, 여타의 다른 모든 것으로부터 멀리 떨어진 어떤 단 하나의 것) 영화는 여자 시인이 남편의 죽음 직후 스스로의 종말을 예감하면서 길을 걷다가 개의 환영을 보면서 쓰러지는 상황을 묘사하고 있다고 했다. 그렇다면 오늘 촬영장에서 보게 될 여자의 초상화는 그 여자 시인의 초상화인지 내가 물었다. 그건 아니라고, 그 초상화를 실물 그림의 형태로 구할 수는 없었다고 감독은 말했다. 실물 초상화는 오스트리아 한 도시의 무질 박물관에 있기 때문이다. 감독은 무질 박물관은커녕 오스트리아에조차 가본 적이 없다고 했다. 그래서 대신 다른 그림을 대여했다고. 중앙역 전시 공간에서 젊은 화가들의 인터내셔널전이 열리고 있는데 자신은 그중에서 다행히도 영화의 영감과 부합하는 그림 하나를 발견했고 더욱 다행히도 화가의 동의까지 얻어 그림을 하루 동안 대여 받을 수 있었다고. 하지만 당신은 그 그림을 통해서 다른 그림이 아닌 여자 시인의 초상화를 보아야 합니다, 그건 변경할 수 없는 절대 전제지요, 하고 감독은 말했다. 아아, 사실은 그뿐이 아닙니다, 보는 것을 넘어서 당신은 바로 그 초상화가 되어야만 해요, 이것이 바로 내가 당신에게 이 영화의 비밀을 털어놓는 이유입니다. 당신은 오늘 반드시, 반드시 여자 시인의 초상화를 보고 있는 뒷모습이어야만 합니다. 마침내 당신 자신이 초상화 속의 그 여자 시인이 될 수 있도록 말입니다. 그런데 고백하자면 당신이 이 마지막 장면의 대역을 맡게 된 이후로 실제로 당신은 점점 더 내가 본 초상화 속의 그 여자 시인과 흡사하게 닮아가고 있어요. 물론 당신은 초상화 속 여자 시인보다 훨씬 나이가 젊지만, 그래서 분명 처음에 당신은 전혀 다른 외모였고 어떤 점에서 그 사실은 지금도 변하지 않았지만, 그럼에도 불구하고 설명할 수 없는, 하지만 확연한 변화가 매번 분명하게 보입니다. 마치 일부러 분장이라도 한 듯이 말이죠. 어떻게 그런 일이 가능한지, 나 스스로도 소름 끼칠 정도로 말입니다. 당신은 원래 여자 시인의 마지막을 연기할 배우가 아니었고, 또 여자 시인에 대해서는 이 순간까지도 전혀 모르는 상태였는데도 말이죠. 새와 같은 삼각형 머리, 크게 뜬 눈동자, 앙상한 느낌이 들 정도로 여윈 얼굴, 바람 많은 산악지방 여인들이 쓰는 긴 머릿수건, 숱 없는 초록색 머리카락, 여섯 살 소녀에게 주어진 릴케의 시, 실명과 운명, 모든 것이 당신의 몸으로 점차 그대로 옮겨지고 있어요, 내 상상이 아니라 실제로 그렇다는 말입니다, 날 믿어요. 도저히 설명할 수 없는 종류의 변신이 당신에게 일어나고 있단 말입니다.

감독과의 통화가 끝난 후 전화기를 내려놓고 몸을 돌렸을 때, 지하 방의 창으로 흐릿한 아침의 불그스름한 회색 햇살이 고여들기 시작했다. 침대 곁 탁자에 놓인 사물들, 책과 그림 도구, 흘러내린 우유가 말라붙은 그릇, 금이 간 흰 항아리의 측면을 비추는 단단하지만 희박한 빛, *(속삭임: 개의 이빨, 사슴의 몸통에서 갓 꺼낸 덥고 끈적한 밝은색 내장, 신선한 핏방울. 신선하든 부패했든, 색으로 이루어진 우리는 모두 광채를 뿜는 사물이다)* 물감을 푼 흰색 접시, 주머니에서 막 꺼낸 한 통의 구겨진 편지, 솔로몬의 노래를 베껴 쓰던 펼쳐진 노트, 뭉툭하게 닳아버린 연필, 낡은 수건과 흰 양말 한 짝과 같은 생활의 잡동사니, 그리고 상아 손잡이가 달린 물감을 긁어내는 도구 위로 반투명한 유리창을 통과한 빛이 엷지만 무거운 음영을 만들었다. *(속삭임: 금속성의 광채를 만들어내는 색이다. 은밀한 빛이 사로잡는다)* 그 탁자는 우리 두 사람의 작업대이자 책상이자 조리대이며 식탁이었다. 뿐만 아니라 방바닥에 놓을 수 없는 모든 물건을 위한 유일한 장소이기도 했다. 그리고 그 곁에는 흰 이불이 절반쯤 벗겨진 채 흐릿한 광채를 뿜어내는, 남편의 몸이 있던 자리. 심지어 하루 전까지만 해도 몸이 누워 있던 움푹하게 들어간 자국이 여전히 선명한. 아직도 희미한 온기를 내뿜는. 지난 세월 동안 무대 배우로 재기하기를 원하던 남편이 극단 관련자들에게 수많은 편지를 썼던 것을 나는 알고 있다, 그리고 원하는 답장을 거의 한 번도 받지 못한 것도. 우리가 처음으로 만났던 극장에 남편은 연극을 보기 위해서가 아니라 연출가를 만나기 위해 왔었다. 연출가는 그동안 간혹 남편에게 목소리 배우나 시 낭송, 일회적인 퍼포먼스 행사 등의 일거리를 주선해주었던 유일한 사람이었고 남편은 그를 통해서 배우로 재기할 기회를 노리고 있었다. 하지만 결과는 좋지 못했다. 게다가 얼마 전 남편의 유일한 연출가인 그 사람은 가족들을 따라 뉴질랜드로 영영 이민을 가버렸다. 그곳의 이민자 극단에서 일하기로 했다고 들었다. 긴 잠과 같은 느린 절망이 남편의 어느 한 부분을 서서히 죽였다는 것을 나는 알고 있다. 나는 남편의 희망과 마찬가지로 남편의 잠에도 기꺼이 동행한다. 내 역할은 남편에게 속삭임으로 앞서 말하는 것이다. 나는 남편의 *앞서 속삭이는 자*이고 이미 오래전부터 그 역할에 익숙하다. 그 역할을 떠나지 못한다. 어제 나는 남편이 떠난 집 안을 정리하다가 청동색 손잡이를 가진 날이 긴 대칭형 나이프를 하나 발견했다. 처음 보는 물건이었다. 그래서 아마도 남편이 코스튬 상점에서 가지고 왔을 거라고 나는 추측했다. 나이프는 단단하고 끝이 뾰쪽했으나 일반적인 나이프처럼 뭔가를 절단하거나 찌르는 용도라기엔 날이 지나치게 무겁고 두터웠다. 손잡이 부분에 새겨진 정교한 장식은 양팔을 어깨 높이에서 좌우로 치켜든 여신의 모습 같았다. 그 나이프를 이용해 나는 책의 페이지를 임의로 펼칠 수 있었다. 혹은 읽던 페이지에 나이프를 끼워서 표시해둘 수 있었다. 나는 나이프를 잡고 책을 갈랐다. 솔로몬의 시가 나왔다. 혹은 편지 봉투를 열었다. 늘 그렇듯이 악숨의 편지가 나왔다. 나중에 나는 악숨에게 보내는 편지에서, 마치 언젠가 내가 본 한 점의 정물화를 묘사하듯이 그 새벽의 방을 묘사했다. 일생의 풍경은 정물(고요한 사물)들뿐만이 아니라 내게로 놓인 고요한 말들로 이루어졌다고, 나는 악숨에게 썼다. 나이프로 눌러둔 편지지 위에.

그런데 개는 어디서 오나요? 전화를 끊으려던 찰나, 내가 감독에게 마지막으로 물었다. 분명 나는 개를 겁내지 않지만, 그 말이 곧 내가 개를 잘 안다는 의미는 아니기 때문이다. 개가 오는 것을 언제 어디서든 알아볼 수 있다는 의미도 아니었다. 나는 한 번도 개를 알았던 적이 없고, 내가 개를 겁내지 않는 것은 개를 모르기 때문이기도 하다. 겁내지 않는다는 것은 언제라도 저녁식사에 초대하기를 망설이지 않는다는 의미이다. 그런데 감독은 이미 전화를 끊어버린 것인지, 아니면 그사이 통신선이 갑작스럽게 불안정해진 것인지, 혹은 내 말을 듣지 못한 것인지, 수화기 저편에서는 아무 대답도 들려오지 않았다. 단지 빗소리와 같은, 단지 바람 소리와 같은 솨아솨아 하는 규칙적이고 느린 잡음이 넘실거릴 뿐이었다. 혹은 아무도 알아차리지 못하는 사이 초음속 비행기가 지나갔던 것인지. 나는 잠시 동안 수화기를 귀에 댄 채로 가만히 서 있었다. 이른 아침의 전화통화는 영혼을 더럽힌다고 남편이 말한 것이 기억났다. 나이프가 책을 가르기 전에 이루어진 전화통화는. 그런데 남편은 뉴질랜드로 떠나면서 책 가르는 나이프를 잊고 말았다. 남편은 뉴질랜드의 연출가를 통해 그곳 이민자 극단에서 단기간의 일을 얻을 수 있다고 들었고, 그래서 급하게 떠나야만 했다. (라디오 통신 강좌로 익힌, 더듬거리는 수준의 한두 마디 러시아어를 제외하고는 외국어라고는 전혀 하지 못하는 남편에게 그런 기회가 온 것은 정말로 기적 같은 일이다) 한 번도 여행을 떠나보지 못한 남편은 짐 싸기에 익숙하지 않았고, 그래서 정작 가장 중요한 물건들을 챙기지 못한 것이다. 책 가르는 나이프 말고도 예를 들자면, 침낭, 그것도 잊었음이 틀림없었다. 뉴질랜드에서는 숙소를 따로 제공받지 못하므로 극장 창고에서 지내야 한다고 들었다. 언젠가 내가 다른 사람을 사랑하게 될까. 설사 백 살까지 산다 해도 그런 일은 결코 일어나지 않으리라고 나는 확신한다. 맹세나 고통 때문은 아니다. 나는 남편에게 아무것도 맹세하지 않았고 고통은 투명한 번개처럼 내 몸을 빠르게 관통해 지나갈 뿐이다. 그리하여 등뼈에 남은 화상 자국뿐. 심지어 개, 내가 저녁식사에 초대한 티벳개 때문도 아니다. 내가 아는 건 단지 그건 불가능하다는 것. 마치 나는 오직 한 권의 책이며, 오직 한 통의 편지이며, 그 안에서 오직 단 한 사람을 만나게 되고, 그 사람과 함께 일생의 한 기간을, 그것이 극히 짧다 할지라도, 함께하도록 앞서 속삭여진 존재라는 것. 그러나 완전히 다른 의견을 가진 사람들도 있는 법이라서, 예를 들자면 마음은 땅 없는 발이나 마찬가지라고 언젠가 내 어린 시절의 친구는 말했다. 자신에게 사랑은, 항상 주변을 맴도는 것이 느껴지지만 그 어떤 형체로도 보이지는 않는 유령 같은 것이라고 했다. 그 얼굴을 영원히 알아보지 못하리라. "더 이상은 설명하기 힘들어, 사실 난 그 일에 대해서 아무것도 모르면서 아는 척하는 건지도 몰라. 설마 너도 내가 뭔가를 너보다 더 많이 알고 있다고 생각하는 건 아니겠지." 하고 그녀는 말했다. 어린 시절 한 집에서 하나의 방과 하나의 옷 궤짝을 나누며 살면서 거의 유일한 친구처럼 지냈던 우리는 하지만 집을 떠난 이후로 서서히 그리고 동시에 급속도로 멀어졌는데, 집이 어린 시절의 영혼이라고 한다면 우리는 어떤 면에서 하나의 별이 뱉어놓은 아이들이나 마찬가지였다. *(속삭임: 이런저런 이유로 아버지 혹은 어머니와 함께, 심지어는 아버지도 어머니도 없이 장기 투숙하는 아이들)* 지금 생각해보면 아마도 내 결혼식 이후로 나는 그녀를, 그녀는 나를 더 이상 만나지 못한 것 같다. 아마도 내 결혼식에서, 그녀는 더 이상 나를 보지 않겠다는 결심을 굳힌 상태였을 것이다. 결혼식 축사를 해주겠다고 먼저 제안하기도 했는데, 그건 내게 주는 마지막 선물이라는 의미였을 것이다. 나를 왜 더 이상 보고 싶지 않은지 이유를 묻자 그건 자신도 모르겠다고 했다. "제발 자꾸만 이유를 묻지 말아줘. 더 이상 설명하기 힘들어. 누군가 내 등 뒤에 있는 것만 같아. 오싹하고 기분 나빠" 하고 그녀는 언젠가 스치듯이 말했다. 단지 바람 소리와 같은 쏴아쏴아 하는 규칙적이고 느린 잡음. 혹은 머나먼 초음속 비행기. 혹은 한 마리의 티벳개.

그리고 많은 날들이 흘러간 어느 날, 우체부가 왔고 내가 편지를 건네받았다. 나는 속삭임이고 속삭임에 앞선 속삭임의 속삭임이라고 쓰여 있는 이 편지를. 편지를 읽었고, 유리창가에 서 있었다. 속삭임이 들려왔다. 그리하여 다른 누구도 아닌 나는, 이 편지를 쓰게 되었다고 나는 편지에 쓴다. 편지를 쓰던 도중에, 부주의하게 걸쳐놓은 낡은 창이 헐거워진 나무 창틀에서 갑자기 떨어져내리는 소리가 정오의 정적을 깬다. 이날의 정오는 기억되는가. 편지를 쓰던 도중에, 유리창에 비치며 다가오는 형상. 2월 어느 날 흰 스카프로 머리를 감싸고 전차에서 내리는 불안의 젊은 여자. 나는 매일 아침이면 저절로 창가로 다가가 서게 되었다. (속삭임: 너는 여기서 태어났구나)

나는 악숨에게 썼다: 언젠가 남편이 돌아온다면, 그가 언제 떠났는지 이제는 셀 수도 없을 만큼 오랜 시간이 흘렀으나, 나는 남편에게 말할 것이다, 만약 내가 당신을 알아보지 못했더라면, 만약 내가 당신이 오는 것을 영영 알아보지 못했더라면, 도저히 상상조차 할 수 없는 일인데, 그러면 내 전부는 마치 잠

과 같을 거라고, 잠이 우리를 당기듯이 잠에서 깨어나지도 않은 채로 이 세상을 떠나는 것과 같을 거라고. 잠에서 깨어나지도 않은 채로, 단 한 번도 잠에서 깨어난 적이 없었음을 잠 속에서 깨달으며, 잠 속에서 떠나게 될 거라고. 그때 나는 오직 잠 속에서만 당신을 진정으로 만났던 것이 될 거라고. 만약 내가 당신을 영영. 나는 나이프로 편지지를 누른 채 악숨에게 편지를 썼다: 만약 어느 날 내가 죽는다면. 만약 어느 날 내가 죽기 전에 죽는다면, 그러면 내가 죽을 때 나는 죽지 않을 것이라고.

어느 날 새벽 랑데부를 위해 외출 준비를 하던 나는 모든 것이 더 이상 전과 같지 않음을 알아차리며, 문득 멈추어 선다. 아무것도 달라지지는 않았으나, 모든 것이 다르게 거기 있다. 숲으로 향하는 검은 여자의 뒷모습이 거울 속에 비쳤다가 사라진다. 거미줄이 바람에 찢어지고, 부엌 선반을 고정한 못이 헐거워지며 컵과 그릇들이 차례로 미끄러져 바닥에 떨어지는 것을 본다. 어느 날 내 손과 발이 붓고 신발이 더 이상 맞지 않는다. 누군가 길에서 내게 돌을 던졌으나 나는 달아날 힘조차도 없었다. 제발, 도둑이 내 편지만은 가져가지 말기를. 나는 맨발로 다리를 무겁게 끌면서 걷는다. 내 머리는 기울일 우묵한 곳을 찾는다. 마룻바닥에서 핏자국을 본다. 불안하게 끊어지는 잠 사이로, 옆방에서 들려오는 라디오 소리.

그리하여 나는 여전히 계속해서 악숨에게 편지를 쓴다, 내 머리칼을 자르는 가위를 느끼면서. 우리는 엄마를 사냥하는 거야, 하고 가위를 든 MJ가 내 귀 뒤에서 속삭인다. *(속삭임: 우리는 엄마를 사냥하는 거야)* 오, 단 한 번뿐이었던 내 사랑에 대해서. 어느 날 나는 보이지 않는 남자에게 추락하듯이 당겨지고 만다. 그리하여 나는 지금도 너무 멀리 있다. 밀, MJ가 나를 부른다. 밀 어디 있어, 점심 먹어야지. 나는 빨래 사이로 숨는다. 이불을 뒤집어쓴 채 지붕의 난간 위를 맨발로 아슬아슬하게 달려간다. 비눗방울이 날린다. 식모가 두고 간 양철 양동이가 저절로 덜컹인다. 나는 당겨지고 만다. 끝없는 잠처럼 황홀하게. 그리고 밀쳐졌다. 아아, MJ가 마침내 아기를 죽였구나, 나는 지붕에서 떨어지는 순간 두 손을 가슴에 모으고 가만히 생각한다. *밀 어디 있어?* 지붕. 두 눈을 가리고 죽는다. *어린 시절은 잠과 같았어요.* 가위를 든 손이 있다. 보이지 않는 남자를 저녁식사에 초대한 날, 나는 손을 꿀 항아리에 담갔다. 그 손으로 티벳개의 머리를 쓰다듬었다. 나는 오래전 당신의 앞서 속삭이는 자였다고, 나는 티벳개에게 말했다. *(속삭임: 아는가, 당신은 내 모든 것……)* 한 사람의 일생에서 오직 단 한 번만 일어날 수 있는 일이 일어났다. 이 모두를, 악숨에게 쓴다. 이것은 내가 받은 편지이며, 내가 썼고, 내게로 보내진 편지, 나로 인한, 그러므로 어떤 의미에서는 진정으로 나의 편지이기도 하다고.

그리고 많은 날들이 흘러간 어느 날, 아침에 침대에서 내려오던 나는 현기증을 느끼고 옆으로 쓰러진다. 머릿수건을 덮어도 초록색 숱 없는 내 머리칼은 가려지지 않는다. 연필통이 떨어지며 연필들이 바닥에 흩어진다. 모든 것이 중심을 잃고 기울어진다. 꿈에서 나는 옷을 들어올려 허벅지를 보았는데, 내 몸이 불붙은 나뭇가지처럼 환하게 타고 있었다. *(임신을 하지 않으리라는 모호한 확신이 내게는 있었다. 내 예감은 맞았고, 나는 선택받은 것처럼 느꼈다)* 그리고 여전히 쓰러진 채로. 마룻바닥에서 핏자국과 편지를 본다. 밤사이에 태풍이 불었고, 지난밤 창을 닫는 것을 잊는 바람에 책상 위의 편지들이 사방으로 날려 흩어진 것이다.

아는가, 어느 젊은 날, 나는 모든 것을 앞서 숲으로 떠났다. 나는 기꺼이 진흙을 얼굴에 발랐다. 머리카락과 옷에도 진흙을 발랐다. 내가 주연배우가 아님을 사람들이 알아차리지 못하도록. *(속삭임: 내가 티벳개가 아님을 사람들이 알아차리지 못하도록 내가 MJ가 아님을······)* 나는 축축한 구덩이 속으로 들어가 누웠다. 황야풀이 내 몸을 덮을 것임을 나는 알았다. 머리를 깊이 수그리고 얼굴을 물구덩이에 묻었다. 구름 사이로 들려오는 초음속 비행기의 굉음. 나는 집에 있는가? 놀랍게도 이미 티벳개는 내 곁으로 와 있었다. 보지 않으면서도 나는 티벳개를 느꼈다. 나는 어린 시절에 실명한 여자 시인이므로. 개의 검음, 개의 호흡, 개의 멀리 있음, 개의 추락, 개의 보이지 않음, 개의 느낌을 느꼈다. 내 생에 일어난 단 하나의 환희는 내가 그를 저녁식사에 초대했던 것. 내 꿀 바른 손을 그가 핥도록 나는 허용했다. 그러나 동시에 내 외투 주머니에는 책 가르는 나이프가 들어 있음을 나는 잊지 않았다. 내가 숲으로 떠나던 날, 오랜 시간이 흐른 후에야 밝혀진 그날, 나는 모래와 황야풀로 만들어진 베일로 얼굴을 가리고 고개를 숙인다. 티벳개의 머리로 내 머리를 감싼다. 아무도 나를 알아차리지 못하도록. 아무도 내가 MJ인 것을…… 아무도 내가 MJ의 영혼인 것을 알아차리지 못하도록. 시간이 흐를수록 마침내 내 안에서 점점 선명해지는 것은, 나는 MJ를 만나기 위해 이토록 먼 길을 돌아서 온 것이구나. 나중에야 깨달은 사실인데, 그날 이후 나는 단 한 번도 숲을 떠나지 않았다. 숲을 떠난 적이 없었다. 중년의 경찰이 그날 내 외출의 이유에 대해서 지나가듯이 물었을 때, 나는 랑데부를 위해서,라고 그의 눈을 똑바로 들여다보면서 대답해야 했던 걸까. 그리하여 어느 날 숲에서. 나는 시력이 나빠지고 기억력도 마모되고 무엇보다도 격렬함 행복 고통 베어짐 감정 환희 불안 훼손된 자국 등의 감각에 관하여 더 이상 예민하지 않다. 어느 날 우묵한 땅에서 속삭임이

앞선 속삭임이 *(속삭임: 아무도 내가 MJ의 영혼인 것을 알아차리지 못하도록)* 내가

속삭인다 속삭임이 앞서 속삭이는 자가 속삭이는 것을

고통 없이 본다.

작가의 말

친애하는,

당신이 대문에 걸어둔 꽃을 여행에서 돌아온 어제서야 발견했습니다. 내 여행이 얼마나 길었는지는 기억할 수 없지만 그 사이 시간이 많이 흘러 노란 들꽃은 갈색으로 바싹 마르고 시들어 있었습니다. 여행지에서 나는 한 편의 책을 썼습니다. 거기에는 아마도 내 이름과 함께 당신의 이름이 등장하는 것 같습니다. 어쩌면 우리의 이름은 서로 구분할 수 없을 정도로 닮아 있겠지만, 그리고 물론 당연히 당신은 내 책을 읽을 수 없겠지만, 그래도 알려드리고 싶군요. 그런데 내 글에는 항상 당신의 이름이 있었던 것 같아요. 모습을 감추며 멀리 화면 뒤편에서 사다리를 들고 지나가는 정원사의 뒷모습으로 말이죠. 혹은 미술관에 걸려 있는 그림의 형태로, 혹은 비가 오나 눈이 오나 상관없이—일생 동안—매주 두 번씩 만나 기나긴 숲을 가로지르는 산책에 함께하는 동행자의 모습으로. 혹은 옆방에서 들려오는 라디오 소리, 바로 그런 속삭임의 형태로.

친애하는,

우리가 단 한 번도 실제로는 얼굴을 마주친 적이 없다는 사실을 제외한다면, 오늘 숲은 우리가 마지막으로 만났던 그날만큼이나 아름다웠습니다. 어느 순간. 며칠 전 폭풍이 친 이후 바람에 절반 이상이나 꺾여 기울어진 커다란 나무줄기가, 내가 그 아래를 지나온 직후에 엄청난 굉음과 함께 통째로 부러지며 땅으로 쓰러졌습니다. 그 다음에 찾아온 경악스러운 정적을 당신도 들었는지요. 내가, 그리고 당신이 어디에 있는지 조금도 알지 못하는 채로, 머리 위로 오늘과 영원이 한꺼번에 흘러갈 것입니다.

당신의 BS

속삭임 우묵한 정원

1판 1쇄 발행 2024년 7월 24일
1판 2쇄 발행 2024년 8월 16일

지은이·배수아
펴낸이·주연선

(주)은행나무
04035 서울특별시 마포구 양화로11길 54
전화·02)3143-0651~3 | 팩스·02)3143-0654
신고번호·제 1997—000168호(1997. 12. 12)
www.ehbook.co.kr
ehbook@ehbook.co.kr

ISBN 979-11-6737-448-6 03810

• 이 책은 2021년도 아르코문학창작기금 지원사업에 선정되어 발간된 작품입니다.